Oana Diana Mökesch

Iubitul meu,
Motanul

Ediția a II-a - reeditată

2024

IUBITUL MEU, MOTANUL

OANA DIANA MOKESCH

„You know you need a fix when you fall down
You know you need to find a way
To get you through another day
Let me be the one to numb you out
Let me be the one to hold you
Never gonna let you get away
The shoulder you cry on
The dose that you die on
I, I can be your painkiller, killer, killer
You'll love me 'til it's all over, over
'Cause I'm the shoulder you cry on
The dose that you die on
I, I can be your painkiller, killer, killer"

IUBITUL MEU, MOTANUL

Painkiller
Three Days Grace

Dedicată fiului meu, Eric-Zein,
un mare iubitor de pisici.

CUPRINS

once
upon a cat

Prefață

Povestea acestei cărți a început în urmă cu mulți ani, prin 2012, pe vremea când „Fiul criminalilor", romanul meu de debut, se afla, în forma lui incipientă, lăsat la dospit, într-un sertar întunecat. Pe atunci, aveam un adorabil motan portocaliu pe nume Rony. Felina iubitoare era nedespărțită de mine și foarte cuminte, însă nu-l suporta deloc pe iubitul meu de atunci, chiar dacă o primisem chiar de la el. Dar când spun că nu-l suporta e o afirmație modestă a sentimentelor lui; în realitate, pisicul îl ura din tot sufletelul lui pe iubitul meu. Astfel, pornind de la gluma că vrea să îi ia locul, s-a format expresia „iubitul meu motanul" care a început să-mi placă și încet, încet a crescut ideea ce s-a transformat în romanul din mâinile voastre.

Urmând rețeta Profesorului X de când le-a creat pe fetițele Power Puff, unul dintre desenele favorite ale copilăriei mele, am început să amestec elemente care de care mai diverse, astfel romanul conține: lumi paralele, abilități supranaturale, comori legendare, secrete de familie, destine blestemate, fuga cu circul, cultul vinovăției, fenomenul bully, loialitate dincolo de mormânt, idolatrizare, traume din copilărie, abuz, violență, mame ce-și resping copilul și multe altele.

Vă invit să pătrundeți în lumea poveștii rezultate.

Lectură plăcută!

Prolog

— Iubito, de ce plângi?

— Nu am să îmi mai văd niciodată copiii! Nu am să te mai văd pe tine!

— Despre ce vorbeşti? Suntem chiar aici, lângă tine! Familia ta nu pleacă nicăieri, linişteşte-te iubito.

— Familia mea nu pleacă, dar eu da! Creatorul a decis ca Lumea Naturală şi Lumea Supranaturală să fie separate. Am timp pană apune soarele să trec de cealaltă parte a barierei!

— Nu face asta! Rămâi aici!

— Aş vrea să pot... dar după separare, nu voi supravieţui de partea aceasta a barierei! Sunt, până la urmă, un spirit felină!

— Şi copiii noştri? Ei nu sunt ca tine? Dacă păţesc ceva? I-ai cu tine în Lumea Supranaturală!

— Nu pot, ei sunt oameni, am să mă usuc de dorul lor, dar ei nu pot trăi acolo. Au foarte puţin din sângele meu în vene, ar fi fost prea puternic pentru ei...

— Chiar şi Darrin e om?

— Bineînţeles! Chiar dacă s-a născut astfel, în cel mult o lună, va lua formă umană. Să ai grijă de ei iubitule, mai ales de Darrin! Nu a părăsit pântecele meu decât de câteva zile şi acum trebuie să ne despărţim pentru totdeauna!

— Nu mai plânge, sunt eu aici, alături de ei, am să îi protejez mereu. Copiii tăi vor creşte mari şi frumoşi!

— Şi îşi vor cunoaşte mama doar dintr-un portret şi din poveştile tale...

— Fugi iubito, soarele începe să apună! Te iubesc nespus de mult şi am să te iubesc toată viaţa mea!

— La rădăcina copacului nostru, am îngropat zece monede mari de aur, din lumea mea. Foloseşte-le cum ştii mai bine iubitule, pentru tine şi pentru băieţi.

— Aşa am să fac, acum du-te! Nu vreau să îţi dau drumul din braţele mele, dar nu mai ai timp, trebuie să ajungi la barieră...

— Un ultim lucru... Darrin, e special, să asculţi de el! Să ascultaţi toţi de el! Va îndruma familia noastră pe cea mai bună cale, mereu. Adio! Vă iubesc! Te iubesc!

Cu greu, fiinţa supranaturală s-a dezlipit de soţul său uman, de care se agăţase cu disperare pe durata dialogului. Ea era un spirit felină şi Creatorul a decis, în urma a nenumărate războaie între specii, că acestea nu pot coexista. Pentru a-şi proteja creaţia, Stăpânul lumii a fost nevoit să separe oamenii de creaturile supranaturale. Astfel, a luat fiinţă Lumea Naturală, în care aveau să sălăşluiască oamenii şi Lumea Supranaturală, destinată fiinţelor fantastice. Ea era o astfel de fiinţă, dar mai era şi mamă, şi soţie!

Cu obrajii încinşi de şirurile nenumărate de lacrimi ce se scurseseră de când aflase vestea năprasnică, a fugit în casă să-şi sărute, pentru ultima dată, cei trei fii ce dormeau fără grijă. Sufletul i se împletise cu durerea şi îşi dorea cu disperare să rămână lângă ei şi să se mistuie odată cu căderea definitivă a barierei. Moartea i se părea mai puţin crudă decât să părăsească cele trei bucăţele în care se împărţise inima ei. Ştia că sacrificiul său ar fi fost inutil, dar trupul ei nu era capabil să execute comanda „mergi", sau, poate dimpotrivă, mintea nu reuşea să transmită muşchilor această comandă. Soţul, ce o iubea atât de mult, încât nu a stat o clipă să asculte răutăţile celor din jur atunci când şi-a întemeiat o familie cu o femeie dintr-o altă specie, nu a suportat să o privească irosindu-şi degeaba viaţa. A luat-o în braţe şi a alergat cu ea la barieră. Durerea din sufletul lui atinsese cote inimaginabile în clipa când a aşezat-o pe muşchiul moale. Într-o stare completă de amorţeală, ea s-a întors către delimitarea dintre cele două lumi.

Patru buze s-au contopit, două trupuri s-au lipit, patru ochi au început să verse lacrimi amare, două inimi s-au sfâşiat, patru braţe s-au strâns unul pe altul, două suflete s-au pustiit şi patru picioare au luat-o, câte două, în direcţii diferite la ultima licărire a astrului ceresc.

Prima zi de școală

„Having a dream's just the beginning
So far, so great, believe it
Can't take away this feeling
Taking a ride, chance to my side
Yeah, I can't wait
So far, so great”

- So Far, So Great - Demi Lovato

Poarta argintie se înălţa, în toată splendoarea ei, înaintea mea. O găseam impunătoare şi maiestuoasă. Privirea ochilor mei, plini de speranţă şi recunoştinţă, se scurgea cu admiraţie pe ornamentele întortocheate. Fiecare unduire a metalului îmi părea deosebită şi rafinată, de-a dreptul artistică. Tot ce îmi rămânea de făcut era să îmi fac curaj şi să trec pragul acelei porţi.

Ezitam, nu ştiam cum să savurez mai intens clipa întrucât acel moment unic îl puteam trăi numai o dată. Sacrificasem atât de multe pentru a ajunge până acolo. Un drum lung, greu şi anevoios luase sfârşit. Ajunsesem la destinaţie! O viaţă nouă mă aştepta dincolo de acea poartă, ce în acele clipe îmi părea chiar „Poarta Raiului". Nu aveam idee atunci cât de tare mă înșelam. Visam doar la o viață nouă, una pentru care mă luptasem din răsputeri și pentru care am plătit scump... Prețul plătit de Catalina era însă incomparabil mai mare. Eram hotărâtă să fac acest pas în numele amândurora.

Era pentru prima dată când aveam dreptul să pășesc pe teritoriul Academiei Etnare. O mai făcusem o dată, în calitate de simplu aspirant, acum era diferit: devenisem elevă cu acte în regulă, la cea mai prestigioasă academie din țară! Liceul privat unde visase Catalina să absolvim împreună. Sărmana Catalina... Îmi era datorie sacră să obțin diploma în numele ei!

Un țârâit metalic m-a smuls din reverie. La început nu am înțeles ce se întâmplă, eram atât de pierdută în propriile-mi gânduri încât sunetul nu avea sens. Cu greu, am realizat că ceea ce auzeam nu era nimic altceva decât „clopoțelul" care anunța începutul cursurilor. Panicată, am început să alerg înspre clădirea impunătoare, pe care aș fi găsit-o și mai fascinantă decât poarta dacă aș fi avut timp să o admir. Mi-am propus să fac asta cu prima ocazie. În acel moment, altceva îmi devenise prioritate: unde era clasa mea?

Coridorul răcoros îmi părea nesfârșit de lung. În partea dreaptă, lângă intrare, era instalat planul Academiei. Potrivit schemei, clasele bobocilor se aflau la al doilea nivel. Din acel desen, nu înțelegeam prea bine unde anume venea situată sala de clasă, dar era clar că trebuia să o iau pe scări și mi-am zis că cel mai probabil aveam să îmi dau seama când ajungeam acolo.

Liniște. Pe holuri nu mai era nimeni. Aveam senzația că mă aflu în pântecele unui imens șarpe de faianță. Reflexia slabă a neoanelor pe podeaua anti-alunecare îmi creștea anxietatea. Mă simțeam părăsită într-un loc pustiu. Încercam să mă încurajez spunându-mi că lipsa zgomotului este firească întrucât începuseră cursurile, colegii mei de școală se aflau în clasele lor, în băncile lor, ascultând cuminți profesorii ce deja intraseră la ore. Un gând ce mă neliniștea începea să se înfiripeze în mintea mea: ce impresie făceam face întârziind din prima zi? Profesorul avea să mă eticheteze drept neserioasă? Să considere că rezultatele obținute la examenul de admitere la Academie erau o pură întâmplare și că dădeam dovadă de lipsă de respect față de instituția de învățământ?

Un chicotit se auzi de sub scară. Sunetul vesel mi-a amintit de faptul că era prima zi de școală numai pentru mine. Vacanța se încheiase de vreo lună, însă starea mea de sănătate nu mi-a permis să părăsesc spitalul decât cu două zile înainte. Câțiva elevi se simțeau suficient de confortabil încât să stea sub scară și să fumeze, deși se sunase de intrare de ceva timp. Ecoul din burta șarpelui de faianță făcea ca pașii mei să sune ca tropăiturile unui elefant, fapt ce le-a atras atenția rebelilor de sub scară.

Au ieșit, curioși, două fete și un băiat. Toți trei mi-au părut încântători. Fetele erau gemene, înalte, cu statură de stewardese. Amândouă aveau trăsăturile feței perfect încadrate de un păr de aur ce li se revărsa pe spate în cascade de mătase. Băiatul mă privi preț de o clipă pentru ca imediat după aceea să se întoarcă plictisit și să sufle fumul țigării în cerculețe. Acea clipă îmi păru o veșnicie, timp în care m-am pierdut în ochii lui de cel mai pur albastru. Nu mă puteam hotărî dacă în reflexia lor puteam zări înaltul cerului sau adâncul oceanului. Aveau o culoare senină și pură, dar de o adâncime fără de sfârșit. Timpul mi-a părut că stă în loc, căci mă simțeam absorbită de îmbinarea de cyan și turcoaz ce mă captivase complet și mă purtase într-o lume în care nu existam decât eu și nuanțele de albastru.

Eternitatea transpunerii mele într-o dimensiune alcătuită numai din privirea lui, în fapt, dură numai o secundă. În momentul următor, realitatea și-a cerut dreptul de a fi prioritară, așadar, m-am sucit pe călcâie și am zbughit-o pe scări.

Ajunsă în fața ușii, o durere înțepătoare începu să-mi tortureze organele interne. Fugisem deja de două ori, deși știam foarte bine că nu aveam voie să depun niciun fel de efort fizic. Oboseam îngrozitor de repede şi orice suprasolicitare mă putea trimite înapoi în spital. Eram conştientă de toate aceste lucruri şi totuşi, fără să stau pe gânduri, am alergat mâncând pământul. Până la urmă, era chiar aşa important să ajung la timp? Mai important decât propria-mi sănătate?

Albastrul m-a cuprins în faldurile sale. De când mă ştiu, am asociat emoţiile, sentimentele şi trăirile culorilor. Pentru mine, albastrul reprezintă durerea. Cu cât e mai închis, cu atât durerea e mai intensă. Bleumarinul mi-a cuprins măruntaiele. M-am chircit din cauza agoniei.

Uşa sălii de clasă s-a deschis pe neaşteptate. Am crezut că cineva doreşte să iasă. În realitate, o mână, din spatele meu, mă invita să intru. Surpriza m-a făcut să uit de suferinţa cauzată de efort şi m-am întors uimită. Nu fusesem conştientă că se află cineva în urma mea. Nu am simţit nici o prezenţă, nu am auzit paşi în liniştea coridorului. Mâna îi aparţinea lui, băiatului ce fuma plictisit sub scări. Cum era posibil aşa ceva? Trecusem pe lângă el de ceva vreme, în timp ce eu mă grăbeam disperată, el nu schiţase niciun gest de a porni în această direcţie. Cum putea ajunge odată cu mine? Nici măcar durerile mele nu îmi confereau un handicap mai mare de câteva secunde. Nu înţelegeam. Doar nu s-a teleportat!

Observându-mi nedumerirea pe chip, zâmbi, atunci m-am pierdut din nou în oceanul acela al unei galaxii îndepărtate ce se găsea în ochii săi. Ciudat, organismul meu nu asocia albastrul băiatului cu durerea, ci mai degrabă cu... liniştea şi sună puţin exagerat, dar aş spune chiar cu pacea.

Posesorul privirii ce cuprindea în ea o lume întreagă, a fost suficient de amabil încât să lase impresia că nu observă postura mea strâmbă cauzată de suferinţa fizică şi mă invită din nou să intru în clasă.

Am simţit atenţia tuturor aţintită asupra mea. Profesorul, după ce mi-a răspuns la salut şi mi-a întrerupt scuzele cu un gest al mâinii, a indicat, zâmbind, singurul loc liber din clasă, pentru a mă aşeza. Nu am idee când şi cum s-au strecurat ochii albaştri la locul lor.

Domnul Turadi era profesorul de matematică şi, în acelaşi timp, responsabil de clasa noastră. Avea maxim treizeci şi cinci de ani, dar era îmbătrânit prematur de ridurile adânci de expresie şi de îmbrăcămintea lălâie. Îl cunoşteam, mă vizitase o dată la spital şi m-a ţinut mereu la curent cu materia, la toate obiectele de studiu, prin intermediul unei aplicaţii. Sincer, acest lucru mi s-a părut puţin ciudat. La vechea mea şcoală, când unul dintre noi era bolnav, colegii îl vizitau pe rând şi îl ajutau cu temele. Am presupus că la o şcoală cu prestigiu, acest lucru intră în atribuţiile profesorului responsabil de clasă, gândindu-mă că doreau să se asigure că elevii, ce nu pot ajunge la cursuri din motive de sănătate, nu rămân în urmă cu nimic. Nu mi-a trecut prin minte că noii mei colegi ar putea fi lipsiţi de compasiune.

Curiozitatea cauzată de intrarea mea s-a stins repede. Nu am fost considerată o apariţie prea interesantă. Băieţii erau în mod evident dezamăgiţi de cei o sută cincizeci şi doi de centimetri pe care îi măsor în înălţime, de sânii atât de mici încât nu am fost niciodată nevoită să port sutien, cât despre „funduleţul obraznic", cum îl numea Catalina, cea mai impresionantă trăsătură a mea, din punctul de vedere al masculilor speciei, era mascat de fustiţa largă ce nu lăsa să i se ghicească forma. Părul castaniu şi creţ îl aveam prins, ca întotdeauna, în două cozi stufoase şi, în acele clipe, m-am simţit ridicol din această cauză. Mereu mi s-a spus că aş avea un chip frumos, dar văzându-le mai devreme pe gemenele blonde, mi se părea firesc ca aspectul meu să nu impresioneze pe nimeni. Ele erau de podium, eu eram doar drăguţă.

În acea dimineaţă nu purtam nici un machiaj, spre deosebire de majoritatea fetelor din clasa mea, motiv pentru care am simţit că sunt privită cu un oarecare aer de superioritate de multe dintre ele.

După ce băieţilor le-a fost transmisă de către hormoni informaţia că nu sunt prea interesantă, şi-au reluat activităţile, după caz: copierea notiţelor de pe tablă, schimbul de biletele cu colegii, ascultat muzică în căşti sau jucatul în bancă pe mini-console. Aveam câţiva *gameri* înrăiţi în clasă. Nu mi-a păsat de asta, *ignorul* primit din partea fetelor a durut mai tare. Simţeam cumva că nu stârnisem niciun interes şi aveam nevoie disperată de o prietenă...

M-am îmbărbătat singură spunându-mi că lucrurile aveau să se regleze în timpul pauzei.. Din nefericire, nu a fost aşa. Am fost înconjurată şi întrebările obişnuite au fost puse toate, însă imediat ce a fost satisfăcută curiozitatea tuturor, grupuri, grupuri, s-au îndepărtat. Îmi era din ce în ce mai clar că prieteniile se legaseră în luna pe care eu o petrecusem în spital şi rămăsesem pe dinafară. Simţeam că nu e loc pentru mine niciunde.

Am încercat, pe rând, să abordez toate grupuleţele: cel al *fashionistelor*, al iubitoarelor de cărţi, al pasionatelor de natură, al fotografilor amatori şi altele. De fiecare dată mi se răspundea cu amabilitate, după care eram fixată cu privirea până ce mă îndepărtam. Mi se transmitea non-verbal că îi incomodam, că eram nedorită, mai exact, că eram în plus!

Mi-am spus că lucrurile nu pot ţine aşa mai mult de o zi-două. Până la urmă, şi eu eram una de-a lor. Mai devreme, speram să fie cât mai devreme, sau mai târziu, tot aveau să mă accepte în colectivul lor şi să nu mă mai vadă ca pe ceva extra. Aveam să îmi găsesc şi eu locul.

Nu îmi doream popularitate, o prietenă sau două ar fi fost suficient pentru mine. Când mă gândeam că la vechea mea şcoală fusesem preşedinta clasei şi colegii roiau în jurul meu... Nu sufeream după simpatia pierdută, pur şi simplu sufeream de singurătate. Ce puteam face? Nu e ca şi cum eu mi-aş fi dorit să mă îmbolnăvesc şi să zac în spital.

Şi că tot veni vorba de îmbolnăvit, acest lucru s-a întâmplat imediat după examenul de admitere la Academia Etnare. Ştiam că în generaţia noastră au fost două punctaje perfecte la acest examen, unul era al meu, celălalt? Obiectivul meu devenise aşadar să identific cealaltă persoană cu scor maxim în speranța că ne vom împrieteni.

Ora următoare era cea de fizică, astfel, am pornit cu toții înspre laborator. În dreptul meu, băiatul cu galaxia albastră în privire vorbea cu un altul, foarte înalt, brunet și simpatic. Fără să mă gândesc prea mult, l-am apucat de braț:

— Cum ai făcut asta? Cum ai ajuns de sub scară, la ușă, atât de repede și fără să te văd? Sau să te aud?!

Mica lui scamatorie pur și simplu nu îmi dădea pace, trebuia să mă lămuresc.

Zâmbi amuzat, după care își trecu o mână prin părul care, fiind captivată de ochii săi, nu observasem până atunci că era portocaliu! Deși nu e nici el prea înalt, ținând cont cât sunt de mică, s-a aplecat la urechea mea având aerul că îmi va dezvălui taina sa, dar tot ce a spus a fost:

— Secret!

Și a plecat, dar s-a întors brusc și mi-a scos limba, din mers, drept urmare, s-a izbit de perete. Atunci am simțit o intenție criminală îndreptată către mine, dar în mod ciudat, el râdea...

Cum oricum nu aveam prieteni cu care să îmi petrec pauza, am rămas să ajut la strânsul materialelor didactice de la ora de fizică. Profesoara, o domnișoară de vreo cincizeci de ani, a fost foarte încântată de gest. Când am revenit în clasă, ca și cum lipsa prietenilor și comportamentul formal și rece al colegilor nu ar fi fost arhisuficiente, am avut parte de o surpriză neplăcută pentru care nu eram deloc pregătită, un adevărat șoc!

Pentru a doua oară în viață

-You Break Me – Ed Sheeran

În clasa noastră existau cinci rânduri de bănci a câte opt locuri. De dimineață, domnul Turadi mă poftise să iau loc în coloana de la geam, al treilea rând, loc păstrat gol, special pentru mine, timp de o lună de zile. Mi-a fost rezervat un loc bunicel, nici prea în față, nici prea în spate, nici bun, nici rău pentru că nu puteau știi dinainte ce fel de persoană sunt, pe ce treaptă a ierarhiei școlii m-aș situa. Așadar, au ales zona neutră.

O fată cu ochelari mari, ce îi acopereau jumătate de chip și cu părul încâlcit stătea în banca mea. Se uita în pământ, se temea să îmi înfrunte privirea și totuși, extazul se putea citi pe chipul său. Se gândea că poate e prea devreme să se bucure de nesperata avansare. Îmi părea sincer rău pentru ea, dar problema e că nu eram în postura potrivită pentru a-mi părea rău de alții. Situația mea era jalnică. Cu inima strânsă, am privit spre locul liber ce îmi era de atunci destinat. Înțelegeam foarte bine ce se întâmplă, fusesem trecută în „rândul ratațiilor" și nu oricum, ci se pare că eu eram cea mai mare dintre ei, fiindu-mi destinată exact prima bancă a coloanei din mijloc.

E drept că nu era o concluzie prea greu de tras judecând după vecinii mei de rând. Locul de la ușă era ocupat de Arut, fiul controversat al unei familii ilustre din Resao. Controversat deoarece Arut suferă de un ușor retard, iar părinții săi, un medic estetician de renume și o arhitectă faimoasă, nu puteau accepta faptul că fiul lor nu era un membru al elitei, ca ei, și nici nu va fi vreodată. Inițial, diagnosticul său a creat haos în casa familiei. Tatăl susținând că mama a avut o aventură și copilul nu e al lui, mama susținând că nu e nici copilul ei. Au adoptat varianta unei greșeli la maternitate, amândoi îmbătându-se cu iluzia că fiul lor perfect este doar rătăcit și ei îl vor găsi curând. Testul ADN le-a spulberat visele, era copilul lor, al amândurora, așadar, cei doi au decis să ignore problema. Trăgeau de bietul copil, suprasolicitându-l cu tot felul de activități și cursuri, de parcă ar fi avut un copil supradotat, așa cum și-au dorit. Micuțul era speriat și dezorientat, nu făcea față cerințelor, deși își dădea toată silința, deoarece conștientiza că părinții lui nu îl iubeau decât pe măsură performanțelor sale și el simțea mare nevoie de afecțiune. Situația sa tristă nu se schimbase nici în liceu. Tot ce își dorea era să fie iubit de părinții lui... Măcar pentru Arut, în rândul colegilor noștri s-a găsit o urmă de umanitate, întrucât ceilalți băieți încercau să îl ajute să obțină note cât mai mari.

Prima bancă, coloana din stânga-centru, Sonia, o grăsuță cu machiaj strident și gesturi exagerate. Divele clasei o prosteau pe sărmana fată să se împopoțoneze în cel mai ridicol mod, asigurând-o că e în pas cu moda. De asemenea, o convingeau să poarte haine complet nepotrivite pentru constituția sa. Avea un spate lat, brațe musculoase și burta proeminentă în timp ce șoldurile îi rămâneau înguste și picioarele subțiri. E lesne de înțeles că multe ținute nu îi veneau bine, tocmai acelea pe care colegele noastre o puneau să le poarte pentru amuzamentul lor. Sonia avea la rândul ei o atitudine de superstar, încurajată de fetele ce își băteau joc de ea, însă sărmana fată nu realiza acest lucru.

Exista totuși posibilitatea să mă înșel și Sonia să fi fost perfect conștientă de ceea ce făceau ele și să se prefacă doar că nu înțelege pentru că era singurul mod în care grupul-vedetă o accepta. În definitiv, nu e ușor să intri la Academia Etnare, deci Sonia trebuie să fie isteață, toți elevii de aici sunt, cu foarte puține excepții, cum e Arut. În cazul acestuia, acceptarea la prestigioasa instituție de învățământ se datora exclusiv părinților săi.

În coloana de la geam stătea Deuce, un băiat tare ciudățel. Deși are un chip atrăgător și un trup zvelt, fetele îl ocoleau, deși cred că nici el nu era dornic de atenția nimănui. Ignora totul, nici măcar profesorii nu reușeau să-i stârnească interesul. Toată ziua privea pe fereastră, în gol, sau desena pe caiet. Nu vorbea aproape cu nimeni. Aparent, e foarte inteligent, notele obținându-le în privat, în prezența unui psiholog ce îl determina, cumva, să dea testele, teste la care obținea mereu punctaje foarte mari. Să fie el geniul cu scorul perfect pe care îl căutam? Posibil. Dar speram din suflet că nu, cum aș fi putut să mă împrietenesc cu cineva care refuză să perceapă lumea din jur?

Și mai rămâne coloana din centru-dreapta, Safar. Safar avea toate șansele să ajungă un criminal în serie, după tot ce auzisem despre el. Se pare că avea toate calitățile necesare carierei de ucigaș, era absolut sadic. În urmă cu vreo două săptămâni, strivise cu un bolovan toți iepurașii din mini-grădina zoo a școlii. Înainte de asta, cu câteva zile, legase un cățeluș în urma scuterului său și l-a târât în tot orașul după el, bietul animăluț murind în chinuri groaznice. Și poveștile pot continua, deși nu e tocmai corect să le numesc povești pentru că se petrecuseră în realitate. Safar era mândru nevoie mare de faptele sale. În mod clar, nu doream să am nimic de-a face cu acest individ vreodată. Dacă mai luăm în considerare și zâmbetul lui sinistru, tot ce îmi doream între noi era o distanţă cât mai mare.

În concluzie, fusesem declarată o proscrisă şi locul din mijloc reprezenta că eram considerată cea mai mare ratată dintre toţi.

Disperarea mea mută căuta ajutorul chipurilor din încăpere, cu toţii evitau contactul vizual. Pe aceeaşi coloană cu mine, cea din mijloc, în ultima bancă stătea Zero, căpitanul echipei de baschet, care, fiind foarte înalt, era logic să ocupe acel loc. Privirea lui de chihlimbar se intersectă cu cea a individului cu păr portocaliu din penultima bancă, practic, fix în faţa lui. Amândoi păreau confuzi şi arătau de parcă tocmai s-ar fi trezit dintr-un pui de somn cu capul pe masă. I-am urât şi i-am invidiat în acea clipă. Ce bine era să fii neştiutor, să nu ai idee ce se întâmplă. Pe moment, nu am gândit-o, însă ar fi trebuit să le fiu recunoscătoare că nu participaseră la nedreptatea la care eram supusă.

Nu puteam judeca acest aspect în acele clipe. Simţeam roşu, furia m-a cuprins de îndată ce am înţeles ce se întâmpla. Aş fi putut să fac scandal, să o expediez pe fata cu ochelari la locul ei, sau măcar să încerc... La ce bun? Să mă umilesc? Să le dau satisfacţie? Simţeam că asta aşteptau hienele şi că dacă aş fi făcut-o, nu numai că ar fi fost foarte mulţumite, dar cu siguranţă aveau pregătite metode pentru a-mi amărî şi mai mult viaţa

Am decis să îmi păstrez demnitatea şi m-am aşezat în tăcere. Dintre toţi ochii aţintiţi înspre mine, cel mai tare mă dureau cei de topaz şi cei de chihlimbar. Cum să asişti astfel la umilirea cuiva fără să ai habar de ce se întâmplă în jurul tău?

Roşu se transforma din ce în ce mai tare în negru. Negrul e cel mai îngrozitor sentiment, cea mai oribilă trăire: durerea sufletească.

Reacţia mea fusese clar nesatisfăcătoare pentru noii mei duşmani, deşi habar nu aveam ce făcusem încât să mi se declare război. Eram convinsă că ar mai fi urmat şi altceva, însă a venit profesorul de chimie la oră şi planul a fost întrerupt.

Negrul devenea tot mai puternic, intensificându-se cu fiecare clipă.

IUBITUL MEU, MOTANUL

Mă simţeam strivită, m-am încovoiat sub presiunea emoţiilor negative ce mă copleşeau. M-a cuprins disperarea la gândul că aşa vor arăta următorii patru ani din viaţa mea, anii de liceu, care cică ar fi cei mai frumoşi ani din viaţă... Pentru mine se anunţau a fi un calvar şi... şi, fără să realizez ce fac, mi-am înfipt compasul în mână!

Am urlat cât m-au ţinut plămânii captivi în trupul meu mignon. Urletul a fost însă mai mult de eliberare decât de durere. Negrul a început să devină albastru spre uşurarea mea. Simţeam cum mi se răspândeşte durerea în întreg organismul de parcă ar fi călătorit prin sistemul limfatic.

Era pentru a doua oară în viaţă când îmi făceam rău singură. Prima dată s-a întâmplat în clasele mici. Copii îşi băteau joc de mine spunându-mi că părinţii mei m-au abandonat pentru că nu m-au iubit niciodată. Ştiam că nu era adevărat şi totuşi mă dureau nespus vorbele lor, mai ales pentru că îmi lipsea foarte mult mama...

Atunci, întâmplător, m-a lovit un leagăn. Lovitura mi-a cauzat plăcere, nu în sensul strict al cuvântului, ci transformând durerea din inimă în durere fizică, am simţit practic o eliberare. Am învăţat că negrul poate deveni albastru. Am început să împing leagănul cu putere şi să îl las să mă lovească de nenumărate ori. Când am ajuns acasă, păream bătută. Bunicul s-a speriat foarte tare. Văzându-mi vânătăile, sărmanul, nu a mai sesizat seninătatea de pe faţa mea. A insistat ore în şir să îi spun cine m-a bătut. Într-un final, am mărturisit că mă lovisem singură, intenţionat. M-a pus să îi jur că nu îmi voi mai face rău vreodată şi nu am mai făcut-o, cel puţin nu până acum.

Cred că am înţepat un vas de sânge pentru că, din dosul palmei, îmi ţâşnea un şuvoi fierbinte.

— Cineva să o ducă pe Lisa la biroul asistentei! strigă speriat profesorul de chimie în timp ce-mi înfăşură rapid mâna în batista lui albă de bumbac, pe care au înflorit imediat trandafiri roşii.

O mână lungă s-a ridicat din spatele clasei, dar Yolette a sărit în picioare şi afişând un zâmbet exersat în oglindă, spuse:

— Merg eu! Sunt președinta clasei până la urmă, bunăstarea colegilor intră în atribuțiile mele.

— Lasă discursurile Yolette! Lisa sângerează! se auzi o voce din spate, însă nu am reușit să-l identific pe cel căruia îi aparținea.

Grijulie, m-a luat de mână aplicând presiune pe rană.

— Urmează-mă! mi-a zâmbit ea candid, dar odată ieșite pe ușă, cu scârbă, într-un mod violent, mi-a eliberat mâna de care mă ținea.

— Au!

M-a durut, eram totuși rănită. Yolette își aruncă ostentativ o buclă pe spate și făcu un pas înspre mine, după care, își șterse sugestiv, de hainele mele, mâna cu care mă atinsese.

Din fericire, nu era murdară de sânge și bluzița mea roz-pal nu a fost compromisă. Academia Etnare este o instituție de învățământ cu o viziune foarte deschisă asupra dezvoltării personale a individului. Se susține individualismul și unicitatea. În urmă cu câțiva ani, în urma unui experiment, o echipă alcătuită de cei mai buni psihologi și psihopedagogi din Ildema, a decretat că pentru dezvoltarea unui adolescent într-un adult de care societatea să se mândrească că-l are drept membru, cel mai important este să fie el însuși, să se simtă bine în pielea sa. Nefiind obligat să facă față constrângerilor inutile, adolescentul, își poate folosi toată energia pentru a se descoperi, a evolua în ritmul propriu și a se dezvolta ca persoană. În concluzie, conducerea de atunci a eliminat din Academie. Tot atunci, fumatul, în locurile special amenajate, a devenit permis. Psihologii nu s-au înșelat, performanțele școlare au crescut imediat după adoptarea măsurii și s-au menținut astfel. De atunci, blugii rupți, părul verde, machiajul, tricourile cu formații rock și tatuajele sunt toate permise, cu mici excepții cum ar fi hainele complet transparente sau pantalonii scurți ce lasă la vedere fesele pe jumătate și alte articole exagerate. Cu toții aveam o insignă cu emblema școlii ce adeverea faptul că eram elevii Academiei Etnare, aceasta era singurul articol obligatoriu, parțial și pentru că avea un cod unic inscripționat, pe baza căruia se face accesul în perimetru.

După ce instinctiv, am verificat dacă hainele mele nu au fost mânjite de sânge, mi-am întors privirea către Yolette. Nu era o frumuseţe. Analizate în parte, trăsăturile sale erau banale, însă era genul cochetei, aranjată, stilată, cu gesturi studiate, nu ai fi zis că nu are pe acasă vreo două coroane de „Regină a frumuseţii". Era sigură pe sine şi avea o atitudine arogantă izvorâtă din faptul că prietenele sale se purtau cu ea de parcă i-ar fi fost inferioare în vreun fel. Chiar şi aşa, eram confuză, nu reuşeam să înţeleg de ce făcuse un asemenea gest.

— Chiar credeai că am să merg cu tine, ratato?

— Poftim? Dar...

— Nici un dar! M-am oferit numai pentru a te informa că vei plăti pentru ce ai făcut!

— Să plătesc? Ce anume am făcut?

— Te faci vinovată de trei păcate de moarte: ai vorbit cu el fără aprobarea Fan-Clubului, l-ai atins şi chiar dacă a fost indirect, l-ai rănit! E inadmisibil! buclele atent coafate ale Yolettei s-au înfiorat, pesemne că furia la ea funcţiona ca o scânteie ce îi electriza părul?

— Cine e el? Ce fan-club? Nu am rănit pe nimeni!

— Nu face pe proasta cu mine, că nu ţine! ţipă ea şi palma sa îmi înroşi obrazul.

Fiind cu cel puţin cincisprezece centimetri mai înaltă şi cu câteva kilograme mai grea, lovitura Yolettei m-a pus în fund.

Ea a făcut stânga împrejur şi, în timp ce se îndepărta îndreptându-şi ţinuta, fără să se întoarcă, îmi zise:

— Cel mai inteligent lucru pe care îl poţi face acum e să te transferi la altă şcoală! după care, adăugă cu un ton veninos: sau rămâi, îmi va face plăcere!

— Ce naiba se întâmplă??

A treia uşă pe stânga

- Beautiful – Christina Aguilera

— Desigur, pe coridor, a treia uşă pe stânga.

— Mulţumesc!

— Cu plăcere! Sigur eşti bine? Vrei să te însoţesc?

— Sunt bine, mulţumesc, mă descurc; am minţit.

Lăsam stropi de sânge în urma mea, pierdusem cam mult şi începusem să ameţesc, dar după experienţa cu Yolette, îmi era teamă să mai accept bunăvoinţa cuiva. Ce ştiu eu? Poate fata drăguţă, cu un *piercing* în sprânceană, care cel mai probabil se întorcea la oră de la toaletă, putea să mă fi trimis după stele verzi.

Din fericire, nu a fost aşa. Ajunsă în faţa uşii indicate, o pancartă maronie şi lucitoare, cu marginile rotunjite, avea scris cu litere aurii: Cabinet Medical. M-am bucurat, nu eram o proscrisă decât în clasa mea, colegii de şcoală nu aveau nimic de împărţit cu mine. Ce uşurare!

Cuprinsă de gânduri, am uitat complet de faptul că pierdeam în continuare sânge. M-am gândit că ar fi cazul să ciocănesc când am început să simt că nu mă mai ţineau picioarele. Nu am mai apucat să fac nimic.

M-am prăbuşit în faţă, izbindu-mă cu capul de uşă şi am rămas proptită astfel preţ de câteva secunde. Alarmată de bubuitura puternică, persoana dinăuntru s-a auzit venind spre uşă şi, pentru că aceasta se deschidea spre interior, am căzut înăuntru, cu tot cu asistenta medicală, trântind-o.

Cu foarte mare efort, m-a urcat pe patul de consultaţii, eu abia mai aveam vlagă să mă mişc. Sufeream de anemie severă şi orice cantitate de sânge pierdută mă afecta. Pentru vârsta mea, sunt mărunţică şi, cel mai probabil, nici nu aveam să mai cresc. Mă împăcasem de mult cu ideea de a fi mică şi fragilă, tocmai de aceea, mi se părea ciudat că asistenta s-a chinuit să mă ajute să mă întind pe pat. Explicaţia e simplă, oricât de imposibilă pare: ea era şi mai mică decât mine.

Domnişoara Livia era pe cât de scundă poate fi o persoană fără a fi declarată liliputană şi nu părea să cântărească mai mult de treizeci de kilograme. Părea un şoricel cu ochelarii aceia mari, rotunzi şi fără rame ce îi acopereau mai bine de jumătate din obraz, dar care erau la fel de gingaşi ca şi ea. Domnişoara Livia avea nasul în vânt şi o guriţă curioasă, întredeschisă pe faţa rotundă şi delicată, însă avea un păr negru, lung, des şi împletit într-o coadă exagerat de groasă, pe partea dreaptă, care o împiedica să îşi ţină capul drept.

În ciuda aspectului său neobişnuit, era o profesionistă. Cât am analizat-o eu, ea a cauterizat rana, oprind sângerarea şi mi-a pansat mâna. Era cu adevărat pricepută, totul a durat vreo două minute şi nu am simţit aproape nimic.

— Eşti foarte slăbită! Începi să faci şi febră, probabil de la efort... Clasa ta e departe?

— Nu...

— Oh, ciudat. Am să te rog să îmi aduci zilele următoare o copie a istoricului tău medical complet. Trebuie să ştiu cu ce anume mă confrunt.

— E atât de evident că nu sunt bine?

— Pentru mine da, dar până la urmă, eu sunt cadru medical. Cel mai probabil, restul lumii nu e conştientă că starea ta de sănătate nu e strălucită. Să înţeleg că ai prefera să păstrez tăcerea asupra acestui aspect?

— Da, aş vrea să rămână secret.

— Cam greu, ţinând cont că ai lipsit o lună de la şcoală din motive medicale.

— De unde ştiţi asta?

— E foarte simplu, spuse aranjându-şi ochelarii pentru a zecea oară, era clar că suferea de acest tic, nu te cunosc, asta înseamnă că eşti nouă la Academia Etnare. Nu au existat transferuri, deci eşti în anul întâi de liceu. În rândul bobocilor există un caz al unei fete ce a absentat prima lună de cursuri fiind spitalizată. Văzându-te, îmi e clar că tu eşti persoana în cauză. Greşesc? înclină capul şi mai mult întrebându-mă acest lucru, ceea ce era ciudat pentru că graţie cozii celei grele, era deja suficient de înclinat

— Nu greşiţi, aveţi o putere de deducţie extraordinară domnişoară Livia, i-am zâmbit greoi, făceam eforturi să mai ţin ochii deschişi, mă cuprinse o oboseală căreia nu-i puteam rezista.

— Te rog, spune-mi Livia, toată lumea îmi spune astfel. Am să fiu prietena ta, bine?

— Mulţumesc; am mormăit înainte să adorm.

— Odihneşte-te, ai nevoie, mi-a spus blând şi a tras în jurul patului perdeaua pentru a-mi oferi intimitate în caz că mai avea şi alţi pacienţi.

Sunetul inelelor de plastic târâindu-se pe bara de metal din jurul patului îmi era atât de familiar încât cred că nu aş exagera dacă aş spune că mi s-a părut liniştitor, relaxant. Cu siguranţă că aveam această senzație datorită lunilor petrecute în spital.

Nu știu când am ațipit sau cât dormisem când am auzit o voce binecunoscută: doctorul Tamir, în timp ce dezveli patul, zise:

— Trezirea somnoroaso! E timpul pentru tratament. Știu că nu îți place, de aceea am venit personal să mă asigur că îl iei.

— Eu mereu îmi iau toate tratamentele, am spus confuză încă de cum ajunsese medicul ce mă tratase cât am fost internată, la Academie. Sau poate starea mea se înrăutățise și m-a trimis domnișoara Livia la spital?

— Știu că le iei, dar înainte de asta faci un adevărat circ, dr. Tamir vorbea neutru, fără să dea vreun semn că ar fi băgat de seamă nedumerirea mea.

— Nu am făcut niciodată circ, m-am apărat eu.

— Știu... adevărul e că am vrut doar să văd dacă ești bine. Îmi pare rău că în ciuda faptului că ai mare nevoie de sprijinul lor acum, au fost nevoiți să plece imediat ce starea ta s-a stabilizat... Firesc ar fi fost ca ei să se afle la căpătâiul tău când te-ai trezit...

Vocea bărbatului în halat alb, în mod normal mereu pus pe glume, era tânguită.

— Am fost în comă, iar? am sărit speriată în picioare și m-am trezit asudând. Fusese doar un vis.

Nu, nu a fost numai un vis, a fost o rememorare parțială a evenimentelor trecute. Recunoscând cabinetul unde tocmai o întâlnisem pe drăguța asistentă a Academiei Etnare, m-am liniștit. Nu s-a întâmplat nimic grav, nu am ajuns la spital.

Încercam să mă decid dacă să mă întorc la ore sau nu. Mă simțeam cam slăbită și balanța înclina spre nu. Atunci am sesizat că aveam și o perfuzie înfiptă în braț, era clar, nu mă duceam niciunde.

Domnișoara Livia nu se vedea nicăieri. Gândurile mi-au alunecat spre dr. Tamir, tânărul medic în a cărei companie îmi petrecusem ultimele luni și, mai ales, căruia îi datoram viața. Îmi era dor de el...

Dr. Tamir e un tip amuzant, deși nu asta a fost prima impresie pe care mi-o lăsase, dar ținând cont de circumstanțe, era și firesc.

Totul a început cu o slăbiciune de câteva zile, făceam însă tot posibilul să nu îmi fie afectat ritmul de învățare din această cauză. Eram conștientă că nu mă odihneam suficient și nu mă hrăneam corespunzător, însă țelul meu era mai presus de orice. Trebuia să învăț, trebuia să fiu acceptată la Academia Etnare cu orice preț. Nu mi-aș fi iertat-o niciodată dacă aș fi eșuat în această misiune. Nu îmi rămânea decât să strâng din dinți, să supraviețuiesc zilei examenului de admitere și să dau tot ce pot.

Nu mă pricep să anticipez lucrurile. Nu aș fi îndrăznit măcar să sper vreodată că o elevă obișnuită, ca mine, ar fi putut obține scorul maxim la examenul de admitere al unei academii private de top, ocupând astfel unul dintre cele zece locuri ale căror taxe sunt suportate de familia Felidae ce sponsorizează școala și căreia i se datorează în mare parte nivelul actual al Academiei Etnare. Familia Felidae este deosebit de înstărită și deține, printre altele, compania producătoare a automobilelor Zess, lider mondial în această industrie.

De asemenea, nu mi-am închipuit că disperarea mea de a învăța, ce se întinsese pe luni bune înainte de examinare, mă putea aduce într-un punct de extenuare fizică asezonată cu malnutriție și anemie severă ce au degenerat în scăderea sistemului imunitar în asemenea măsură încât contactasem un virus, destul de rar, ce îmi făcuse organismul să cedeze.

Nu mi-au trecut prin cap nici unul dintre cele două evenimente, și totuși, ambele au avut loc.

Am rezolvat cu ușurință toate subiectele și poate, din cauza adrenalinei provocate de stres, ori a euforiei cauzate de constatarea că niciun punct nu m-a pus în dificultate, nu am simțit că ceva ar fi în neregulă cu mine, cel puțin nu atunci.

Ieșită pe poarta școlii, m-am prăbușit pur și simplu. Am fost preluată de ambulanță și transportată de urgență la spital. Pesemne că organismul meu a rezistat suficient cât să îmi ating scopul, iar odată îndeplinit, şi-a permis luxul de a ceda. Nu îi puteam reproşa nimic, rezistase eroic. Bineînţeles că realizasem asta mult mai târziu, când am fost informată peste ce pericol trecusem. În acea zi l-am văzut pentru prima dată pe dr. Tamir, extrem de îngrijorat, poate chiar speriat, aplecat asupra mea. La acel moment, eram perfect conştientă, dar realitatea e că nu mai reacţionam la niciun stimul.

La scurt timp, am intrat în comă. Nu îmi amintesc cum anume s-a întâmplat asta sau dacă am avut vreo experienţă în afara corpului. Ştiu numai că în tot acest timp, medicul s-a luptat din răsputeri pentru a-mi salva viaţa şi nu numai atât. A vegheat la căpătâiul meu aproape la fel de mult ca bunicul. Îi murise recent un pacient, mai tânăr decât mine şi ar fi făcut orice să fie sigur că istoria nu se va repeta.

Mama şi tata... au venit şi ei de urgenţă. Au luat primul avion spre Ildema şi au traversat Oceanul Ranoti pentru mine. Starea mea a fost critică aproximativ o săptămână dintre cele trei petrecute în comă. Spre marea mea tristeţe, părinţii mei au fost nevoiţi să plece de lângă mine de îndată ce starea mea s-a stabilizat şi mă aflam în afara oricărui pericol.

Un mare festival, pentru care se pregăteau de mulţi ani, avea loc în acea perioadă, într-o ţară îndepărtată, în afara continentului Nevebis. Îi înţelegeam. Munciseră din greu pentru a-şi construi o carieră în *entertainment,* un domeniu dur, plin de rechini acoperiţi cu sclipici. Acest festival era apogeul carierei lor, era cununa cu lauri ce li se cuvenea de drept pentru eforturile nenumărate. Era şansa lor de a fi recunoscuţi pe plan mondial, la adevărata lor valoare. Festivalul era exclusivist, participau doar cei mai buni dintre cei buni. Îi înţelegeam, ba chiar mă bucuram pentru ei. Cu toate acestea, m-a durut inima în momentul când am deschis ochii şi l-am văzut pe dragul meu bunic, singur. Pe lângă oboseala nopţilor nedormite de grija mea, ce i se putea citi pe chip, ochii îi trădau o durere nemărginită. Bineînțeles că se bucura că îmi revenisem, dar se temea că voi fi dezamăgită văzându-l numai pe el. Îl strivea greutatea gândului că prezența lui nu era suficientă și că voi tânji după mama.

E drept că absența ei nu îmi era totuna, nu voiam însă ca el să sufere, în definitiv, bunicul îmi era cea mai apropiată ființă de pe lume. Mereu am fost doar noi doi, eu și el, de când mă știu. I-am zâmbit cu toată căldura de care eram capabilă în acel moment, ținând cont de starea mea, pentru a alunga orice urmă de amărăciune din sufletul dragului meu Hanzo. De mică, deoarece era prea tânăr pentru acest apelativ, l-am strigat pe nume pentru că mă irita reacția oamenilor ce se minunau că nu era de fapt tatăl, ci bunicul meu.

Situația a fost detensionată rapid de o voce caldă și glumeață:

— Te-ai trezit! Știam eu că îți vei reveni... repede adică. Pe cine mint? Ai supraviețuit, trebuie să mă țin de promisiune! zise ferm.

— Promisiune?

— Da. Când erai inconștientă, ți-am promis că te voi lua de nevastă dacă vei lupta cu boala și vei învinge. Asta e, trebuie să te măriți cu mine! deși dr. Tamir vorbea într-un mod teatral, tot am fost bulversată de informație.

— Nu mai spune! Și cu mine ce faci? se auzi imediat după un pocnet scurt ce se datora impactului dintre o agendă și capul medicului.

Soția sa, asistentă la aceeași secție a spitalului, tocmai intrase în salon, el nu se pierdu însă cu firea:

— În unele țări, bigamia este legală. Vom obține cetățenia uneia dintre ele. Găsim noi o soluție. De acum înainte, vom învăța să trăim în trei! decretă el.

Soția sa, obișnuită cu felul lui de a fi, nu îl băga în seamă. În schimb Hanzo, cu toată recunoștința față de doctorul ce îmi salvase viața, era pe punctul de a-l bate. Și nu i-ar fi fost deloc greu să facă asta. Dr. Tamir e un tip înalt și slăbuț, foarte simpatic, dar se poate citi pe el, de la distanță, că e un șoarece de bibliotecă, în timp ce bunicul meu avea în spate o carieră de ridicat greutăți și aruncat cuțite. Am uitat să menţionez faptul că, în ciuda titulaturii de bunic, Hanzo abia împlinise patruzeci şi opt de ani în ianuarie.

Am început să râd. Cei doi îmi alungaseră complet tristeţea. Văzându-mă astfel, bunicul s-a înveselit şi el imediat.

Să fii spitalizat, mai ales o perioadă atât de lungă, nu e lucru uşor. Chiar şi aşa, datorită bunicului care m-a copleşit cu atenţia lui şi a dr. Tamir ce, pe lângă a-mi monitoriza starea şi a se asigura că aveam să îmi revin în cel mai scurt timp posibil, îşi luase asupra lui sarcina de a mă înveseli zi de zi, spitalizarea a fost relativ plăcută. Medicul mi-a vorbit în permanenţă de parcă am fi fost cu adevărat logodnici şi a umplut tot spitalul cu această informaţie. El şi soţia sa, Anya, mi-au devenit prieteni şi companioni. Am fost nevoită să îndur destulă suferinţă şi să depăşesc o serie de slăbiciuni, de exemplu, atunci când am început să merg din nou, după săptămâni de zăcut şi am constatat cu stupoare că picioarele nu îmi mai puteau susţine greutatea. Per total însă, a fost bine.

Când a început anul şcolar, am început şi eu să mă cufund în depresie, un gri întunecat şi înecăcios. Totuşi, cumva, dr. Tamir reuşea să îl transforme în albul strălucitor al veseliei. Am tânjit după şcoală când am fost închisă între pereţii albi ce te duceau cu gândul la dezinfectant. Acum, iată-mă în mult visata Academie, gândindu-mă cu nostalgie la spital. Mă durea să recunosc, fusesem mult mai fericită acolo. Prognoza vieţii mele de liceană era sumbră, poate chiar tragică.

Ajung în patru minute!

- Whenever You Call - Mariah Carey

Cineva pătrunse în cabinet forţându-mă să revin cu gândurile în prezent.

— Oh! Te-ai trezit! Sper că nu din vina mea... domnişoara Livia era cu adevărat îngrijorată, chiar îşi închipuia că existenţa sa plăpândă ar fi putut întrerupe somnul cuiva.

— Stai liniştită, i-am răspuns distrată în timp ce, mental, luasem hotărârea de a-i vizita cât de curând pe dr. Tamir şi pe soţia sa, Anya.

— L-am anunţat pe bunicul tău despre incident. El apare ca reprezentant legal în dosarul tău. De aceea am plecat, să fac rost de un număr de contact.

Livia vorbea parcă scuzându-se că m-a lăsat singură.

— Da, bunicul e tutorele meu. Ce a spus? am întrebat oftând.

Ştiam că va fi supărat că nu îmi ţinusem promisiunea şi îmi făcusem rău singură, din nou. Nu doar supărat, furios şi dezamăgit în acelaşi timp. Hanzo se pricepe de minune să afişeze sentimente contrare, punându-te în situaţia de a nu ştii ce să faci: să îl consolezi sau să fugi din calea lui.

— A spus: „ajung în patru minute!", firava asistentă se strădui să imite tonul grav al bărbatului, încă tânăr, căruia eu îi spun bunic.

— Tipic pentru el, am spus zâmbind.

Pentru Hanzo, timpul se măsura într-un minut, două, trei sau patru, în funcţie de urgenţă sau distanţă. Niciodată nu ar fi spus cinci sau zece minute, i se părea o formă de nepăsare asupra situaţiei. Are şi el ciudăţeniile lui. Brusc mă lovi un gând:

— Când anume a fost asta?

— Să vedem, acum vreo patru minute? zise domnişoara Livia privindu-şi ceasul finuţ ce părea a fi din aur, când uşa se deschise violent. Hanzo a dat buzna înăuntru.

— Am ajuns!

— Sunt bine, relaxează-te, i-am spus cu timiditate.

Bunicul încremeni la intrare. Venise într-un suflet şi nu ştia ce să facă în continuare. S-a temut că micuţa lui era în pericol. Văzându-mă în siguranţă, părea încurcat. Mă aşteptam din clipă în clipă să înceapă să urle la mine. Sunt convinsă că ştia ce anume s-a întâmplat, ce făcusem. În mod ciudat, Hanzo nu m-a certat pentru că mă rănisem singură ci, după câteva clipe de tăcere apăsătoare, a spus ceva total neaşteptat:

— Cred că l-am văzut pe Zoto puţin mai devreme.

— Zoto? nu îmi venea să cred ce aud, deja nu mai speram să îl revăd vreodată.

— Da. Vrei să mergem să-l căutăm?

— Bineînţeles!

Am sărit din pat şi în ciuda perfuziei ce tocmai îmi fusese scoasă din braţ, am fost cuprinsă de slăbiciune, iar privirea mi s-a întunecat. Bunicul şi asistenta m-au prins simultan. Ea i-a întins o cutie de medicamente şi zâmbindu-i candid, zise:

— Asiguraţi-vă că le ia.

— Absolut! a replicat el serios, după care, îmblânzindu-şi vocea, mi-a spus: vrei să facem un tort împreună?

I-am răspuns cu un pupic pe obraz. Hanzo m-a crescut singur. Bunica a decedat cu mult timp în urmă, iar mama şi tata nu au făcut niciodată efectiv parte din viaţa mea, îi văd de două - trei ori pe an... poate nici atât.

Când eram mică, mama bunei mele prietene, Catalina, a copt un tort savuros, nu îmi mai amintesc cu ce ocazie. Am fost foarte încântată de acel tort şi în naivitatea mea de copil de patru - cinci ani, i-am cerut lui Hanzo să îmi facă şi el unul. Bunicul, un bun bucătar dealtfel, nu îşi mai încercase până atunci norocul pe tărâmul zahărului. Deşi la început l-a cam speriat ideea, mi-a propus totuşi să facem asta împreună. Bineînţeles că primele încercări nu au fost comestibile, dar curând, ne-am specializat în produse de cofetărie. Niciunul dintre noi nu face asta singur însă, probabil pentru că este o „chestie" a noastră, ceva care ne apropie. Facem prăjituri împreună şi când avem pur şi simplu chef de ceva dulce, dar cel mai des făceam asta când eram foarte fericiţi sau când eram supăraţi unu pe altul, eventual după ce ne certam. Sunt destul de sigură că această ocazie nu se încadra la varianta fericită.

Ajunşi acasă, ne-am pus pe treabă, rezultatul: un minunat tort de ciocolată.

— Curăţ eu bucătăria, tu du-te caută-l pe Zoto.

— Şi vasele? am întrebat, ştiind că bunicul ura să le spele.

— Mă ocup eu de tot. Du-te!

— Mulţumesc! am spus ieşind pe uşă în timp ce mă întrebam dacă există ceva pe lume ce nu ar face omul ăsta pentru mine. Sunt sigură că răspunsul era nu...

IUBITUL MEU, MOTANUL

Am început prin a „da o tură" în jurul casei în speranţa că l-aş putea ochi pe blănos, fără succes însă. Am continuat prin a colinda cartierul cu speranţa în suflet că am să mă întorc acasă cu Zoto.

Zoto era motanul meu şi, în ciuda apartenenţei sale la o specie alintată şi drăgăstoasă, era un individ singuratic şi răutăcios. Uneori... aveam senzaţia că mă urăşte! Chiar şi aşa, eu îl iubeam pe el.

Dragostea mea pentru animale datează de când mă ştiu, din nefericire însă, nu am avut niciodată parte de ele. Sunt foarte alergică la blana de animale, în special cea de câini şi pisici şi deşi am adunat nenumăraţi puiuţi de pe drumuri, până la urmă a trebuit să renunţ la ei şi Hanzo a fost nevoit să insiste pe lângă prietenii lui pentru a le oferi case permanente.

M-am reprofilat atunci pe animale mici, lucrurile nu au mers deloc mai bine. Hamsterii şi celelalte rozătoare reuşeau mereu să evadeze. Papagalii au zburat pe fereastră, chiar şi iguana a reuşit să fugă de acasă şi nu e un animal foarte rapid... Poate că toate s-au întâmplat din dorinţa mea de a le oferi cât mai multă libertate? Numai broaştele ţestoase semiacvatice nu au plecat nicăieri, deşi tehnic vorbind, trăind în iazul din curtea casei, nu cred că au habar că eu le consider animăluţele mele, pentru ele e exact acelaşi lucru cu a trăi în sălbăticie, exceptând faptul că nu le lipseşte niciodată hrana.

Acum doi ani, de ziua mea, Hanzo mi-a dăruit un puiuţ pufos. Apelând la ajutorul unei cunoştinţe ce suferă de aceeaşi alergie severă ca şi mine, a găsit soluţia optimă pentru a mă face fericită în acel an, un ghem de blană. Sau cel puţin aşa a crezut...

E drept că mititelul, pe care l-am numit Zoto, era hipoalergenic, dar a fost clar din primele clipe că nu mă place. În mod ciudat, nu părea a avea nimic de împărţit cu bunicul, poate din cauză că el nu încerca niciodată să îl mângâie?

În concluzie, am reuşit să am o pisicuţă la care să nu fiu alergică, dar dacă doream să o ating, plăteam cu sânge, fiind foarte agresiv. Zoto trăia pe lângă casă, independent, venea şi pleca după cum avea chef.

Uneori trecea o săptămână fără să-i văd năsucul roz. Chiar și așa, eu eram fericită, însă de la o vreme, am început să mă îngrijorez, nu îl văzusem de șaisprezece zile! De aceea pornisem să îl caut, nu mai lipsise niciodată atât de mult de acasă, mereu se întorcea, chiar dacă numai pentru scut timp.

L-am zărit! Cu colțul ochiului, într-un tufiș, blănița lui portocalie mi-a atras atenția. Chiar dacă știam că mă va „gheruii" bine, am decis că cea mai bună variantă este să îl iau prin surprindere. Am început să mă strecor tiptil, dar am călcat pe ceva. Zgomotul i-a atras atenția, m-a văzut și a zbughit-o. Eu după el, am fugit așa vreo două străzi până ce m-am împiedicat, am căzut și mi-am spart genunchii. Am început să plâng, nu de durere, ci pentru că Zoto mă respingea, iar. În acea clipă s-a întâmplat o adevărată minune: Zoto s-a oprit și după ce a șovăit o clipă, timid, a venit la mine și m-a lins pe obraz. Nu mai făcuse așa ceva, niciodată! Am fost cuprinsă de cel mai pur alb, nu îmi aminteam ultima dată când fusesem atât de fericită.

L-am îmbrățișat, căldura lui m-a făcut să îl iubesc și mai mult. Îmi fusese atât de dor de blănița lui portocalie pe care o netezeam cu drag, fără să mă atace și de ochișorii lui... albaștri?! Puteam să jur că Zoto avea ochii verzi! Mi s-a părut poate din cauza luminii, a unghiului? E drept ca nu m-a mai lăsat înainte să îl privesc drept în față, de la mică distanță.

Lui Hanzo nu i-a venit să își creadă ochilor când m-a văzut venind acasă cu motanul în brațe. A observat că îmi belisem genunchii și deși în mod normal nu aș fi avut pace cu el până ce nu îi bandaja, s-a retras pentru a ne oferi, mie și lui Zoto, cadrul intim necesar formării unei legături după care tânjisem atât de mult.

Motanul s-a așezat în fața mea privindu-mi, în prim plan, de la nivelul lui, noile zgârieturi și o făcea într-un mod prea insistent după părerea mea.

— Miau!

— Ce? Și tu mă cerți? i-am zis scărpinându-l între urechi. Zoto a început să toarcă zgomotos.

I-am umplut cu mâncare bolul atât de rar folosit și mie mi-am tăiat o felie din tortul deja început de nerăbdătorul Hanzo.

— Miiiaaauuu! se miorlăi prelung în timp ce dădea nemulțumit din codița catifelată.

— Nu îți place mâncarea de pisici? Fie! Am să caut altceva.

Cât eu căutam în frigider, Zoto a sărit pe scaunul meu și apoi pe masă adulmecând aromatul tort.

— Nu, pisicile nu au voie ciocolată! i-am spus categoric.

În privirea lui se putea citi: „doar nu vorbești serios?".

Am sfârșit prin a renunța și eu la desert în favoarea unei fripturi suculente, pe care am împărțit-o în doi, eu și Zoto.

După ce a mâncat, a adormit mulțumit la mine în poală, continuând să toarcă mult după aceea. Fără să exagerez, cred că l-am mângâiat vreo două ore continuu, pentru cei doi ani în care nu mi-a permis să pun mâna pe el. Adoram atingerea blăniței sale pufoase, burtica moale, pernuțele fine, urechiușele de catifea, totul. Eram fericită. Somnul lui liniștit îmi dădea o senzație de împlinire, o fericire la granița dintre bucurie și iubire, de un minunat roz-pal.

De teamă să nu îl deranjez, am stat nemișcată timp îndelungat, amorțind îngrozitor. Când, într-un final s-a trezit, am cam răsuflat ușurată.

A început să miaune și să zgârie ușa cu lăbuța. I-am deschis cu gândul că dorește să-și facă nevoile. A dispărut într-un tufiș. Minutele ce au urmat, au fost îngrozitor de lungi, mă gândeam că nu am să-l mai văd... Văzând că nu apare, am strigat :

— Zoto! Sper că nu mă părăsești! Te rog nu mă lăsa singură! sunetul vocii mi-a sunat jalnic chiar și pentru urechile mele, dar nu contează, Zoto s-a întors la mine.

După ce am intrat în casă, am pornit înspre camera mea urmată de grațiosul blănos portocaliu. Pentru o clipă m-am gândit că ar trebui să îi fac baie, dar adevărul e că nu avea nevoie, ceea ce era ciudat pentru un motan semi-vagabond, pe care nu-l văzusem de şaisprezece zile şi nu-l spălasem de când a fost puiuţ. Oricât de neobişnuit ar fi fost acest lucru, blăniţa lui strălucea de curăţenie.

Nu aveam idee ce teme aveam pentru a doua zi. Îmi petrecusem mare parte a zilei la infirmerie şi niciun coleg nu se sinchisise să îmi aducă lecţiile. Sau să îmi trimită măcar un mesaj cu materia şi pagina cărţii... Minunaţii mei colegi... Cu toate acestea, nu îmi păsa de nimic, îl aveam pe Zoto lângă mine şi asta era tot ce conta. Cu el alături eram gata, dacă nu să îi înfrunt pe cei de la şcoală, măcar să supravieţuiesc cu bine celor patru ani de liceu.

Am adormit cu motanul în braţe, strângându-l la piept în timp ce el torcea încetişor şi m-a cuprins un somn în nuanţe de roz, învăluite în alb strălucitor.

Cinci reguli simple

„You don't know what it's like to be like me
To be hurt, to feel lost
To be left out in the dark
To be kicked when you're down
To feel like you've been pushed around
To be on the edge of breakin' down
And no one's there to save you
No, you don't know what it's like
Welcome to my life"
- Welcome to My Life – Simple Plan

Somnul dulce a fost întrerupt de țârâitul enervant al alarmei. Pufosul din brațele mele s-a întins leneș, alunecând pe lenjeria de pat din satin roz. Își ivi colțișorii albi și ascuțiți căscând somnoros, după care, parcă înțelegând ora indicată de ceasul de pe perete, își scutură expresia adormită și se repezi la geam. Zoto se apucă să zgârie disperat sticla, cu amândouă lăbuțele.

— Înțeleg, ai fost băiat cuminte și te-ai abținut toată noaptea. Du-te și zburdă, natura te cheamă! Am să îți las ceva bun de mâncare înainte să plec la școală, ne vedem după!

Nu a așteptat să i se spună de două ori, de cum am deschis fereastra, a sărit în nucul de lângă casă şi dus a fost. Văzându-l plonjând astfel, am simţit un uşor gust amar.

Mi-am întors privirea către ceasul ce ticăia sâcâitor, reprezenta un *clown*. Nu mi-a fost simpatic niciodată şi nici nu se potrivea cu restul camerei, dar nu mă lăsa inima să-l las pe bunicul să vadă că nu îmi plăcea, înlăturându-l de la locul lui. Se afla acolo de când aveam vreo opt ani şi cel mai probabil va rămâne pentru încă mult timp în acelaşi loc. Tot ce puteam face în privinţa lui era să sper că se va strica.

Limbile lui, ce nu erau altceva decât mâinile *clownului* cu arătătoarele disproporţionate şi exagerat de lungi, arătau că aveam timp suficient să mă pregătesc pentru şcoală... o nouă zi de şcoală, o nouă zi în iadul Academiei Etnare.

Nimic nu mă ajuta să mă simt mai bine, nici duşul revitalizant, nici micul-dejun favorit, nici cocul reuşit perfect din prima, nici rochiţa mea verde în care obişnuiam să mă simt ca o zână, nimic din toate acestea nu îmi putea îndulci realitatea: colegii mei îşi puseseră în gând să îmi facă viaţa un calvar. Întrebarea era: de ce?

De când am intrat în perimetrul şcolii, am simţit o mulţime de priviri ostile. Fiind o Academie privată, de top, aici veneau elevi din toată Ildema, de aceea, majoritatea locuiau la Internatul Etnare. Eu, locuind în Resao, veneam zilnic de acasă, distanţa pe care o aveam de parcurs fiind relativ mică. Poate şi locuitul împreună sudase legăturile între colegele mele. Un motiv în plus pentru care eu rămăsesem pe dinafară să fi fost oare faptul că eu nu locuiam la internat? Îmi era atât de dor de Catalina în acele clipe, dar nu aveam dreptul să mă plâng!

Paşii îmi deveneau mai greoi cu fiecare privire ce o simţeam înfigându-mi-se în ceafă. Mă îndreptam spre zona dulăpioarelor individuale de depozitare. Zâmbetele răutăcioase şi râsetele înfundate se intensificau cu cât înaintam. Când am ajuns în faţa dulapului meu, datorită mirosului înţepător, nici nu a mai fost necesar să-l deschid pentru a ştii că era plin cu gunoaie, poate chiar o mortăciune ceva, judecând după intensitatea duhorii. M-am întors și am plecat, spre dezamăgirea celor ce așteptau cu nerăbdare să îmi devoreze suferința cauzată de umilirea publică. Nu aveam nici cea mai mică intenție să le dau satisfacție. Cel mai probabil că mormanul îndesat înăuntru mi-ar fi căzut în cap în momentul în care deschideam ușa, nu mulțumesc!

În clasă, banca îmi era toată mâzgâlită, cu gumă de mestecat lipită în toate direcțiile și o substanță nedefinită, lipicioasă, se întindea pe tot placajul alb. Am reușit să o curăț, cu greu, cu doar câteva clipe înainte de a intra profesorul în clasă. Bineînțeles că nimeni nu m-a ajutat și îmi ajungeau pe la urechi tot felul de comentarii ironice.

Domnul Turadi nu pierde timpul deloc, de când pășește în clasă, începe să „picteze" tablele cu formule matematice. Are un scris mare, grăbit și apăsat, dar lizibil. Cinci minute și vreo două table mai târziu, ușa se deschide lent. Băiatul cu părul portocaliu din penultima bancă așteaptă în cadrul ușii ca domnul Turadi să-i acorde un semn de bunăvoință. În ciuda firii sale blajine, în acea zi, profesorul era țâfnos, probleme personale pesemne, și se încruntă la colegul întârziat.

— Îmi cer scuze! Nu am auzit alarma, nepotul meu s-a jucat ieri pe telefonul meu și cel mai probabil mi-a oprit sunetul...

— Bine, bine, dădu plictisit din mână profesorul de matematică, treci la locul tău!

Deuce, cel mereu rupt de realitate, îl urmări cu privirea pe întârziat cu o suspiciune ciudată pe chip.

— Hey! Am trecut pe la tine în drum spre școală, Dean mi-a zis că nu ești acasă și că nu te-a văzut de ieri, se auzi șoptind căpitanul echipei de baschet din ultima bancă.

— Dean e un idiot!

— Pe bune, unde ai fost? insistă cu subînțeles brunetul.

— Nu m-ai crede dacă ți-aș spune! încheie discuția cam răstit băiatul cu cerul în priviri.

Așadar, mințise? Dar ce îmi băteam eu capul? Nu era treaba mea.

Bine că nu le-a auzit și domnul de matematică șușotelile.

Aveam nevoie de liniar, în penar nu era, în geantă nici atât, am tras concluzia că trebuia să fie în bancă. E rău să fi mic, ai și mâinile scurte, mi-a intrat brațul până la umăr în bancă și nici urmă de liniar, în schimb am găsit ceva total neașteptat: un plic. În interiorul acestuia se afla un bilet. Cât m-am foit eu, ora se terminase, așadar, am început să citesc:

Neoficial, Academia Etnare este condusă de către Fan-Club! Acesta este puterea din umbră, drept urmare, pentru o existență pașnică, există cinci reguli simple pe care orice elevă trebuie să le urmeze. În cazul aderării la Fan-Club, drepturile obținute cresc proporțional cu poziția deținută în structură, deși, în cazul tău, șansele să ți se permită să devii membru sunt nule!

Cele cinci reguli de bază sunt:

1. Nu îl privești insistent pe D.!

2. Nu vorbești cu D.! Dacă el inițiază o conversație, de orice soi, răspunzi la subiect, după care te scuzi și te retragi imediat.

3. Nu îl atingi pe D.!

4. Nu îți confesezi sentimentele față de D.!

5. Nu ieși la întâlnire cu D.! Dacă prin absurd, D. îți propune o întâlnire, refuzi! Refuzul va fi pe motiv că ai deja un iubit ce merge la o altă școală.

Dacă vrei să îți fie bine, respectă-le!

P.S. Tot ce ți se întâmplă acum este cauzat de încălcarea anterioară a regulilor, ia-o ca pe o repercusiune, o pedeapsă dacă vrei. Dacă te vei conforma, în timp, situația se va îmbunătăți, dacă nu, vei plăti pentru fiecare abatere.

— Ce naiba? am izbucnit fără să îmi pese că vorbeam cu voce tare. Reguli? Fan-Club? Și cine mai e și D. ăsta??

Simțeam că mă înec în roșu, atât de tare încât mi-a pocnit elasticul sub presiunea părului bogat și cârlionțat ce se înfoiase de nervi, cocul perfect era deja istorie.

Legănându-şi şoldurile, Yolette porni în direcţia mea şi după ce îşi aruncă ostentativ o şuviţă de păr blond pe spate, se aplecă înspre mine, cu şoldul drept în afară, într-o poziţie cam indecentă. Nu zicea nimic, doar se holba la mine. Eu mă străduiam să o ignor.

— Ce faci? întrebară chicotind Coralia şi Irene, cele două umbre ale ei.

O urmăreau peste tot, erau de acord cu ea în toate privinţele şi executau orice ordin venit din partea ei, ba chiar se străduiau şi să o imite, însă nu prea le ieşea. Mama natură fusese generoasă cu Yolette, formele ei erau exact acolo unde trebuie şi, cu puţin ajutor din partea tehnicilor de machiaj moderne, cel puţin la prima vedere, părea perfectă, strălucind zi de zi. În schimb, tenul Coraliei avea o culoare... cenuşie, ce făcea ca toate ţinutele în culori stridente, în ton cu cele ale Yolettei, să arate ciudat pe ea. Irene avea cel mai angelic chip pe care îl văzusem vreodată, din păcate, era dreaptă ca o scândură, nu acelaşi lucru se putea spune şi despre picioarele ei, care erau foarte strâmbe.

— Mă uit la ciudata asta. Ce apucături are, ieşiri în public, jenant; chicoti în timp ce îşi îndreptă postura.

— Şi părul ăla, mă înfioară! Parcă ar fi viu! îi ţinu isonul Coralia.

— Crezi că dacă tragi de el şi îi dai drumul, face „boing"? sâsâi răutăcioasă Irene.

— Probabil. Dar nu am de gând să ating ceva atât de dezgustător! se strâmbă Yolette cu un aer superior.

— Mie îmi place! se auzi Deuce vorbind din lumea lui îndepărtată.

Era pentru prima dată când intervenea într-o discuţie, de fapt, în general, nu răspundea nici atunci când i te adresai direct. Practic, comentariul lui era o adevărată minune, de aceea, Dante şi Zero, care mâzgăleau ceva pe tablă, au aruncat pe loc creta şi au venit la noi.

Dante l-a apucat pe Deuce după cap cu afecţiune, auzisem că cei doi ar fi fost verişori.

— Dante! au exclamat entuziasmate Yolette, Coralia şi Irene în cor.

Erau exact ca nişte câini ce dau din coadă când îşi revăd stăpânul după o absenţă îndelungată. Îmi venea să vomit văzând atâta prostie. Lucrurile căpătau însă sens, devenise clar cine era D! Dante avea un Fan-Club de nebune...

— Dacă lui Deuce îi place, îmi place şi mie! decretă el zâmbindu-i verişorului său.

— Ce îi place prietenului meu cel mai bun, îmi place şi mie! susţinu sigur pe el Zero, pentru ca apoi să întrebe şoptit: „ce anume ne place?".

— Mulţumesc, băieţi! am spus oftând.

Nu eram deloc fericită de intervenţie, mai ales de cea a lui Dante. Cu toate bunele lui intenţii, cel mai probabil m-a băgat în rahat până în gât.

De ce naiba ar avea un Fan-Club şi încă unul... fanatic? Da, este posesorul minunaţilor ochi ce cuprind în privirea lor galaxii îndepărtate, nu vezi toată ziua oameni cu părul portocaliu în mod natural, ca să nu mai zic că freza de *skater-boy* îl prindea tare bine... Recunosc, era foarte atrăgător, dar nici Zero nu se situa mai prejos. Cei doi erau cei mai buni prieteni. Zero era căpitanul echipei de baschet, un tip foarte înalt, însă fără a fi dizgraţios sau a părea disproporţionat. Ochii aurii păreau înfricoşători, dar când zâmbea, acele riduri mici de expresie ce i se încreţeau la colţuri le conferea o notă de bunătate, de căldură. Zero zâmbea mai mereu, era un băiat vesel şi amuzant ce nu pierdea nicio ocazie să-şi dezvelească dinţii din spatele buzelor cărnoase într-un surâs radiant. Deşi Zero depăşea cu mult înălţimea unui om normal, iar Dante era destul de scund, mai ales pentru un jucător de baschet, pentru că şi el făcea parte din echipă, ambii aveau constituţie atletică şi era greu să te decizi care dintre ei era mai chipeş.

Atunci, de ce unul dintre ei avea un fan club şi celălalt nu? Poate din cauza modului cum Dante găsea de cuviinţă să tragă câte un pui de somn cu capul pe bancă în mijlocul lecţiei, după care se întindea leneş, într-un mod foarte drăguţ sau felul cum îşi freca părul cu pumnul în frunte când se plictisea? Am constatat atunci că ştiam cam prea multe despre gesturile lui. Da, asta trebuia să fie, am concluzionat, era genul acela de persoană pe care nu ai cum să nu o placi, avea ceva al lui care te atrăgea şi fiind un băiat frumos, fetele din şcoală îşi închipuiau că erau îndrăgostite de el. Neavând cum să îl împartă, au decis să nu îl aibă nimeni? De aceea au creat Fan-Clubul? Oricum ar fi, lucrurile au scăpat rău de sub control!

Situaţia tensionată a luat sfârşit odată cu intrarea la clasă a profesoarei de limbi străine, fiecare s-a văzut nevoit să se îndrepte către locul său.

Înainte de a pleca, Zero a făcut un gest ce a însemnat enorm pentru mine în acele clipe. Mi-a oferit banderola sa de tenis, pentru că el purta echipament sportiv tot timpul, să o folosesc drept cordeluţă. Simplu, modest şi în acelaşi timp ruşinat, a aşezat-o pe masă şi mi-a spus:

— Dacă ai nevoie, foloseşte asta.

Parcă cerul începea să se însenineze, intervenţia lui Deuce, darul lui Zero, ambele erau semne de bunăvoinţă, ceva ce nu mai speram să întâlnesc în Academia Etnare. Poate... anii de liceu nu vor fi chiar atât de răi?

Pauza următoare, m-am gândit că, datorită lui Dante, Fan-Clubul considera cu siguranţă că am încălcat din nou regulile lor. Asta însemna că mă puteam aştepta la ce era mai rău şi că situaţia nu urma să se amelioreze curând. De aceea, mi-a venit ideea să pun piciorul în prag în speranţa că astfel aş putea să mă scutur de statutul de victimă şi să scap de eticheta de paria. Mi-am luat inima în dinţi şi m-am dus la Yolette.

— Ce ai zice dacă m-aş duce şi aş arăta asta directorului Academiei? i-am spus fluturându-i sub nas hârtia pe care erau scrise regulile Fan-Clubului şi care, sunt destul de sigură că era scrisă chiar de mâna ei.

— Ţi-aş zice că nu ai să o faci! răspunse cu un zâmbet perfid şi cu o mână îmi smulse biletul şi cu cealaltă mă împinse violent.

Eram mică pe lângă ea, bine, eu sunt mică pe lângă oricine. M-am lovit cu spatele de colţul unei bănci, e drept că mobilierul avea marginile rotunjite, dar impactul dintre trupul meu fragil şi un corp contondent a fost suficient să fiu cuprinsă de o durere de cel mai intens albastru. Mă temeam de posibilitatea unei coaste fracturate.

Am căzut şi nu puteam face altceva decât să o privesc neputincioasă cum rupe foaia în bucăţele mici şi mi le aruncă în faţă cu un gest meschin. Nimeni, nimic, nici cel mai mic gest că ar vrea cineva să mă ajute. În clasă erau numai fete, băieţii se pregăteau deja pentru ora de educaţie fizică la vestiare. Dacă ar fi fost în clasă, poate unul dintre ei m-ar fi ajutat să mă ridic. Colegele mele în schimb... unele se distrau copios, râzând în timp ce mă priveau cu cruzime, iar altele se făceau că nu mă observă, că nu exist. La noi în clasă, orice urmă de compasiune a fost înghiţită de răutate sau teamă.

Au plecat şi ele la vestiare. Am început să plâng, îmi reţinusem eroic lacrimile până atunci. Durerea scăzuse în intensitate suficient încât, cu greu, să mă pot mişca. Eram hotărâtă să nu mă duc la cabinet, nu puteam risca ca domnişoara Livia să îl cheme iar pe bunicul. Dacă Hanzo ar fi ştiut ce se petrece, ar fi întors şcoala cu susul în jos, dar după aceea, tot eu aş fi avut de suferit... sau m-ar fi obligat să mă transfer şi nu aveam să fac asta pentru nimic în lume, trebuia să fiu absolventă a Academiei Etnare!

M-am ridicat cum am putut, mi-am şters lacrimile şi am pornit spre vestiar încurajându-mă singură: rezistă, mai câteva ore şi ai să îl revezi pe Zoto, atunci nimic nu va mai conta, totul va fi bine.

După faza clasică a gunoiului din dulap, mi-am găsit echipamentul de sport tăiat cu foarfeca, iar încălţămintea era umplută cu lipici. M-am scuzat de la oră, oricum nu făceam altceva decât să stau pe bancă. Făcând abstracţie de noua lovitură, oricum nu aveam voie să fac efort fizic. Nemaiavând echipament, accesul în sală îmi era interzis, m-am dus în grădina şcolii. Pe drum, am trecut pe lângă un grup de elevi din clasele mai mari. Am înţeles atunci că nu mai era vorba numai de clasa noastră, problema se răspândise în restul şcolii, asemenea infecţiei dintr-o rană cu puroi.

M-am adăpostit la umbra unui stejar, într-un loc retras, pe iarbă, unde am plâns în voie, fără să mă mai reţin în niciun fel. Dintre smiorcăielile mele, un singur cuvânt se înţelegea clar: Zoto! Credeam cu tărie că, îmbrăţişând acel ghem de blană portocalie, voi găsi puterea de a îndura persecuţia Fan-Clubului.

Vagonul numărul șase

Simțeam povara întregii lumi, cum mă apăsa sub greutatea sa. Fiecare pas îmi părea din ce în ce mai greu de făcut. Am început să-mi târâi picioarele pe asfaltul aspru, nu mai aveam putere să le ridic de la sol. Norul negru ce mă învăluise devenea tot mai dens, întunecimea lui se înțeța cu fiecare clipă. Din fericire, coasta nu mă mai durea deloc, albastrul ce mă chinuise teribil, dispăruse ca și cum nu ar fi existat vreodată. Nu aveam fisură de coastă. Dar chiar era asta o veste bună? Perspectiva unei noi spitalizări nu suna chiar așa de rău... Ba chiar mai bine, un corset de ghips care să mă oblige să stau în casă, cu Zoto, ar fi fost un dar minunat în acel moment.

Ce am ajuns... să tânjesc după spital? Să îmi doresc răul fizic pentru a nu fi nevoită să frecventez școala? Un gând absurd, de neconceput, de-a dreptul rușinos și totuși, atât de adevărat.

Mă îndârjeam singură să nu le dau satisfacţie persecutorilor mei arătându-le că sufăr, asta nu înseamnă însă că nu o făceam. Îmi simţeam sufletul frânt şi orice ar fi fost, între negru şi albastru, alegeam oricând albastrul! Adică între a mă durea sufletul sau a mă durea trupul, mereu îl voi sacrifica pe cel de-al doilea în favoarea celui dintâi.

Mirosul dulce al caprifoiului, ce se agăţase de jur-împrejurul porţii casei, mi-a mai uşurat inima. Eram acasă! Tot ce mai aveam de făcut era să-mi forţez un zâmbet pe chip sau măcar să păstrez o expresie a feţei cât de cât acceptabilă în faţa bunicului şi să supravieţuiesc până când mă puteam retrage în camera mea, cu Zoto, pentru a-mi pansa sufletul sângerând cu blăniţa lui portocalie.

— Cum a fost la şcoală? se auzi, de nicăieri, vocea lui Hanzo, care îşi făcuse de lucru prin curte.

Fără să vreau, auzindu-i întrebarea, am oftat zgomotos. Văzându-mi reacţia, aştepta nerăbdător un răspuns, chiar dacă iniţial întrebarea fusese pusă de complezenţă.

— Obositor, am spus sperând că se va mulţumi cu atât.

— Fireşte, organismul tău încă nu funcţionează la capacitate maximă. Ar trebui să te odihneşti înainte să te apuci de învăţat! Poate să şi dormi puţin? se temea să nu repet procesul acela de autodistrugere prin suprasolicitare, care m-a dus, indirect, în pragul morţii.

— Da, aşa am să fac, mi-ar prinde bine să dorm puţin. Ştii pe unde e Zoto?

— Nu, de fapt, nu l-am văzut de aseară.

Vorbele bunicului au venit ca un nou pumnal în inimă, unul înmuiat în venin. De ce îmi închipuisem eu că Zoto şi-ar fi schimbat obiceiurile? Că avea să fie acasă zi de zi începând de atunci? Adevărul crud era că motanul acela mă ura, ca întotdeauna! Animalele sunt fiinţe sensibile şi, cu o zi înainte, simţise cât de zguduită eram, dar îşi revenise la modul lui obişnuit de viaţă. Pe ce mă bazasem când am crezut că am devenit apropiați? De ce îmi închipuisem eu că Zoto îmi va oferi în fiecare zi căldura și compania sa? Am plecat să îl caut. Știam că nu îl voi găsi...

După o vreme, m-am întors acasă cu spiritul frânt. M-am străduit, pe cât posibil, să îmi ascund starea jalnică în fața ochilor pătrunzători ai lui Hanzo. Pentru a nu-i trezi suspiciuni și pentru că monitoriza tot ce mâncam de când fusesem externată, pentru a se asigura că mă hrănesc corespunzător, mi-am umplut un platou ce trebuia să țină loc de prânz și cină și m-am închis în cameră. Știa că eram supărată din cauza noii dispariții a lui Zoto și nu m-a deranjat.

Am lăsat platoul neatins pe noptiera de sub ceasul clown. Eu am rămas nemișcată în mijlocul patului privind în gol. Nu am idee cât timp am făcut acest lucru până în momentul în care am conștientizat ce făceam. Odată cu revenirea din starea catatonică, am fost cuprinsă din nou de întunecimea suferinței sufletești.

Mereu am iubit animalele și mi-am dorit dintotdeauna o relație specială ele, măcar cu unul, așa cum părea, cu o zi în urmă, a fi cea cu Zoto. O legătură ce fusese mult timp imposibilă din cauza alergiilor mele și mai târziu datorită personalității motanului, se întrezărise pentru o clipă și eu îmi legasem toate speranțele de ea. Cu toate acestea, nu m-ar fi durut atât de mult faptul că Zoto îmi întorsese din nou spatele dacă nu s-ar fi petrecut toate evenimentele de la școală. Dacă viața mea la Academia Etnare ar fi fost plăcută, aș fi acceptat resemnată respingerea lui, dar eu îmi căutam cu disperare refugiul în blănița lui moale.

Oricât aș încerca să mă ascund după deget, școala era cangrena ce îmi devora sufletul. Am luptat atât de mult pentru a fi admisă la prestigiosul liceu încât mi-am distrus sănătatea. Potrivit bunicului și domnului doctor Tamir, am fost la un pas de moarte. Și totuși, la un pas de moarte, nu e același lucru cu a fi mort, deci nu puteam să mă plâng!

Simțeam că mă sfârșesc numai la gândul de a mă întoarce, în

următoarea zi, în cuibul acela de hiene. Eram o țintă vie. Cât aveam să mai rezist? Mă gândeam cât voi putea să mai îndur până ce îi ceream lui Hanzo să mă mute la altă școală? Nu! Nu aveam să fac asta! Nu îmi permiteam să o fac! Trebuia să termin liceul acolo! Să țin în mână o diplomă pe care să scrie Academia Etnare, i-am jurat Catalinei că am să fac asta în locul ei și nu am să mă las până ce nu mă țin de cuvânt, chiar dacă acest lucru mă ucide... atunci, am putea fi din nou împreună, fericite?

— Catalina! strig din senin și dacă până în acel moment, lacrimile îmi curgeau lin la vale, pe obrajii fierbinți, am început să plâng violent odată cu invocarea numelui ei. Ce drept aveam eu să îmi blestem soarta când ea, ea... nu mai era.

Catalina a fost cea mai bună prietenă a mea, încă de la grădiniță, mereu am fost în aceeași clasă. Făceam totul împreună, dormeam una la alta, mă simțeam la ea ca la mine acasă și ea se simțea la fel în casa mea. Atât Hanzo, cât și părinții ei, ne cumpărau mereu lucruri la fel, de parcă am fi fost surori. Într-un fel, chiar eram, nu aveam o legătură de sânge, ci una din inimă.

Catalina era foarte isteață, era mereu prima din clasă, spre deosebire de mine, care nu strălucisem niciodată în domeniul învățăturii. La drept vorbind însă, probabil că notele mele ar fi putut fi mai mari dacă aș fi învățat mai mult, dar nu o făceam pentru că, ea fiind mai inteligentă, prindea mult mai repede totul și, când își termina lecțiile, susțineam că și eu eram gata, pentru a ne putea juca mai mult.

De când a fost înființat, în urmă cu optzeci de ani, toți membrii familiei Felidae au învățat la Grupul Școlar Etnare, compus din școala primară, gimnazială și liceu, unde aveau ocazia de a studia numai elitele societății. Grupul Etnare este alegerea preferată a celebrităților, politicienilor și în general a tuturor oamenilor bogați, pentru odraslele lor. Taxele sunt enorme, dar se spune că ar fi cea mai bună școală din lume, sau măcar de pe cuprinsul teritoriului continentului Nevebis. Dacă nu proveneai dintr-o familie extrem de înstărită, şansele de a frecventa Şcoala Primară sau Şcoala Secundară Etnare, erau nule. Cu toate acestea, în privinţa liceului, exista o speranţă.

Familia Felidae, care produce faimoasele autoturisme Zess, asta printre multe alte afaceri, fabrici şi firme, a hotărât la un moment dat, să ofere copiilor inteligenţi o şansă, pe considerentul: diamantele strălucesc şi în noroi, astfel, elevii ce ocupă primele zece locuri la examenul de admitere, sunt scutiţi de taxe. Sunt scutiţi în sensul că acestea sunt achitate, pentru toţi cei patru ani, de către familia de magnaţi, care rămânea oricum principalul sponsor al Academiei Etnare. Te cam punea pe gânduri mărinimia lor şi te făcea să te întrebi oare câţi bani aveau de fapt oamenii aceia de îşi permiteau să facă aşa ceva. Mulţi oricum, ţinând cont că ocupă locul doi sau trei în topul celor mai bogaţi oameni din lume. Nu contează, generozitatea lor era şansa noastră, a oamenilor obişnuiţi, ce în alte circumstanţe nu am fi putut pătrunde în universul închis al şcolii private.

Catalina auzise de această oportunitate şi, cu certitudine, era capabilă să se claseze în primii zece. Problema eram eu. Nu dorea să ne despărţim, era hotărâtă să mergem la liceu împreună şi nici nu concepea altă variantă decât Academia Etnare. Întrebarea era dacă eram eu capabilă să obţin o medie care să mă claseze între primii zece admişi.

De dragul ei, i-am promis că aşa va fi, trebuia să îmi dau toată silinţa. Nu mă pot plânge de situaţia mea financiară, dar taxele şcolii private depăşeau posibilităţile bunicului. Ne-am pus pe învăţat amândouă.

În Ildema, ultimul an al Şcolii gimnaziale durează numai trei luni, în care se face o recapitulare intensivă a tuturor noţiunilor de bază, restul lunilor de până la susţinerea examenului de admitere la liceu, sunt rezervate învăţatului şi pregătirii pentru respectivul examen. În tot acest timp, nu se mai ţin cursuri şi eşti considerat absolvent al Şcolii gimnaziale, însă se mai organizează grupuri de studiu pentru elevii care doresc şi consideră că nu pot învăţa pe cont propriu.

IUBITUL MEU, MOTANUL

În cadrul acestor grupuri, profesorii țin ore ce au ca scop fixarea materiei. Mie mi-au prins bine, Catalina nu avea nevoie de așa ceva. Chiar dacă examenele se susțin direct la liceul la care dorești să aplici, elementele de bază sunt aceleași, la nivel național, totuși, în funcție de specificul și pretențiile unității de învățământ, bibliografia poate crește considerabil.

Se înțelege că Academia Etnare are pretenții foarte mari. Părinții Catalinei, considerând că visul fetei este în același timp o șansă foarte mare de a reuși în viață, au făcut rost de întreg materialul necesar pentru admiterea la liceul privat și pentru că ea nu avea nevoie de grupurile de studiu, au decis să o trimită la bunici, pentru a se concentra numai pe învățat, nestingherită sau distrasă de altceva.

Urma să petrecem aproape opt luni fără să ne vedem. Părinții ei aveau să o viziteze în fiecare weekend, dar eu? De când ne cunoscuserăm, nu am fost niciodată separate mai mult de o zi-două, până și în concedii mergeam împreună. Îmi venea imposibil să concep să exist fără ea atât de mult timp, Catalina simțea la fel. Ce puteam face însă? Academia Etnare era un scop în sine și noi trebuia să strângem din dinți pentru a-l atinge.

Cu toate acestea, egoismul meu s-a manifestat în cea mai urâtă formă a lui. Ea avea tren la ora doisprezece spre satul bunicilor săi. Atât mama cât și tatăl Catalinei se aflau la muncă la acea oră și în imposibilitatea de a-și conduce fiica, așa că, sărutând-o de rămas-bun de dimineață, i-au spus că fiind deja mare, putea ajunge la gară singură, iar ei ar fi vizitat-o peste câteva zile.

Am însoțit-o la gară, dar nu a fost suficient pentru mine, am convins-o să își schimbe biletul de la trenul de doisprezece pe unul la trenul de opt. Ba mai mult, eu însămi am discutat cu doamna de la ghișeu și am efectuat tranzacția. Eu am condamnat-o pe Catalina! Eu i-am pus în mâini un bilet dus spre Tărâmul Morții! Egoismul și prostia mea au împins-o în locul cel fără de întoarcere. Și când mă gândesc ce mândră eram de mine că mai câștigasem câteva ore pentru noi... Ultimele noastre ore, ultimele ei ore!

Sunt vinovată, vinovată până în ultimul atom, eu am condamnat-o la moarte pe draga mea Catalina... Credeam deci că tot ce mi se întâmpla la Academie îmi era răsplata. Academia Etnare era Purgatoriul meu! Sufletul meu încărcat cu acest păcat, trebuia să se purifice prin suferință! De aceea nu aveam dreptul să mă plâng de tratamentul primit, nu aveam dreptul să fug, nu aveam niciun drept! În plus... am jurat la mormântul ei că am să obțin acea diplomă orice ar fi.

Aproape că m-a costat viața doar să fiu admisă la acest liceu privat. M-am distrus singură pentru a-mi îndeplini jurământul și aș face-o din nou, oricând. Odată admisă, trebuia să îndur cei patru ani grei ce se ridicau la orizont ca un zid de pucioasă. Și aveam de gând să o fac, chiar dacă acest lucru m-ar fi ucis, la naiba, poate chiar mă încânta ideea de a muri și de a fi din nou alături de Catalina. Draga mea Catalina...

Până la urmă, inevitabilul s-a produs, ora plecării sosii. Catalina mi-a făcut cu mâna de la fereastra compartimentului până ce trenul a ieșit din gară și nu am mai putut să o zăresc. Se afla în vagonul numărul șase.

Localitatea bunicilor ei nu era foarte departe, ne-am înțeles să mă sune după ce ajungea. Nu a făcut-o. Nu am dat prea mare importanță acestui aspect atunci, de fapt, mi-a ieșit din minte că așteptam telefonul ei pentru că Hanzo mi-a cerut ajutorul cu niște treburi ce m-au ținut ocupată tot restul serii. El apelează foarte rar la mine pentru astfel de treburi. Tocmai acea zi a fost una dintre excepții.

Următoarea dimineață, mi-am luat micul-dejun cu televizorul pornit. În urma furtunilor violente din ultimele zile, mai multe șine au fost afectate, devenind impracticabile, din aceeași cauză, avusese loc și o tragedie: un tren deraiase și căzuse într-o prăpastie! Bilanțul înfiorător: treizeci și doi de morți și cincizeci și patru de răniți, dintre care șaptesprezece se aflau în stare critică.

Speriată, l-am rugat pe Hanzo să mă ducă la locul accidentului. De voie, de nevoie, până la urmă, mi-a făcut pe plac. Autoritățile nu reușiseră încă să blocheze accesul datorită perimetrului foarte mare pe care se întindeau rămășițele de oțel și carne. Fiarele contorsionate ale uriașului de metal arătau jalnic și înfiorător deopotrivă. O miasmă înțepătoare de moarte împânzea locul. Am rămas blocată preț de câteva clipe, privind o fereastră împroșcată cu sângele unei persoane ce, cu mai puțin de douăzeci și patru de ore în urmă, își făcuse planuri pentru mâine, iar acel „mâine", nu îi adusese decât un loc în sinistra morgă ce își cască sertarele înghețate ca pe niște guri nesățioase pentru a-și înghiți prada inertă.

M-am întrebat dacă aceea era fereastra de la care îmi făcuse cu mâna Catalina? Am încercat să mă liniștesc văzând că pe vagon era trecut numărul doi, dar faptul că doiul ce fusese rupt în două, nu mă ajuta deloc. Pornesc cu speranță de-a lungul rămășițelor trenului închipuindu-mi că partea din față a trenului trebuie să fi fost cea mai afectată de tragedie. Nădejdea mea s-a prăpădit într-un mod brutal. Vagonul Catalinei era cel mai avariat dintre toate... avariat? Nu, era distrus, nimicit.

Mi-a fost greu să dau ochii cu familia ei, mă temeam că mama Catalinei va citi vina din ochii mei, că mă va trage la răspundere pentru pierderea fiicei sale, probabil tot de aceea am dat fuga la locul tragediei în loc să pun mâna pe telefon sau să merg să îi văd pe părinții prietenei mele pentru a înțelege ce s-a întâmplat. M-a distrus să îi văd suferind astfel, știind că era vina mea, că totul se întâmplase numai din vina mea! De ce o reținusem acele ore, de ce îi schimbasem biletul, de ce o trimisesem cu Trenul Morții, de ce am împins-o spre pieire? Ai ei nu au aflat niciodată de implicarea mea în poveste... am fost o lașă și nu am putut mărturisi.

Vina mă durea, la fel și pierderea, pentru că și eu o iubisem enorm pe Catalina. Catalina mea! Nu am mai văzut-o, nu mi-am putut lua adio, ceremonia de înmormântare a avut loc cu capacul închis, nu putea fi văzută. Practic, nu aveai ce vedea, înăuntru era numai un trup sfârtecat cu un chip zdrobit, probabil rămășițele au fost puse laolaltă ca un puzzle macabru, poate nici măcar atât, iar eu... eu eram criminala ei!

În acea perioadă simțeam numai negru, nu mai eram capabilă de alte trăiri sau sentimente. Eram neagră din vârful capului până în cel al degetelor de la picioare.

Am suferit mult și am plâns până ce mi-a secat izvorul lacrimilor, dar mi-am spus că măcar atât pot face pentru Catalina, să îi îndeplinesc visul. Mi-am impus să mă opresc din bocit și să mă apuc de învățat.

Am jurat la mormântul dragei mele prietene că am să termin Academia Etnare și scopul meu în viață, din acea clipă, a fost să promovez examenul de admitere între primii zece. Dacă dădeam greș, cu tot regretul pentru durerea pe care i-aș fi pricinuit-o lui Hanzo, aveam în plan să mă sinucid.

Deja ai șapte abateri!

M-am trezit la răsăritul soarelui, cu ochii umflați și roșii de plâns. Nu aveam idee când adormisem, dar cel mai probabil, amintirile tragice m-au chinuit și în vis, toată noaptea, judecând după cât de iritați îmi erau ochii.

Am profitat de faptul că bunicul nu se trezise încă și m-am strecurat în bucătărie să-mi fac ceai de mușețel și să scap de conținutul platoului din ajun, dovada că nu mâncasem nimic.

Mi-am pus pliculețele de ceai pe ochi și m-am întins înapoi pe pat în încercarea de a mai dormi puţin. Am stat nemişcată aproape un sfert de oră, până ce am început să amorţesc. M-am ridicat furioasă, nu aveam somn. Am decis să mă pregătesc pentru noua zi. Am început cu mângâierea caldă a duşului, simţeam nevoia unei îmbrăţişări şi acesta s-a dovedit a fi un substitut destul de bun. Privindu-mă în oglindă, am constatat că aveam mare nevoie de ajutorul cosmeticelor în acea zi. Ceaiul de muşeţel ajutase, dar nu suficient. Cearcănele s-au ascuns sub un strat de corector şi, cu ajutorul fondului de ten, toate semnele agoniei zilei precedente, au dispărut de pe faţa mea.

Tenul meu e curat de fel, aşa că nu sunt cea mai mare fană a fondului de ten, prea mă face să arăt ca o păpuşă de porţelan fără viaţă, iar cu părul meu cârlionţat, nici nu e prea greu să semăn cu una. În general, preferam rimelul, creionul negru şi chiar rujul uneori, dar nu mă mai atinsesem de ele de la moartea Catalinei. Din moment ce tot începusem să mă machiez, întrerupând acest doliu, am decis să o fac până la capăt, şi aşa mă trezisem mult prea devreme şi nu aveam nimic mai bun de făcut, în plus, parcă îmi era dor.

Rezultatul final m-a luat prin surprindere, de parcă nu aş fi fost eu creatura jalnică ce bocise întreaga noapte şi se trezise cu ochii umflaţi de plâns. Privindu-mă în oglindă, mă găseam frumuşică, chiar uitasem că puteam fi atât de drăguţă. Mă obişnuisem prea mult cu aspectul meu ros de boală şi de vină din ultimele luni, o suferinţă ce mi se putea citi pe obraz urâţindu-mă în tot acest timp.

Dacă pe chip nu mi se putea vedea nesiguranţa, trupul meu era pătruns din plin de ea. Mă simţeam învăluită şi copleşită de probleme şi cumva, aveam impresia că hainele mulate m-ar ajuta să mă adun, ca un strat protector al pielii care să mă strângă să nu mă dezintegrez. Academia Etnare nu impune elevilor săi o uniformă, totuşi, fetele sunt încurajate să poarte fuste, aşa că, deşi m-aş fi simţit mult mai bine într-o pereche de pantaloni, aş fi atras şi destulă atenţie nedorită, aşadar am optat pentru o fustă strâmtă, neagră, puţin mai lungă de jumătatea coapselor, chiar dacă lăsa la vedere rănile din genunchi şi un top alb, cu liniuţe orizontale albastre şi roşii, pe corp şi el, cu mânecuţe şi fără decolteu, nu că aş fi avut ce să bag în el. Fac o piruetă în oglindă şi aproape îmi vine să îmi schimb fustiţa de teamă să nu fiu luată la rost de către profesori pentru ţinută indecentă. Când m-am îmbrăcat, am omis faptul că posteriorul meu avea un aspect atât de... mulţumitor.

Cât m-am învârtit prin casă, până ce a venit vremea să pornesc înspre şcoală, am tot sperat că Zoto avea să îşi facă apariţia, dar nu a făcut-o... În acea zi minunată în care m-a acceptat în preajma lui, am reuşit să îi fac o poză cu telefonul mobil, aşa că, făceam ce făceam şi mai aruncam o privire dragului meu motan.

La şcoală am avut parte de o surpriză plăcută, dulapul meu era curat, nici urmă de gunoiul ce fusese îndesat acolo. Mi-a fost însă teamă să mă entuziasmez, cine l-ar fi putut curăţa şi de ce? Putea fi o capcană, deci nu mi-am lăsat lucrurile înăuntru.

Intrarea mea în clasă a cauzat o linişte stânjenitoare preţ de câteva secunde, nu mi-e prea clar dacă aceasta a fost de genul: „a venit ratata, oare Clubul i-a pregătit ceva?" sau a fost provocată de aspectul meu diferit. Cert e că Yolette a pufăit nemulţumită şi îi simţeam privirea cum îmi ardea ceafa.

La ora de matematică, domnul Turadi m-a scos la răspuns. După o serie de întrebări chinuite şi de formule spuse mai mult de el decât de mine, i-am spus:

— Îmi pare rău domnule Turadi, nu ştiu, vă irosiţi timpul. Daţi-mi nota pe care o merit şi gata.

— Foarte curajos din partea ta să recunoşti şi mai ales să îţi asumi, totuşi nu pot să fac abstracţie de situaţia ta, să spunem, mai delicată. Adevărul este că ai pierdut pasul cu clasa, ai intrat la Academie cu medie maximă, trebuie să te menţii printre primii. Sunt sigur că te-ai pierdut pe drum şi la celelalte materii, nu numai la matematică. Am dreptate?

— Da domnule profesor, aveţi dreptate, am recunoscut oftând.

— Bine, de această dată te iert, nu am să te notez, însă nu te aștepta să te mai menajez în viitor.

— Vă mulțumesc! îi eram sincer recunoscătoare pentru bunăvoința nesperată.

— Nu te grăbi. Sunt responsabil de clasa voastră, iar posibilitatea scăderii rezultatelor tale la învățătură reprezintă o problemă pentru care sunt dator să găsesc o soluție, de aceea, am să îți numesc doi colegi pentru sprijin. Rolul lor este de a te ajuta să prinzi din urmă materia, să îți explice ce nu înțelegi și să te țină la curent cu lecțiile noi, în caz că absentezi. Da, Zero?

— A fi coleg de sprijin este o sarcină definitivă sau ne vom achita de ea prin rotație?

— Sunteți prima clasă de boboci, însemnă că ați avut mediile cele mai mari la admitere și ar trebui să fiți mai inteligenți decât elevii celorlalte două clase. Chiar și așa, vreau să fiu sigur că Lisa este ajutată de elevi cu adevărat capabili și responsabili, de aceea am să încredințez această îndatorire Taisiei și lui Dante!

Vestea a picat ca o bombă în clasă, pentru toată lumea, cu excepția lui Dante, care în stilul lui unic, nu putea citi tensiunea din aer și părea că tocmai se trezise dintr-un scurt pui de somn. Taisia era îngrozită de asocierea cu mine și de repercursiunile pe care aceasta le-ar putea aduce asupra ei. Băieții erau șocați că veșnicii coechipieri nu fuseseră numiți împreună, ei fiind de nedespărțit în orice situație, era ciudat că în loc de Zero fusese numită Taisia. Fan-Clubul turba la gândul că aveam să interacționez zilnic cu Dante, ceea ce era o veste proastă pentru mine. Am început să tremur gândindu-mă ce ar putea să îmi facă psihopatele din această cauză.

Taisia obținuse cel de-al doilea punctaj la examenul de admitere, era de așteptat să îmi fie numită tutore, dar Dante? Să fie chiar atât de inteligent? Era adorabil, dar nu părea cel mai strălucit când venea vorba de materia cenușie, adică era împiedicat și cu capul în nori... A trebuit să mă împac cu ideea spunându-mi că domnul Turadi știa mai bine, oricum nu aveam de ales, trebuia să merg pe mâna lui.

În pauză, Yolette a venit și a izbit cu furie o carte de tăblia băncii mele. Sunetul puternic m-a făcut să tresar.

— Te-ai speriat? Așa și trebuie, să îți fie frică!

— De ce? am întrebat fără să vreau, aș fi preferat să reușesc să o ignor.

— Nu face pe deșteapta cu mine! Ups, deșteapta care nu e capabilă să răspundă la niște întrebări elementare. Credeam că ești o tocilară ce a obținut punctaj maxim la admitere, acum constat că ești și proastă, ce trist! Văd că te-ai străduit să arăți bine azi, mi-a împins fruntea cu vârfurile degetelor cu unghii lungi și roz, degeaba, tot urâtă ești. Ce e cu toate astea, machiaj, haine mulate? Ești o ratată și asta vei rămâne! Nu te mai strădui, nimic nu poate schimba faptul că ești respingătoare! Încearcă mai bine să nu fi și tâmpă și întoarce-te la cariera de bucher!

Șirul insultelor ar fi putut continua la infinit, însă văzându-l pe Dante intrând în clasă, Yolette a plecat lăsându-mă în pace. În fața lui își lua aerul unei fete inimoase și blânde. Nu își dorea ca el să-i vadă adevărata față, mai ales după ce aproape o auzise ultima dată când se luase de mine.

Îndurerată de vorbele ei, m-am întors către singurul meu aliat, chiar dacă și el era, tehnic vorbind, aliat doar în închipuirea mea, și am aruncat o privire de încurajare fotografiei cu frumosul meu Zoto când o umbră s-a plecat asupra mea.

— Frumos motan! se amuză Dante.

— Ce nepoliticos! Să te uiți în telefonul altcuiva! am țipat la el.

— Scuze, fără intenție, mi-a alunecat privirea.

— Cum spui tu... și, de unde știi că e motan?

— Păi, masculii au capul mai mare, vezi, dacă era fată, avea trăsăturile mai ascuțite aici, explică trasând cu degetul pe ecranul mobilului.

— Nu îl atinge pe Zoto!

Drept răspuns, băiatul cu păr portocaliu a început să râdă, după care mi-a spus, fără resentimente:

— Am să îți aduc mâine toate caietele mele. După ce te uiți peste ele, îmi spui cu ce aș putea să te ajut. Stai liniștită, am să ți le las cât timp ai nevoie, nu mă aștept să faci asta într-o singură zi.

— Caietele tale? Mulțumesc... cred, am spus ultima parte foarte încet și totuși m-a auzit foarte clar, drept urmare, s-a înfoiat la mine:

— Acum tu ești nepoliticoasă! Știu și eu că am o problemă cu somnul, dar îmi completez totul de la Zero.

Ciudat, deși se străduia să pară supărat, în ochii lui nu zăream niciun strop de furie, tot ce vedeam era infinitul.

Mai târziu, în aceeași zi, am găsit o nouă scrisoare în bancă. Am decis să nu o citesc, nici pe aceea, nici pe următoarele, dacă mai urmau. Nu mă interesa ce dorea Fan-Clubul să îmi comunice, mai ales că eram sigură că nu era de bine. Ele aveau lumea lor, eu pe a mea și mă străduiam ca cele două lumi să nu se mai intersecteze. Am rupt plicul într-un mod aproape ostentativ și am făcut pe masă un morman de fluturi albi, fără viață.

Pe coridor, în timp ce mă îndreptam către toaletă, Irene s-a postat în fața mea. M-am oprit și am așteptat să văd ce vrea, nu doream să vorbesc eu prima.

— Profesoara de biologie a cerut să o ajute un elev în laborator înainte de oră, i-am spus că o vei face tu! zâmbetul acela răutăcios, exersat să semene cu cel al Yolettei mă călca pe nervi și chiar nu se potrivea trăsăturilor ei serafice.

— Bine! nu puteam refuza, cadrul didactic se baza pe mine pentru că idioata de Irene mă băgase la înaintare.

Am pornit înspre laboratorul de biologie, sincer vorbind, nu aveam idee cu ce o puteam ajuta eu pe profesoară să se pregătească pentru oră, oricum efortul fizic era exclus pentru mine.

În laborator, nici urmă de doamna Iulmo. În mijlocul clasei, cu mâinile în șolduri, evidențiindu-și statura de model, stătea Anabel. Ușa s-a închis în urma mea. Oxana! Cele două gemene încântătoare ale Academiei Etnare.

IUBITUL MEU, MOTANUL

— Te aşteptam!

— Pe mine? am întrebat surprinsă.

— Pe cine altcineva? zâmbi machiavelic Oxana şi îşi înfipse mâna în părul meu şi începu să mă tragă cu putere în timp ce se amuza copios. Tu nu te înveţi minte? Am crezut că eşti o problemă neglijabilă şi că Yolette e mai mult decât suficientă pentru a se ocupa de tine, dar nu, tu eşti ca un gândac pe care îl tot striveşti şi încă mişcă! Te punem noi la punct!

— Au! Lasă-mă! am încercat să-i descleştez degetele din cârlionţii mei pentru că simţeam că îmi smulge părul cu tot cu scalp.

— Shh! Fă linişte! Vreau să îţi spun o poveste! a încetat să mă tragă, dar tot nu m-a eliberat. Când eram în ultimul an al Şcolii Secundare Etnare, am întâlnit cel mai adorabil băieţel, era în primul an şi era absolut perfect. De fiecare dată când îl vedeam, îmi doream să îl iau în braţe şi să îl smotocesc. Într-o zi, i-am spus că sunt fana lui şi l-am pus să îmi promită că atunci când va creşte, va fi iubitul meu. Anabel îmi împărtăşea pasiunea pentru el. În glumă, ne-am declarat Fan-Clubul Dante, pentru că sunt sigură că ţi-ai dat seama că despre el e vorba. Noi două suntem fondatoarele şi co-preşedintele Fan-Clubului ce, în timp, a adunat tot mai mulţi membrii. Aproape toate fetele din şcoală sunt membre, dar chiar şi cele care nu sunt, ne respectă autoritatea, cu excepţia ta! Nu mai putem trece cu vederea atitudinea ta, ai deja şapte abateri! Trebuie să fii pedepsită! Şi cu ocazia asta, poate bagi şi tu la cap şi te potoleşti. Tot ce vreau e să termin ultimul an de liceu ca să pot deveni oficial iubita lui, fără a încălca regulile Fan-Clubului înfiinţat de mine şi sora mea.

— Nu uita că şi mie mi-a promis că vom fi iubiţi, îi aminti Anabel.

— Nici nu s-ar putea altfel scumpo, doar noi împărţim totul, replică mulţumită de sine.

— Vreţi să fiţi iubitele lui? A promis asta? am întrebat fără să ştiu nici eu de ce, nu era treaba mea, dar avea sens, prima dată când l-am zărit pe Dante era în compania surorilor.

Drept răspuns, palma Oxanei mi-a căzut pe obraz, o durere albastru - intens ardea locul.

— Chiar nu ești în măsură să pui întrebări! Anabel se apropia cu un râs isteric. În mâini avea uriașul șarpe ce locuia în acvariul din spatele laboratorului de biologie. Știam că e neveninos, dar eu am fobie de șerpi. În timpul orelor în laborator, nici nu îndrăznesc să mă uit în direcția lui.

Înainte de a-l arunca pe mine, Anabel i-a făcut ceva, nu știu exact ce, l-a strâns după cap sau ceva în genul, cert e că animalul a devenit agresiv. În momentul când a aterizat pe mine, m-a și mușcat de braț, după care a început să își încolăcească trupul musculos și puternic, umed-alunecos și înfiorător de rece, în jurul meu, strângându-mă cu o forță incredibilă. În momentul în care m-a atins, m-am scăpat pe mine, nu cred că ele au văzut pentru că au fugit imediat, dar oricât de rușine mi-ar fi să recunosc, lenjeria mea intimă era complet udă.

Mușcătura nu a durut foarte tare și deși simțeam că mă zdrobește, până și strânsoarea era tolerabilă ca intensitate, de aceea albastrul era suportabil, dar violetul fricii mă încremenise. Țipam cât mă ținea gura, dar nu eram în stare să arunc reptila de pe mine sau să mă ridic și să fug.

Urletele mele disperate l-au adus pe Zero în laborator. Brunetul s-a grăbit să mă ajute, fără să stea pe gânduri, și a fost nevoie să depună puțin efort pentru că reptila opunea rezistență și nu voia să-mi dea drumul. Nici măcar nu i-am mulțumit sportivului mărinimos, de cum a luat balaurul de pe mine, am zbughit-o pe ușă, fără să mai privesc în urmă. Nu m-am oprit până acasă, nu mi-a păsat absolut deloc că orele nu se terminaseră sau că îmi lăsasem lucrurile în clasă.

Violetul este o culoare ce trece greu, nu mă sperii de orice, dar fobia de șerpi mă afectează rău. Într-un final, am fost nevoită să mă scutur de sentimentul oribil și să mă întorc la Academie să îmi iau cărțile și caietele, după ce m-am schimbat, bineînțeles, și m-am odihnit puțin pentru că alergatul îmi făcea rău. Nu puteam risca să fiu din nou scoasă la răspuns complet nepregătită.

După ce mi-am recuperat lucrurile, trecând pe lângă terenul de baschet, am văzut cum membrii echipei își făceau încălzirea pentru antrenament. I-am făcut cu mâna lui Zero, îi datoram măcar atât. Luându-mă complet prin surprindere, acesta traversă terenul în fugă. Cu picioarele lui lungi, din câteva salturi a fost lângă mine.

— Ești bine?

— Da. Nu știu ce m-aș fi făcut fără tine. Mulțumesc din suflet și te rog să mă ierți că îți spun asta abia acum, m-am scuzat cât de bine am putut.

— Ce s-a întâmplat? și firește că unde e unul, e și celălalt, de parcă ar fi siamezi, așa că Dante și-a făcut apariția.

— Nimic deosebit, a scăpat Grăsanul în laborator și Lisa s-a speriat puțin, a minimalizat Zero incidentul.

— Oh, ești ok?

— Cred...

— Stai liniștită, nu e veninos.

— Știu asta, dar mușcătura lui tot doare.

— Te-a mușcat? au întrebat în cor.

— Da...

— Nenorocitul ăla e tare afurisit. Trebuie să te vadă Livia! decretă Zero.

— Absolut! îl susținu Dante. Vrei să venim cu tine?

— Nu! Mă descurc singură, mulțumesc! Oricum nu ar trebui să lipsiți de la antrenament așa că nu vă faceți griji, m-am întors și am plecat înainte ca vreunul dintre ei să mai apuce să obiecteze. Din fericire au înțeles că trebuie să îmi ofere spațiu și s-au întors pe teren. În realitate, nu aveam nici cea mai mică intenție să mă duc la cabinetul asistentei și să risc să îl sune iar pe Hanzo, care nu s-ar fi lăsat până ce nu ar fi dezgropat adevărul. Am mai făcut câțiva pași și m-am prăbușit, în genunchi, pe covorul de toamnă, la umbra unui castan, ascunsă după trunchiul gros al acestuia.

Rememorarea atingerii sinistre a şarpelui, felul cum acesta se târa greoi pe pielea mea în timp ce eu eram paralizată de frică, m-a făcut să izbucnesc în plâns. Experienţa fusese prea recentă şi prea traumatizantă încât să nu mă afecteze invocarea ei. Am scos telefonul şi cu ochii împăienjeniţi de lacrimi, în asemenea măsură încât practic nici nu-l vedeam, am început să vorbesc cu poza lui Zoto. În acele clipe, imaginea lui îmi era icoană.

— De ce Zoto? De ce mi se întâmplă toate astea? De ce numai mie? Sunt pedepsită pentru Catalina? Ştiu, merit! Dar... nu mai pot, simt cum valurile negre ale depresiei mă împing să mă alătur ei, dar nu vreau să-i fac rău lui Hanzo! Şi totuşi... mă doare sufletul atât de tare! Vreau linişte, pace, vreau să mă eliberez! Au pus un şarpe astăzi pe mine, unul uriaş care m-a şi muşcat! Am făcut pe mine de frică, la propriu! La cincisprezece ani am făcut pe mine! Dacă zgripţuroaicele alea două au văzut? Până mâine va şti toată şcoala! De ce nu m-am născut băiat? Atunci aş fi avut prieteni... Zero e un tip grozav, şi Dante la fel... Dar eu? Eu sunt fată şi Fan-Clubul mă chinuie! Nu mai rezist... măcar dacă ai fi tu lângă mine să mă întăreşti, dar tu... şi tu m-ai părăsit Zoto!!

Auzind paşi, am tăcut speriată. Sunt convinsă că arătam mizerabil astfel, plângându-mi de milă şi vorbind cu fotografia unei pisici. Nu îmi permiteam să mă vadă cineva într-un asemenea hal. Mingea de baschet se rostogoli şi covorul de frunze uscate foşni de cealaltă parte a castanului. M-am liniştit, însemna că nu auzisem paşi, doar mingea, totuşi am şters-o pentru că era clar că un membru al echipei de baschet urma să o recupereze şi chiar nu doream să fiu văzută.

Ceasul arăta ora opt

I'm overwhelmed and insecure, give me something
I could take to ease my mind slowly
Just have a drink and you'll feel better
Just take her home and you'll feel better
Keep telling me that it gets better
Does it ever?"
- In My Blood – Shawn Mendes

M-am bucurat să constat că Hanzo nu se întorsese de la atelierul auto. Bunicul era probabil cel mai iscusit mecanic din întregul Resao, însă atelierul său rămânea modest în ciuda faimei sale crescânde şi a trecerii anilor Nu mă simţeam în stare să fiu supusă analizei ochilor săi pătrunzători. Mă cunoştea mult prea bine, sau poate mă simţea, într-un mod numai de el ştiut, cert e că nu îi era străin faptul că ceva se petrecea cu mine. Nu mă întreba nimic în mod direct pentru că ştia că nu i-aş fi spus adevărul, aşa că nu îi rămânea decât varianta de a mă observa îndeaproape pentru a-şi da singur seama care era de fapt problema. Doar că eu nu voiam să facă asta. Nu voiam să ştie! Nu doream să mă studieze! Şi... obosisem să mă prefac, de aceea am început să-l evit, ceea ce era, în ochii lui, și mai suspect.

M-am retras în camera mea, eram răpusă de galben, culoarea oboselii. Trăirile intense ale zilei m-au epuizat complet. Nici nu știu dacă m-am mai simțit vreodată la fel de epuizată ca în acea zi.

Încercând să îmi țin mintea ocupată cu gânduri plăcute, pentru ca amintirea târâtoarei să nu preia controlul, învăluindu-mă în acea senzație de frică și scârbă, încă atât de vie, am luat hotărârea că cel mai bine era să dorm înainte ca osteneala să îmi distrugă și ultima fărâmă de putere de concentrare. Speram din suflet ca lighioana să nu îmi invadeze visele.

M-am cocoțat în patul puțintel prea înalt al dormitorului meu, ales de Hanzo pentru că semăna cu patul unei prințese dintr-o carte ilustrată de povești pe care mi-o citea mereu când eram mică. M-am întins, pregătită să mă las purtată pe tărâmurile curcubeului, a unicornilor și a norilor pufoși când degetele mele au atins fericirea. Era imposibil ca acea căldură catifelată ce mi-a gâdilat buricele degetelor să fie altceva decât mult iubitul meu Zoto.

M-am răsucit înspre el, ceea ce m-a făcut să amețesc preț de câteva secunde, dar nu conta, bucuria era prea mare. Albul pur și stufos ne-a cuprins pe amândoi. L-am luat pe sus și l-am strâns la piept. Trezit din somn pe neașteptate, Zoto a scos cel mai drăguț mieunat de nemulțumire din lume. L-am sărutat pe fruntea îmblănită cu velur și l-am scărpinat între urechile fine. Micuțul a început să toarcă de plăcere. Cumva, am simțit că nu era suficient pentru a-i transmite cât de mult mă bucura revederea. Am început să-l acopăr cu pupici mici de la urechiușe până la pernuțele rozali ale lăbuțelor, doream să simtă cât de mult îl iubesc. Eram fericită pe norul meu alb-rozaliu. Până când Hanzo a ajuns acasă, devenisem pregătită să-i înșel privirea ageră.

Am cinat împreună, după care mi-am făcut lecțiile și am învățat conștiincioasă pentru a doua zi. Chiar nu îmi doream să mai fiu pusă în postura penibilă de a fi scoasă la răspuns de către profesori și să nu ştiu nimic. Zoto dormea lungit pe o pătură flecee moale. Simpla lui prezenţă îmi creştea starea de spirit, îmi dădea energie şi alături de el, mă simţeam capabilă să înfrunt orice. Suferinţa şi oboseala dispăruseră ca prin magie.

În acea noapte, „zâna somnului" ne-a găsit din nou îmbrăţişaţi pe mine şi pe Zoto. Frumosul meu pufos s-a întors la mine. Totuşi, ceva nu îmi dădea pace, nu îl mai puteam privi în ochi fără să-i văd şi pe cei ai lui Dante, cu tot cu oceanele nesfârşite cuprinse în aceştia.

Dimineaţa, când m-am trezit, nici urmă de Zoto. Dacă locul lui din pat nu ar fi fost cald încă, aş fi crezut că prezenţa sa din seara precedentă fusese o simplă născocire a minţii mele tulburate. Conturul trupului său îmblănit ce se imprimase în pliurile cearceafului m-a binedispus, oferindu-mi speranţă pentru noua zi.

M-am pregătit voioasă pentru şcoală, amintindu-mi amuzată de felul în care Zoto s-a întors cu faţa la perete în ajun când m-am schimbat în pijamaua mea cu căpşuni.

La Academie, spre bucuria mea, dulapul era în continuare curat. Mă neliniştea totuşi prezenţa unei noi scrisori. Am luat plicul alb în mână. M-am simţit scuturată de un fior ce îmi ordona să mă trezesc la realitate, să revin din lumea mea de basm plină de inimioare portocalii, unde trăiam alături de Zoto şi să mă întorc în lumea autentică, cea în care Fan-Clubul îmi dorea capul pe o tavă. Insistau cu scrisorile, oare ce doreau să îmi transmită pe această cale? Adică atât Yolette cât şi gemenele mi-au spus mai multe decât mi-aş fi dorit vreodată să aud. Ce conţineau aceste scrisori? Poate nimic, poate scopul lor era să mă scoată din minţi şi dacă le-aş fi deschis, foaia ar fi fost goală sau un singur cuvânt de genul: „proasto" mi-ar fi umilit curiozitatea. Nu aveam intenţia să aflu care era conţinutul plicului şi să le ofer astfel satisfacţie persecutoarelor mele. Era lipit, oare şi celelalte au fost la fel? Primul, cel cu regulile, fusese deschis... L-am rupt în două şi l-am îndesat în scrumiera locului de fumat de pe coridor.

Înainte de prima oră, Dante mi-a invadat banca cu un teanc considerabil de caiete. Avea caiete de casă și de clasă pentru toate materiile, corecte și complete, cu un scris frumos și ordonat. Absolut surprinzător pentru tipul pe care-l văzusem, nu numai o dată, moțăind la ore.

Când îmi explica anumite detalii la diverse materii, puteam vedea cum sclipea de inteligență. Am constatat că era complet diferit de Dante cel aerian pe care îl știam eu. Cuvintele mi-au ieșit singure pe gură:

— Tu ești cealaltă persoană ce a intrat la Academie cu punctaj maxim!

— Poftim? a întrebat surprins pentru că nu avea nicio legătură ceea ce tocmai spusesem cu problema la fizică pe care o avuseserăm temă și despre care discutam pentru că dorea să se asigure că o rezolvasem corect.

— M-ai auzit, i-am răspuns convinsă, deși nu aveam nici un temei real să cred asta.

— Da... așa e. De unde ai aflat? Am cerut ca rezultatele mele să rămână confidențiale, oftă el.

— De ce ai cere asta?

— Tu ești chiar mai aeriană decât mine, zâmbi binedispus.

Am vrut să întreb „adică?", dar nu am apucat pentru că și-a făcut apariția Zero:

— 'Neața! Vreți căpșuni?

Dante s-a înroșit ca racul și după ce a scuturat violent din cap că „nu", ceea ce i-a înfoiat tot părul oranj, s-a dus la Deuce adresându-i-se ca și cum tocmai și-ar fi amintit ceva important, și se străduia să discute cu verișorul său, acesta din urmă însă, nu avea chef să-i răspundă. Eu am acceptat oferta și am savurat unul din fructele dulci și zemoase.

Mai e nevoie să spun că Yolette, Irene și Coralia au fost cu ochii pe mine cât Dante mi s-a adresat? Că privirea Yolettei mă frigea? Că Irene și Coralia, imediat după retragerea lui Dante au început să facă semne sugestive: una ca şi cum şi-ar fi zburat creierii, cealaltă ca şi cum şi-ar fi tăiat gâtul, ambele cu dedicaţie pentru mine? Începea să îmi fie sincer teamă. Cât de departe mergea acest Fan-Club pentru a-şi menţine dominaţia? Dominaţia asupra unei persoane care nu le aparţinea şi care poate nici nu îşi dorea toată această atenţie din partea lor.

În acea zi, m-am abţinut cât de mult am putut să nu folosesc toaleta şi am încercat să nu rămân singură nicio clipă. Instinctul de conservare preluase controlul, simţeam că trebuie să mă protejez. Strategia nu m-a ocrotit de răutăţile limbilor veninoase ale Hydrei cu trei capete, dar comparativ cu întâmplarea din laboratorul de biologie, era mult mai bine, chiar dacă umilinţa la care eram supusă îmi ustura sufletul. Spre sfârşitul cursurilor, nu am mai rezistat, corpul meu s-a revoltat şi şi-a cerut drepturile de care-l privasem. Până la urmă, nevoile fiziologice sunt nevoi, nu opţiuni sau dorinţe. M-am asigurat că Yolette cea teatrală şi acolitele ei nu observă când mă strecor din clasă.

De la o vreme însă, ghinionul începuse să mă îndrăgească, drept urmare, pe drum înapoi, am dat nas în nas cu Oxana şi Anabel. Am îngheţat. Iniţial, cele două surori au fost surprinse de întâlnire, dar imediat au început să zâmbească satisfăcute de prada nesperată ce le picase în gheare.

Anabel s-a aplecat asupra mea, cascada de păr blond îi sclipi minunat în razele soarelui. Era o ticăloasă, dar era imposibil să nu-i admiri frumuseţea răpitoare.

— Paraziţii nu au ce căuta în şcoala asta!

Oxana m-a apucat de încheietura mâinii drepte şi mi-a ridicat mâna atât de sus încât simţeam că mi-o va smulge din umăr, asta în timp ce mi-o strângea parcă cu intenţionând să o strivească. Era puternică, auzisem că avea câteva medalii la nu ştiu ce sport, în schimb eu, mă simţeam mai fragilă ca niciodată. Trupul meu firav nu e deloc greu de dominat, însă nu puteam să nu urăsc sentimentul de neajutorare pe care-l aveam în faţa celor două.

— De fapt, nici nu ai avea dreptul să porţi asta! mi-a aruncat în obraz cu mult venin Anabel, după care mi-a smuls insigna, rupându-mi în acelaşi timp şi bluziţa pentru că emblema Academiei Etnare se prindea de haine, ca o broşă.

Insigna aceea era dovada că eşti elevul Academiei şi îţi asigura accesul în perimetrul şcolii. Fiecare avea un cod unic, corelat cu identitatea copilului căruia îi fusese atribuit. Codul era inscripţionat pe un cip ce se scana la poarta ornamentată de la intrare.

Despicătura materialului fin, galben de Napoli, mi-a distras pe moment atenţia de la faptul că fusesem deposedată de un obiect extrem de important, dar imediat ce am realizat ce se întâmplase, am început să mă zbat, pentru că Oxana mă ţinea în continuare suspendată, şi să ţip cât puteam de tare:

— Dă-o înapoi! Dă-o înapoi!

Ochii lor de nuanţa Terre de Sienne erau scăldaţi în maliţiozitate. Oxana m-a eliberat din strânsoare şi m-a împins violent în peretele din spatele meu. M-am lovit, dar insigna era mai importantă, aşa că m-am ridicat şi m-am întors într-o mişcare disperată de a o recupera. O aruncau de la una la alta şi o ţineau în sus, astfel că nici sărind nu aveam vreo şansă de a ajunge la ea. Era un joc caustic de „mâţă", în care batjocura era condimentată cu împinsături sau palme.

Efortul fizic pe care l-am depus străduindu-mă să îmi salvez dovada apartenenţei la Academia Etnare, m-a doborât până la urmă. Gemenele se distrau copios şi au fost dezamăgite când m-au lăsat picioarele şi m-am prăbuşit.

Albastrul, negrul, roşul, movul, griul şi galbenul făceau un dans nebun în jurul meu. Eram ca nucleul unui atom în timp ce emoţiile se învârteau nebuneşte, cuprinzându-mă pe rând, pentru că nu reuşeam să mă stabilizez la una singură.

Oxana mi-a întins mâna cu degete lungi şi albe, în podul palmei sale aflându-se broşa mea. Am răsuflat uşurată crezând că s-au plictisit şi că aveau să mă lase în pace.

— Chiar credeai că ți-o dau? pufni într-un râs otrăvitor și strânse pumnul.

Am rămas nedumerită, cu mâna întinsă, în timp ce ea s-a întors subit și, cu avânt, a aruncat insigna prin geamul deschis. Fereastra aceea dădea înspre parc, șansele să-mi recuperez broșa se anunțau a fi aproape nule.

Nu-mi doream decât ca surorile să plece ca să pot merge să o caut. Ele aveau alte gânduri însă. Anabel m-a luat de păr și m-a târâit după ea în baie, aruncându-mă pe podea. M-am lovit rău la cotul stâng de gresie, dar nu am apucat să mă plâng, Oxana s-a urcat peste mine și a început să mă strângă de gât. Era incredibil de grea. Nu aveam aer, mă sufocam! O vedeam pe torționara mea prin violet. Nu mai aveam putere nici măcar să mă zbat. Așa aveam să mor? Asta să fie tot? M-am născut să mor pe podeaua unei băi, ucisă de gelozia unor nebune? La un moment dat, Anabel a oprit-o pe sora sa, însă nu a făcut-o dintr-o urmă de mărinimie pentru că imediat au început amândouă să mă lovească cu sălbăticie. Era evident că nu era pentru prima dată când făceau așa ceva, nici una nu mă lovea „la vedere". Îmi simțeam trupul zdrobit, durerile erau insuportabile, aveam senzația că mă aflu într-o încăpere mică împreună cu un uragan ce mă izbea de toți pereții, cu unicul scop de a mă distruge. Una dintre ele, m-a apucat din nou de păr și a început să-mi dea cu capul de perete. La al treilea impact al feței mele cu faianța cu model floral, mi-a plesnit arcada. Sângele a început să îmi șiroiască pe față și curgându-mi în ochi, mi-a s-a întunecat vederea pe partea dreaptă.

Surorile malefice s-au speriat și au fugit, lăsându-mă într-o stare jalnică. Îmi simțeam fruntea despicată de o arsură insuportabilă, corpul mecit, iar picioarele abia îmi susțineau greutatea. Vederea îmi era încețoșată și nu doar din cauza sângelui ce-mi intrase în ochi, ci imaginile mi se îmbinau, intrau unele în altele și totul era neclar.

Se sunase de intrare, nu mai era nimeni pe coridor, și dacă ar fi fost, probabil că nu m-ar fi ajutat oricum. Îmi tremurau genunchii și fiecare pas era un adevărat efort de voință. Mergeam cu o mână ținându-mă de abdomen, punctul principal de contact al bătăii primite. Aveam dureri crunte și parcă simțeam cum albastrul durerii mi se imprima și pe piele învinețindu-mă. Cu cealaltă mână mă sprijineam de perete pentru că nu puteam merge altfel. Mă ștersesem cu ea la ochi înainte și fiind plină de sânge, lăsam dâre pe pereți în urma mea. Din fericire, cabinetul domnișoarei asistente era la capătul holului. Era singura mea speranță. Tot ce trebuia să fac era să ajung până acolo, dar în acele clipe mi se părea că trebuia să traversez Oceanul Ranoti înot, fără a ști măcar să înot. Impresia că aveam să mă fărâmițez în nenumărate bucăți, nu m-a părăsit pe toată durata distanței parcurse. Din durerea sprâncenei spintecate, simțeam o linie, de cel mai intens albastru, ce se adâncea tot mai tare, până în punctul în care simțeam că urma să mi se despice capul în două.

A fost nevoie de eforturi supraomenești, ce depășesc cu mult capacitățile mele fizice normale, pentru a ajunge la destinație. Probabil că instinctul de supraviețuire preluase controlul, împingându-mă dincolo de limite.

Cu ultimele puteri, am bătut la ușa cabinetului, când am zărit-o pe asistentă în prag, m-am simțit ca cel ce rătăcește în deșert de zile bune și într-un final dă de o oază.

— Livia! Ajută-mă! am strigat disperată, totuși, ea nu se clintea. Mă privea încremenită, îngrozită chiar, dar nu făcea nici un gest să mă ajute.

— Nu pot, a șoptit într-un final.

Cuvintele ei au picat ca un trăsnet asupra mea.

— Ai spus că ești prietena mea!

— Știu ce am spus și retrag totul. La acel moment nu știam de situația intervenită între tine și Fan-Club. Nu pot risca să îmi pierd calitatea de membru având tangențe cu tine.

— Membru? Ești și tu în Fan-Clubul ăla nenorocit? Nu pot să cred!

IUBITUL MEU, MOTANUL

— Îmi pare rău, nu am vrut niciodată să se ajungă la așa ceva! a zis înclinându-și capul, deja înclinat din cauza cozii groase, și mai tare înspre dreapta. Regretul din vocea ei era sincer, dar asta nu mă încălzea cu nimic. A dat să închidă ușa și am strigat cât am putut de tare:

— Livia! Nu mă lăsa! Dă-l naibii de club! Sunt rănită și tu ești cadru medical!

— Chiar nu pot! Regret! și a închis ușa aproape de tot când aceasta s-a deschis violent, până la perete.

— Ce dracu' vrea să însemne asta?! Zero izbise ușa cabinetului cu piciorul, proiectând-o pe micuța Livia cel puțin un metru în spate și trântind-o la pământ.

— Mulțumesc, e tot ce am reușit să mormăi înainte să mi se rupă filmul, Zero, întuneric și atât.

Când mi-am revenit, mă aflam lungită pe patul de consultații, cu perfuzia înfiptă în braț și cu o senzație ciudată că mă strânge fața, în plus, îmi era și greață.

— Cum te simți? Mai ai dureri? se auzi o voce plăcută, masculină, de la capătul patului.

— Ciudat, nu mă mai doare nimic, am constatat surprinsă.

— Era și cazul, la câte calmante a băgat în tine, îmi zâmbiră încrețindu-se blânzi ochii de aur.

— Mulțumesc, Zero! Fără tine... fără tine aș fi zăcut și acum într-o baltă de sânge, propriul sânge.

— Nu e mare lucru. Am făcut ce ar fi făcut oricine.

— Ai fi surprins, i-am spus cu amărăciune. Nu știu cum se face că ești mereu prin preajmă la momentul potrivit. M-ai salvat deja de două ori, îți voi rămâne veșnic îndatorată.

Băiatul înalt se îmbujoră și trecându-și mâna prin părul scurt și întunecat, vizibil stânjenit de calitatea de salvator al domniței la ananghie.

— Sună prea dramatic, spuse într-un final, după care, evitându-mi privirea, adăugă: ai avut nevoie de copci.

— Și? eram confuză și nu aveam idee de ce erau copcile relevante.

— Cel mai probabil, te vei alege cu o cicatrice în sprânceană. Uite, desparți firele de păr de deasupra ochiului de chihlimbar, și eu am avut arcada spartă când eram mic, doar că eu am sprâncenele stufoase și nu se vede semnul.

Am dus din reflex mâna la locul cu pricina și am început să îmi pipăi copcile, nu am zis nimic, dar griul tristeții era evident. Măcar nu mă mai durea, simțeam doar o usturime înțepătoare.

— Domnul Turadi s-a îngrijorat văzând că nu apari la oră, deși lucrurile tale se aflau pe masă. Era clar că nu ai plecat acasă. S-a neliniștit gândindu-se la problemele tale de sănătate, gândindu-se că poate îți este rău, a cerut un voluntar să te caute.

— Și te-ai oferit tu? eram surprinsă de faptul că Zero nu mă găsise întâmplător, ci mă căutase în mod special.

— De fapt, s-a oferit Yolette, dar am insistat până ce domnul Turadi m-a lăsat pe mine să merg. Nu am deloc încredere în prefăcuta aia! concluzionă strângându-și imensul pumn înfricoșător.

— Mulțumesc! Dar... de ce îmi spui asta?

— Speram ca și tu la rândul tău să îmi spui cine ți-a făcut asta!

Zero s-a transfigurat complet, chipul i s-a întunecat și nu se zărea nici urmă de zâmbetul lui blând sau de căldura caracteristică din privire, era furios, terifiant chiar.

— Nu am să fac asta, îmi pare rău.

— Ți-e frică? Nu trebuie să-ți fie! Mergem direct la conducerea școlii! Lucrurile au degenerat prea tare, Livia era gata să-ți trântească ușa în nas.

— Știu... dar nu vreau să creez valuri. Nu vreau să fiu nevoită să mă transfer la o altă școală.

— De ce să te transferi tu? Nu ai greșit cu nimic!

— Nu. Dar în general nu sunt pedepsiți agresorii, ci se recurge mai degrabă la extragerea victimei din mediul toxic.

— Nu e deloc corect! Ar trebui să suporte consecinţele faptelor lor! Nu e corect! se revolta tot mai mult Zero.

— Nu este, dar viaţa de fel nu e corectă. Eu nu vreau scandal, nu vreau să mă mut. Am să rabd, am să îndur şi am să îmi finalizez studiile la Academia Etnare!

— Nu te pot lăsa să faci asta, Lisa!

— Îmi pare rău Zero, dar nu îţi cer aprobarea pentru asta. Dacă vrei cu adevărat să mă ajuţi, găseşte-mi insigna. A fost aruncată pe fereastră, ar trebui să fie prin parc... ştiu că îţi cer mult şi deja m-ai ajutat enorm...

— Glumeşti, nu? Nu e ca şi cum mi-ai cere să mă arunc de pe şcoală. Mă duc să o caut. Uite, ţi-am adus echipamentul de sport de la vestiare, nu poţi pleca acasă murdară de sânge şi cu hainele rupte.

— Zero, eşti minunat! am spus pe negândite, puteam să-mi formulez mulţumirile într-un mod mai potrivit.

— Revin imediat...

Situaţia a fost stânjenitoare pentru amândoi, simţeam cum îmi ardeau obrajii de ruşine şi, judecând după chipul său, el era încercat de sentimente similare.

După ce am rămas singură, m-am spălat şi m-am schimbat. Nu se mai zărea însă nici urmă de Livia. La o vreme, s-a întors Zero, cursurile se încheiaseră cam de mult.

— Regret, nu am găsit-o. M-a ajutat şi Dante să o caut, fără succes.

Văzând că îmi venea să plâng, Zero spuse:

— Uite cum facem, te aştept dimineaţă la poartă ca să poţi intra în şcoală. Mâine o vom căuta până ce o vom găsi, acum hai, du-te acasă, ai avut o zi grea şi ai nevoie de odihnă.

— Mulţumesc pentru tot, Zero! Nu ştiu cum aş putea vreodată să mă revanşez pentru tot ceea ce ai făcut şi încă faci pentru mine...

— Nici nu e nevoie, surâse cu multă căldură băiatul cel înalt.

Acasă, nici urmă de Zoto, şi aş fi avut nevoie disperată de sprijinul, sau mai corect spus, de prezenţa lui. Nu ştiam când şi dacă urma să îl mai revăd. Hanzo era cu prietenul lui, Ramon, în oraş, sărbătorind petrecerea burlacilor a celui din urmă. Nu avea să revină prea curând acasă, cel mai probabil avea să ajungă în zori, afumat bine. Am decis că cea mai credibilă poveste cu privire la arcada mea spartă ar fi o minge de fotbal primită în față. Restul loviturilor nu erau vizibile, adică erau pentru că mă învinețisem toată, dar Hanzo nu mă vedea dezbrăcată.

Nu m-a deranjat niciodată singurătatea, dar în acea seară chiar aş fi avut nevoie de îmbrățişarea iubitoare a unei mame sau de glumele Catalinei, măcar de un tort făcut cu Hanzo, chiar dacă greața m-ar fi împiedicat să-l gust. Eram neajutorată şi lucrurile o luaseră rău de tot la vale, totul mergea din rău în mai rău. Ce aveau să îmi mai facă gemenele data viitoare? Să îmi scoată ochii? Să îmi dea foc? Îmi era frică! Aş fi vrut să pun o distanță cât mai mare între mine şi Academie, să fug, să nu mai aud de ea. Nu puteam face asta, spectrul Catalinei mă ținea pironită în loc! Viața mea era un coşmar din care nu aveam să mă trezesc vreodată, un iad!

Violetul s-a întunecat din ce în ce mai mult până ce a devenit acel negru de smoală ce îmi torturează sufletul atât de des. Eram ca o pasăre căzută în petrol, se lipea de mine, mă strângea, mă năclăia, mă distrugea! Mă sufoca durerea sufletească, pe cea trupească nu o mai simțeam datorită calmantelor cu care mă îndopasem. Sau poate nu mă sufocam? Poate nu mai doream să respir! Să mor? Da, în moarte e linişte. Nu mai suportam. Am început să îmi agit mâinile disperată, norii negrii de pâclă nu se împrăştiau nicicum şi deveneau tot mai denşi.

Dintr-o dată m-am ridicat şi, pe bâjbâite, pentru că negrul mă înconjura, m-am dus şi am luat un cuțit cu care mi-am crestat coapsa stângă. Durerea a fost eliberatoare. Toată suferința din inima mea s-a transformat în durere fizică şi s-a transportat în acea rană proaspătă. Mă simțeam eliberată de negrul slinos ce se concentra transformându-se în dunga albastră pe care mi-o făcusem pe picior.

IUBITUL MEU, MOTANUL

A fost pentru prima dată când m-am tăiat singură, ceasul arăta ora opt. Ar fi trebuit să folosesc o lamă, am hotărât că, data viitoare, aşa aveam să fac.

Nouă tăieturi, câte una pentru fiecare lună

Zero fusese extrem de amabil cu mine. Eram hotărâtă să nu îl fac să aştepte pe cel care îmi întinsese o mână de ajutor de atâtea ori. M-am trezit mult mai devreme decât de obicei şi am pornit spre Academie, calculându-mi timpul astfel încât să ajung înaintea lui.

Aparent, şi el avusese cam aceeaşi idee. Trebuia să mă aştept la asta, se dovedise deja un adevărat cavaler în mai multe ocazii, probabil considera de neconceput să se lase aşteptat de o fată. Când am ajuns, Zero se afla deja în faţa porţii. Şi-a întors privirea în direcţia mea, i-am făcut cu mâna.

— Hey! Ai ajuns devreme! spuse dezvelindu-şi dinţii într-un zâmbet de o sinceritate dezarmantă, iar creţurile ochilor de aur, păreau raze de blândețe.

Deși se spune că esențele tari se țin în sticluțe mici, Zero era un recipient mare, dar plin de bunătate.

— Hey! Nu știam la ce oră ajungi în general și am vrut să fiu sigură că nu vei întârzia la ore din cauza mea. M-ai așteptat mult?

— Nu, numai ce am ajuns și eu.

Ceva îmi spunea că minte, poate urechile lui roșii? Era o dimineață răcoroasă. Mă așteptase în frig?

Trecând prin zona dulapurilor, am sesizat că atârna ceva din al meu, era clar, fusese umplut cu gunoaie, din nou.

— Îmi pare rău! vocea lui era tânguitoare, pesemne că expresia feței mele trebuie să fi fost morbidă de Zero a simțit nevoia să își exprime regretele în această manieră.

— Stai liniștit, nu e ca și cum ar fi vina ta, nu le-ai pus tu acolo, am zâmbit forțat pentru a-l liniști.

Ajunși lângă clasa noastră, judecând după liniștea deplină, am realizat că nu mai ajunsese nimeni dintre colegi, eram mult prea matinali.

— Mă duc să îți caut insigna, zise scuzându-se fără a păși pragul ușii, dorind să rămânem singuri într-un cadru relativ intim, căci ar fi fost stânjenitor pentru amândoi.

— Îmi las lucrurile și vin și eu, am strigat în urma lui. Obiectul pierdut era, până la urmă, al meu. Ar fi fost absurd eu să stau comod în clasă în timp ce Zero răscolea parcul căutându-l.

Ajunsă lângă banca mea, am avut parte de surpriza vieții mele: broșa mea cu emblema Academiei Etnare! Valul de fericire ce m-a cuprins s-a simțit ca un tsunami ivoar. Nici nu mai conta cum ajunsese acolo. Nu mi-am bătut capul cu asta, nici măcar nu mi-am pus problema apariției misterioase. Cu degetele tremurânde, mi-am prins simbolul Academiei de rochița vișinie. Mi-au rămas lipite de palmă trei fire de păr, sau mai exact, de blană, portocalii. Ciudat, Zoto nu și-a petrecut noaptea acasă. Să fie patul meu plin de astfel de fire și să le fi adus de acolo? Nu avea importanţă, tot ce conta era că nu aveam să fiu nevoită să apelez la conducerea şcolii pentru a-mi recupera codul de acces, mai ales pentru că implicarea lor ar fi dus, cel mai probabil, la aflarea adevărului de către Hanzo şi asta ar fi însemnat un adevărat dezastru.

Încântată, am vrut să fug să îi împărtăşesc vestea bunului samaritean pentru a se opri din căutări. Am ameţit după nici trei paşi, pe moment am fost nedumerită. Să fi fost emoţia intensă a bucuriei de a-mi fi recuperat preţioasa broşă de vină? Sau poate pur şi simplu a fost o idee proastă să încerc să alerg, chiar dacă, tehnic vorbind, abia dacă apucasem să o fac. Atunci mi-am adus aminte de tot sângele pierdut în ziua precedentă. Cred că am încercat să blochez amintirea la nivelul subconştientului şi... ceea ce făcusem seara, irosise de asemenea o oarecare cantitate de sânge. Cu părere de rău pentru eforturile devenite inutile ale lui Zero, m-am îndreptat spre cabinetul Liviei.

Nu mică mi-a fost mirarea când am constatat că micuţa asistentă nu numai că nu se afla în cabinetul său, dar în locul ei am găsit un bătrânel.

— Bună ziua, domnişoara Livia? am întrebat nesigură de cum ar trebui să pun problema.

— Este în concediu. Eu îi ţin locul. Te pot ajuta?

— Da vă rog, domnule...

— Core. Numele meu este domnul Core şi voi asigura asistenţa medicală a Academiei Etnare de acum înainte.

— De acum înainte? Şi Livia? Credeam că e în concediu...

— Este în concediu, dar nu va reveni aici. Pari surprinsă. Eraţi prietene?

— Oarecum...

— Micuţa Livia a cerut să fie transferată la Şcoala Primară Etnare, spunea că liceenii o sperie.

— Şi pe dumneavoastră, nu vă sperie? am întrebat cu o veselie impusă.

Mă străduiam să fac o glumă în timp ce procesam informația că asistenta a cerut această mutare pentru a se proteja de Fan-Club. Oare a făcut-o preventiv sau a primit amenințări pentru că mă ajutase?

— Pe mine nu mă sperie nimic, am văzut tot ce se putea vedea. Sunt aici de când frecventau Școala Primară Livia și Turadi, ba chiar de dinainte, spuse blând, cu o mândrie nobilă, domnul Core. Sărmanul, nu avea idee de ce sunt capabili elevii sau mai corect spus, elevele Academiei. Norocul lui că era bărbat și nu avea să afle niciodată, cel puțin nu pe propria-i piele. Spune, continuă el luându-mă prin surprindere, cu ce te pot ajuta? tonul lui blând și plăcut te ducea cu gândul la bunicii din povești, dar nu îl puteam compara cu bunicul meu, acesta din urmă fiind tânăr și activ.

— Am amețeli și mă simt slăbită, probabil pentru că ieri am pierdut sânge...

— Ai pierdut sânge? Sângerare nazală, menstruație, te-ai tăiat? întrebările veneau absolut profesional, dar pe mine mă luaseră căldurile de rușine. Omul aștepta un răspuns, așa că mi-am tras părul de pe față, aranjat astfel încât să ascundă copcile și i-am arătat:

— Mi-am spart arcada.

— Oh! Îmi pare rău că o fetiță delicată ca tine a trecut prin așa ceva. Hai să te văd, oftă în timp ce își puse ochelarii și după ce mă studie preț de câteva clipe, îmi zâmbi încurajator: Livia știe ce face, în scurt timp se va vindeca așa de bine că vei și uita ce s-a întâmplat.

— Mulțumesc! stilul lui de bătrânel amabil chiar mă făcea să mă simt mai bine.

— În ce circumstanțe s-a întâmplat? întrebarea lui era o combinație de seriozitate și tristețe.

Nu îi puteam servi minciuna pregătită pentru Hanzo. Un astfel de incident ar fi atras atenția în școală. Ar fi fost imposibil să se fi petrecut așa ceva fără să fi ajuns și la urechile domnului Core sub o formă sau alta.

— Ieri, după ore, m-am dezechilibrat în baie şi am căzut lovindu-mă cu capul de chiuvetă.

— Te-ai dezechilibrat? părea neîncrezător, probabil dorea să ştie dacă m-a împins cineva.

— Da domnule, de fapt, am alunecat puţin, era ud pe jos şi străduindu-mă să nu cad, am ameţit şi tot am căzut.

— Ţi se întâmplă des să ameţeşti?

— Destul de des, am recunoscut nemulţumită.

— Tu trebuie să fii Lisa, sau mă înşel?

— Aveţi dreptate... văd că toate cadrele medicale au auzit de mine.

— Într-o oarecare măsură, zise împăciuitor, după care s-a concentrat asupra examinării mele. Concluzia? M-a trimis acasă să mă odihnesc şi să mă recuperez pentru a doua zi, în plus, mi-a recomandat o serie de analize pentru a afla care era evoluţia stării mele de sănătate de la externare. Avea dreptate, nu mai fusesem la control de ceva timp, dr. Tamir sigur avea să mă certe rău.

Pe coridor, m-am întâlnit cu Arut şi l-am rugat să îi transmită lui Zero că îmi găsisem insigna şi că plecam acasă la instrucţiunile domnului Core. Sărmanul nu înţelegea ce anume voiam de la el. Până la urmă, l-am rugat să îmi dea numărul de telefon al căpitanului echipei de baschet. I-am trimis un mesaj, îmi era mult prea ruşine să-l sun.

Acasă, Hanzo robotea prin bucătărie. Mă aşteptasem ca la acea oră să se afle la atelier, în schimb, el gătise un festin şi nu părea că se va opri curând din pregătiri.

— Sărbătorim ceva?

— Nouă luni! a fost răspunsul lui triumfător.

Şocată de ceea ce auzeam şi de extazul său, m-a luat gura pe dinainte:

— Elda e însărcinată?

Hanzo s-a întunecat la chip. Se certase cu iubita lui de vreo săptămână şi invocarea ei îl făcea morocănos. Deşi, de obicei, când aduceam vorba despre Elda, Hanzo pleca de acasă sau se închidea în camera lui, de această dată, buna dispoziție îi reveni instant.

— Nu fi naivă! M-a sunat Azaria de dimineață, ajung diseară la timp să luăm cina împreună, ca o familie. Nu v-ați văzut de nouă luni! Deja atinsese o stare euforică ce i se citea cu ușurință în voce.

M-am prefăcut bucuroasă și m-am retras. În realitate, bucuria și încântarea lui mă iritau la culme. O venera pe Azaria. De fiecare dată când ea venea acasă, Hanzo părea cuprins de vrajă. Nu o mai văzuse demult și era mai cuprins de isterie decât în mod normal. Isterie... urât din partea mea să îi cataloghez astfel starea, adevărul e că bucuria lui îmi provoca durere. Nu aș putea să îi reproșez nimic, niciodată, bunicului, și totuși când îl văd agitându-se pentru Azaria, mă simt neimportantă, simt că... că nu contez ar fi prea mult spus, dar e ca și cum eu nu îi sunt suficientă lui Hanzo, ca și cum sunt doar un substituit, nu prea grozav pentru ea. Sunt geloasă! Nu vreau să îl împart pe Hanzo cu nimeni! Nu în felul acesta! Vreau iubirea lui părintească doar pentru mine pentru că el e tot ce am pe lume! O simt pe Azaria ca pe un intrus în lumea noastră, și nu orice intrus, unul ce strălucea orbitor în timp ce eu păleam, iar Hanzo era cucerit de lumina ei în timp ce eu mă reduceam la stadiul de umbră. Toată viața m-am raportat la el! Și când venea ea, toată atenția lui, toată dragostea lui se redirecționau către Azaria și nu îl puteam blama pentru asta, în definitiv, o vedea atât de rar pe fiica lui! Și... și eu o iubeam, chiar dacă eramt geloasă pe ea, o iubeam din suflet pentru că până la urmă, era mama mea!

Cuprinsă de aceste gânduri urâte, am început să plâng în hohote în spatele ușii închise a dormitorului meu. Ce ființă îngrozitoare puteam fi. Cum să fiu geloasă pe propria-mi mamă? Adevărul era că Azaria îmi fusese mai mult ca o soră mai mare, una de care nici măcar nu eram foarte apropiată. Nu era o mamă așa cum văzusem eu în casa prietenei mele. Mama Catalinei era mereu acolo în momentele în care era nevoie de ea, să sărute un genunchi julit, să repare o jucărie stricată, să maseze burtica bebeluşului Cosi când acesta se strângea de durere, să hrănească micuţul cu biberonul ştiind mereu dinainte când acestuia îi era foame, să înfăşoare, plină de blândeţe copii la culcare în pături călduroase... Eu nu am avut astfel de amintiri cu Azaria, toate astea şi multe altele le-a făcut pentru mine bunicul. Hanzo a fost şi este mama mea! Oricât de dubios sună, în ciuda aspectului său neconvenţional, Hanzo e singura mamă pe care am avut-o vreodată, de aceea nu vreau să îl împart cu nimeni, nici măcar cu mama mea adevărată.

Şi totuşi... nu ar trebui să îmi fie ciudă pe fericirea lui, mă consideram o persoană oribilă pentru că făceam asta de fiecare dată când ea venea acasă. Şi eu o iubeam, şi mie îmi lipsea, dar m-aş fi bucurat mult mai mult de revedere dacă nu aş fi simţit că mi-l răpeşte pe Hanzo, până la urmă, el era tot ce am!

Bunicul a suferit enorm la viaţa lui şi merită orice rază de soare. El poate credea că nu mi-am dat seama, dar eu ştiam foarte bine de ce s-a certat cu Elda. Iubita lui, cu zece ani mai tânără, îşi dorea ca ei doi să îşi unească destinele şi sincer, nu cred că greşea cu nimic. Elda nu a mai fost căsătorită şi şi-a dedicat ultimii cinci-şase ani din viaţă iubirii ei pentru Hanzo, iar el nu dorea să o ia de soţie, de aceea ea l-a părăsit spunându-i să nu o mai caute decât dacă se decide să facă acest pas. Hanzo o iubea pe Elda, sunt sigură. A fost singura relaţie a lui, mai lungă de două luni, de când îmi aduc aminte, dar în sufletul lui, considera că dacă ar numi o altă femeie soţia lui, ar întina amintirea bunicii.

Bunica a rămas ca o icoană pentru bunicul, nu a uitat-o niciodată, nici nu a încetat vreodată să o plângă şi nicio femeie nu a reuşit şi nu va reuşi să îi ia locul în sufletul lui. Cel mai probabil, în modul lui unic, îi va rămâne fidel tot restul vieţii.

Povestea lor pare desprinsă dintr-un roman de dragoste, frumoasă şi uşor de invidiat, din păcate, cu final tragic:

Medeea s-a născut într-o familie bună din Artanos. Părinţii ei, un respectat cuplu de profesori universitari, au încurajat-o să înceapă o relație amoroasă cu fiul bunului lor prieten de familie, primarul orașului. De felul ei cuminte și ascultătoare, Medeea nu s-a opus în niciun fel dorinței părinților săi, de teamă să nu-i supere, nici măcar nu le-a dat de înțeles că decizia lor ca ea să se căsătorească cu fiul primarului nu i-ar fi pe plac.

Într-o zi oarecare, când cei doi tineri se aflau la o întâlnire, la film, s-au separat pentru câteva minute, în holul cinematografului. El s-a dus să cumpere popcorn și ceva de băut în timp ce ea a dat o fugă până la toaletă. La întoarcere, un străin a apucat-o din senin de mână și i-a spus:

— Lasă-l pe el și fugi cu mine! după care i-a sărutat galant mâna și s-a făcut nevăzut, lăsând-o șocată pe frumoasa fată.

Bineînțeles că Medeea s-a întors la logodnicul său și au urmărit împreună filmul din care ea nu înțelesese nimic pentru că privise în gol pe toată durata lui. Carnea îi fremăta numai la gândul că străinul misterios trebuia să fie undeva în sală. Îl căuta cu privirea fără să realizeze măcar că o făcea. Toată seara a fost absentă față de partenerul său. Enigmaticul personaj o tulburase complet. Întreaga noapte s-a gândit numai la el, la tânărul chipeș, atletic, ce o privise arzător de la înălțimea sa impozantă, la cârlionții lui de culoarea scorțișoarei ce-i căzuseră pe frunte atunci când se plecase să-i sărute mâna. Totul durase numai o clipă, dar ea își amintea fiecare detaliu al chipului masculin și al trupului lui robust.

Nu și-a mai găsit liniștea. A doua zi, după o noapte zbuciumată în care străinul îi colindase visele, Medeea a început să pună întrebări în stânga și în dreapta până ce a ajuns la circ unde tocmai se dădea o reprezentație. După o zi de alergătură, începuse să se întrebe dacă nu cumva urmărea o fantasmă, atunci îl zări și nu oriunde, ci în arenă. La bustul gol, ținea pe fiecare braț, fără niciun efort, câte o fată. Numărul s-a încheiat, artiștii s-au retras, însă înainte de asta, Medeea și băiatul din arenă și-au intersectat privirile o clipă. Fata s-a rușinat *întrebându-se de fapt, ce căuta? De ce s-a dus acolo? De ce s-a chinuit să-i dea de urmă străinului? Circarului! Îi venea să o rupă la fugă, dar ar fi atras prea multă atenție asupra ei și, din moment ce oricum plătise biletul, s-a gândit să se bucure de spectacol până la final. Au urmat numere de acrobație, jonglerie, magie și dresură de animale. Încheierea era un act impresionant cu aruncători de cuțite. Unul dintre ei era chiar cel pentru care venise.*

Era el și nu era, în egală măsură. El cel din arenă era complet diferit de cel din holul cinematografului. Era o creatură magnifică ce parcă strălucea. Medeea dorea să-l vadă mai de aproape, să se convingă că nu se înșală, că era aceeași persoană. Poate de aceea, când el a cerut un voluntar, s-a oferit înainte să judece ce face de fapt.

Bunica s-a oferit să fie țintuită pentru ca un necunoscut, legat la ochi, să arunce cuțite în jurul ei. Când a realizat în ce se băgase, era mult prea târziu să mai poată da înapoi. Circarul era entuziasmat și surprins în același timp. Tânăra a fost cuprinsă de frică, ea era strâns înlănțuită și el legat la ochi cu adevărat. Nu era o joacă! Când cineva a mai și învârtit placajul de care era pironită, a crezut că leșină. Sunetul primului pumnal înfipt în lemn trebuia să o liniștească sau să o îngrijoreze? Număra aruncările sau cel puțin așa avea impresia pentru că habar nu avea câte fuseseră și se ruga ca totul să se termine odată.

Ropote de aplauze. Numărul luase sfârșit, publicul se retrăgea gălăgios, nu se grăbea nimeni să o elibereze și pe ea. Într-un final, aruncătorul de cuțite, zâmbitor, o dezlegă și coborând-o de pe bulls-eye, o sărută cu pasiune pe Medeea.

— Cum îți permiți? țipă ea tăios în timp ce palma ei micuță îi biciui obrazul aspru, asta doar pentru că el era aplecat ca să o sărute pentru că altfel nu ar fi ajuns la fața lui, de la ea am moștenit și eu statura mignonă.

Frecându-și obrazul, Hanzo, pentru că despre el vorbim, zâmbea în continuare. Pișcătura de țânțar nu-l deranjase câtuși de puțin și, sigur pe el, i-a spus:

IUBITUL MEU, MOTANUL

— Nu de asta ai venit? Nu de asta te-ai oferit voluntară?

Descumpănită un moment de abordarea lui directă, Medeea a cântărit lucrurile și a realizat că el nu greșea deloc, drept urmare i-a spus:

— Accept!

— Accepți? Ce anume accepți?

— Să fug cu tine.

Hanzo a fost luat puțin prin surprindere de hotărârea ei, dar a fost de-a dreptul încântat de aceasta. Concluzia e că bunica a fugit cu circul.

Trăirile Medeei din acele zile, Hanzo le-a aflat mult mai târziu, după moartea ei, citindu-i jurnalul. De asemenea, mi-a mărturisit că a fost un veritabil Don Juan până ce a întâlnit-o pe ea. Se cupla cu o fată, sau mai multe în fiecare oraș prin care trecea pentru ca imediat după să le uite până și numele. În acea zi a cerut un voluntar, deși avea o asistentă pentru număr fiindcă o recunoscuse în public și a avut speranța nebună că se va oferi ea și așa a fost.

Nicio fată, dintre toate cele cărora le sucise mințile, nu acceptase până atunci propunerea de a fugi cu el. Poate pentru că nu vorbea serios și era doar o replică de agățat? Posibil. Însă, de îndată ce Medeea a spus „da", și oferta lui a devenit serioasă. El a devenit serios în privința ei pe considerentul că: „dacă ea renunță la tot pentru a-și petrece viața alături de mine, eu am să o iubesc și am să o prețuiesc pe veci".

Hanzo știa că viața de circar nu era ușoară, trăise astfel de când se născuse și de nenumărate ori își dorise să fugă, să aibă o viață normală, o casă, prieteni de vârsta lui, să meargă la școală, să își facă griji pentru teme nu să repare utilaje, să exerseze șutul pe poartă nu aruncatul la țintă, să se uite la desene, nu să ridice greutăți. De aceea, a decis ca fata aceasta care îl urma fără să ceară nimic în schimb, să nu sufere niciun neajuns atâta timp cât acest lucru stătea în puterile lui.

În ciuda faptului că nu era major de mult, bunicul era proprietarul circului. Îl moștenise de la părinții lui care, la rândul lor, îl moșteniseră din generație în generație. Bunicul provine dintr-o linie lungă de circari, circul acela era viața lor, eu sunt prima membră a familiei ce s-a născut în afara lui. Tatăl lui Hanzo murise de curând și mama lui era internată într-un sanatoriu fiind foarte bolnavă, iar el era pe cont propriu. Fiul făcea ce știa el mai bine, călătorea, se antrena, monta și demonta circul, repara mașinile, utilajele și caruselele ori de câte ori era nevoie, de aici și abilitățile sale inegalabile în domeniul mecanicii. Ceilalți circari nu au fost încântați când a adus o fată din afara lumii lor, dar până la urmă, nu aveau ce face, el era șeful. Nu la fel au stat lucrurile cu părinții Medeei. Au fost dezamăgiți și rușinați de alegerea fiicei lor, au dezmoștenit-o și nu au iertat-o nici după moarte, refuzând să participe la înmormântarea ei. Medeea a decedat fără să-și mai vadă părinții sau să mai vorbească cu ei după ce aceștia au alungat-o când, însărcinată fiind, a căutat iertarea lor. Când a fugit, nu a avut curajul să dea ochii cu ei, dar le-a scris, le-a scris mereu, însă ei nu îi răspundeau niciodată, nici măcar mama ei de care fusese extrem de apropiată. Un an mai târziu însă, mamă în devenire la rândul ei, și-a luat inima în dinți și a bătut la poarta părintească. Ulterior a regretat acest lucru pentru că ei în loc să se bucure de revedere, au izgonit-o ca pe un câine. Cu toate acestea, viața a fost frumoasă pentru tânărul cuplu format în circumstanțe bizare. Se iubeau, erau fericiți și aveau doi copii frumoși, născuți la doi ani diferență unul de altul: Lorenzo și Azaria, iar un al treilea se afla pe drum. Venise vremea ca dezastrul să lovească.

Viața nomadă are neajunsurile ei, iar asistența medicală de urgență în caz de nevoie e unul dintre ele, mai ales când te afli în mijlocul pustietății. Bebelușul a decis să vină mai devreme, mult prea devreme, inopinat. Nu a mai fost timp ca Medeea să ajungă la spital, cea mai apropiată localitate fiind undeva la 97 de kilometri distanță, asta în situația în care drumurile erau blocate în urma alunecărilor de teren cauzate de ploile necontenite din ultimele zile. Nici ea și nici pruncul prematur nu au supraviețuit, când au ajuns într-un final la spital, nu mai puteau fi salvați.

Văzându-și soția plină de sânge și puiul de om inert, Hanzo a simțit cum se prăbușește cerul asupra lui. Fiul lui, mort! Iubirea vieții lui, moartă! Și el? Singur cu doi copii ce nu știau nici să se îmbrace singuri. Mama lor nu mai era, mama lui se topea într-un sanatoriu și mama Medeei nu dorea să audă de nepoții ei. Nu avea cui cere ajutorul.

Bunicul și-a plâns durerea și și-a crescut copii. Circarii, ca o adevărată familie, l-au sprijinit și cumva, a scos-o la capăt. Lorenzo și Azaria au crescut păstrând tradiția familiei, devenind artiști de circ. Nici unul nu moștenise statura impunătoare a tatălui lor, amândoi erau mărunței și delicați ca bunica, o calitate mai mult decât binevenită pentru fabuloasele numere la trapez pe care le executa duo-ul, frații erau parteneri de scenă. Micuții erau talentați și din ce în ce mai faimoși.

La treisprezece ani, Lorenzo devenise un temerar, inventa numere noi și inovatoare cu mare priză la public. Îi plăcea să facă sărituri sofisticate în apă și într-o zi a decis să încerce ceva nebunesc: o săritură de la o înălțime de-a dreptul imposibilă, urmând ca în secundele cât dura căderea să execute diverse poze spectaculoase.

Ironia sorții face că prima încercare i-a reușit, cea de-a doua i-a fost fatală. Nu a calculat bine poziția bazinului, în mod normal avea nevoie de unul mult mai mare, și s-a lovit de marginea acestuia, despicându-și craniul. Totul s-a petrecut sub privirile terifiate ale Azariei, al cărei urlet de groază l-a alertat pe tatăl lor ce s-a trezit din nou neputincios în fața sorții crude.

Lumea lui s-a prăbușit din nou în infern, o vreme nu a fost bun de nimic. Din fericire, circul lui era un mecanism bine uns, fiecare rotiță își cunoștea locul și rolul, iar afacerea a mers din inerție. Partea administrativă a fost preluată de către o femeie ce dresa lei, cu care Hanzo avea o relație la acea vreme.

A plâns, a suferit, s-a ridicat, s-a scuturat de praf și a mers mai departe. Bunicul a încercat să-i interzică Azariei să mai apară în spectacole. Era prea târziu pentru o astfel de decizie, adrenalina și euforia îi pompau fetei în vene, avea deja circul în sânge și nu s-a lăsat convinsă pentru nimic în lume să renunțe, mai ales că pe trapez, îl simțea pe fratele ei alături de ea. Hanzo a trebuit să se împace cu ideea, însă a devenit foarte precaut, Azaria nu avea voie să exerseze și să execute decât numere aprobate de el și a montat plase de siguranță. Această măsură a cam redus numărul spectatorilor, în definitiv, circul lui era faimos în mare parte datorită acrobațiilor spectaculoase executate la trapez, fără plasă, de către cei doi frați.

Hanzo era de neînduplecat în privința plaselor, nu îi păsa nici dacă dădea faliment, era hotărât: nu va îngropa și acest copil, încă un copil, ultimul lui copil! Totuși, într-o privință, era de acord cu mulțimea, Azaria avea nevoie de un partener. Bunicul a apelat la toate sursele și a analizat toate ofertele, nimeni nu îi părea potrivit pentru a-l înlocui pe Lorenzo pe scenă.

Noul partener a apărut într-un mod total neașteptat. Caravana circului se instalase, ca întotdeauna, la marginea unui oraș, unde, la o distanță relativ mică, tot în afara orașului, se afla o fermă dărăpănată. La fermă locuia un bărbat de vreo patruzeci de ani, alcoolic și violent, care se pricopsise, după cum spunea el, cu fiul surorii sale moarte. Orfanul ducea o viață grea alături de unchiul său care, nu numai că nu îi oferea minimul de confort și hrană necesare unui trai decent sau vreun strop de afecțiune, dar îl și agresa zilnic, bătându-l de multe ori, cu sălbăticie, până ce băiatul nu se mai putea ridica. Acesta era încă mic și avea o constituție fragilă, nu se putea apăra la cei paisprezece ani ai săi.

Seara, pe când Hanzo repara ceva la un carusel, scandalul a început în casa celor doi. Unchiul, hotărât să-l bată pe copil, l-a fugărit până în tabăra circarilor. Speriat, orfanul s-a cocoțat în vârful cortului cel mare. Impresionat, Hanzo i-a propus să-l urmeze. Bineînțeles, unchiul băiatului a fost cuprins brusc de dragoste părintească față de băiat și a fost nevoie de o sumă de bani pentru a se lăsa convins să se despartă de nepot. Practic, bunicul l-a cumpărat pe orfan și Ratko, căci acesta e numele lui, a devenit partenerul mamei.

Ratko învăța repede și avea o înclinație naturală către acrobație. Ușor și delicat, la fel ca Azaria, cei doi erau de-a dreptul mirifici la trapez, reprezentaţiile lor păstrând o notă angelică.

Azariei îi lipsea mult Lorenzo, acesta fusese nu doar fratele ei, ci şi cel mai bun prieten, erau nedespărţiţi înainte de accident. De la decesul lui se simţise foarte singură, aşadar noul partener a fost bine-venit în viaţa ei, puţin prea bine venit. Azaria şi Ratko au devenit inseparabili, Hanzo era mulţumit de acest aspect. Se gândea cu bucurie că măcar sufletul fiicei lui găsise consolare dacă al lui sângera numai la pomenirea celor pierduţi.

Bunicul a uitat însă un amănunt, Lorenzo îi era frate Azariei, Ratko însă nu. Un an mai târziu de când orfanul s-a alăturat circului, dresoarea de lei auzise o discuţie avută loc pe când Azaria şi Ratko se credeau singuri. Pornită, dresoarea a năvălit în biroul lui Hanko, unde acesta lucra la nişte acte şi i-a spus pe un ton ironic:

— Felicitări, bunicule!

— Ce? în primă instanţă a fost confuz şi a avut nevoie de câteva clipe pentru a procesa informaţia, după care a adăugat: glumeşti, nu?

— Aş vrea eu, dar nu. Micuţul şi micuţa s-au jucat cu...

— Am eşuat ca părinte! e tot ce a putut Hanzo să mai spună.

Fiul său cel mare pierise pentru că primise prea multă libertate pe scenă, iar fiica sa era însărcinată la treisprezece ani fără o lună pentru că îi oferise prea multă libertate în afara scenei. Fiul său cel mic se stinse în ziua ce ar fi trebuit sărbătorită an de an începând de atunci, în schimb, acum o comemorează cu un buchet de flori pe un mormânt rece.

Bunicul se învinovăţea, ştia că dacă Medeea nu l-ar fi urmat, ci s-ar fi căsătorit cu logodnicul ei mototol pe care-l ura, ar fi fost în viaţă, nefericită dar vie! Şi dacă tot şi-a unit destinul cu ea, ar fi trebuit să renunţe la viaţa nomadă şi să se stabilească undeva. El îşi urâse copilăria, de ce şi-a supus familia la acelaşi mod de viaţă? Dacă nu făcea asta, mezinul său s-ar fi născut asistat, într-un spital şi el şi mama lui ar fi supravieţuit complicaţilor intervenite la naştere. Lorenzo nefiind acrobat, nu ar mai fi decedat exersând un nou număr şi Azaria nu l-ar fi cunoscut pe noul său partener de scenă devenind mamă la treisprezece ani! Dacă, dacă, dacă!

Adevărul e că nu luase niciuna dintre deciziile salvatoare la momentul potrivit. Hanzo era hotărât să nu mai greșească. Era prea târziu pentru avort oricum, existam în pântecele mamei de ceva timp până ce ea a realizat acest lucru pentru că da, Azaria și Ratko sunt părinții mei.

După câteva zile de gândire, Hanzo i-a chemat pe cei doi viitori părinți în fața lui. Azaria, pierdută, după ce tatăl său nu îi adresase un cuvânt de când aflase vestea, a încercat să-l abordeze:

— Tată, nu știu cum s-a întâmplat asta...

— Serios? Chiar nu știi? întrebă el tăios.

— Ba da, dar...

— Las-o moartă! Și tu? Nu spui nimic? se răloi la Ratko.

— Nu am ce, sunt vinovat; a spus acesta cu capul plecat și, deși au trecut vreo șaisprezece ani din acea zi, Ratko nu l-a mai privit niciodată în ochi pe Hanzo pentru că a considerat că nu mai are acest drept, trădându-l pe cel care l-a cumpărat. Ratko îi aparținea lui Hanzo, dar acesta din urmă nu i-a fost stăpân, ci tată, i-a oferit o casă, o familie, căldură, și el, el ce făcuse? A lăsat-o însărcinată pe fiica salvatorului său!

— Bine măcar că recunoști! Acum, ce faceți cu copilul?

— Cum adică ce vom face? Știi doar că e prea târziu să mai fac ceva... Stai! Sper că nu îmi ceri să-l dau! se revoltă instinctul matern al Azariei, tare aș fi vrut ca acest instinct să fi fost mai puternic...

— Nu, nu concep asta, dar nici să crească la circ nu concep!

— Dar, eu și Lorenzo... începu Azaria să spună.

— Exact! Și uite ce bine s-a terminat pentru amândoi! a întrerupse violent tatăl său. Copilul acesta nu va vedea circul decât ca spectator!

— Ce ai decis? întrebă resemnat Ratko.

— Eu? Cum să decid eu? E copilul vostru, alegerea vă aparține. Eu doar vă prezint opțiunile.

— Și care sunt alea? Azaria avea un presentiment că nu îi va plăcea niciuna dintre ele.

— Varianta unu, cea mai normală din punctul meu de vedere: vă

stabiliți într-un oraș, la alegere, vă terminați studiile și vă creșteți copilul. Am să găsesc pe cineva care să vă sprijine în acest sens.

— Și tu?

— Eu am să vă asigur stabilitatea financiară, continuând să fac ce am făcut toată viața.

— Și noi? Când am reveni pe scenă? Azaria nu înțelegea sau nu dorea să înțeleagă.

— Niciodată. Ați terminat-o cu circul, definitiv! Veți fi părinți și veți avea slujbe normale.

— Care e cealaltă variantă? a întrebat Ratko speriat de paloarea Azariei. Știa cât de mult iubea ea lumea spectacolului și ce îngrozitor trebuie să fi sunat acel niciodată în urechile ei.

— Cresc eu copilul. Vând circul, îmi deschid un atelier auto și voi sunteți liberi să vă formați o carieră strălucită. Știu sigur că mulți entertaineri v-ar vrea în echipa lor. Dar, dacă alegeți varianta din urmă, mai am o condiție.

— Ce condiție? oftă Azaria pentru că ceea ce auzise până atunci sunase prea frumos pentru a fi adevărat și deși sperase să fie așa, condiția tatălui său veni ca o trezire la realitate.

— Nu accept diferențe între copii.

— Copii? Ratko era surprins. Se gândea că va avea gemeni și el era ultimul care afla.

— Exact. Dacă nu doriți să-i fiți părinți acestui copil, nu am să accept să fiți nici ai altuia. Eu să îl cresc pe acesta și peste zece ani să creșteți voi altul, pentru ca primul să sufere întrebându-se el cu ce a greșit, de ce nu a fost bun? De ce nu a fost suficient? Nu! Azaria, dacă îmi cedezi copilul, cedezi și dreptul de a fi mamă și îți vei lega trompele uterine!

— Tată! Nu poți să îmi ceri așa ceva!

— Ba pot și o fac!

— Nu putem lua o decizie atât de importantă pe loc! a concluzionat Ratko rațional.

— Nici nu vă cer asta. Aveți timp până la venirea pe lume a copilului.

Fata mea, gândește-te bine, la ce renunți, la carieră sau la ideea de a fi mamă vreodată.

Povestea venirii mele pe lume mă înconjura cu o negreală lipicioasă de fiecare dată când o rememoram. Negrul îmbâcsit nu a dispărut decât alungat violent de un albastru închis provenit din cele nouă crestături pe care mi le-am făcut cu lama pe coapsă. Nouă tăieturi, câte una pentru fiecare lună. Nu știu sigur dacă erau pentru cele nouă luni de când nu o văzusem pe mama sau pentru cele nouă luni petrecute în pântecele ei, lunile ei de gândire, în care legătura creată între noi nu a fost suficient de puternică încât să o oprească lângă mine... Timpul de care a avut nevoie pentru a decide că nu dorea să îmi fie mamă!

Până la vârsta de zece ani

I can remember the very first time I cried
How I wiped my eyes and buried the pain
inside
All of my memories - good and bad - that's past
Didn't even take the time to realize

- Lonely Girl – P!nk

— Lisa! Vino jos! sunetul vocii sale îl trăda. Puține lucruri pe această lume îl emoționau pe acel munte de om, de aceea, îmi era clar că cea mult așteptată sosise. Hanzo îmi ceda cu mărinimie bucuria de a o întâmpina, de aceea mă strigase.

Doream eu să o văd? Cum aș fi putut să nu doresc? M-am emoționat și eu și am pornit grăbită spre ușă. Nu voiam să o fac să aștepte defel. Inima îmi bătea din ce în ce mai repede, emițând cu fiecare bătaie unde albe de fericire cu un ecou lila în care se reflecta teama revederii după o perioadă îndelungată de timp.

Toată gelozia pe care o simţisem faţă de Azaria s-a dispersat într-o ceaţă verzuie în clipa în care am zărit-o în pragul uşii: micuţă, delicată, adorabilă, era imposibil să nu o iubeşti. Ne asemănăm foarte mult la trup, singura diferenţă fiind pieptul pe care ea îl are şi eu nu, pieptul de la care, poate, cândva, m-a hrănit cu laptele ei matern. Ceva din mine îşi dorea cu disperare să o fi făcut, măcar o dată. Nu mai conta însă, m-am aruncat în braţele ei cu egoismul tipic copiilor, dar care mie îmi era îngăduit atât de rar. Valuri-valuri din albul fericirii şi din rozul iubirii ne-au contopit îmbrăţişarea. Mă simţeam nespus de împlinită înlănţuită în braţele ei subţiri, dar ferme datorită sutelor de ore de exersat la trapez. Degetele ei mici şi gingaşe, încărcate de inele, îmi mângâiau răbdătoare părul cârlionţat.

Cum aş fi putut să o urăsc vreodată pentru că nu a vrut să îmi fie mamă? Pentru că mi-l răpea pe Hanzo câteva zile din când în când? Nu aş fi putut simţi niciodată ceva atât de urât faţă de acea fiinţă distinsă...

Începea să îmi fie ruşine de gelozia în care mă înecasem cu puţin timp în urmă. Până la urmă, ce-i puteam reproşa eu Azariei, mamei? Mi-a dat viaţă! Nu mi-a fost mamă şi ca orice copil, aş fi avut nevoie disperată de una, dar cum ar fi putut ea să fie aşa ceva când ea însăşi nu avusese mamă? Azaria nu ştia de fapt ce înseamnă o mamă, în ce constă acest statut. Bunica murise înainte de a marca amintirea fiicei sale. Azaria, de când se ştia ea pe lume, nu-l avusese decât pe Hanzo, la fel ca mine... Ştiu, sunt multe femei pe această lume ce au crescut fără un exemplu matern însă instinctul natural le-a transformat în mame minunate. Problema e că ea, pe atunci, nu era o femeie, ci o fată, poate chiar o fetiţă! Mama mea m-a avut când era mai tânără decât mine şi ştiu că, în mod clar, eu nu aş fi în stare să cresc un copil, ea de ce ar fi fost?

Copii nu ar trebui să aibă copii, corect din nou, însă... Azaria a rămas cu un gol imens în suflet după ce cel mai bun prieten, partenerul de scenă şi mai ales fratele ei, a suferit o moarte violentă în faţa ochilor săi. Lorenzo era jumătatea întregului ce-l formau ei doi, fuseseră nedespărţiţi dintotdeauna. Pierderea în sine era deja insuportabilă pentru ea, dar trauma de a asista la tragedie o dărâmase complet. Avea nevoie disperată de a se agăţa de ceva, de cineva pentru a se salva din ghearele nemiloase ale depresiei, iar acel cineva, din fericire, nu a întârziat să apară în viaţa ei. Din păcate, Hanzo nu a luat în calcul hormonii adolescentini când i-a oferit orfanului locul rămas liber când Lorenzo a pierit. O pot totuşi blama că şi-a găsit alinarea, după trauma suferită, în braţele lui Ratko? Desigur că nu pot!

După cum am spus, nici eu nu aş fi pregătită să îmi asum responsabilitatea unei noi vieţi deşi sunt cu doi ani mai în vârstă decât era ea atunci, cu toate acestea, m-am gândit de nenumărate ori că, în locul ei, mi-aş fi ales copilul nu cariera... dar poate aş fi făcut asta numai pentru că eu nu am o carieră? Azaria a fost o fetiţă cu un vis măreţ, împlinit acum, dar la vremea aceea, aflat la început de drum. Să fi fost mai bine pentru cineva să nu devină un artist de renume mondial, câştigător al festivalului Tarebe? Să fi rămas o simplă mamă-copil? Poate una mediocră, frustrată şi nefericită? Sincer, nu cred că ar fi fost bine nici pentru ea, nici pentru mine, oricât de tare m-ar durea acest adevăr, îl conştientizez.

Gelozia mea cu privire la Hanzo e şi ea nejustificată până la urmă. Şi ea, ca şi mine, s-a raportat întreaga viaţă la el şi, la un moment dat, a fost nevoită să mi-l cedeze mie... trebuie să se fi simţit alungată din sufletul tatălui său, şi atunci... cum să o urăsc? Nu o uram, o iubeam şi, când o întâlneam, orice urmă de reproş dispărea din sufletul meu. Simţeam dragostea ei, ştiam că şi Azaria mă iubea şi, deşi poate părea ciudat, îi eram recunoscătoare că nu încerca să joace rolul de mamă. Azaria era ea însăşi, zâmbitoare, veselă şi zvăpăiată, mă copleşea cu atenţia ei când ne întâlneam şi mă trata ca pe o soră mai mică. Nu încerca să fie ce nu era, tocmai de aceea, iubirea ei era sinceră. Nu era falsă, nu-i păsa şi nici nu era interesată să pară că i-ar păsa de rezultatele mele şcolare sau dacă mi-am făcut curat în cameră, în schimb, m-ar fi dus pe ascuns la acel fim horror pe care Hanzo mi-a interzis să îl văd. Azaria era ea însăși și atât.

Din spatele ei, parcă simțindu-se lăsat pe dinafară, mă privea stânjenit un tânăr al cărui aspect rafinat îl făcea să pară desprins dintr-o poveste cu elfi. Ratko e construit după același calapod ca Azaria, emanând aceeași finețe grațioasă, cum altfel ar fi putut ei deveni regii zburători ai trapezului?

Ambii mei părinți erau fermecători, ceea ce mă făcea să mă întreb ce e în neregulă cu mine? De ce ei erau incredibili, ca niște ființe de basm și eu nu? Să fiu ca rățușca cea urâtă? O floare ce înflorește târziu? Aș exagera totuși dacă m-aș numi urâtă, însă nu exista grad de comparație între mine și ei. Revăzându-l pe Ratko cu chipul lui proaspăt și candid, mi-a venit preț de o clipă o idee nebună: să-l duc la școală și să-l prezint drept iubitul meu. Membrele Fan-Clubului ar crăpa de ciudă văzându-mă la brațul unui băiat demn de a fi rivalul lui Dante de la aspect până la carismă? Și poate, văzând că am pe cineva, m-ar lăsa în pace... Am alungat repede ideea smintită ce-mi înflorise în minte, era greșit și dubios și dacă prin absurd tatăl meu ar fi fost dispus să joace o astfel de șaradă, pentru asta ar fi trebuit să-i dezvălui calvarul prin care treceam zilnic la școală între zidurile înalte ale Academiei Etnare. Nu puteam face așa ceva, nu puteam frânge inimile tuturor celor din familia mea, dar mai ales, riscam ca bunicul să iște un scandal ce ar fi putut avea ca repercusiune transferul meu la o altă unitate de învățământ.

Spre deosebire de mama, tata nu era deloc natural în preajma mea. Atitudinea lui Ratko era în permanență tulburată, ca și cum prezența mea l-ar incomoda sau mai bine spus, l-ar intimida. Își calcula fiecare gest, fiecare privire, evitând orice formă de contact fizic, chiar și accidentală. Nici Azaria nu era vreun model de mamă de urmat, dar tata... pur și simplu mă evita. Bănuiam că nu mă iubește, dar îmi venea greu a crede asta știind că dacă a auzit vreodată, măcar în treacăt că mi-aș dori ceva, s-a asigurat de fiecare dată că voi primi acel lucru și fiecare ceartă pe care am avut-o vreodată cu Hanzo s-a încheiat cu bunicul spunându-mi, după un timp: „am discutat cu Ratko și am ajuns la un consens". Nu îmi vorbea direct, dar îmi ținea mereu partea. Bunicul oricum avea o imensă slăbiciune pentru mine, însă Ratko tot nu rezista să nu intervină cu rugăminți pentru scurtarea ori îndulcirea pedepselor și deși Azaria e fiica lui Hanzo, acest tânăr rușinat ce se ascundea în spatele ei e cel care îl sună mereu pe bunicul pentru a se interesa de mine, un tânăr căruia îmi vine greu să îi spun tată...

Ciudat e că, spre deosebire de Azaria care nu s-a priceput niciodată la meseria de părinte, excelând însă la cea de prietenă, Ratko fusese cândva un tată grozav. De câte ori venea acasă, îmi dedica mie tot timpul lui, ne jucam cu păpușile, găteam mâncare imaginară în vasele mele de plastic, mă lăsa să îi fac unghiile, părul și să îl machiez cu fardurile mamei, bea tot „ceaiul" pe care i-l ofeream, deși în realitate era doar apă din iazul broaștelor țestoase, îmi cumpăra cele mai frumoase rochițe și nu se supăra chiar dacă mă tăvăleam cu ele prin noroi, îmi dădea dulciuri fără să știe Hanzo, cât era acasă, dormeam cu el și mai ales, era poneiul meu oricând doream. Îmi amintesc că într-o zi, i-am cerut să mă care în spate zece ture în jurul casei. La cea de-a șaptea m-a rugat să ne oprim. Am refuzat așa că le-a continuat și pe celelalte trei cu zâmbetul pe buze. Ulterior, a fost la spital pentru copci, îi intrase adânc în palmă un ciob la tura numărul șapte...

Toate astea s-au oprit brusc, dacă stau să mă gândesc, am avut parte de acest tratament princiar până la vârsta de zece ani, după aceea, atitudinea lui Ratko față de mine s-a schimbat radical... nu aș putea să spun că mă simțeam respinsă de el, ci mai degrabă îl simțeam pe el stingherit, că i-ar fi teamă să mă abordeze în vreun fel.

Ne-am așezat, într-un final, la masă. Fiecare avea ceva de povestit, în definitiv, trecuseră nouă luni de la ultima reuniune de familie. Din veselia generală s-a omis, spre norocul meu, faptul că eu nu aveam nimic de împărtășit, ce să le și zic? Că sunt abuzată? Bătută? Tăceam şi ascultam cu plăcere, iar în caz că eram forţată de împrejurări să vorbesc, aveam rezervată istoria schimbării personalităţii lui Zoto pentru a le distrage atenţia de la tot ce ţinea de şcoală.

Festinul pregătit de Hanzo, foarte apreciat de altfel, s-a prelungit până seara. Am fost nevoită să dau explicaţii cu privire la arcada cusută, dar în rest, nu am fost încolţită cu întrebări al căror răspuns nu numai că m-ar fi durut, însă mi-ar fi fost şi imposibil să-l ofer.

Tocmai aduceam desertul când mi-a fost dat să aud ceva ce m-a făcut să scap platoul din mână. Porţelanul fin s-a fărâmiţat şi mouse-ul de ciocolată s-a întins pe parchet printre cioburi. Nici nu m-am gândit măcar să curăţ mizeria făcută, aveam nevoie urgentă să mă aşez pentru că vocea suavă a mamei tocmai îmi spusese:

— Lisa, după finalizarea acestui turneu, ai vrea să vii să locuieşti cu noi? Să formăm o familie adevărată, doar noi trei? Sau, cine ştie, poate chiar mai mulţi.

Auzind-o, bunicul şi-a aşezat zgomotos paharul pe masă, aproape trântindu-l, dar nu a zis nimic, ci aştepta, ostentativ. Amândoi o priveam insistent pe Azaria, o mamă captivă într-un trup de adolescentă, un ten ca spuma laptelui ce părea a nu se tulbura niciodată, încununat de o privire sclipitoare ce trăda că, în ciuda fizicului delicat, această femeie deţine o voinţă puternică.

— Mi-ar plăcea! am răspuns automat, aproape strigând. Ulterior m-am gândit că entuziasmul necontrolat pe care l-am afişat, e posibil să-i fi rănit sentimentele lui Hanzo, să se fi simţit abandonat după ce el îmi dedicase întreaga sa existenţă preţ de cincisprezece ani. Mi-aş fi dorit să nu îmi fi exteriorizat astfel bucuria nebună care m-a cuprins, dar cum aş fi putut face asta când auzeam aievea ceva ce-mi imaginasem de nenumărate ori, deşi nu îndrăzneam să sper măcar că se va adeveri vreodată, o dorinţă ascunsă adânc în inima mea. O familie adevărată, normală, complet acceptată de societate, fără toate şuşotelile şi speculaţiile actuale. Părinţii să îmi fie părinţi şi nu vizitatori ocazionali şi poate... urmându-i, aş fi nevoită să mă mut departe de Resao, poate chiar în afara Ildemei. Atunci, nu aş fi eu vinovată de neîndeplinirea jurământului faţă de Catalina, nu? Aş putea să scap de calvarul Academiei Etnare şi totuşi Catalina să mă ierte? M-ar ierta... ea cunoaşte prea bine cât de mult am tânjit toată viaţa după mama şi tata... totul era prea frumos să fie adevărat.

Amalgamul gândurilor ce m-a prins în vârtejul lor ameţitor nu a durat în fapt mai mult de câteva secunde. Secunde în care mama îşi mângâiase sugestiv pântecele de două ori după ce terminase de formulat propunerea de a mă muta cu ei. Am constatat atunci că eram singura cuprinsă de euforie, situaţia fiind în realitate extrem de tensionată. Masa rotundă, în jurul căreia eram aşezaţi, mi s-a părut brusc imensă, despărţindu-ne parcă la o distanţă cât punctele cardinale unii de alţii, în timp ce ea se transformase în globul pământesc.

Ratko privea în pământ şi nu scotea un sunet. El şi bunicul se înţelegeau bine, dar tata nu se purta ciudat doar faţă de mine, ci şi faţă de Hanzo. Întotdeauna, de când mă ştiu eu, îşi ţinuse capul plecat în faţa acestuia, nu îl privea niciodată în ochi, nici măcar când îi vorbea despre ceva important, însă de această dată, părea că îşi doreşte să intre în pământ cu totul. Nu înţelegeam ce se întâmplă, atunci am văzut un cuţit de aruncat trecând razant pe lângă mama şi înfigându-se în peretele din spatele ei, zburase din direcţia lui Hanzo ce se afla de cealaltă parte a mesei.

— Acesta este singurul tău avertisment, Azaria! spuse el apăsat, cu un aer ameninţător ce începea să se extindă în întreaga încăpere.

— Tată! Te rog, nu interveni! Lisa are dreptul să hotărască singură ce vrea! ridică tonul Azaria.

— Nici nu mi-aş dori altfel, deşi i-aş duce enorm lipsa, nu am o problemă cu opţiunea ei de a locui cu mine sau cu voi! Celălalt aspect însă, nu intră în discuţie! se răsti Hanzo.

— Celălalt aspect? am întrebat confuză, privind pe rând chipurile înroşite de furie ale Azariei şi Hanzo, dar şi pe Ratko, pe care se putea citi clar că și-ar fi dorit să fie oriunde altundeva în acel moment. Nu am primit niciun răspuns, nicio lămurire. Schimbul de replici a continuat, ignorându mă chiar dacă păream a fi subiectul principal al disputei.

— De ce? De ce te încăpățânezi? Îți voi demonstra că vom fi fericiți, toți! Lisa nu va simți niciodată că a fost dezavantajată sau că ar fi privată de ceva. Totul va fi perfect! mama a dus din nou mâna la abdomen.

— Nu va simți că a fost privată mai mult decât cei cincisprezece ani de până acum! Stai! Ce ai făcut? ochii lui Hanzo s-au îngustat, cârlionții de culoarea scorțișoarei s-au înfoiat ca o coamă și mâinile i s-au încleștat de marginea mesei, iar vocea îi devenise terifiantă.

— Nu am făcut nimic! Vreau aprobarea ta întâi, tată! strigă deznădăjduită Azaria.

— Nu o vei avea, nici acum, nici niciodată!

— Vreau să fiu mamă! Am aproape treizeci de ani! Vreau un copil, e dreptul meu ca femeie să devin mamă! afirmația ei disperată m-a rănit nespus... adică, eu nu contam? Nu se considera mama mea... nu cu adevărat, își dorea experiența maternității în adevăratul sens al cuvântului, eu... eu eram doar extra! Am simțit roșu cu negru, dar s-au estompat rapid într-o dâră de gri al tristeții și totuși... îmi era milă de ea!

— Ai avut șansa ta! Ai ales altceva! Ai ales cariera! Nu ai dreptul să te răzgândești! Credeai că dacă Lisa a crescut puțin poți șterge totul cu buretele, îți poți lua viața de la capăt și să te prefaci că nu s-a întâmplat nimic? Nu ai dreptul ăsta! Alegerile tale te vor urmări toată viața. Vrei să renunți acum la cariera ta strălucitoare? După ce ai ajuns în vârf? Îmi vine greu a crede!

— Nici măcar nu e nevoie să o fac! Asta e o idee fixă de-a ta! Multe femei sunt mame și au cariere de succes în același timp!

— Da, dar nu o astfel de carieră! Ce vei face cu copilul când ești plecată în jurul lumii? Sau în timpul lungilor ore de antrenament zilnic?

Urletele se intensificau cu fiecare clipă, nu mai rezistam, voiam să fug, dar picioarele nu mă ascultau. Corpul meu știa că întreaga poveste mă privea prea mult pentru a-mi permite să părăsesc scena duelului cuvintelor, deja îi vedeam pe cei doi ca două fiare turbate, pe punctul de a se ataca. Neașteptat, mama se calmă subit și răspunse întrebării bunicului cu un calm rațional:

— Lisa nu mai e un copil, bineînțeles că, ocazional, mă voi putea baza pe ea pentru ajutor, noua abordare m-a năucit. Azaria își dorea ca eu să fac ceea ce ea nu a fost capabilă, chiar dacă nu era o răspundere totală, tot mă simțeam copleșită de idee.

Se ridicaseră în picioare amândoi încă de când au început să țipe unul la altul. Auzind replica mamei, Hanzo a ocolit masa și s-a dus către Azaria. Mă temeam că o va lovi, la fel și Ratko, care s-a postat protector în fața ei, dar o labă de urs l-a aruncat în fund. Bunicul s-a aplecat amenințător asupra fiicei lui:

— Adică vrei să te folosești de fată! Nu e suficient că ai obligat-o să crească fără părinți, acum vrei să îi pui un copil în brațe? Vrei să o forțezi, doar pentru că e sora mai mare, să crească un copil care nu e al ei și pe care nu și l-a dorit? Pentru ca tu să îți trăiești visul de artist și cel de mamă?

Azaria simți că e un moment decisiv și că dacă nu îl va înfrunta pe tatăl ei chiar în acea clipă, subiectul va fi închis pe veci, așadar și-a asumat riscul unei lovituri de la uriașul ce o domina din toate punctele de vedere, strânse ochii și strigă:

— Până la urmă, nu avem nevoie de aprobarea ta! Suntem majori acum! Nu mai am nevoie de semnătura ta pentru operație! O pot face singură!

Ratko încă se afla pe jos și nu părea fericit că fusese implicat în conflict, dar tot nu spunea nimic. Hanzo în schimb, a început să râdă, doar că râsul lui nu era unul vesel, plăcut, ci de-a dreptul îngrozitor. Nu îl văzusem în întreaga mea viață atât de nervos pe bunicul.

— Îndrăznește! i-a spus el printre dinți, iar Azaria a scos un urlet de furie pe cât de puternic se putea, ținând cont că provenea dintr-un recipient delicat precum trupul ei aproape copilăresc, după care, a fugit la etaj pentru a se încuia în camera sa. Bunicul a strigat în urma ei: dacă faci asta, nu uita că ai renunțat la toate drepturile părintești asupra Lisei când mi-ai încredințat-o! Nu am să îți permit să o mai vezi vreodată!

Azaria a trântit ușa dormitorului, pe care îl împărțea bineînțeles cu tata și se afla vis-a-vis de camera mea, dormitorul bunicului fiind în capătul holului.

Hanzo turba de furie și Ratko se hotărî în sfârșit să se ridice oftând. Atmosfera era mult prea apăsătoare, simțeam că mă sufoc.

— Cred că l-am văzut pe Zoto în nuc! am spus grăbită și am ieșit în curte. De fapt, chiar mi se păruse că am zărit blănița portocalie printre ramuri, dar fereastra mea fiind închisă, nu avea cum să intre în cameră și pe ușița de animale nu a venit, probabil pentru că a văzut oameni necunoscuți în casă. Nu știu, cert e că nu se vedea nicăieri.

Am tras adânc în piept aerul rece al serii. Ce naiba tocmai se întâmplase? De partea cui ar fi trebuit să fiu? Îi iubeam pe toți! Îmi era milă de mama, dar simțeam că Hanzo punea binele meu mai presus de orice... ar fi fost o trădare să îl părăsesc. Am luat atunci decizia că orice ar fi, chiar dacă părinții mei aveau să facă un alt copil sau nu, eu nu aveam să plec de lângă bunicul! Ne aveam unul pe altul, ca întotdeauna, era suficient! M-am întors în casă tiptil, pentru a nu atrage atenția asupra mea. M-am ascuns în bucătărie. Îmi doream să ajung în camera mea, dar nu știam cum anume să fac acest lucru evitându-i pe cei doi bărbați ce se aflau în sufragerie, chiar în fața scărilor. Amândoi priveau în sus și o tăcere grea plana asupra lor. Hanzo îl ținea pe Ratko de braț ca și cum l-ar fi oprit să fugă în urma Azariei, cel mai probabil că înainte de sosirea mea și-au mai spus și altceva, însă de când i-am văzut eu, primul ce a vorbit a fost Hanzo:

— Las-o! simplu şi calm, nu mai părea furios.

— Te rog! Hanzo, te rog să reconsideri hotărârea ta! Te rog! Azaria are nevoie de asta! se tângui Ratko cu capul veşnic plecat.

— Mă rogi pentru ea sau pentru tine? întrebă dur bunicul smucindu-l pe tata de braţ şi întorcându-l cu faţa către el.

— Nu aş îndrăzni să te rog ceva pentru mine... Azaria a devenit obsedată de idee de la o vreme, îşi doreşte cu toată fiinţa ei ce nu a putut avea atunci şi să se bucure de experienţa maternităţii de la testul de sarcină, la mândria de a fi gravidă, la hrănirea copilului la sân, primii paşi, totul!

— Şi tu? Tu ce vrei?

— Eu vreau ca Azaria să fie fericită, e tot ce contează pentru mine! Eu i-am dat lumea peste cap! Eu sunt vinovat! Eu am rupt-o de lângă tatăl ei, de lângă tot ce cunoştea ea şi din cauza mea, moştenirea i-a fost înstrăinată şi legendarul circ ce îi revenea de drept prin naştere, nu îi va aparţine niciodată! Mi-am plantat sămânţa în trupul ei de copil! Sunt un nenorocit! Vârsta nu e o scuză, trebuia să ştiu ce fac! Tot ce am vrut... a fost să nu mai plângă noapte de noapte retrăind în vis moartea lui Lorenzo şi am sfârşit prin a o lăsa însărcinată! Viaţa Azariei ar fi fost complet diferită fără mine! Nu ar fi suferit durerea separării de tine, de Lisa! Eu nu am niciun drept să vreau ceva! Datoria mea e să-i fac pe plac Azariei în tot şi în toate, pentru tot restul vieţii mele! Să mă zbat ca ea să fie fericită! Îi datorez asta! Trebuie să o urmez ca o umbră şi să îi îndeplinesc orice dorinţă! Azaria.... Ratko plângea scuturându-se şi dacă Hanzo nu l-ar fi ţinut încă de braţ, s-ar fi prăbuşit.

— Azaria în sus, Azaria în jos! ţipă Hanzo la el, spune-mi ce vrei tu, Ratko! Priveşte-mă în ochi şi spune-mi ce vrei! bunicul l-a lipit de perete şi a ridicat ameninţător pumnul, un pumn uriaş lângă capul firavului meu tată.

— Poţi să mă loveşti, nu am să o fac, zise el resemnat.

— Priveşte-mă în ochi, Ratko! pumnul greu se izbi de perete lângă urechea stângă a tatălui meu.

— Nu sunt vrednic să fac asta! strigă el.

— Privește-mă în ochi! ridică glasul și mai mult bunicul înfășcându-l de haine.

— Nu pot să o fac! Te-am trădat! M-ai primit sub acoperișul tău, m-ai pus la masa ta, m-ai tratat ca pe fiul tău și eu te-am trădat! suferința lui Ratko m-a făcut și pe mine să plâng și mă întrebam dacă de la el moștenisem obiceiul de a mă învinovăți singură pentru tot.

— Da! M-ai trădat! Acum înfruntă-mă și spune-mi în față ce vrei!

— Nu pot să te sfidez astfel! strigă disperat. Ar trebui să te implor să mă ierți, adăugă pe un ton jalnic.

— Atunci de ce nu o faci?!

— Pentru că nu merit să fiu iertat! nu mai simțisem negru până atunci pentru altcineva, dar Ratko, în acea seară, a reușit să mă facă să simt cum mi se rupe sufletul pentru el, durerea lui se oglindea în inima mea.

— Nu ai face-o nici dacă i-aș îndeplini dorința Azariei?

Atunci, am asistat la ceva incredibil, ochii verzi și plini de lacrimi ai lui Ratko s-au ridicat triști spre înălțimea lui Hanzo, nu a reușit să spună decât:

— Te rog... și restul cuvintelor s-au pierdut între hohote de plâns.

— Idiotule! Da, te-am primit ca fiu al meu și da, m-ai trădat, fiecare cuvânt al bunicului îl făcea pe Ratko să se facă și mai mic, chircindu-se sub greutatea faptelor sale, transpuse în vorbele celui în fața căruia greșise.

Cu toate acestea, Hanzo nu era furios, ci sentimentul dominant în acea clipă îi era amărăciunea. A apucat cu degetele sale mari bărbia delicată a tatălui meu care, în ciuda celor aproape treizeci de ani ai săi, tot a băiat arăta, de aceea îmi venise mai devreme ideea stupidă de a-l duce la școală pentru că nimeni nu ar fi crezut vreodată că nu era de aceeași vârstă cu restul elevilor Academiei. Apucându-l astfel pe ginerele său, Hanzo s-a plecat de la înălțimea lui impozantă asupra acestuia pentru a se privi mai de-aproape și i-a spus:

— Ți se pare ție că mai e nevoie de iertare? Citești în privirea mea vreun reproș? M-ați trădat amândoi, de ce crezi tu că pe ea am iertat-o și pe tine nu? Puștiule, te privesc chinuindu-te de atâția amar de ani și întrebându-mă cum aș putea să te ajut, a venit vremea să te trezesc la realitate! Am fost în locul tău, știu cum e să te învinovățești pentru tot, la naiba, ajungi să crezi că tu ești vinovat și pentru animalele pe cale de dispariție și pentru încălzirea globală... Toate astea trebuie să înceteze azi! Trebuie să accepți că sunt lucruri pe care nu le poți controla și lucruri care vor merge prost, indiferent cât de mult te-ai strădui!

— Dar... Ratko, complet surprins de ceea ce auzea, încercă totuși să protesteze, însă bunicul continuă neobișnuit de blând:

— Niciun dar! Cine ți-a băgat în cap prostia că tu nu contezi? Cine ți-a spus că tu exiști doar pentru a fi umbra Azariei și a-i îndeplini dorințele, chiar și atunci când ele în mod clar îți provoacă durere? Tu contezi la fel de mult! Și nu doar pentru mine care te consider copilul meu, ca pe Azaria, ca pe Lisa, ci tu însuți, ca ființă umană, contezi în lumea asta! Încetează să te dai la o parte pentru a mulțumi pe toată lumea și începe să spui ce îți dorești tu cu adevărat!

— Ce îmi doresc eu? Ratko era confuz, cei doi s-au îndepărtat unul de altul. Tata se ținea de cap cu ambele mâini, bunicul îl privea cu milă, până la urmă, bărbatul mai tânăr vorbi nedumerit: dar nu asta ar trebui să fac? Să fac tot ce îmi stă în puteri pentru a le vedea fericite? Nu astfel devin un soț bun, un tată bun?

— Ba da! Dar pentru orice, există o măsură! strigă Hanzo exasperat. Vrei să fii un tată bun? Nu vei fi niciodată unul retrăgându-te din viața fiicei tale! Te-ai dat la o parte pentru o prostie! Ți-e teamă și să te vadă privind-o!

— Nu a fost o prostie... M-am retras pentru că ea nu m-a mai vrut prin preajmă... Ea mi-a cerut să nu o mai tratez ce pe un copil, ea m-a respins... postura lui era cea a unui om complet înfrânt, îmi doream să mă duc şi să-l iau în braţe în acele clipe, dar ceea ce spusese m-a oprit pe loc. Despre ce anume vorbeau? Când îi spusesem eu aşa ceva? Am spus eu asta? Eu l-am îndepărtat? Atunci au început să îmi vină în minte tot felul de amintiri plăcute cu el, apucându-mă un dor nespus de tatăl meu, nici nu am realizat când anume am început iar să plâng.

— Şi cum ai tras tu concluzia asta de la o tâmpenie de păpuşă? ne trezi la realitate glasul gros al bunicului. Ratko a făcut ochii mari, în verdele lor se putea vedea clar că rememora totul în mintea lui. Abia când Hanzo a completat: încă o are, o poţi găsi în camera ei, am realizat despre ce era vorba, mi-am adus aminte!

Când eram mică, era suficient să îi spun tatei că îmi doresc un lucru sau o jucărie şi în cel mai scurt timp posibil, îmi îndeplinea dorinţa. Într-o după-amiază, am văzut la TV, împreună cu el, o reclamă la o păpuşă specială, foarte frumoasă şi cu o mulţime de funcţii, bineînţeles că i-am spus că o vreau. Pe moment, nu mi-a spus nici da, nici nu, dar câteva zile mai târziu, s-a prezentat cu ea, fericit. Chiar atunci, mă jucam cu Catalina şi câteva fete de la şcoală. Ne prefăceam că suntem top-modele şi făceam prezentări de modă pe aleea din curte, aveam vreo zece ani şi toane specifice vârstei. Darul lui a venit exact când mă credeam manechin pe podium şi da... l-am respins! Mi s-a părut că ne strică jocul şi i-am spus răutăcioasă că ne deranjează, că nu am nevoie de păpuşa lui stupidă, că mă face de râs şi să nu mă mai trateze ca pe un copil pentru că ar fi cazul să observe că am crescut, şi... cine ştie ce i-am mai zis? Bineînţeles că nu am vorbit serios. Nu pot să cred că el a crezut aşa ceva când numai cu o zi în urmă îl îmbrăcasem în sirenă! Sărmanul, în loc să mă certe sau să mă pedepsească, s-a retras amărât şi ruşinat. Nu am făcut niciodată legătura dintre eveniment şi schimbarea atitudinii lui faţă de mine, însă acum, că stau să mă gândesc, are sens. Ratko şi mama au plecat în acea zi, spre seară şi următoarea dată când l-am întâlnit, a început să se comporte stânjenit în prezenţa mea, parcă străduindu-se să nu mă deranjeze. Ce naiv era... După ce jocul cu fetele s-a terminat, mi-am luat păpuşa în cameră, am adorat-o şi am păstrat-o la loc de cinste în camera mea, e una dintre puţinele jucării pe care le-am păstrat.

În acea zi am realizat ce fiinţă sensibilă era Ratko de fapt şi cât suferise întreaga sa viaţă din această cauză. Semănam pe el şi, deşi eram mândră să semăn cu tatăl meu din orice punct de vedere, am hotărât atunci că nu voi urma aceeaşi cale ca el! Nu voi accepta să fiu călcată în picioare nici măcar de sau pentru oamenii pe care îi iubesc. Am decis că eu voi fi puternică! Şi mi-am promis că voi fi astfel, chiar dacă ştiam că nu îmi va fi deloc uşor.

Cât duraseră toate amintirile şi revelaţiile mele, cei doi se îndepărtaseră din nou unul de altul şi Ratko, confuz, bâlbâi:

— Încă o are? A păstrat păpuşa aia...

— Da, Ratko! Nu mai lua de bun totul, acum spune-mi, fără influenţa Azariei, tu ce crezi?

— Ce cred? se îndepărtaseră atât de mult de la subiect încât tata, copleşit de amalgamul de sentimente, uitase de la ce pornise totul.

— Vrei un copil sau nu?

— Azaria îşi doreşte unul foarte mult, eu îmi doresc ca ea să fie fericită, ocoli el răspunsul.

— Nu asta te-am întrebat! păşi bunicul ameninţător înspre el. Ce vrei tu?

— Eu vreau ca toată lumea să fie fericită! strigă Ratko printre lacrimi înfruntându-l.

— Fericirea e ceva relativ, fericirea Azariei e diferită de cea a Lisei şi chiar de a ta! Mulţumind-o pe ea, poţi merge pe un drum fără de întoarcere! Eşti pregătit să îţi interzic să îţi mai vezi fata? Pentru că există riscul ăsta! De aceea, te întreb din nou, ce vrei tu? mâinile grele ale fostului ridicător de greutăţi se aşezară cu o oarecare blândeţe pe umerii firavi ai acrobatului la trapez. Muntele şi zburătorul se priveau faţă în faţă.

— Eu... Eu... nu pot!

— Spune ce vrei! urlă Hanzo scuturându-l violent. Ştiu foarte bine că tu nu ai vrut să dai fata, că te-ai rugat până în ultima clipă ca Azaria să își aleagă copilul și nu cariera! Alegerea ei ți-a frânt inima și totuși te-ai plecat în fața voinței ei! Știu cum au fost asistentele nevoite să-ți smulgă bebelușul din brațe când a venit vremea să îl dai! Știu că ai plâns până ce ai ajuns în perfuzii. Știu că ai vrut să renunți la festivalul Tarebe când Lisa se afla în spital! Azaria nu știe, dar eu știu totul, Ratko! Nu mă poți păcăli! De aceea, vreau să știu, tu ce părere ai în toată povestea asta. Tu ce simți... poate, poate că hotărârea impusă Azariei a fost o greșeală, poate eu am exagerat, tu ești singurul suficient de altruist să cântărească lucrurile corect, în inima ta băiatule se află răspunsul corect! Spune ce îți dorești tu cu adevărat!

— Nu pot! urlă și Ratko, deloc intimidat de gestul bunicului sau de diferența fizică imensă dintre ei, însă apăsat de greutatea răspunsului ce i se cerea.

— Spune-o!! vocea lui Hanzo a sunat ca un tunet în urechile mele și nici măcar nu mă aflam în aceeași încăpere cu ei.

— Aaaaaaa! a fost răspunsul neașteptat, un sunet parcă inuman, eliberat chiar din străfundul sufletului bărbatului mai tânăr. Șocant a fost însă gestul ce a acompaniat sunetul. Ratko l-a împins pe bunicul din calea lui, probabil că funcționa pe adrenalină de a fost capabil să facă așa ceva. Nu s-a mulțumit însă cu atât. A luat sticlele de whiskey ale lui Hanzo de pe măsuța din centru canapelei semicerc din piele roșie și a început să le spargă de perete, strigând furios: Nu mai vreau un alt copil! Nu vreau! Lisa e singurul meu copil! Azaria să facă copii cu cine-o vrea! Eu nu vreau!

Era înfricoșător să îl privesc astfel, manifestându-se violent, odată cu eliberarea frustrărilor și a durerii înmagazinate în ani de zile, Ratko distrugea tot ce-i ieșea în cale. Răsturnase deja mobila și lichidul maroniu cu miros înțepător se prelingea pe pereți, chiar pe fotografiile lor de nuntă. Bunicul nu avea nicio intenție să-l oprească, ba mai mult, satisfăcut, zise:

— Aşa, lasă totul să iasă afară.

Eu în schimb, nu am mai suportat şi am ţâşnit din ascunzătoare şi l-am îmbrăţişat strâns.

— Te rog, opreşte-te! Ajunge! Te rog, fii din nou tatăl meu! Sunt prea mare acum să îmi mai fi ponei sau să îţi fac ceai cu apă din iaz, dar... nu voi fi niciodată prea mare pentru ca tu să îmi fii tată! Te rog să fii din nou tatăl meu!

Am rămas mult timp îmbrăţişaţi, plângând, dar eram fericiţi pentru că ne regăsisem unul pe altul. Lui Ratko nici măcar nu-i mai păsa că practic, prin răspunsul său, el însuşi dăduse verdictul ce îi distrusese Azariei orice şansă ca Hanzo să se răzgândească vreodată. Cu siguranţă că şi ea, la fel ca mine, auzise tot scandalul, dar nu şi-a făcut apariţia nici măcar la final.

Cea de-a unsprezecea scrisoare

- Love Letter – Jessie J

Dimineaţa următoare, am coborât încet treptele îmbrăcate într-un material vişiniu. Paşii moi nu mi-au trădat prezenţa. Inima mi se zbătea nebuneşte în piept. Îmi era teamă să-i întâlnesc pe membrii micii mele familii.

Cu o seară înainte, după ce s-au liniştit apele, ne-am retras fiecare în camera lui. Azaria l-a primit pe Ratko în dormitorul lor, dar întreaga noapte m-am luptat cu teama că s-ar putea certa, în linişte, şi nu am dormit aproape deloc. Înainte de culcare, când mi-a lipsit dragul meu Zoto, am încercat să mai prind din urmă ceva materie pentru şcoală, cu ajutorul caietelor lui Dante. Nu am izbutit să reţin nimic. Mintea mea se tot strecura pe sub uşă şi se lipea de lemnul alb pe care era inscripţionat caligrafic A&R, în timp ce toţi muşchii mei păreau cuprinşi de un tremur nervos ce îi împiedica să mă asculte cum trebuie.

În bucătărie, m-a întâmpinat Ratko zâmbitor şi mi-a întins un pahar cu suc de portocale proaspăt stors.

— Hanzo a ieşit puţin, cred că s-a dus la cumpărături, mi-a spus în timp ce am apucat confuză paharul.

Azaria, se afla şi ea acolo, lovind sacadat cu unghiile lungi şi verzui în tăblia lucioasă a blatului de bucătărie. Era vizibil bosumflată şi totuşi, pe tenul ei de lapte nu se putea zări umbra unei supărări reale. O priveam numai cu coada ochiului, nu ştiu cum ar fi reacţionat dacă m-ar fi văzut studiind-o. Mi-am făcut curaj şi am sărutat-o de bună-dimineaţa, fireşte că am făcut la fel şi cu tata... cu o întârziere de cinci ani, i-am oferit şi lui un pupic, iar el s-a îmbujorat din cauza gestului complet neaşteptat.

— Mănânci acasă dimineaţa, îţi iei pachet cu tine? Amândouă, nici una? Eu le-am pregătit pe ambele, dar dacă preferi să îţi cumperi ceva, poftim, îmi oferi nişte bani vorbind repede şi trădând o nervozitate tare simpatică. Era bucuros că Hanzo lipsea şi se putea ocupa el de mine înainte de şcoală şi trata ca pe o victorie acceptul meu de a gusta ce-mi pregătise.

Un iz plăcut de cafea învăluia încăperea. Aburul se înălţa uşor din ibricul aflat deasupra flăcării jucăuşe. Se înălţa asemenea fumului unei ofrande de pace, după care se dispersa în toată bucătăria, gâdilându-ne nările. Îmi crea o senzaţie de pace şi linişte.

Azaria, micuţă şi delicată ca întotdeauna, sprijinită de staţia de lucru din centrul bucătăriei, aştepta nerăbdătoare să se prepare elixirul dimineţilor de pretutindeni. Se străduia să pară cât mai supărată, iar acest lucru o făcea şi mai adorabilă. Părul auriu reflecta razele răzleţe ale dimineţii strecurate prin fereastra deschisă. Purta cu un aer natural o rochiţă albastră de noapte care îi venea minunat, mai ales aşa, în nemişcare.

Ratko, în schimb, se agita și era peste tot, înșirând tot ce-mi pregătise: vafe, salată de fructe, lapte și cereale, pancakes, ochiuri de ou și multe altele, suficiente pentru a mă hrăni zile bune. Mlădios, își găsea, ca prin magie, calea printre dulapurile și sertarele din lemn alb. Știa exact ce și unde se află în casa sub al cărei acoperiș își găsea adăpost atât de rar. E drept că Hanzo avea obiceiul de a nu muta niciodată nimic, pesemne că acesta era motivul, măcar parțial. Revenind la tata, acesta o ignora complet pe mama, cel puțin în aparență pentru că de sub genele lungi și întunecate, ochii lui de smarald o căutau mereu.

În sinea mea, mă amuzam. Era atât de evident că aceasta fusese prima ceartă adevărată, speram eu că și ultima, din căsnicia lor, așadar, niciunul nu știa cum ar fi trebuit să se comporte în preajma celuilalt sau cum să facă să se împace. Erau tare drăguți și nu aveam îndoieli că aveau să fie, din nou, de nedespărțit cât ai clipi.

Dacă ar fi fost să pariez, mi-aș fi pus toți banii pe varianta că Ratko avea să o împace pe soțioara lui îmbufnată, numai că, pentru moment, datorită euforiei cauzate de apropierea noastră neașteptată, nu avea starea necesară pentru mofturile mamei. Își simțea inima ușoară. Pentru prima dată în viața lui, de când îi murise mama, în frageda copilărie, i-a spus că el contează. Era o revelație ce îl ajuta să vadă viața din cu totul alt unghi. Azaria îl iubea pe Ratko enorm, dar nu i-ar fi trecut prin cap niciodată să-i confirme importanța lui ca persoană pe lume, pentru că, în primul rând, nu a realizat că el ar avea nevoie de așa ceva, dar și pentru că este genul de persoană căreia i se pare firesc ca cei din jur să îi ofere totul, în timp ce ea însuși nu se gândea niciodată ce ar putea face pentru altcineva.

Nu mai conta, trecuseră hopul cu bine și în curând, simțeam eu, aveau să uite că au fost vreodată supărați.

Am acceptat și pachetul făcut de tata, i-am salutat încă amuzată de cei doi și am pornit spre școală. Ratko a fugit în urma mea pe alee:

— Stai! Vreau să îți dau ceva! strigă cu o expresie de satisfacție pe chip îmi timp ce îmi întinse nişte cartoane dreptunghiulare mari şi lucioase.

— Bilete? Mergem undeva, mă cam încânta ideea unei escapade.

— Sunt pentru spectacolul nostru. Aş vrea să vii să ne vezi.

Trăsăturile de elf ale lui Ratko s-au înfrumuseţat şi mai mult odată cu bujorii ce-i înfloriseră în obraji, era stânjenit pentru că avea senzaţia că îşi face reclamă singur.

— Mereu mi-am dorit să vă văd pe scenă, la trapez... dar Hanzo nu mi-a permis să particip la niciun spectacol... spunea mereu că nu sunt pentru copii, i-am spus posomorâtă, nu atât din cauza restricţiei propriu-zise cât din cauza naivităţii mele, căci îl crezusem, spunând acest lucru cu voce tare însă, mă făcuse să realizez cât era de ridicol acest motiv.

— Tu nu mai eşti un copil Lisa, ochii îi sclipeau jucăuşi de sub genele lungi. Răspunsul meu îl amuzase, dar s-a abţinut în a arăta acest lucru pentru a nu mă supăra. Să nu îţi fie ciudă pe Hanzo pentru asta... intenţiile lui au fost bune. Se temea sincer că te va fura mirajul circului, că sângele tău îi va simţi chemarea şi te vei întoarce pe calea strămoşilor tăi, o cale ce i-a provocat multă suferinţă bunicului tău, şi le vei duce mai departe moştenirea. De aceea te-a oprit să ne vezi. Am discutat cu el, e sigur acum că nu vei alege niciodată acest drum.

— Atunci, sunt super-încântată să accept aceste bilete, am început efectiv să ţopăi de bucurie în jurul tatălui meu.

— În încheiere, va fi numărul cu care am câştigat Festivalul Tarebe, adăugă el din senin.

— Şi unde se va ţine spectacolul? am întrebat mai mult ca să spun şi eu ceva, nu conta unde se ţinea pentru că m-aş fi dus oriunde.

— Aici, în Resao.

— În Resao??

— Da, ştiu, nu era prevăzut în turneu. Regele Ildemei a fost extrem de încântat de victoria noastră şi a considerat că am adus o onoare deosebită ţării sale. Acest festival se ţine odată la douăzeci de ani şi nu a mai fost câştigat niciodată de un cetăţean al Ildemei, până acum. De bucurie, Majestatea sa, a organizat un turneu internaţional pentru ca întreaga lume să vadă ce artişti talentaţi sunt fii Ildemei. Turneul se va încheia în capitală, unde, întreaga familie regală va fi în public. Deşi nici nu era cuprins în lista de locaţii pentru reprezentaţii, fiind doar un oraş educaţional, cunoscut numai pentru Academia Etnare, am rugat organizatorii, ca pe o favoare, ca turneul să înceapă din Resao, fiind oraşul nostru natal.

— Resao nu este oraşul vostru natal totuşi, am chicotit eu.

— Nu, dar este al tău. Casa noastră e acolo unde eşti tu. Eu şi mama ta suntem nomazi dintotdeauna, nu avem rădăcini nicăieri, însă avem un fruct de care să ne îngrijim, iar acel fruct va prinde cândva rădăcini undeva, nu contează unde, însă acel loc va fi mereu „acasă” şi pentru noi.

L-am îmbrăţişat. Ce mai puteam spune? Beat de bucurie, Ratko mai scoase nişte bilete:

— Nu ştiu ce a fost în capul meu, ţi-am dat bilete doar pentru tine şi….Hanzo, dar tu eşti deja o adevărată domnişoară, sigur doreşti să împărtăşeşti experienţa cu un grup de prietene, şi mi-a mai întins vreo şapte cartoane lucitoare în timp ce mie mi s-a strâns inima când a făcut acea pauză înainte de a rosti numele bunicului, mi-am dat seama că a evitat în ultima clipă să pronunţe numele Catalinei...

— Mulţumesc! am spus cu jumătate de gură, îmi venea să urlu: prietene? Care prietene? Doar eu şi Hanzo ar fi fost perfect! Pe cine aş putea eu invita? Cine ar merge cu mine? Nu am prietene... Catalina e moartă! Nu îi puteam mărturisi blândului Ratko nimic din excluziunea socială la care eram supusă. Sensibil ca întotdeauna, m-a simţit nemulţumită şi s-a gândit să repare situaţia scoţând un teanc gros de bilete.

—Ştii ceva, ia-le pe toate! Invită-ţi toţi prietenii, toţi colegii! Organizatorii ne-au oferit o grămadă de ele pentru rude şi prieteni gândindu-se că fiind oraşul nostru, avem o mulţime de oameni care aşteaptă invitaţii din partea noastră. Ei nu cunosc amănunte despre viaţa noastră privată. Pe cine să chemăm eu şi Azaria? Nu cunoaştem pe nimeni aici. Ţi le dau ţie pe toate ca nu cumva să uiţi vreun prieten. Cred că îţi vor ajunge, bine, am păstrat câteva pentru Hanzo şi amicii lui, dar îi vom plasa de cealaltă parte a arenei, să nu vă stingherească pe voi tinerii.

— O spui de parcă tu ai fi bătrân! am râs sărutându-l pe obraz.

Mă durea încrederea lui că aş avea o mulţime de prieteni când eu de fapt... Simţeam că îl dezamăgesc, că îl mint. Am luat maldărul de bilete şi le-am vârât în ghiozdan cam cu aceeaşi bucurie cu care condamnatul la moarte îşi ia la cunoştinţă sentinţa. Cui să le dau?

— Lisa... nu îţi cer să mă ierţi pentru că eu însumi nu am să mă pot ierta vreodată... Vreau doar să ştii că regret nespus că nu am fost lângă tine atunci... nu suficient.

— Eu te-am iertat demult, tată! În plus, ştiu că ai fost lângă mine cu sufletul, chiar dacă fizic nu a fost posibil. Dacă rămâneaţi la spital, pierdeaţi o şansă unică în viaţă, toată lumea ştie că este un singur Festival Tarebe per generaţie.

— Festivalul... ştii, acum ne-am permite taxa Academiei Etnare graţie festivalului. Dacă am fi ştiut dinainte... nu ar mai fi fost necesar să treci prin toate, nu te-ai mai fi epuizat învăţând şi nu te-ai fi îmbolnăvit niciodată... Dacă aş fi ştiut, ai fi fost în siguranţă; glasul îi tremura şi era pe punctul de a începe să plângă.

— Eu nu te învinovăţesc cu nimic! Te rog să nu o mai faci nici tu! Poţi face asta pentru mine? am strigat într-o răbufnire rozalie de iubire faţă de părintele meu.

Ratko mi-a zâmbit din adâncul inimii, iar eu am plecat la şcoală cu o voioşie aparentă. Cu fiecare pas, disperarea mea creştea. Pe cine să invit? Cine ar accepta o invitaţie din partea mea? Nimeni! Mi se rupea însă sufletul când mă gândeam la durerea pe care urma să o simtă tatăl meu când avea să vadă arena goală în zona rezervată pentru noi... care noi? Ochii de chihlimbar cu creţurile lor zâmbitoare mi-au venit în minte în timp ce treceam pe lângă o vitrină cu bijuterii. Da, Zero era o idee bună şi dacă el accepta, sunt sigură că venea la pachet cu Dante, care era foarte posibil să fie însoţit de Deuce. Dante şi Taisia sunt colegii mei de sprijin, deci s-ar justifica o invitaţie şi pentru ea şi... ar fi fost patru persoane, nici pe departe suficient. M-am gândit atunci la părinţii Catalinei şi la dr. Tamir cu soţia sa, dar cel mai probabil, ei vor face parte din grupul lui Hanzo. Să îmi invit profesorii? Probabil că ar accepta, însă ar fi fost prea suspect, Ratko aşteapta o mulţime de adolescenţi în public.

Înainte de a intra pe teritoriul Academiei, mi-am mai verificat o dată ţinuta, nu puteam risca ca ceva să fie nelalocul lui şi să le dau „amabililor" mei colegi motive să îşi bată joc de mine. Rochiţa vernil, vaporoasă, era strânsă în talie cu o cureluşă subţire, împletită. Părul îmi stătea cuminte într-o coadă stufoasă şi cârlionţată, cureluşa sandalei drepte însă se tot desfăcea, se pare că trebuia să fiu cu ochii pe ea întreaga zi, nici nu ştiu cum de nu mă deranjase pe drum.

Dulapul meu era curat din nou şi nici urmă de o nouă scrisoare. Nu mai primisem una de ceva timp, să fie semn bun? Mi-am făcut curaj şi am lăsat câteva lucruri înăuntru.

În clasă, m-am strecurat ca o fantomă şi m-am aşezat în linişte la locul meu. Am fost ignorată, dar ştiam că era numai o iluzie. Câteva râsete înfundate şi coate date între anumite persoane m-au făcut să înţeleg clar că mi se pregătea ceva...

Aşteptam. Între timp, subiectul zilei: spectacolul părinţilor mei. Cu toţii erau entuziasmaţi că urma să aibă loc o reprezentaţie în Resao şi erau nerăbdători ca biletele să fie puse în vânzare. Nimeni nu ştia că fiica lor ce poseda o mulţime dintre mult râvnitele bilete se afla chiar în mijlocul lor. Era destul de târziu deja, mă puteam relaxa, orice îmi pregătiseră, nu avea să se întâmple chiar de dimineaţă pentru că domnul Turadi trebuia să intre pe uşă dintr-o clipă în alta.

Profesorul de matematică nu a întârziat să apară şi şi-a început lecţia de îndată, imediat ce şi-a exprimat nemulţumirea legată de faptul că

IUBITUL MEU, MOTANUL

Zero, Dante şi Ulian lipseau, căci se aflau la ultimul antrenament înainte de un meci important de baschet ce avea loc a doua zi. Se disputa Cupa Regională a liceelor şi echipa Academiei Etnare ajunsese în finală. Uitasem complet de meci. Şi eu îmi doream să îl văd, dar nu aveam timp să mă gândesc la asta. Domnul Turadi pictase deja două table şi acum desena un paralelipiped dreptunghic. Aveam nevoie de trusa de geometrie. Pentru o clipă, am crezut că o uitasem acasă. Mi-am adus repede aminte că o pusesem în bancă în urmă cu câteva zile, când ţinusem ultima dată geometrie. Domnul profesor alterna orele de algebră cu cele de geometrie după bunul plac, nu aveam un program concret stabilit.

În bancă, în loc de plasticul tare al trusei, am atins cu totul altceva, ceva moale, uşor călduţ, destul de fin la atingere, dar parcă muiat în ceva vâscos şi lipicios.

Am simţit violetul fricii urcându-mi din vârful degetelor ce atingeau animalul mort, căci asta era, şi extinzându-mi-se în întreg corpul, dar când a ajuns în zona inimii s-a înroşit brusc. M-a cuprins furia pentru că o viaţă, indiferent de ce natură, fusese sacrificată numai pentru a mă răni pe mine. Cu toate acestea, am simţit că era inutil să mă enervez, faptul era consumat, aşadar roşul s-a estompat până ce s-a transformat în griul tristeţii.

Îmi era scârbă, atingeam o mortăciune, mila era însă mai puternică. Mă întrebam ce ar fi putut fi biata vietate ce fusese jertfită. Simţeam o mulţime de perechi de ochi aţintiţi asupra mea. Ştiau, toţi. Îmi aşteptau reacţia pentru că, deşi nu scosesem încă un sunet, sunt destul de sigură că toate trăirile interioare mi-au fost vizibile pe chip. Privirea psihotică a lui Safar, ce mă fixa savurând clipa, m-a făcut să înţeleg că era opera lui. Ştiam prea bine că ideea a aparţinut altcuiva, el fiind numai mâna ce a executat directivele.

Am tras adânc aer în piept şi am scos animalul mort din bancă. Era un şobolan. Am simţit instant repulsia pe care aceste vietăţi au talentul de a o stârni, gândindu-mă la bolile pe care le pot transmite.

Cumva, am fost uşurată că nu era un porcuşor de guineea sau vreun pui de iepuraş. Chiar şi aşa, tot îmi părea rău pentru viaţa pierdută. Aşteptau să ţip îngrozită, să plâng, să fug, ceva. Refuz! Am refuzat să le ofer orice urmă de satisfacţie. Mi-am menţinut calmul şi m-am ridicat în picioare, ţinând animalul decedat în mâini fără să îmi pese măcar că rochiţa mea vernil fusese mânjită de sânge.

— Domnule profesor! Un şobolan a reuşit să ajungă în banca mea unde a şi murit, cred că a fost atras de mâncare... Permiteţi-mi să duc cadavrul la coş.

— Şobolan? În Academia Etnare? Nu pot să cred! Trebuie să raportez asta la pauză! Desigur Lisa, aruncă-l la coş şi în pauză duceţi coşul cu totul la tomberon, cine ştie de ce o fi murit, poate era bolnav! Şi tu, să te speli şi după aceea, du-te la cabinet să te dezinfecteze domnul Core cum ştie el mai bine, e periculos, mai ales pentru tine care nu ai o sănătate grozavă. Ai nevoie şi de haine, să arunci rochia aceea!

Domnul Turadi s-a cam panicat, dar în definitiv, avea dreptate, putea fi purtător de boli, chiar dacă moartea sa a fost nenaturală.

Trecând printre coloane, sandala mi s-a deschis din nou şi atunci mi-a venit ideea de a mă preface că mă împiedic. Zis şi făcut, am mimat o căzătură exact în dreptul Yolettei şi i-am aruncat şobolanul mort în poală. Ştiam că aveam să o încurc pentru asta, dar nu m-am putut abţine, în plus, a meritat!

Urletele ei de groază, faţa schimonosită, lacrimile negre de rimel, au făcut toţi banii. Profesorul a încremenit câteva clipe bune, nu înţelegea ce s-a întâmplat şi era panicos din fire.

Irene şi Coralia au sărit de la locurile lor, dar nu au făcut-o pentru a o ajuta pe Yolette, ci s-au îndreptat către mine cu intenţia de a mă lovi înainte ca domnul Turadi să se dezmeticească. Am strâns ochii.

Lovitura nu a venit, în schimb, un cor de ţipete pe mai multe glasuri a început să răsune în întreaga clasă. Kai luase mortăciunea şi începuse să le fugărească pe Yolette, Irene şi Coralia prin clasă, după care a urmărit-o pe Yolette, cu şobolanul, pe coridor. Profesorul striga în urma lui Kai să înceteze, dar lui nu-i păsa câtuşi de puţin.

Salvarea venise complet neaşteptată, din două motive: nu vorbisem niciodată cu acel băiat şi el venea extrem de rar la şcoală. Providenţa a făcut în aşa fel încât el să fie prezent în ziua potrivită. Individului nu-i păsa de nicio pedeapsă şi nu era la prima ispravă nebunească la şcoală, era un delincvent, chiar şi aşa, conducerea şcolii nu-l putea exmatricula din mai multe motive.

Povestea lui nu era un secret pentru nimeni, dar nu îi plăcea să audă oamenii vorbind despre asta, în special despre prima parte a ei. În clasa noastră exista o pereche de gemeni: Kai şi Lolita, pe numele ei real Isadora. Cei doi erau nepoţii unui politician obscen de bogat. Cu vreo trei ani înainte, gemenii au fost răpiţi pentru recompensă. Bunicul lor a refuzat să plătească suma cerută în schimbul nepoţilor săi pe motiv că el nu negociază cu infractorii. Atunci, răpitorii au decis să-i trimită acestuia o filmare în care Isadora era bătută, violată şi la final ucisă. Fratele ei a încercat să o apere, nu a avut nicio şansă şi drept pedeapsă, l-au crestat pe faţă cu un briceag. Din fericire, răpitorii nu ştiau prea bine ce fac şi Isadora nu a murit. Tăietura pe care i-au făcut-o la gât nu a ucis-o, în schimb, a rămas mută.

După ce au văzut filmarea, părinţii copiilor au luat problema în propriile mâini şi au vândut tot ce aveau, de la locuinţă până la verighete pentru a plăti răscumpărarea, deoarece omul politic îşi păstra toată averea pentru el, iar zestrea fiicei sale, materializată în darul de nuntă, nu fusese cine ştie ce.

Familia a fost reunită, copii au fost însă marcaţi pe veci. Isadora, pe lângă faptul că devenise mută, s-a închis în ea, s-a retras faţă de toată lumea, s-a întunecat regăsindu-se în cultura gotică, fapt ce s-a reflectat şi în îmbrăcămintea sa goth-lolita, de unde şi porecla de Lolita.

Kai, în schimb, nu s-a mai regăsit. Neputinţa şi frustrarea cauzată de aceasta îl făcea să fiarbă în interior. Se învinovăţea că nu a reuşit să îşi protejeze sora şi şi-a jurat că nu va mai fi niciodată neajutorat. A făcut un legământ cu sine însuşi că el va fi singura persoană care îl va mai răni vreodată, iar pentru a-şi întări jurământul, şi-a făcut o tăietură pe faţă identică celei pe care o primise de la răpitori şi paralelă cu aceasta, parcă în încercarea de a o anula pe prima. După aceea, Kai s-a cufundat în lumea interlopă. Nimeni nu ştia concret ce legături are şi cu cine, dar toată lumea ştia de acestea, chiar şi profesorii. La scurt timp după ce Kai a ales acest drum în viaţă, au fost găsite cadavrele celor ce îl răpiseră pe el şi pe sora lui cu ceva timp în urmă. Nu a renunţat la calea lui nici după ce bunicul său a decedat şi toată averea a trecut în posesia părinţilor săi iubitori. Probabil se temea să nu devină din nou vulnerabil.

Un lucru era sigur, trebuia să-i mulţumesc chiar dacă mi se părea înfiorător. Mă gândeam să-i ofer nişte bilete pentru el şi Lolita sau poate chiar şi pentru prietenii săi. În plus, dacă Kai se luase de Fan-Club, cu siguranţă Lolita nu era membră, ceea ce însemna că o eventuală prietenie între noi două nu era exclusă din start. Am hotărât să mă gândesc cum să o abordez, cât de curând, deşi trebuie să recunosc că aveam o oarecare reţinere din cauza faptului că nu putea vorbi... adică ea înţelegea ce spuneam, dar eu? Mă gândeam că trebuia să fie obositor şi enervant pentru ea să tot scrie... un gând ce mi-a plăcut a răsărit atunci în mintea mea: dacă îţi doreşti cu adevărat ca această fată să îţi fie prietenă, vei începe să studiezi limbajul semnelor. Ora de matematică a fost compromisă. Profesorul s-a retras morocănos ameninţând că ora următoare ne va examina.

M-am spălat bine-bine pe mâini, dar ce puteam face în privinţa rochiţei? Nu aveam în ce să mă schimb. Avusesem două rânduri de echipament sportiv, chiar dacă eu nu făceam sport, unul dintre ele a fost tăiat cu foarfeca de Fan-Club şi celălalt îmi fusese salvarea când mi-am spart arcada şi rămăsese acasă de atunci. Mă ispitea ideea unui duş, dar nu aveam nici prosop, nici haine de schimb şi nici pe cineva de la care aş fi putut împrumuta ceva.

Am luat-o deprimată înapoi spre clasă. Probabil că totul era doar în capul meu, dar aveam impresia că rochița mea, mânjită cu sângele rozătoarei, începuse să miroasă urât.

Cu privirea aţintită pe petele ce deveniseră maronii, aproape m-am izbit de cineva pe coridor. Am înălţat o rugăciune scurtă cât o bătaie de inimă, să nu fie o membră a Fan-Clubului, înainte să mă uit cine îmi ieşise în cale: Kai! Era oportunitatea perfectă să îmi exprim mulţumirile faţă de el, dar aspectul lui mă intimida. Era mai înalt decât crezusem şi avea o condiţie fizică excelentă, uşor de ghicit în ciuda vestimentaţiei cam largi. Părul îl avea vopsit într-o nuanţă dubioasă de blond, nu foarte reuşită şi lung până aproape de umeri, dar ciufulit şi înfoiat de parcă nu s-ar fi pieptănat în viaţa lui. Cele două cicatrici ce-i brăzdau obrazul erau adânci şi foarte vizibile. Kai era totuşi un băiat frumos, cu trăsături armonioase, chiar dacă avea cea mai tristă privire pe care o văzusem în viaţa mea.

— Mulţumesc foarte mult! m-am forţat să spun într-un final.

— Eh? părea confuz şi nu pricepea ce vreau de la el.

— Mai devreme... chiar dacă poate nu asta a fost intenţia ta, m-ai ajutat enorm şi îţi mulţumesc din suflet pentru asta, i-am explicat zâmbindu-i şi rugându-mă ca nu cumva să-l enervez.

— Tu cine eşti? m-a întrebat scurt şi la obiect, bulversându-mă complet.

— Suntem în aceeaşi clasă, am spus timid.

— Nu vin prea des pe aici, scuze, îi puteam citi stânjeneala în glas. Cred că se întreba dacă sunt cineva de care ar trebui să-şi amintească şi dacă e vina lui că nu reuşeşte să-şi dea seama cine aş putea fi.

— Numele meu e Lisa, şi eu am lipsit o perioadă, poate de aceea nu îţi e familiară faţa mea... Oricum, mulţumesc pentru mai devreme, faza cu şobolanul...

— Aaa! Tu erai? izbucni în râs. Nu am realizat că îţi fac vreo favoare, sincer. Tot ce am vrut a fost să îmi bat joc de arogantele alea, mă calcă pe nervi, am senzaţia că o privesc pe Lolita cam de sus. Cred că am să trec pe aici mai des, să le țin la respect.

Eroul meu! În sfârșit cineva care avea curajul să înfrunte Fan-Clubul. În ochii mei, Kai devenise dintr-o dată un semizeu.

— Oh, acum are sens ce mi-a spus Zero! zise plesnindu-se ușor peste frunte. Chiar mă întrebam ce naiba vrea să zică.

— Zero? nu înțelegeam ce treabă avea brunetul în toată povestea.

— Se pare că veștile circulă repede pe aici. Am pierdut-o pe Yolette prin zona de sport și m-am întâlnit cu el, avea pauză. A auzit, nu știu de la cine, ce s-a întâmplat și m-a rugat să îți dau ceva.

— Să îmi dai ceva? Ce? totul devenea din ce în ce mai ciudat.

— Tricoul lui din dulapul său și un prosop dacă dorești, a zis că după antrenament, el va face duș acasă și va pleca în echipament. A mai bâlbâit și ceva scuze, dar nu le-am ascultat, așa că nu ți le pot transmite.

M-am înșelat. Eroul meu nu era Kai, ci Zero, acel Zero care sosea mereu în ajutorul meu când mă aflam la ananghie. Intervenția lui Kai mă salvase, dar fusese un accident. Și de această dată, cel ce îmi întindea mâna cu adevărat era tot chipeșul căpitan al echipei de baschet.

— Ok... am răspuns nesigură de ce ar trebui să spun în această situație.

— Pe moment mi s-a părut ciudat ce îmi cerea, de ce ar vrea o fată lucrurile lui, nu? Privindu-te, totul începe să aibă sens, zâmbi Kai arătând spre rochița mea murdară. Urmează-mă!

— Unde mergem?

— La dulapul lui, firește.

— Îi cunoști codul? am întrebat mirată.

— Ce credeai, că am să i-l sparg? râse cu poftă, după care adăugă: îi cunosc codul, Zero e prietenul meu de pe vremea când eram în echipa de baschet.

— Ai fost în echipă?

— Da... vreo cinci ani.

— Şi ce s-a întâmplat? am regretat imediat întrebarea. Dacă răspunsul se lega de pata neagră din trecutul său? Mă temeam să nu-l supăr pe Kai şi mai mult decât atât, ochii lui trişti mă făceau să mă tem să nu-l rănesc.

— Viaţa mea de atlet s-a sfârşit, a răspuns simplu şi eu am răsuflat uşurată că nu am atins un punct sensibil, deşi nu am mai insistat, el a adăugat: am avut un accident în care mi-a fost strivită mâna, toate oasele făcute praf, nu s-au mai putut suda cum trebuie. În plus, medicii care au încercat să o repare, au secţionat un tendon ce nu a mai putut fi salvat. Nu mai pot nimeri nici două coşuri din zece, practic mi-am pierdut dexteritatea şi parţial controlul. Sunt inutil acum pe teren.

— Îmi pare rău să aud asta...

— Stai liniştită, pentru unul ca Zero, da, ar fi fost o tragedie. Pe el îl aşteaptă un viitor strălucit în domeniu. Va fi mare cândva, va juca la profesionişti. Eu, oricum trebuia să renunţ mai devreme sau mai târziu. Am ales un alt drum în viaţă. Poftim!

Pe durata discuţiei ajunsesem la dulapuri şi Kai mi-a înmânat obiectele promise.

— Mulţumesc frumos pentru tot Kai şi... mai sunt şi alte sporturi, nu am idee de ce am spus ultima parte.

— Nu a fost mare lucru, se miră şi a dat să plece. A! Zero mi-a mai spus ceva. Dacă vrei, la următoarea pauză a echipei, să îl întâlneşti lângă fântână, strigă în urma sa şi fugi înspre zona parcului.

Duşul a fost reconfortant. Nu îl mai folosisem până atunci, căci eu nu făceam sport. Tricoul lui Zero îmi venea până la genunchi, nu era de mirare la cât e el de înalt şi cât sunt eu de mică. L-am strâns în talie cu ajutorul cureluşei şi, poate greşeam, dar îmi plăcea cum îmi venea mai mult decât rochiţa pe care o aruncasem la gunoi dealtfel.

Am lipsit de la oră, dar era inevitabil date fiind circumstanţele. Până ce eu m-am curăţat, a venit şi pauza baschetbaliştilor. Eram oricum în zonă aşa că m-am dus la fântână. Am făcut-o cu gândul de a-i mulțumi. Nu mi-am pus nicio clipă problema de ce anume mă chemase.

Bineînțeles, Zero se afla deja acolo. Stătea așezat pe unul dintre bolovanii decorativi ai fântânii arteziene. Mușchii încă îi zvâcneau, de sub pielea ușor bronzată, datorită antrenamentului intens. Echipamentul îi venea excelent, Zero părea făcut pentru a purta așa ceva. Când m-a zărit, s-a înroșit puțin. Brusc, am realizat că noua mea „rochiță" atinsese pielea lui înainte de a o atinge pe a mea. Brunetul venise de acasă dimineața îmbrăcat cu acel tricou... era ca și cum, indirect, trupurile noastre se atingeau unul de altul, într-un fel, ca o îmbrățișare. Am simțit o fierbințeală ciudată și m-am înroșit ca un rac.

— Lisa! s-a ridicat respectuos în picioare și mă studie zâmbitor de la înălțimea lui impresionantă, cred că nici lui nu îi era tot una să mă vadă îmbrăcată în hainele sale. Mulțumesc că ai venit.

— Eu îți mulțumesc pentru tot! am spus netezindu-mi poalele „rochiei", proastă idee, acest gest m-a făcut foarte conștientă de anumite părți ale corpului meu și de modul în care acestea erau mângâiate de bumbacul moale ce se frecase de trupul lui Zero cu puțin timp în urmă...

— Știi... mi-a fost prea rușine să te abordez direct... am încercat altceva... dar nu a funcționat pentru că le tot rupeai...

— Scrisorile! am strigat puțin cam tare, șocată din cauza revelației.

— Da... așadar, am decis să îți dau cea de-a unsprezecea scrisoare personal! era vizibil emoționat în timp ce-mi întinse stângaci un plic alb imaculat. L-am luat mecanic. Nu știam cum să reacționez. Ce ar fi trebuit să spun într-o astfel de situație?

După câteva clipe de tăcere stânjenitoare, am întrebat timid:

— Să o citesc?

— Nu! Adică da, dar nu chiar acum... își agita brațele lungi pentru că nu știa nici el cum să gestioneze situația. Aproape bâlbâindu-se a adăugat: am să aștept oricât după răspunsul tău, nu e nicio presiune.

Nu cer un răspuns azi sau mâine, nici măcar luna asta. Când te simți pregătită, indiferent de decizia pe care o vei lua, anunță-mă!

— Decizie? Răspuns? Încă nu înțelegeam unde bate.

—Da, știu că e totul puțin cam brusc, probabil că ești surprinsă. Și, deși nu încerc să te influențez spunând asta, aș vrea să îmi oferi ocazia să te protejez! vociferă parcă disperat să se facă înțeles și în același timp era rușinat de roșise până în vârful urechilor.

— Să mă protejezi? rotițele mele se roteau cam încet în clipa aceea.

— Să pot striga în gura mare că ești iubita mea! Să pot să mă pun ca un zid între tine și Fan-Club și să le spun: hai, să vă văd, cine îndrăznește să o mai atingă?! Acum... acum nu am nici un drept să fac nimic! Tot ce pot face e să te păzesc de la distanță și să mai curăț din mizeriile lor, știm amândoi că nu e deloc suficient. Fan-Clubul e dement, vreau să te protejez cu adevărat! Nu îl învinovățesc pe Dante, el nu știe multe și din ce știe, ignoră pentru că își închipuie că situația nu e gravă, eu însă știu! Nu mai suport să văd cum ești chinuită! Vreau să pot proteja ceea ce e prețios pentru mine! Știu că acum par dubios, suspect chiar, îți jur însă că nu e nimic necurat, sunt doar... îndrăgostit!

Exaltarea lui m-a lăsat fără grai. Am împietrit. Nu eram capabilă să procesez informațiile neașteptate care mă năuciră complet. Din fericire, pauza lui s-a încheiat și a fost chemat de antrenor.

Am rămas câteva minute pironită cu plicul în mână, dar mintea îmi era complet goală. M-am întors la ore. Restul zilei a fost pașnic, Yolette, Irene și Coralia nu și-au mai făcut apariția, iar restul Fan-Clubului ori nu a aflat încă de isprava mea, ori se temea să facă o mișcare în preajma lui Kai.

Simțeam că viața mea începea să se însenineze. De la școală, am mers împreună cu părinții mei și cu Hanzo într-o vizită de curtoazie acasă la dr. Tamir și soția sa. Medicul rămăsese la fel de amuzant și s-a declarat mulțumit de progresul meu.

Am ajuns spre seară acasă. Ai mei m-au lăsat în fața casei și au ieșit în oraş cu nişte prieteni de-ai bunicului, speram eu că şi cu Elda. Eu aveam teme de făcut pe a doua zi, de aceea le cerusem să mă aducă acasă. Pe alee, surpriză: Zoto! Motanul dădea târcoale casei încuiate şi neluminate. L-am speriat apărând pe neaşteptate în spatele lui.

Am fost incredibil de fericită să-l revăd, să-i netezesc cu palma blăniţa moale, să-l strâng în braţe, să-i simt căldura şi norii rozali de iubire ce ne înconjoară când suntem împreună.

După ce i-am dat să bea nişte lapte, l-am luat în camera mea şi după ce l-am mai drăgălit puţin, l-am aşezat jos şi am început să-i vorbesc exact ca unui om:

— Mi-a fost dor de tine, Zoto! Să nu mai dispari aşa... Îmi fac griji!

— Miau!

— Bine, bine, nu te cert. Ştii, azi am avut o zi minunată.

Capul blănos se apleca într-o parte parcă spunând: „cum aşa?".

— Azi am ripostat în faţa Yolettei şi nu am încurcat-o din cauza asta, ba mai mult, există cineva care înfruntă Fan-Clubul şi nu se teme de ele absolut deloc. Îl admir atât de mult pe Kai şi ştiu că ele se tem de el, sper să vină cât mai des la şcoală.

Zoto căscă plictisit drept răspuns, nu era interesat de subiect şi se pregătea să se cuibărească pentru somn în pătura mea roz şi pufoasă.

— Stai! Nu te culca încă, mai am multe să îţi spun!

Motanul întoarse o ureche în direcţia mea, dar nu a arătat vreo altă formă de interes. Chiar şi aşa, am continuat cu entuziasm:

— Am primit o scrisoare, de dragoste, cred.

Subit, somnolenţa lui Zoto dispăru, a sărit înapoi în picioare şi fixându-mă cu ochii lui halucinant de albaştri parcă aştepta explicaţii, aşa că i le-am oferit: se pare că Zero are sentimente pentru mine. Zero e un băiat cu suflet bun ce m-a ajutat de multe ori până acum, în plus e frumos şi îşi doreşte să mă protejeze de abuzurile de la şcoală. Am fost surprinsă de mărturisirea lui. Am tot primit nişte scrisori, crezând că sunt de ameninţare, nu am citit niciuna, până acum! am spus scoţând triumfătoare plicul. Blănosului i s-au îngustat pupilele

IUBITUL MEU, MOTANUL

la văzul albului epistolei, cine știe ce o fi crezut că e.

Am început să citesc cu voce tare:

„— Lisa,

Aș scrie draga mea Lisa, dar nu îndrăznesc. E cea de-a unsprezecea scrisoare pe care ți-o scriu și sper din suflet că pe aceasta o vei citi...

Sunt sigur că nu știi asta, dar noi doi ne-am întâlnit mai demult, mai exact, în ziua examenului de admitere la Academie. Am fost repartizați în aceeași sală, am stat în banca de lângă tine. M-am îndrăgostit la prima vedere. Tu nu m-ai observat, nici măcar când ți-am făcut o poză pe ascuns... O am și acum în telefon, o păstrez ca pe o comoară și o privesc mereu cu drag, te rog să nu mă urăști pentru asta.

Am luat în acea zi hotărârea că dacă intram amândoi la Academia Etnare, nu aveam să mă las până ce nu îți cuceream inima. Am fost foarte dezamăgit când a început anul școlar și nu te zăream nicăieri...
Te-aș fi căutat și în afara Academiei, dar nu îți știam numele.

Nici nu îți poți închipui cum mi-a luat-o razna inima când te-am văzut intrând în clasa noastră. Îmi pierdusem orice speranță să te revăd și dintr-o dată erai acolo, reală și la fel de frumoasă. Simțeam că Paradisul s-a deschis pentru mine.

Aș fi vrut să o iau încet, să îți câștig încrederea și să te cuceresc treptat, însă nebunia a atins cote maxime în școala noastră și acțiunile Fan-Clubului mă forțează și pe mine să precipitez lucrurile și să îmi mărturisesc sentimentele mult mai repede decât plănuiam.

Gândește-te la propunerea mea, am să aștept răspunsul tău, indiferent cât de mult. Sunt conștient că ai nevoie de timp pentru a te hotărî dacă vrei să îmi dai o șansă sau nu și am să îți respect decizia, indiferent care va fi aceasta.

Zero

P.S. Când te vei hotărî să îmi dai un răspuns, trimite-mi un sms cu azi *și te voi aștepta în acea zi, după ore, lângă cușca leopardului.*

Zoto își agita nervos coada și blănița portocalie i se înfoiase de-a lungul coloanei, era iritat. Sigur îl plictisisem cu scrisoarea mea. L-am

sărutat în creştetul capului şi am încercat să-l împac:
— Tu vei fi mereu iubitul meu, Zoto!
Un miorlăit prelung şi plângăcios a fost răspunsul neaşteptat. Restul serii a rămas ţâfnos, dar tot îmbrăţişaţi am dormit până la urmă.

Conduceam cu doisprezece puncte

Când m-am trezit, Zoto plecase de mult, îmi puteam da seama după locul lui rece din pat. La fel ca întreaga şcoală probabil, şi eu eram agitată din cauza meciului cel mare. O parte din cursurile acelei zile au fost anulate din cauza acestuia, toată lumea dorea să îl vadă, începeam să mă întreb dacă sala era suficient de încăpătoare. Oricum intenţionasem să merg şi eu, dar după scrisoarea lui Zero, ar fi fost chiar urât din partea mea să nu mă duc să îl văd jucând... chiar dacă îmi era o ruşine groaznică.

Clubul de baschet al Academiei Etnare este unul dintre cele mai mari din ţară. Cu o zi înainte, toţi membrii au participat la un antrenament intens ce a avut rol şi de selecţie, dintre numeroşii jucători posibili, au fost aleşi cinci pentru a intra pe teren şi câţiva pentru rezervă. Nu încăpea îndoială că Zero se afla între cei cinci, nu degeaba era căpitanul echipei. Mă întrebam dacă fusese ales şi Dante ţinând cont că e cam scund pentru acest sport.

Tensiunea dintre părinţii mei se disipase, mai mult, Azaria nu îl mai privea pe bunicul cu ciudă, semn că se împăcaseră, fapt ce nu putea decât să mă bucure.

La şcoală, dacă privirile ar putea ucide, aş fi fost moartă demult, însă Yolette şi acolitele ei nu au făcut nicio mişcare pentru a se răzbuna, era linişte şi din partea restului Fan-Clubului. Aveam o vagă bănuială că stăteau potolite pentru că era prezent Kai, pesemne venise pentru meci. Cel mai probabil, odată cu dispariţia lui din peisaj, urma să fiu din nou în pericol... asta dacă nu începeam o relaţie oficială cu Zero? Sună atât de pompos când pui problema astfel.

Orele s-au terminat într-un final deşi atât elevii cât şi profesorii au fost distraţi pe tot parcursul lor. De cum s-a sunat de ieşire, toată lumea s-a îmbulzit spre sala unde urma să aibă loc meciul, pentru a prinde un loc cât mai bun. Condiţia mea fizică nu îmi permitea să fac aşa ceva, în concluzie, am intrat printre ultimii, după începerea meciului.

Nu mai erau locuri libere, am rămas în picioare, destul de aproape de teren. O echipă era îmbrăcată în roşu, cealaltă în verde cu galben. Nu eram încă sigură care erau ai noştri până ce nu l-am ochit pe Zero, e cam greu să nu îl vezi, chiar şi între alţi baschetbalişti. Alerga în diagonala terenului. M-a zărit şi el. Mi-am dat seama după modul în care i s-au luminat ochii de chihlimbar şi după felul cum i s-au curbat buzele cărnoase într-un zâmbet instinctiv. Ca şi cum ar fi avut vreo îndoială că l-am văzut, în ciuda faptului că e un gigant, mi-a făcut cu mâna. Un braţ lung, cu rotunjimi puternice, lăsate descoperite de echipamentul galben-verde ce-i venea atât de bine.

I-am răspuns la salut făcându-i şi eu cu mâna, dar... din cealaltă parte alerga Dante, privind în aceeaşi direcţie şi... şi acesta a crezut că semnul era pentru el! Aş fi intrat în pământ de ruşine, chiar atunci, dar asta nu e tot... Dante, care trebuie să recunosc, arăta şi el minunat ca sportiv, mi-a făcut cu mâna înapoi și... amândoi se uitau înspre mine, nici unul înainte, deci s-au izbit unul de altul și au căzut amândoi, în mijlocul terenului.

Am simțit atunci cum atenția întregii audiențe s-a îndreptat către mine, învinovățindu-mă pentru accidentul suferit de cei doi sportivi vedetă ai echipei. Și ca și cum asta nu era suficient de grav, căzând, au dat oportunitatea adversarilor de a lua mingea și a înscrie, numai din vina mea, iar toată lumea văzuse asta. Doream să dispar! M-am evaporat din preajma terenului, dar simțeam cum aerul ostil mă urmărea îndeaproape.

M-am retras într-un colț ceva mai obscur unde nu aveam o vizibilitate grozavă, dar era mai bine așa decât să încurc jocul. Spre surprinderea mea, lângă mine se afla Ulian. Era trist că nu fusese ales pentru meci, chiar și așa însă, era foarte încântat să ofere explicații referitoare la ceea ce se petrecea pe teren, oricui era dispus să-l asculte și se pare că aceea eram eu. Mi-a explicat că poziția pe care o ocupa Zero în teren se numește Center și îi revenea lui pentru că e cel mai înalt și mai puternic din echipă, în timp ce Power forward era Richard, un băiat oacheș din clasa a douăsprezecea, pentru că era considerat cel mai tehnic baschetbalist al Academiei. Se pare că în ciuda înălțimii, fiind cel mai mic de pe teren, Dante ar fi cel mai bun jucător galben-verde și îi fusese atribuit postul de Small forward. Ceilalți doi băieți ce jucau din partea școlii noastre erau Nizan, un băiat de culoare din clasa a zecea și Flavio, un elev venit în Ildema printr-un program de schimb de experiență. Nu îl știam pe nici unul, Ulian mi-a explicat cine sunt.

Nu am fost niciodată un fan împătimit al niciunui sport, însă trebuie să recunosc că meciul de baschet mi s-a părut interesant. La început, nu înțelegeam foarte bine ce se întâmpla, după o vreme însă, am realizat că băieții noștri erau geniali. Jocul de echipă era excelent, toți cinci se armonizau într-o operă de artă în mișcare pe podeaua lustruită. Și luați individual erau uimitori. Zero putea marca din capătul celălalt al terenului, salturile lui erau maiestoase de-a dreptul şi în ciuda dimensiunilor trupului său, avea o graţie aparte în mişcări. De asemenea, cât mingea se afla în posesia lui, nimeni nu i-o putea lua, îşi ţinea adversarii numai în fente şi fizic, nu putea fi dominat. În schimb, coechipierul său, Dante, putea fura mingea din mâinile oricui, era de o rapiditate incredibilă, se strecura printre jucătorii roşii lăsându-i fără minge şi înscriind înainte ca aceştia să se dezmeticească. Pentru că era mai scund decât ceilalţi, salturile sale erau cele mai impresionante, sărea foarte mult în înălţime, ba chiar se şi sucea în aer, era un adevărat zburător, agil şi uimitor. Dante făcea un adevărat show cu reflexele sale de pisică, era de-a dreptul fascinant, îţi venea să nici nu mai urmăreşti mingea portocalie pentru ca nu cumva să pierzi vreo mişcare senzaţională de-a jucătorului cu părul de aceeaşi culoare.

Conduceam cu doisprezece puncte echipa adversă şi rămăseseră numai câteva minute până la ultimul fluier al arbitrului. Nu mai existau dubii că aveam să câştigăm Cupa. Mi-a venit atunci o idee nebunească. Am ieşit, am ocolit sala şi m-am urcat pe scara de incendiu până pe acoperiş, unde am deschis larg una dintre ferestrele de aerisire. Pentru a fi sigură că nu creez vreo neplăcere, am aşteptat semnalul de încheiere a meciului pentru a împrăştia, de sus, toate biletele dăruite de blândul meu tată.

Pentru un moment, mulţimea pe care o priveam de sus, a rămas nedumerită. De îndată ce au înţeles ce erau hârtiile care cădeau „din cer", s-au îmbulzit să le adune, chiar s-au iscat ceva certuri pe ele. Am fost mulţumită de rezultat, l-am considerat o victorie. Arena urma să fie plină în zona rezervată pentru prietenii mei, Ratko nu avea să ştie realitatea şi va fi mulţumit. Colegii mei nu ştiau că eu eram sursa de provenienţă a biletelor şi toată lumea era satisfăcută.

A urmat weekend-ul, am fost cu mama la cumpărături şi mi-am reînnoit întreaga garderobă. Nu a scos niciun cuvânt referitor la seara aceea... Era aceeaşi Azaria dintotdeauna, cu buna ei dispoziţie unică și atitudinea de soră mai mare. Spre bucuria mea, bunicul părea că se împăcase cu Elda, speram doar ca reconcilierea să fie de durată.

În zilele următoare mi-am văzut cam puțin părinții, exersau foarte mult pentru reprezentație, ajungeau târziu acasă și erau frânți. În schimb, de când primisem scrisoarea de la Zero, în legătură cu care încă nu știam ce să fac, Zoto nu a mai lipsit nicio noapte de acasă. Am devenit mai apropiați ca niciodată. Scrisoarea îmi purta noroc pe toate planurile.

La Academie era liniște, dar ceva din interiorul meu îmi spunea că era doar calmul dinaintea furtunii. Yolette încă nu începuse să frecventeze cursurile, părinții ei au considerat că a fost traumatizată și au oprit-o acasă pentru a fi consiliată psihologic. Ar fi trebuit să le spună cineva că fata lor avea nevoie de psihiatru, nu de psiholog!

Ziua reprezentației sosi relativ repede. La intrarea în arenă era o îmbulzeală nebună și la cât sunt eu de mică, sigur aș fi fost strivită între oameni dacă pătrundeam în marea aceea de suflete. Norocul meu a fost că eram însoțită de Hanzo care m-a dus la intrarea din spate. Am fost tratați ca VIP-urile. M-am mai învârtit pe lângă bunicul până ce i-au sosit majoritatea prietenilor, mai exact până ce unul dintre ei mi-a spus direct că ar trebui să nu îmi las proprii prieteni singuri și că ar trebui să mă alătur lor.

Am plecat, fără tragere de inimă, către zona indicată. Nu știam la ce să mă aștept. Va fi cineva acolo? Vor fi ocupate suficiente locuri pentru ca Ratko să nu fie dezamăgit? Și de cine vor fi ocupate? Care va fi reacția Fan-Clubului când mă vedeau acolo?

Apropiindu-mă, cu picioarele grele, am văzut că au fost ocupate aproape toate scaunele. Mai erau vreo două goale în ultimul rând și unul în primul rând între Dante și Zero, probabil pentru Deuce. Acelea erau cele mai bune locuri, firește că Fan-Clubul le-a destinat favoritului lor. Anabel și Oxana se aflau fix în spatele lor. Irene și Coralia erau și ele pe cel de-al doilea rând, dar mai în margine. Știam că părinții mei aveau să considere cam dubios să nu mă regăsească în primul rând... M-am hotărât repede să-i mint că am tot cedat locul meu pentru a nu supăra pe nimeni, știam că Ratko ar crede asta.

Urcând scările spre rândurile de sus, o mână uriașă o apucă timid pe a mea și o cuprinse protector. Inima începu să îmi bată puternic, emițând semnale alb-rozalii. Știam cine era dinainte să mă întorc.

— Zero!

— Unde te duci, Lisa? Locul tău e chiar aici, zâmbi larg, iar buzele lui pline au dezvelit puțin dinții albi și puternici de tânăr sănătos.

Îl simțeam emoționat prin tremurul său ușor. Nu mi-a dat drumul la mână, în schimb, a pornit pe scări, în jos. Nu am mai fost ținută de mână de un băiat înainte, era o senzație ciudată, dar nemaipomenit de plăcută. Amândoi eram ușor stânjeniți, dar nu ne-am desprins unul de altul până ce nu ne-am așezat. M-am instalat în locul liber dintre el și Dante, motiv nou să fiu urâtă de către Fan-Club, dar în acele clipe, chiar nu îmi păsa.

Dante oricum nu îmi acordase vreo atenție deosebită de la început, însă Zero, din clipa în care i-am mărturisit că era pentru prima dată când urmăream performanța părinților mei, nu a mai scos un sunet pe durata reprezentației pentru a fi sigur că nu îmi distrăgea atenția. Câtă considerație din partea lui... Zero e un om minunat, cred că de aceea îi mărturisisem spontan că Ratko și Azaria sunt părinții mei. Nu mi-am pus problema că el nu ar fi înțeles din prima toată treaba cu ploaia de bilete de la meciul de baschet și de ce procedasem astfel. Îi eram foarte recunoscătoare pentru spațiul oferit, chiar îmi doream să savurez fiecare clipă a reprezentației părinților mei.

Artiștii au ieșit să salute mulțimea înainte de spectacol. Arena fiind imensă, au fost montate și monitoare care transmiteau prim-planuri cu artiștii. Eram extrem de mândră de mama și de tata în acele clipe. Frumusețea lor m-a fermecat și mă întrebam dacă asupra mea avusese un asemenea efect, oare ce simțeau restul oamenilor?

Azaria și Ratko purtau costume asortate, turcoaz, țesute cu modele argintii strălucitoare. Echipamentul, pentru a nu le incomoda în vreun fel mişcările, era confecţionat dintr-un material elastic ce le venea mulat pe trupurile mlădioase, evidenţiind toate formele sculptate de miile de ore de antrenament din cariera lor. Amândoi erau perfecţi.

Au început spectacolul din emisfere opuse ale arenei. Fiecare era aşezat pe câte un trapez legănându-se lin, unul către altul, cu mâinile întinse, într-o chemare mută ce ascundea ceva dureros în ardoarea ei. Am tresărit când Ratko s-a lăsat să cadă pe spate dintr-o dată, pentru că nu aveau plasă de siguranţă, dar totul făcea parte din număr. Tata a rămas agăţat de genunchi, suspendat cu capul în jos, în timp ce mama apucă trapezul cu mâinile şi într-un avânt graţios, ca o lebădă în zbor, răsucindu-se în aer, traversă distanţa până la el, parcă plutind pe chemarea iubirii. El o prinse, degetele lor s-au întrepătruns într-un gest tăcut de încredere şi buzele li s-au atins într-un sărut dureros, jucau Romeo şi Julieta.

Deşi părea că se afla într-o poziţie incomodă, Romeo, doar cu puterea braţelor sale, o aruncă în sus pe Julieta care se prinse de un trapez mai înalt şi de pe acesta se lăsă să cadă pe altul doar pentru a o zări pe un nou trapez în clipa următoare. Manevrele erau executate cu un zbucium candid. Romeo, răsucindu-se artistic, o urma, fugea după ea în timp ce ea fugea de el, pentru ca după aceea rolurile să se inverseze, o urmărire agonizantă a celor doi iubiţi eterni.

Într-un final, s-au întâlnit într-o îmbrăţişare electrizantă şi pasională, urmată de noi salturi sofisticate, de această dată în sincron.

Părinţii mei savurau clipa la fel de mult ca noi, publicul. Se aruncau cu ochii închişi şi chipul destins. Fiecare îşi încredinţa viaţa celuilalt şi nu se îndoia defel că partenerul său va fi exact unde trebuie şi va face exact ce era stabilit. Totul era calculat la secundă, nu exista loc de ezitări sau îndoieli, iar pentru mine, acea încredere oarbă era de-a dreptul magică.

Revenind la eroii scenei, aceştia îşi trăiau povestea de dragoste exuberantă în salturi şi acrobaţii uimitoare. Amalgamul de emoţii pe care îl transmiteau cei doi era amețitor și era imposibil ca acesta să nu-ți atingă sufletul. Ea se lăsa să cadă acceptându-și soarta și el o prindea de fiecare dată, înălțând-o din nou către văzduh pentru a o urma într-un zbor grațios.

Iubirea lor era pândită însă de demoni nevăzuți, ce interveneau tot mai mult, în încercarea de a-i despărți. Romeo și Julieta erau împinși și trași de forțe invizibile, prin toată arena, în încercarea violentă de a-i separa. Protagoniștii se agățau din ce în ce mai disperați unul de altul până ce fatalitatea s-a produs. Mâna lui Romeo a apucat aerul și Julieta a căzut în gol, ceea ce mi-a dat ceva emoții ținând cont de lipsa plasei de siguranță, dar nu am idee când, își prinsese de gleznă o coardă elastică subțire cu rolul de a-i încetini picajul.

Chiar și în cădere, Julieta își executa dansul grațios și dureros, îi transmitea iubitului ei de care se îndepărta cu fiecare clipă, ultima declarație de dragoste înainte ca firul vieții să-i fie curmat. Nu se împotrivea în niciun fel, iar fiecare gest îi era de acceptare, de supunere în fața voinței sorții. Pentru mine, devenise certitudine: așa trebuiau să arate îngerii!

Într-un final, Julieta a aterizat și trupul plăpând s-a frânt sub privirea disperată a lui Romeo, acesta însă, fără să ezite, s-a aruncat după ea, mlădios, cu capul înainte, executând manevre asemănătoare, prin care își lua adio de la lumea crudă. „Prăbușit" la câțiva metri de aleasa lui, rănit, se târăște lângă ea unde își înfige un pumnal în inimă, urmând-o pe Julieta în moarte. Demonii nu îi mai puteau atinge.

S-a făcut întuneric. Ropote de aplauze răsunau puternic în jurul meu. Eram în transă și nu reușeam să mă smulg din acea stare: aceia erau părinții mei! Acele ființe maiestoase și uimitoare mi-au dat viață! Ce făcusem eu atât de special încât să mi se permită măcar să exist în preajma lor?

Pe toată durata reprezentației, am fost de-a dreptul hipnotizată și nu am acordat importanță faptului că Oxana și Anabel aruncau popcorn în mine, iar la un moment dat, una dintre ele mi-a turnat suc pe spate.

La final s-a anunţat că artiştii ofereau autografe şi făceau fotografii cu doritorii, dar pentru a evita haosul şi îmbulzeala, aveau să meargă ei, pe rând, în fiecare secţiune a arenei, bineînţeles că cea în care mă aflam eu avea să fie prima, chiar dacă restul lumii nu ştia motivul real al ordinii alese.

Azaria şi Ratko au pornit înspre noi, radiind graţie, perfecţiune. Mă gândeam ce ar trebui să le spun, eram atât de emoţionată încât îmi prinsesem urechile într-o problemă inexistentă. Tata a fost oprit un moment de prezentator, iar mama a continuat să înainteze singură. Vocea caldă a lui Zero m-a adus înapoi pe Pământ:

— Nu aş vrea să crezi că încerc să profit de pe urma ta sau ceva... totuşi, te rog, dacă vrei, ai putea să o rogi pe mama ta să facă o poză cu noi?

— Cu noi? am repetat interogativ, dar am răsuflat uşurată imediat ce i-am văzut pe Dante, Deuce, care apăruse de nicăieri şi încă un băiat de vreo douăzeci de ani pe care nu-l cunoşteam, cum aşteptau răspunsul plini de speranţă. Chiar mă speriasem, crezusem că vrea o poză cu noi doi şi mama, nu aş fi putut cere aşa ceva Azariei, ar fi fost prea ciudat.

Am felicitat-o, am îmbrăţişat-o şi am încredinţat-o celor patru, între timp, ajunsese şi tata. Am vrut să-l felicit şi pe el. Nu am apucat să fac decât un pas în direcţia lui. Gemenele au apărut de nicăieri şi m-au dat la o parte din calea lor, pur şi simplu aruncându-mă la pământ pentru a-l aborda pe tata.

Îmi julisem gamba stângă, dar aveam probleme mai grave în acele clipe: tatăl meu avusese un loc în primul rând la spectacolul umilirii mele, fusese martor abuzului! Nu îi mai puteam ascunde realitatea... Ceva ciudat se petrecea însă. Ratko nu a avut nicio reacţie. Mă privea fix şi nu spunea nimic. Oxana l-a abordat şi l-a rugat să facă nişte poze cu ele. Răspunsul lui m-a frapat:

— Desigur! Haideţi puţin mai încolo, nu e atât de multă lume; şi s-a îndepărtat cu ele, nu foarte mult, e drept, dar totuşi! Ce naiba se întâmpla? Chiar şi tata mă abandona în favoarea Fan-Clubului? Eram atât de şocată încât nici nu m-am ridicat de jos, în schimb, m-am forţat simţul auzului, peste limita umană, pentru a auzi ce discutau cei trei.

— Dacă vrei, când termini aici, ai putea veni să ne jucăm împreună, eu cu tine şi cu sora mea, spuse Anabel lasciv în timp ce-şi lingea sugestiv buzele.

— Poate, cine ştie, răspunse el cu un zâmbet pervers şi o sclipire răutăcioasă în privire, în timp ce le mângâia pe obraz pe fetele aflate în stânga şi în dreapta lui.

Nu puteam să cred aşa ceva! Îi ofereau un menage a trois şi el accepta?! Co-preşedintele Fan-Clubului şi tatăl meu?? Era prea mult pentru mine! Toată blândeţea lui, iubirea nesfârşită pentru Azaria, inima lui pură, totul era o iluzie plăsmuită de afecţiunea mea filială? Ratko al meu însă nu m-a dezamăgit. Din mângâiere, mâinile sale le apucaseră violent pe cele două surori, de păr, şi le izbi capetele unul de altul. Am putut auzi pocnitura craniilor lor, tare şi clar. Avea el o alură de elf şi părea firav, dar braţele lui erau suficient de puternice pentru a apuca, din zbor, întreaga greutate a mamei şi a o propulsa înapoi în aer, abia atingând-o.

Anabel şi Oxana s-au prăbuşit confuze.

— Camerele nu bat aici fetelor, deci nu încercaţi, pentru că între mine şi voi, eu am mai multă credibilitate. Vedeţi voi, aţi rănit o persoană extrem de preţioasă pentru mine şi pentru asta, nu vă pot ierta! în clipa următoare, a început să ţipe: Paza! Paza! Fetele astea două m-au atacat! Escortaţi-le afară!

A fost o privelişte de cinci stele să le vezi pe gemene date afară din arenă de către agenţii de securitate, mai ales că o bună parte din Academie era prezentă, inclusiv mult adoratul lor Dante.

Tata a venit şi mi-a oferit mâna sa într-un mod pe care-l mai văzusem numai în filmele cu prinţese şi m-a ajutat să mă ridic.

IUBITUL MEU, MOTANUL

— Eşti bine?

— Da... am răspuns încet, mă îngrijora ideea că aveam să fiu nevoită să îi mărturisesc calvarul meu zilnic.

— Fetele alea erau prea arogante, aveau nevoie de o lecţie! decretă Ratko, după care începu să hohotească cu poftă.

Am început să râd şi eu uşurată, nu înţelesese ce s-a întâmplat cu adevărat. Episodul acesta m-a pus puţin pe gânduri, aveam multe de învăţat de la Ratko, era un om excepţional de blând şi totuşi ştia cum să fie şi rău, atunci când trebuia. Am hotărât să încerc să-i urmez modelul.

Ne-am alăturat mamei şi am făcut o mulţime de fotografii împreună, doream ca pe o parte dintre ele să le înrămez. Simţeam cum strălucirea părinţilor se revărsa asupra mea, îi simţeam mai aproape ca niciodată. Când în peisaj a apărut şi Hanzo, m-am simţit completă. A fost o zi perfectă!

A urmat din nou weekend-ul şi l-am simţit dulce-amărui. Familia mea era mai unită ca niciodată, dar ne pregăteam de o nouă separare pe termen nedeterminat concret. Luni dimineaţa au plecat, turneul mondial începuse. Nu aveam idee când urma să ne revedem, dar nu disperam. Îl aveam pe Hanzo, ca întotdeauna, şi în plus, Zoto îşi cuibărea trupul blănos la pieptul meu în fiecare noapte. De la o vreme, comportamentul lui era de vis, seară de seară mă asculta cu atenţie, de parcă ar fi înţeles tot ce-i spuneam, destăinuiri, griji, sentimente, trăiri şi bineînţeles evenimentele zilei. Ochii lui cyan mă fixau răbdători şi interesaţi, oricât ar fi durat monologul meu pe care îl întrerupea uneori cu câte o mieunătură.

În privinţa lui Zoto, mă puteam mândri cu încă o victorie. În ciuda faptului că era un motan şi, deşi nu sunt fana stereotipurilor, e adevărat ce se spune despre apă şi pisici, am reuşit să-l conving să facem baie împreună. Stăteam amândoi în apă caldă până ne plictiseam şi, uneori, micuţul chiar înota. Astfel, cel mai relaxant moment al zilei îl împărtăşeam cu cel mai bun prieten al meu, poate unicul prieten...

Zi de zi mă răsfăţam cu blăniţa lui portocalie şi adormeam zicându-i cât de mult îl iubesc. Eram fericită şi nu îmi mai făceam rău singură.

La Academie, stânjeneala ciudată dintre mine şi Zero persista. Eu nu doream să-i dau un răspuns încă, iar el nu dorea să îmi lase impresia că m-ar presa să fac acest lucru, în concluzie, ne cam evitam.

Ciudat, lucrurile lăsate în dulap erau murdare chiar dacă acesta era curat... atunci m-a lovit: Zero! Brunetul făcuse asta pentru mine în tot acest timp, eram sigură de asta. Chiar e un băiat minunat, şi totuşi... nu îmi venea să accept propunerea lui... nu pentru că nu l-aş fi plăcut, ci pentru că mă speria ideea de a avea un iubit, mai exact, faptul că nu aveam habar în ce constă acest lucru.

Pe un alt plan, făcusem progrese, nu aş îndrăzni să spun că Lolita devenise prietena mea, dar cu siguranţă ne aflam pe drumul cel bun.

Era rândul meu să hrănesc animalele de la zoo-ul şcolii. Fiecărui elev îi venea rândul să facă acest lucru, deşi noi le dădeam mâncare numai animalelor nepericuloase, pentru restul şi pentru curăţenie, exista un îngrijitor specializat.

Tocmai am intrat în staulul cerbului cu o găleată de grăunţe pe care abia o târam, când uşa s-a închis brusc în urma mea. Am scăpat găleata din mână:

— Safar! am înghiţit în sec, după care mi-am luat inima în dinţi şi i-am spus: sper că nu intenţionezi să le faci rău animalelor. Să ştii că nu am să te las să le răneşti; mă străduiam să nu trădez cât de terifiată eram de prezenţa lui.

— Nu vreau să rănesc animalele, a replicat fără nicio emoţie, după care a ridicat găleata din care nu se vărsase prea mult şi a golit-o în recipientul pentru mâncare.

— Ce bine! am spus uşurată.

— Eu pe tine vreau să te rănesc! a răcnit brusc şi s-a repezit către mine.

Am încercat să fug, dar m-a prins uşor şi m-a imobilizat între el şi peretele de lemn.

— Ce vrei? l-am întrebat plângând. Te rog, lasă-mă să plec!

— Ce vreau? Nu m-am gândit la asta... am primit un ordin clar, nu m-am gândit că aş putea face şi ce vreau eu... în timp ce reflecta, ipostaza cam intimă, cu mine imobilizată între perete şi trupul său, îi dădu lui Safar câteva idei ce s-au reflectat în zâmbetul lui sinistru:

— Ce ar fi dacă te-aş viola? nici nu a formulat bine noua idee că mi-a şi smuls fustiţa de crepe şi se pregătea să facă acelaşi lucru şi cu lenjeria intimă.

Am început să ţip şi şi-a înfipt mâna în gâtul meu strivindu-mi traheea. Mă durea, dar nu era loc pentru albastru din cauza fricii ce mă stăpânea complet, inclusiv pe Safar îl vedeam violet, asta înainte să se întunece totul şi să încep să mă scurg în moarte. A realizat ce se întâmplă şi a încetat să mă mai sugrume, în schimb, două palme grele mi-au usturat obrazul. Am deschis din nou ochii. Nu puteam citi pe chipul lui decât satisfacţie, plăcere bolnavă. Nu o făcea doar pentru că a fost plătit, nu o făcea pentru că a fost nevoit, ci pur şi simplu pentru că suferinţa altora, pentru el, însemna fericire, iar asta îl făcea şi mai înspăimântător.

— Nu te pot lăsa să mori, ai rata toată distracţia! vorbele lui mi-au îngheţat inima... ce anume intenţiona să-mi facă?

— Lasă-mă să plec! am ţipat din nou. Mă zbăteam din toate puterile, chiar dacă ştiam că nu înseamna mare lucru.

Îmi strivea gâtul cu antebraţul care era suficient de lung ca sprijinit în cot de perete să îmi imobilizeze şi mâna stângă pe care mi-o îndoise forţat, în timp ce dreapta mi-o pironise de scândura din spatele meu, cu genunchiul lui stâng şi a început să-mi mângâie zona inferioară a abdomenului, încă nehotărât ce să facă în privinţa chiloţeilor mei cu fluturaşi.

Unde mă atingea, îmi simţeam pielea injectată cu nenumăraţi păianjeni mici şi scârboşi ce mi se răspândeau în corp, furnicându-mă pretutindeni şi târându-mi-se pe sub epidermă.

— Tentant, dar ce am venit să fac e şi mai ispititor. Nu vreau să risc să fiu întrerupt dacă fac asta întâi, zise plesnind elasticul lenjeriei, poate ne rămâne timp după, adăugă rânjind diabolic.

Nu mai fusesem în întreaga mea viaţă atât de speriată. Eram singură cu un individ sadic ce intenţiona să-mi facă ceva îngrozitor, chiar dacă nu ştiam încă ce anume, instinctul meu spunea să fug cât mai departe de el... problema era că nu puteam face acest lucru!

Am continuat să ţip deznădăjduită, începusem să răguşesc, dar nu renunţam, chiar dacă ştiam că nu trecea aproape nimeni pe acolo în timpul orelor. Zvârcolirile mele îl amuzau pe Safar, simţea satisfacţie privindu-mi agonia, dar într-un final spuse:

— Ajunge! şi m-a sucit cu spatele lipit de el, îi simţeam răsuflarea pe faţă ca pe o otravă violet ce-mi picura în vene. Mi-a imobilizat ambele braţe în aşa fel încât el să aibă o mână liberă pe care o vârî într-un buzunar din care scoase un recipient suspect şi, cu satisfacţie, zise: Fan-Clubul îţi trimite un cadou!

Am înţeles. În sticluţă avea acid sulfuric! Am îngheţat de spaimă, eram toată un sloi de gheaţă lila. Viaţa mea urma să fie distrusă într-un mod ireversibil şi îngrozitor, după care, cel mai probabil urma să fiu violată, iar dacă bestia din Safar nu va fi satisfăcută cu atât, ucisă. Dar oare mai conta violul sau moartea după ce îmi topea carnea de pe oase?

Cât se chinui el să deschidă capacul cu o singură mână, o voce robotică sparse tăcerea:

— Pericol identificat, fotografie capturată, locaţie trimisă, se apelează Kai.

Lolita, care chiulise de la sport şi venise să aducă cerbului câţiva morcovi, avea un dispozitiv de siguranţă atârnat de gât ce făcea update permanent către fratele ei şi era setat astfel încât dacă ea apăsa butonul de panică, Kai primea instant coordonatele ei şi o fotografie cu situaţia.

Momentul de confuzie al lui Safar a fost şansa mea, am realizat că trebuia să lupt pentru propria-mi viaţă şi am ieşit din starea catatonică în care mă ţintuiseră lanţurile cele mov. Am început din nou să ţip şi să mă zbat. Mi-am eliberat o mână şi l-am lovit, făcându-l să scape sticla care, înainte de a se fărâmiţa pe podea, s-a vărsat, o parte, undeva pe el şi un strop pe clavicula mea. Durerea incredibilă a luat forma unui tsunami albastru ce a făcut implozie în interiorul meu şi totuşi, eram uşurată că Safar nu-mi turnase acidul pe faţă, după cum intenţionase.

Călăul amator se zvârcolea de durere în ţărână. Eu am fugit afară unde am întâlnit-o pe Lolita terifiată. Niciuna dintre noi nu era capabilă să raţioneze pe moment, am plâns o vreme îmbrăţişate şi imediat după aceea a apărut Kai, care se pare că nu era departe când primise SOS-ul surorii sale. Mi-a făcut rost de nişte pantaloni, puţin mari, dar de fete, după care a condus-o pe sora lui în clasă.

Nu eram capabilă să mai particip la ore în acea zi. M-am dus, fără să mă gândesc, în zona parcului şi m-am aşezat la baza castanului cel mare. Cumva, când aveam necazuri, acel loc mă atrăgea, îmi lăsa o vagă senzaţie de alinare. Zero m-a sunat de cel puţin douăzeci de ori în acea zi, nu am avut putere să îi răspund. În ciuda faptului că-mi fusese alături de multe ori, nici măcar lui nu-i puteam împărtăşi prin ce tocmai trecusem...

Spre seară, m-am dus acasă. Stătusem întreaga zi nemişcată, fără să mănânc sau să beau ceva, încercând să-mi sortez gândurile.

Deşi în mod normal Zoto îşi făcea apariţia mai târziu, de această dată l-am găsit aşteptându-mă îngrijorat în prag. Abia dacă am reuşit să-l bag în seamă, eram epuizată, aveam nevoie să dorm. Aşa cum eram, m-am prăbuşit în pat, dar... de fiecare dată când închideam ochii vedeam privirea sadică a lui Safar, rânjetul lui sinistru, simţeam atingerea lui ce-mi provoca silă, cu tot cu milioanele ei de păianjeni şi respiraţia ce-mi sufla venin în suflet.

Zoto se pisicea într-una pe lângă mine miorlăind a jale, l-am lovit cu piciorul:

— Lasă-mă! Nu suport să te mai uiți la mine cu ochii ăstia de cristal! Identici cu ai lui... să mă privești cu ochii lui! Îl urăsc! Of, cât îl urăsc! Degeaba spune Zero să nu îl învinovățesc pentru că totul, totul e din vina lui! Din cauza lui Dante pătimesc zilnic tot felul de mizerii din partea Fan-Clubului! Din cauza lui Dante am început să fac asta! am urlat punând mâna pe o lamă și începând să-mi crestez adânc interiorul coapselor, fără să mă sinchisesc de sângele cald ce-mi șiroia pe picioare. Din cauza lui Dante am fost azi la un pas de a fi mutilată! am continuat. Mutilată! Safar a vrut să-mi toarne acid pe față! Și bonus, se gândea să mă violeze! Îl urăsc pe Dante! El e sursa tuturor relelor! Nu îmi doresc decât să dispară din viața mea! Definitiv!

Zoto miorlăia la aceeași intensitate cu strigătele mele și probabil că erau lacrimile mele ce îmi împăienjeneau privirea, dar în acele clipe, aș fi jurat că ochii lui, ca cerul senin, erau capabili să plângă.

— Iartă-mă, micuțule! i-am șoptit atingându-l tandru pe cap, după care m-am încuiat în baie, singură, în timp ce motanul a rămas de cealaltă parte a ușii, zgâriind-o și mieunând disperat.

Cada s-a umplut repede sau așa mi s-a părut mie. Nu mă gândeam la nimic, nu îmi doream nimic. Tânjeam după liniște, pace. În acele momente, în sufletul meu se afla o liniște de mormânt, mormânt... ce mă chema la el, mă striga pe nume cu o voce ispititoare. Nu mai existau nici Hanzo, nici Ratko cu Azaria, nici promisiunea Catalinei, nimic, doar un gol nesfârșit, o liniște tentantă ce mă ademenea, așa că m-am cufundat în ea și am început să simt cum se scurge întreaga suferință din mine și cum mă scurgeam eu din această lume.

O bubuitură înfundată. Două brațe tremurânde mă smulg din liniștea cu care începusem să mă contopesc, presiune în piept și apă ce-mi ieșea pe gură și pe nas cu o senzație înțepătoare, din nou întuneric.

Când am deschis din nou ochii, l-am zărit pe bunicul în pragul ușii cu Zoto ce-l trăgea cu dinții de pantaloni, părea că motanul îl chemase. O pereche de ochi de cristal m-a împins spre moarte și o altă pereche m-a salvat.

Hanzo mi-a acoperit goliciunea fără să observe nici arsura de acid şi nici coapsele automutilate. Speriat, m-a întins pe pat.

— Lisa! Vorbeşte cu mine! Nu închide ochii! Eşti bine?

Greoi, am ridicat pleoapele:

— Sunt bine bunicule, am adormit în apa caldă, o prostie, ştiu... poate pentru că nu am mâncat nimic azi...

— Iar nu mănânci? scânci uriaşul, era să te îneci din cauza anemiei! mă dojeni trist.

Era convenabil, anemia avea să fie vinovatul oficial pentru tentativa mea de suicid.

— Promit că nu mai fac, m-am forţat să zâmbesc.

— Mergem la spital?

— Nu Hanzo, sunt bine, serios, am nevoie doar de somn.

— Sigur? insistă neîncrezător.

— Sigur, am menţinut cu greu zâmbetul forţat.

—Bine, dar mâine vom face investigaţii. Uite telefonul lângă tine, în caz de ceva, la noapte... deşi, am văzut că te poţi baza pe blănosul ăsta.

— Da, iubitul meu Zoto e minunat, am spus regretând lovitura cu piciorul pe care i-o administrasem mai devreme pentru singura vină de a avea ochii identici cu cei ai lui Dante.

— Hei, ce s-a întâmplat cu uşa de la baie?

— Credeam că tu ai spart-o ca să mă scoţi de acolo, am răspuns greoi înainte de a fi răpusă de oboseală şi a mă cufunda într-un somn greu, fără vise.

13 Mai

A doua zi, Hanzo nu m-a lăsat să plec la cursuri până ce dr. Tamir nu m-a examinat şi şi-a dat acordul. Anemia a fost găsită vinovată pentru incident şi mi s-a interzis să mă mai îmbăiez în apă de peste 30°C. M-am prefăcut voioasă şi vioaie pentru a nu-i îngrijora, însă îmi tremura carnea pe mine deoarece, de fiecare dată când clipeam, îmi apărea înaintea ochilor privirea psihotocă a lui Safar.

Ajunsă la Academie, nu m-am mai ferit de membrele cunoscute ale Fan-Clubului, eram cu ochii în patru după torţionar, chiar dacă eram conştientă că atacul avusese loc la ordinul clubului.

Din fericire, Safar nu se zărea nicăieri, nici măcar în clasă nu era. Locul lui gol mă înfricoşa. Simţeam cum porneau dinspre el zeci de biciuri violet ce îmi plesneau obrazul, reamintindu-mi constant că, fără intervenţia Lolitei, la ora aceea, nu aş mai fi avut o faţă! M-aş fi topit ca manechinele de ceară de la muzeu, numai că ele puteau fi refăcute, eu nu...

La prima oră, domnul Turadi a făcut două anunțuri neașteptate, din motive numai de el știute, Dante a fost înlocuit, din funcția de coleg de sprijin, cu Lolita, o măsură care-mi convenea de minune. Eram hotărâtă să-i înapoiez chiar a doua zi toate caietele. Recunosc că materialul primit de la el mă ajutase enorm, dar în ritmul în care absentam eu, nu eram sigură că mă mai putea ajuta ceva... Nu mai eram convinsă că puteam termina Academia, îndeplinindu-mi astfel jurământul făcut la mormântul Catalinei. Mă uram pentru că începeam să accept această posibilitate, dar lucrurile îmi scăpaseră rău din mână. Nu puteam controla tot ce se întâmpla și începeam să sper că draga mea Catalina avea să mă ierte în caz de eșec.

Cel de-al doilea anunț a fost și mai bine venit. Aparent, Safar se retrăsese subit de la școala noastră. Decizia o luase de dimineață, după ce a fost găsit bătut rău pe o alee și, neavând pe nimeni în Resao să îl îngrijească, s-a hotărât să se întoarcă definitiv în orașul lui natal. Nu simțeam nicio părere de rău pentru el, ba mai mult, mă bucuram enorm că dispăruse din peisaj, astfel, puteam respira mai ușor.

La pauză, i-am mulțumit corespunzător Lolitei pentru tot și i-am transmis recunoștința mea și lui Kai care era absent, totul sub privirile veninoase ale Yolettei care revenise în forță.

În timpul orei de geografie, a avut loc un episod deosebit de ciudat în clasa noastră. Profesoara, domnișoara Malvina, a intrat la oră ca o furtună și a trântit, cu ciudă, catalogul de catedră. Așa, nervoasă, în ciuda faptului că era o tânără foarte frumoasă, era de-a dreptul înspăimântătoare. A început să facă prezența și, ajungând la el, l-a strigat pe Dante de vreo zece ori până ce Zero a zis exasperat:

— Dar e chiar aici, nu-l vedeți?

— Îl văd, dar nu răspunde, am să îl pun absent!

— Nu răspunde pentru că doarme, spuse Yolette satisfăcută de ocazia de a se băga în seamă.

— Și de ce doarme la ora mea?!

— El doarme cam la toate orele, vorbi pe un ton firesc Arut, în naivitatea lui, nu era nimic în neregulă cu asta.

— Ei bine, nu la a mea! Dante Felidae, trezirea! Eşti cu noi sau ieşi din clasă? o venă urâtă îi pulsa violent domnişoarei Malvina pe frunte.

— Sunt aici!

Băiatul mormăi somnoros ridicându-şi capul cu păr portocaliu şi ciufulit de pe bancă, după care se întinse scoţând nişte sunete atât de adorabile încât ar fi trebuit interzise prin lege... şi nici chipul lui pe jumătate adormit nu avea cum să te lase indiferent... mă uram pentru gândurile astea!

— Bine!

Profesoara îşi impuse să se calmeze în timp ce continua să facă prezenţa, după care începu să predea o nouă lecţie. Ne-a făcut pe tablă un desen complicat pe care avea pretenţia să îl copiem pe caiete. Şi ea muncise ceva la el, ce şanse aveam noi să ne iasă?

Când s-a întors cu faţa către clasă, a observat că Dante dormea din nou şi a început să scoată flăcări pe urechi. S-a dus direct la banca lui şi a izbit cu palma în masă, chiar lângă urechea lui, Dante a tresărit.

— Caietul, acum! Ce ai scris?

— Nimic, îmi pare rău, spuse spăşit, lăsând capul în pământ şi părul acela neobişnuit i-a căzut pe faţă, ascunzându-i privirea. Probabil pentru că nu-i putea vedea ochii, domnişoara Malvina a presupus că era ironic, că scuzele lui nu erau reale, aşadar s-a întors la catedră şi a deschis catalogul:

— Să vedem ce ştii băiatule, de-ţi permiţi să dormi la oră şi asta după ce te-am avertizat!

— Întrebaţi orice doriţi, replică el calm, dar poziţia corpului nu îi mai era spăşită, umilă, ci era pregătit să o înfrunte.

— Tu îţi baţi joc de mine? Mă sfidezi pe faţă? Voi din familia Felidae vă credeţi atât de speciali! Aveţi senzaţia că regulile nu vi se aplică, că sunteţi mai presus decât ceilalţi, că puteţi face ce vreţi, când vreţi şi nu contează cât rău faceţi în jurul vostru! profesoara urla şi vena aceea îi pulsa tot mai urât, toate trăsăturile ei finuţe dispăruseră, se congestionaseră până în punctul în care părea un trol furios.

— Domnişoară profesoară, vă rog politicos, dacă aveţi o problemă cu familia mea sau cu un membru anume al acesteia să o rezolvaţi în particular, nu să vă vărsaţi furia pe mine.

Nu aveai cum să nu respecţi demnitatea cu care rostise aceste vorbe. Toată clasa îl privea încremenită, cu excepţia lui Deuce ce privea spectacolul distrându-se copios.

— Mai eşti şi obraznic! Da! Am o problemă cu familia ta şi cu toţi membrii ei! Doar pentru că donaţi sume considerabile Academiei Etnare nu înseamnă că sunteţi stăpâni aici!

— Nu am insinuat aşa ceva!

— Gura! Spune, care sunt vecinii Ildemei, situaţia lor economică, forma de guvernământ, principalele resurse şi punctele cu cea mai înaltă şi cea mai joasă altitudine a fiecăruia?

Întrebarea nu era uşoară şi Malvina nu se aştepta ca Dante să-i răspundă instant şi fără efort. A continuat să-l bombardeze cu întrebări din ce în ce mai grele, din toată materia, chiar şi din cea a anilor precedenţi, iar el răspundea corect de fiecare dată, fără ca măcar să stea pe gânduri. Era de-a dreptul uimitor. Văzându-l astfel, înţelegeai de ce intrase la Academie cu scor perfect, nu avea legătură cu familia sa, cum ar fi putut suspecta unii rău-voitori, fusese în întregime meritul minţii sale sclipitoare.

Rămânând fără întrebări, probabil şi pentru că era prea nervoasă pentru a mai putea formula altele cu grad ridicat de dificultate, încercarea ei de a îşi umili elevul eşuase, deci profesoara a început să urle fără sens.

— Acum, dacă aţi rămas fără întrebări, aş vrea să fie clar că mi-am câştigat dreptul de a dormi la ore pentru că, vedeţi, eu nu uit niciodată ceea ce aud, chiar şi atunci când dorm! Dacă mă gândesc bine, aş fi îndreptăţit să primesc şi o pernă la ora de geografie! tonul lui glaciar m-a surprins complet, nu l-aş fi crezut capabil să vorbească astfel cuiva, nu după felul lui aiurit şi amabil de a fi.

— Nesimţitule! Cum îţi permiţi?!

— Eu ţi-am vorbit frumos! o avertiză apăsat, apoi, în bătaie de joc, adăugă: dacă erai mai drăguţă cu mine, îţi puneam o vorbă bună la Domingo şi, cine ştie, poate se întorcea la tine, acum, nicio şansă, poţi să îţi iei gândul de la asta. Îţi garantez eu! cuvintele erau livrate cu o răutate de care nu l-aş fi crezut niciodată în stare.

— Cum îndrăzneşti? ţipă ea şi se repezi la el cu palma ridicată, băiatul nu a făcut niciun gest pentru a se feri, dar sclipirea ameninţătoare a ochilor de cristal a paralizat-o pe Malvina cu mâna în aer.

— Dacă mă atingi, vei regreta!

— Cine te crezi? Am să îţi chem părinţii la şcoală, chiar acum!

— Asta nu se va întâmpla, oftă el deja plictisit de situaţie.

— Mai vedem noi! ameninţă ea printre dinţi.

— Dante nu are părinţi, vorbi senin Deuce.

Informaţia şocantă nu era o noutate numai pentru mine, judecând după murmurele de pe buzele tuturor. Dezvăluirea nu l-a lăsat indiferent nici pe cel în cauză, umerii i-au căzut în clipa în care a auzit, spusă în gura mare, această durere personală.

— Nicio problemă! Vine altcineva, reprezentantul lui legal, oricine ar fi, trebuie să fie un adult la voi acasă, unul în faţa căruia să răspundă acest individ! se adresă ea mai mult lui Deuce.

— Desigur, e bunicul şi nu numai, dar nu va veni nimeni pentru că...

— Deuce! Ajunge! îşi avertiză Dante vărul care era pe punctul de a divulga informaţii private legate de familia lor.

— Pentru că ce? întrebă iritată profesoara ce dorea să pornească o adevărată cruciadă împotriva elevului său.

— În familia noastră, toată lumea ascultă de Dante, nimeni nu îşi permite să îl tragă la răspundere pentru că...

Deuce nu a apucat să-şi ducă explicaţia la bun sfârşit pentru că

Dante, ca să îl întrerupă, a răsturnat, cu piciorul, banca lovind-o cu violenţă. Toată clasa era în şoc, el a pornit spre uşă şi Zero a dat să se ridice pentru a-l urma.

— Zero, te rog, nu, tonul îi era dureros, dar se forţă să şi-l înăsprească înainte de a adăuga: şi Deuce, îţi vei ţine gura, e un ordin!

Deşi se adresase ferm verişorului său, nu a lăsat deloc impresia că ar fi supărat pe acesta. Băiatul ce cuprindea toate stelele universului în irisul său albastru, a părăsit sala emanând amărăciune din toată fiinţa sa.

Indiferent câte întrebări, rugăminţi, promisiuni sau chiar ameninţări au fost îndreptate către el, Deuce nu a mai scos un cuvânt. Într-un final, ora de geografie a ajuns la final. Dante nu s-a mai întors.

La ora de educaţie fizică urma să exersăm înotul şi m-am gândit că era o activitate la care aş fi putut participa. Costumul meu de baie fusese însă mânjit cu excremente de animal. Yolette a rămas în urmă la vestiare să savureze momentul în care descopeream noua operă a Fan-Clubului.

— Ţi-a fost dor de mine?

— Chiar deloc! i-am răspuns fără vlagă, nu mai aveam energie pentru aşa ceva.

— Am auzit că ai fost norocoasă, stai liniştită, nu se va repeta! zise rar, accentuând fiecare cuvânt şi plecă.

Am început să plâng. Agresiunea lui Safar era mult prea recentă în amintirea mea. Corpul îmi era cuprins de un tremur necontrolat numai la auzul acelei aluzii şi mă simţeam cuprinsă într-o pâclă violet-maronie. O senzaţie de scârbă mi se lipise de piele şi frica plana asupra mea, nu mă simţeam încă în siguranţă...

Am fugit în parcul şcolii, la umbra castanului ce îmi devenise zonă de confort pe teritoriul Academiei. Odată ajunsă în oaza mea, m-am lăsat să cad pe iarba moale.

— Au! am auzit un protest slab, mă aşezasem pe mâna lui Dante, care moţăia întins pe pătura de vegetaţie. Mi-a stat inima în loc când am realizat ce se întâmplase.

— Scuze, nu am știut că acest loc de bocit e ocupat, am să îmi caut altul.

Nu știu nici eu de ce am spus ceva atât de penibil și de stupid, dar lui i s-a părut hilar și l-a pufnit râsul, un râs cristalin și sincer, pornit din suflet, după care se posomorî la loc.

— Tu ești proprietara lui de drept, am să plec eu.

— Nu e nevoie, ai fost aici primul, m-am ridicat, dar înainte de a mă îndepărta, m-a prins de mână:

— Te rog, rămâi! și am rămas.

Vedeam un Dante cu totul diferit, pentru a doua oară într-o singură zi. Dante pe care îl știam eu era vesel, zăpăcit, ușor naiv, mereu picat din lună, amabil cu toată lumea, grijuliu cu verișorul său, somnoros și împiedicat, mai puțin pe terenul de baschet unde era genial, fapt ce mă determina să cred cu tărie că stângăcia sa se datora neatenției.

La ora de geografie, văzusem o cu totul altă persoană: un tip arogant, sigur pe el, intangibil, răutăcios chiar, obișnuit ca cei din jur să i se supună, un individ cu voință de fier ce ieșise subit la suprafață șocându-ne pe toți. Mi-am spus atunci, pe post de explicație, că fiecare dintre noi avem o latură întunecată, a mea se manifesta prin automutilare, până și blândul Ratko avusese o ieșire în acea seară...

Privindu-l însă, la umbra castanului, nu îmi părea a fi niciuna dintre cele două variante de Dante întâlnite anterior. Atitudinea ostilă din clasă dispăruse, dar nici veselia caracteristică nu se zărea nicăieri, era mohorât. Tristețea lui era deprimantă, nu i se potrivea postura aceea ghemuită, cu genunchii la piept și privind în gol. Mi s-a părut mai absurd ca niciodată că avea un Fan-Club, chiar nu arăta a cineva care ar avea așa ceva. Într-adevăr, Dante e un tip modest. Nu m-am putut abține să nu îi analizez îmbrăcămintea simplă: blugi clasici, puțin tăiați din fabrică, câteva brățări de piele pe mâna stângă, un tricou negru, fără imprimeu, o pereche de adidași cu ușoare semne de uzură și o șapcă verde, îndesată peste freza sa de skater boy, contrastând puternic cu portocaliul natural al părului său. Nu înțelegeam ce era atât de special la el și mă întrebam, cu o ușoară malițiozitate, ce ar spune Fan-Clubul dacă l-ar fi văzut pe adoratul lor în acea stare ce inspira milă.

Ochii aceia, ce cuprindeau misterul a nenumărate galaxii, erau plini de lacrimi reținute cu greu. Mă făceam că nu observam acest lucru pentru că nu știam ce ar fi trebuit să spun într-o asemenea situație. Liniștea apăsătoare a fost întreruptă de un oftat dureros, pornit din adâncul ființei lui. S-a rușinat imediat ce sunetul a fost eliberat și și-a tras repede șapca pe față, cu un gest copilăresc, pentru a se ascunde.

— Poate te-ar ajuta să fumezi, am auzit că e relaxant, mi-am dat eu cu părerea, habar nu aveam cum să consolez pe cineva.

— Huh? Dar eu nu sunt fumător, replică mirat ridicându-și din nou șapca.

— Cum nu? Te-am văzut...

— Oh! Nu fumam atunci, făceam vape. E un hobby al meu. Sunt destul de bun. Am să îți arăt într-o zi, zise cu o certitudine care m-a frapat puțin.

— Mulțumesc, cred! eram nelămurită pentru că nici nu știam ce înseamna vape, nici nu eram convinsă că îmi doream să aflu și mai ales, nu înțelegeam de ce Dante vorbea despre mine și el, la viitor, făcând ceva împreună.

— Sunt sigur că am părut un ticălos în clasă, dar îți promit, eu nu sunt așa... Nu e nevoie să fi în gardă în preajma mea, vorbi din nou cu amar.

— Ok... pesemne că a confundat privirea mea holbată, de mirare cu una încremenită, de teamă, sau ceva în genul acesta. Nu i s-a părut suficient, nu mă simțea lămurită așa că a continuat cu același ton ce-i trăda suferința:

— În mod normal, aș fi lăsat-o să spună tot ce vrea, să își verse nervii pe mine, aș fi ignorat-o și atât... dar nu am putut să o fac, nu azi! scânci, m-am făcut că nu aud.

Am fost oarbă față de lacrimile lui și surdă la gemetele ce trădau calvarul sufletului său și nu din răutate, ci pentru că nu știam ce altceva să fac...

— E doar impresia mea sau tu știi exact motivul pentru care profesoara de geografie era nervoasă? am încercat să analizez rațional evenimentul.

— Oarecum. S-a luat de mine din cauza lui Domingo. Și el e profesor aici, predă chimia la clasele mai mari. L-am auzit ieri zicând că vrea să se despartă de Malvina, ei doi au fost împreună câțiva ani, sunt destul de sigur că de aici a pornit totul.

— Și ce treabă ai tu cu despărțirea lor? Stai! Cum ai auzit tu, un profesor, spunând ceva atât de personal?

— A spus-o acasă. Acum înțelegi? Și Domingo îmi e văr și locuiește uneori în conacul familiei Felidae, din Resao, cu mine și Deuce.

— Wow! Casa ta trebuie să fie imensă! am reacționat ca un copil mic.

— Este! Poate într-o zi am să... lasă!

— Poate, ce?

— Nimic. Las-o baltă, te rog...

Pentru a schimba subiectul, care în mod clar îl deranja, m-am trezit spunând ceva nu foarte drăguț:

— Știi, ai și tu partea ta de vină. Nu trebuia să dormi la ore. În ultimul timp mai ales, dormi cam la toate orele. De ce faci asta? l-am dojenit de parcă aș fi fost îndreptățită să o fac.

— Nu mă pot abține, mă trezesc foarte devreme... și nu e ca și când dorm întreaga oră, pur și simplu ațipesc din când în când, se justifică rușinat de faptul că moțăia ca un bătrânel, dar deloc deranjat că-l luasem la rost.

Era ciudat cum conversația curgea de la sine, nu mă simțeam deloc stingherită de prezența lui, deși trebuie să recunosc că nu sunt cea mai sociabilă persoană din lume. Se simțea atât de... natural! Nu puteam scăpa de senzația de deja-vu, dar nu în forma originală, ci materializată ca o impresie că făcusem asta de nenumărate ori.

— Ai zis că azi nu ai putut să te abții, ce e diferit azi față de altă zi? l-am întrebat direct, fără rețineri, de parcă ar fi fost ceva firesc ca el să-mi dezvăluie mie gândurile sale.

O rafală de vânt se porni pe neașteptate luându-i pe sus șapca lui Dante și ciufulindu-i șuvițele portocalii. Florile castanului foșneau suav lovindu-se una de alta, o parte din ele s-au rupt și au căzut asupra noastră, amândoi aveam flori în păr, deși pe moment, nu am realizat asta, fiecare crezând că doar celălalt le are. Am rămas astfel pentru că niciunul dintre noi nu îndrăznea să-l atingă pe celălalt pentru a le îndepărta.

Cu un ton dureros, ghemuindu-se și mai strâns, îmbrățișându-și genunchii, răspunse:

— Azi e 13 mai... tu nu știi ce înseamnă asta...

— Am auzit ceva prin școală! Îmi cer scuze pentru întârziere: La mulți ani!

— Da, și asta.... aruncă o privire fugară telefonului și abia își mai stăpânea lacrimile.

— S-a întâmplat ceva?

— Da! Nu există loc pentru mine în inima celor pe care îi iubesc! Eu îi iubesc, ei mă urăsc! tonul îi era plângăcios și plin de amărăciune.

— Îmi pare rău, e tot ce am putut spune, dar nu a părut mulțumit pentru că s-a uitat urât la mine înainte să mârâie:

— Las-o așa!

— Și totuși, ce e în 13 mai, în afară de ziua ta? Ce te-a demoralizat în halul ăsta? am insistat pentru că aveam convingerea stupidă că dacă îmi va mărturisi sursa durerii sale, îl voi putea ajuta în vreun fel.

— E ziua în care a murit tatăl meu sau, mai corect spus, e ziua în care l-am ucis! nu pot descrie expresia plină de agonie de pe chipul lui când a rostit aceste cuvinte, ți se fărâmița sufletul văzându-l.

— L-ai ucis? am întrebat deloc convinsă de afirmația lui.

— Da! L-am ucis... Ca eu să mă nasc, el a trebuit să moară! Tatăl meu a plătit cu viața venirea mea pe lume. A murit în clipa în care eu m-am născut. L-am ucis! Şi pentru asta, mama nu m-a iertat niciodată. Mă urăşte! Sau poate că nu?... Dar oricum, nu o lasă inima să îmi ureze un „la mulţi ani", ceva ce tu mi-ai spus atât de simplu. Nu mi-a urat asta niciodată şi nici nu îmi va ura, pentru că celebrând naşterea mea, ar însemna să sărbătorească moartea lui, iar ea nu va face asta! Dante plângea cu telefonul în mână, strângându-l spasmodic şi privindu-l intens, parcă implorându-l să sune. Nu a sunat.

— Dante...

— Nu am dreptul la o zi de naştere, data de 13 mai este rezervată durerii, plângerii şi regretelor, dar chiar şi aşa, nu a fost suficient pentru ea... Mi-a interzis să mă apropii de mormântul tatălui meu în ziua comemorării morţii sale... Nu am dreptul să-i duc o floare, să-i aprind o lumânare... Nu am dreptul la nimic, nici la bucurie, nici la lacrimi!

M-am trezit mângâindu-l pe cap, în semn de consolare, chiar m-am ridicat în picioare pentru a face acest lucru. Am fost surprinsă, Dante avea cel mai mătăsos păr pe care îl atinsesem în întreaga mea viaţă. Gestul meu nu l-a surprins, nici nu a părut deranjat de el, în schimb, ce am putut scoate pe gură, sunt sigură că nu i-a picat bine:

— Credeam că tu nu ai părinţi; nu am idee de ce, dintre toate lucrurile pe care aş fi putut să le spun, am debitat tocmai asta.

— Cum vine asta? Normal că am, doar că tatăl meu e mort şi mama mea nu mă suportă, mă urăşte, ar vrea să dispar din viaţa ei, definitiv! În starea în care se afla, dacă aveai suflet, era imposibil să nu simţi compasiune pentru Dante, din cauza situaţiei lui nefericite şi a glasului ce trăda o suferinţă lăuntrică imensă. Pentru mine însă, să-l aud rostind exact cuvintele pe care le spusesem eu însămi, cu o seară înainte, despre el, a avut efectul unui întrerupător ce m-a făcut să îmi retrag mâna automat.

Ce naiba făceam? Hotărâsem că îl uram pe Dante! Sigur, îmi era milă de el, dar starea lui lugubră dura o zi pe an, eu treceam prin iad zilnic, din cauza lui! Ce era în neregulă cu mine? Să stau la poveşti cu Dante? Să îl ating? Dacă mă vedea cineva? Aş fi fost moartă! Moartă... Amuzant, nu trecuseră douăzeci şi patru de ore de când încercasem să-mi iau viaţa, de când am luat decizia de a renunţa la darul vieţii şi acum îmi făceam griji pentru siguranţa mea. Mi-am spus că, tentativa de suicid, nu a fost o decizie conştientă, nu m-am gândit la asta, corpul meu a funcţionat maşinal în acest sens. Organismul meu a ales liniştea, sfârşitul calvarului, a decis în locul meu şi a acţionat în consecinţă.

Nu eram în măsură să fiu empatică faţă de alţii când propria-mi existenţă era jalnică şi, mai ales, cum aş fi putut să am astfel de sentimente faţă de sursa tuturor problemelor mele? Am fost la un pas de a fi desfigurată din cauza lui Dante! Cum a putut să-mi iasă din minte treaba asta? Amintirea atingerii lui Safar, usturimea arsurii acidului sulfuric, sperietura, posibilitatea ca faţa să-mi fie topită, la propriu, m-au cuprins ca într-o febră. M-am apucat cu mâinile de cap şi am început să ţip.

— Ce ai păţit? îşi ridică el privirea îngrijorat.

— Nimic! Lasă-mă! Pleacă! Dispari! am urlat mai mult către iluziile din capul meu, ce erau îngrozitor de vii, decât către el. În mod normal, nu aş fi spus nimănui ceva atât de urât.

În mod bizar, făcând abstracţie de strigătele mele ce-l îngrijoraseră cu numai câteva clipe mai devreme, atenţia lui s-a mutat într-un loc complet neaşteptat:

— Ce-i cu astea?

M-a luat complet prin surprindere, nu doar întrebarea, ci mai ales faptul că-şi vârâse mâna între picioarele mele atingând rănile proaspete ce nu avuseseră timp să se cicatrizeze şi aveau doar o pojghiţă subţire. Sunt destul de sigură că fusta mea nu era suficient de scurtă pentru ca acestea să fie vizibile, chiar şi de jos în sus. Nu avea cum să le fi văzut, nu? Şi totuşi, iată-l, atingându-mă între coapse, fapt ce-mi provoca o durere uşoară, dar în acelaşi timp, spre deosebire de

Safar, apropierea de Dante nu îmi stârnea repulsie, dimpotrivă, mă încercau niște senzații stranii, într-un mod plăcut, probabil pentru că el mă atingea într-un astfel de loc.

— Cum îți permiți? am reacționat de îndată ce am reușit să scutur șocul și l-am plesnit peste obrazul stâng.

Privirea i se îngustă, dar nu zise nimic cu privire la lovitura încasată, în schimb, pe un ton dur, mi-a zis:

— Răspunde la ce te-am întrebat! îmi vorbea de parcă îi datoram explicații, ca și cum era ceva firesc să mă tragă la răspundere în privința faptelor mele. Nu îmi venea să cred ce se petrecea.

— Chiar nu e treaba ta! m-am întors să plec, dar a sărit în picioare, m-a apucat de braț și m-a smucit să mă întoarcă înapoi cu fața spre el, în timp ce eu mă trăgeam în direcția opusă, sau cel puțin așa cred, pentru că nu s-a întâmplat asta, ci ne-am dezechilibrat și am căzut amândoi. În alte circumstanțe, mi s-ar fi părut haioasă scena.

Dante s-a prefăcut că exact asta dorise de la început și și-a încleștat mâinile pe încheieturile mele, imobilizându-mă. Mă strângea foarte tare și îi simțeam degetele ca niște gheare, parcă înfipte în carnea mea, chiar dacă nu mă zbăteam. Eram prea vexată, pur și simplu nu înțelegeam cum se ajunsese la așa ceva. El se afla deasupra mea și era furios, îi simțeam greutatea peste trupul meu și o fierbințeală plăcută mi se răspândea în corp din această cauză. Nu mă mai aflasem într-o ipostază atât de intimă cu un băiat pentru că asta era într-adevăr o ipostază intimă și nu o simplă pironire ca în cazul lui Safar.

Cristalul ochilor îi era tulbure, tot atunci, privindu-l față în față, de aproape, am descoperit că avea pistrui și acest lucru mi s-a părut adorabil, până ce am realizat că e ultimul lucru din lume la care ar fi trebuit să mă gândesc într-un astfel de moment.

— Spune-mi, de ce îți faci asta? zise aproape rugător de această dată, ceea ce m-a debusolat și în loc să-i reamintesc că asta nu îl privește, i-am răspuns :

— De unde știi că eu am făcut-o?

IUBITUL MEU, MOTANUL

— Pentru că ţi-am întâlnit familia, ai tăi nu sunt capabili să îţi facă rău! Şi dacă ar fi fost opera altcuiva, te tăia pe mâini, pe faţă, nu acolo! Atât de multe cicatrici... De ce te chinui singură? striga strângându-mă tot mai tare.

— Lasă-mă! Vezi-ţi de treaba ta!

— Doar cei ce nu îşi preţuiesc viaţa se rănesc singuri! se înflăcără.

— Şi cine spune că eu mi-aş preţui-o? i-am strigat în faţă.

— Şi de ce nu o faci?? Pasul următor va fi să încerci să îţi iei viaţa! nu am idee de ce el era atât de pornit sau de ce eu i-am dezvăluit asta:

— Am încercat deja! Şi poate am să mai încerc!

— De ce faci asta? Răspunde-mi! mă scutura cu o disperare pe care nu o înţelegeam.

Ţipam unul la altul fără să ne mai pese că ne-ar fi putut auzi cineva. Într-un final, sătulă de urletele lui şi mai ales pentru a nu mă mai zgâlţâi, am strigat:

— Din cauza ta! şi Dante se opri instant, eliberându-mi mâinile şi, amărât, ceru o asigurare că auzise bine:

— A mea?

— Da! A ta! Totul e din vina ta! Din cauza ta mă tai cu lama, din cauza ta sunt bătută, din cauza ta am vrut să mor, din cauza ta Safar a încercat să mă mutileze! Totul ar fi perfect în viaţa mea dacă tu, Dante, ai dispărea pentru totdeauna! îi spuneam totul cu o răutate de care nici nu ştiam că sunt capabilă şi mă răcoream cu fiecare „săgeată" pe care o înfigeam în el.

După ce-l privisem plângând cu lacrimi amare, după tot ce-mi spusese despre mama lui, nu ar fi trebuit să îl atac astfel. Ar fi trebuit să mă simt vinovată, în definitiv, nu putea fi considerat răspunzător pentru faptele Fan-Clubului, dar pentru mine, nu mai conta acest aspect. Nu era vina lui, dar îl împroşcam cu venin ca şi cum ar fi fost. Toată furia lui fusese înlocuită de o tristeţe nemărginită. Lacrimile i se îngrămădiră în ochi, dar nu plângea. Dante arăta de parcă întreaga lume se prăbuşise asupra lui, parcă se întreba ce făcuse, parcă şi el se acuza singur, în rând cu mine. Nu s-a justificat nicicum, nu a încercat să se dezvinovăţească, nimic. Era ca şi cum îşi accepta vina şi era de acord cu toată otrava ce i-o turnam în ureche.

Am rămas nemişcaţi câteva clipe după ce am terminat cu acuzele, atunci, dintr-o dată, m-a sărutat şi, scâncind, întrebă:

— Mă urăşti?

Nu am să uit niciodată chipul lui apropiindu-se, parfumul lui suav-masculin şi buzele acelea moi ce s-au presat tremurânde de ale mele în timp ce o lacrimă ce nu-mi aparţinea, îmi căzuse pe obraz. A fost primul meu sărut, totuşi, i-am răspuns:

— Da! Te urăsc mai mult decât orice altceva pe lume şi tot ce îmi doresc e să dispari!

— Bine! e tot ce am mai auzit de la el, vocea îi era sfâşietoare, apoi s-a ridicat de deasupra mea şi a plecat în linişte, fără să privească în urmă. Nu aveam idee cum şi de ce, dar ştiam că l-am rănit, simţeam tragicul evenimentelor ce tocmai se încheiaseră. Nu eram deloc mândră de mine...

M-am întors în clasă, el nu. Cu cât trecea mai mult timp, cu cât mă gândeam mai intens la cele întâmplate precum şi la evenimentele anterioare, cu atât o pâclă roşie îmi acoperea ochii.

Până ce am ajuns acasă, furia preluase controlul. Din fericire, Hanzo era plecat în oraş cu Elda, nu aveam starea necesară pentru cocoloşeala lui. Tot ce îmi doream era să dorm cu Zoto în braţe şi să visez la viaţa liniştită pe care nu credeam că o voi avea vreodată, cel puţin nu pe durata următorilor patru ani.

Zoto nu se zărea pe nicăieri. Am început să-l caut, era în curte, dar avea o atitudine evazivă, părea că şovăie să se apropie de mine. Cu greu m-a lăsat să-l ating, lăsa impresia că se sălbăticise din nou, tremura. Mă întrebam dacă fusese bătut de vreun alt motan sau de un vecin cu suflet rău, dar... el se purta ca şi cum eu eram cea care-i făcuse rău!

Într-un final l-am împăcat şi ne-am întors în universul nostru perfect, format numai din noi doi. Bineînțeles că am ajuns să mă plâng din nou, i-am spus că m-am săturat de tot, Fan-Clubul nu pierdea nicio ocazie să lovească în mine, Safar a fost la un pas de a mă desfigura și cireașa de pe tort, Dante însuși m-a atacat. Mi-a ascultat ghemuit această nouă tărășenie și când am terminat, a început să își frece capul de mine, mă mângâia în felul lui. L-am îmbrățișat și pe jumătate adormită, i-am spus:

— E în regulă, eu doar pe tine te iubesc, dar... mâine voi accepta oferta lui Zero.

În ultimele paisprezece ore

„Don't speak, I know just what you're sayin'
So please stop explainin'
Don't tell me 'cause it hurts
Don't speak, I know what you're thinkin'
I don't need your reasons
Don't tell me 'cause it hurts"
- Don't Speak – No Doubt

De dimineaţă, l-am găsit pe Hanzo, în bucătărie, înfoiat ca un porc spinos. Pregătise vafe pentru mine şi cafea pentru el, ambele miroseau delicios. M-am aşezat timidă la masă. Mă temeam de privirea lui arzătoare, mai exact de faptul că aceasta îmi putea pătrunde adânc în suflet. Am afişat un zâmbet larg, pe cât de luminos, pe atât de fals.

— Bună dimineaţa, Hanzo!

— 'Neaţa Lisa! Cum te simţi azi?

— Foarte bine! Şi m-am trezit cu o foame de lup! am minţit ştiind cât de important era pentru el ca eu să mă hrănesc corespunzător. Pentru a-mi susţine afirmaţia, mi-am îndesat în gură o bucată mare dintr-o vafă pufoasă, stropită cu sirop de vanilie din abundenţă.

IUBITUL MEU, MOTANUL

Corpul meu refuza hrana, stomacul mi s-a congestionat pregătindu-se să verse, în semn de revoltă, chiar dacă era gol. Mi-am astupat gura cu palmele şi cu lacrimi în ochi, m-am forţat să înghit. Bunicul nu observase nimic, era mult prea abătut.

— Eşti supărat? am îndrăznit să-l întreb direct, în speranţa că aş putea face ceva pentru omul căruia îi datoram totul.

— Nu... adică nu ar trebui să fiu. M-am împăcat cu Elda.

— Dar asta e minunat! Ştiam că v-aţi întâlnit zilele astea şi speram din toată inima că veţi îngropa securea războiului. Mi-ai dat o veste grozavă! Nu înţeleg... de ce eşti mohorât?

— Când m-a părăsit... mi-a spus să nu o mai caut decât dacă sunt pregătit să încep o viaţă alături de ea.

— Îmi amintesc ceva legat de asta, dar tot nu înţeleg, de ce eşti supărat?

— Nu m-am putut abţine să nu o caut, nu am putut sta departe de ea. Cred, nu, ştiu, că o iubesc pe Elda! se înflăcără bunicul.

— Iubirea e un lucru bun din câte ştiu eu, eram confuză şi mă întrebam dacă-mi scăpa ceva.

— Da, este, dar acum, pentru că am căutat-o, pentru că am rugat-o să se întoarcă la mine, sunt destul de sigur că ea a interpretat totul ca pe o confirmare a unei căsătorii în viitorul apropiat! nu îi înţelegeam deloc disperarea lui Hanzo, dar aceasta era extrem de vizibilă.

— Şi? Căsătoreşte-te cu ea! am încercat o abordare simplă, mizând pe presupusa mea naivitate.

— Cum aş putea face asta? Am jurat! E deja destul de rău că o altă femeie mi-a furat inima, nu îi pot oferi locul Medeei oficial, legal! Cum aş mai putea da ochii cu ea pe lumea cealaltă?

— Dacă nu o faci, o pierzi pe Elda.

— Exact! Sunt disperat! Prins într-o situaţie imposibilă!

În acele clipe, Hanzo îmi amintea de unul dintre basmele copilăriei, unul ce avea un personaj ce cu un ochi plângea şi cu altul râdea. Bucuria reîmpăcării cu Elda îi lumina chipul şi vinovăţia trădării, pe care avea senzaţia că o comitea faţă de bunica, îl chinuia umbrind acea bucurie, dar nereuşind să-i ascundă în totalitate strălucirea. Sentimentele pe care le afişa bunicul erau într-o antiteză completă şi mă puneau în mare dificultate pe mine, ca interlocutor al său, pentru că nu ştiam cu ce să încep pentru a gestiona cât mai bine situaţia.

— Bunicule! am strigat dintr-o dată pentru a-i stopa agitaţia fără sens şi bombănelile haotice.

Bărbatul înalt a încremenit. Nu-i mai spusesem astfel de pe vremea când mergeam la grădiniţă. Nu ştia cum să reacţioneze.

— Ţi-am captat atenţia, bun! Şi nu fi atât de şocat, până la urmă, eşti bunicul meu, am încercat să glumesc pentru a mai destinde atmosfera. Şi tocmai pentru că eşti bunicul meu, te iubesc şi vreau să fii fericit! Toată viaţa mea, ai avut grijă de mine, ştiu că sunt încă mică şi fără experienţă, dar dacă îmi permiţi, aş vrea să asculţi puţin şi părerea mea în problema curentă. Cine ştie, poate te ajută să vezi lucrurile şi din alt unghi.

— Bine... zise nesigur.

— Răspunde-mi simplu, cu da sau nu: o iubeşti pe Elda?

— Da, foarte mult.

— Şi ea te iubeşte, ţi-a demonstrat-o în toţi anii ăştia. Elda e mai tânără şi nu are un trecut care să o bântuie, cum ai tu, dar... ca orice femeie, îşi doreşte o familie adevărată. Nu îi poţi cere să rămâneţi la stadiul de iubiţi pentru totdeauna. Elda vrea să fie mireasă şi visează la statutul de soţie. Nu e corect faţă de ea să îi refuzi acest lucru doar pentru că tu ai mai fost o dată la altar. A fost suficient de urât din partea ta că nu ai cerut-o din proprie iniţiativă, ţi-a şi spus direct că aşteaptă să faceţi pasul şi tot nu i-ai făcut pe plac, iar asta e îngrozitor! Cu toate acestea, te-a primit înapoi când ai căutat-o...

— Tu mă cerţi cumva? se înfoiară cârlionţii de culoarea scorţişoarei ai lui Hanzo.

— Nu am terminat! am zis pe un ton ferm, el s-a încruntat, dar nu m-a întrerupt. După cum ziceam, Elda vrea să fie mireasă, dar nu orice mireasă, ci a ta! Fiind frumoasă și inteligentă, sunt convinsă că, dacă își dorea pur și simplu să se căsătorească, ar fi avut dintre ce pretendenți să aleagă. Ea te vrea pe tine, iar tu ești crud!

— Da, așa e, sunt crud, o țin legată de mine degeaba, îi cer mult și nu-i ofer nimic... Și nici nu o eliberez pentru a-i oferi posibilitatea de a-și face o viață lângă altcineva. Sunt un nemernic!

— Nu, nu ești. Nu te judeca atât de aspru! Trebuie doar să ieși din pâcla amintirilor tale triste.

— O pâclă în care am tras-o și pe Elda... Zici că ar trebui să mă căsătoresc cu ea?

— Absolut!

— Am jurat că nu voi numi „soția mea" nicio altă femeie! Simt că o trădez pe Medeea!

Era pentru a doua oară în viața mea când vedeam lacrimi în ochii arzători ai acelui bărbat feroce.

— I-ai jurat Medeei asta? Ți-a cerut ea să o faci?

— Nu... am jurat mormântului ei, tonul amărât al lui Hanzo m-a marcat mai puțin decât constatarea bizarei trăsături de familie.

— Nu am cunoscut-o, nu pot spune cu certitudine, dar eu cred că bunica te-a iubit și iubindu-te, nu avea cum să-și dorească să suferi de singurătate. Adică eu, în locul ei, m-aș fi întors să te bântui, să-ți bag mințile în cap, să-ți refaci odată viața. Ai suferit destul, nu trebuie să fi martir până la sfârșit! Ai rezistat eroic, ajunge.

Hanzo a început să plângă de-a dreptul și asta chiar era o premieră pentru mine. Cu greu, vorbi:

— Nici nu ai idee cât de mare nevoie aveam să aud asta. Nu ai cunoscut-o pe bunica ta, dar am să consider tot ce mi-ai spus ca pe un mesaj venit din partea ei, pentru că îi semeni atât de mult...

L-am îmbrățișat, el m-a ridicat în brațe ca pe un copil. Nu mai făcuse asta de mult timp, dar până la urmă, eram copilul lui. Am stat o vreme astfel, până ce i s-a potolit potopul de lacrimi.

— Ar trebui să locuim împreună? întrebă dintr-o dată Hanzo, de parcă avusese o revelaţie, probabil pentru că a fost mereu setat pe refuzul unei căsnici, nu şi-a pus problema ce ar implica aceasta.

— Fireşte! nu m-am putut abţine să nu chicotesc, după care am adăugat serioasă: crezi că prezenţa mea ar deranja-o? Că nu va dori să locuiască aici, cu noi, mai exact, cu mine?

— Ce? Nu! Nici nu te gândi la aşa ceva! Elda te adoră! Mă gândeam numai la ce modificări ar trebui să fac prin casă... Stai! Dacă Elda visează să devină şi mamă nu doar soţie? părea speriat de idee.

— Hm... dacă e aşa, vei deveni tătic, felicitări!

— Nu pot face asta! I-am interzis fiicei mele să mai aibă copii ca să fac eu?

— Atunci ridică-i interdicţia şi ei, am spus hotărâtă.

— Nu te-ar deranja asta? întrebă timid, spre surprinderea mea, care mă aşteptam la o eventuală răbufnire din partea lui.

— Deloc, puteţi avea, cu toţii, câţi copii vreţi, atâta timp cât nu-i cresc eu! am început să râdem cu poftă amândoi.

Pentru că era destul de târziu, Hanzo m-a dus cu maşina la şcoală, a fost amuzant să o văd pe doamna director adjunct a Academiei lungindu-şi gâtul după bunicul.

Soarele răsărise asupra casei noastre sau, chiar mai bine, steaua iubirii îşi revărsase lumina asupra ei. Hanzo şi Elda aveau să îşi unească destinele cât de curând şi eu urma să încep o nouă etapă a vieţii de liceană, ca iubita lui Zero. Eram fericită.

Cu inima bătându-mi puternic, răsunând în clinchete de violacee, i-am trimis brunetului, înainte de a pleca de acasă, un mesaj prin care stabileam o întrevedere, după ore, lângă cuşca leopardului, exact cum menţionase el în scrisoare. Replica a sosit în secunda doi, nu scrisese nimic, Zero a trimis numai un emoji ce avea inimi în loc de ochi. Probabil că-l şocasem şi nu ştia ce să răspundă. Ştiam însă că, în mod clar, avea să fie prezent la ora şi locul stabilit.

Ajunsă la Academie, am găsit în dulapul meu nu doar curăţenie, ci şi un trandafir alb cu un bileţel pe care scria: „Voi număra minutele până la clipa mult așteptată".

Ce drăguț! Acele câteva cuvinte mi-au înseninat complet ziua. Priveam, pentru prima dată, după foarte mult timp, cu speranță către viitor.

În clasă, Zero radia de bucurie și buzele lui cărnoase au stat întreaga zi curbate într-un zâmbet larg. Se vedea de la distanță încântarea căpitanului echipei de baschet. A devenit jocul zilei încercarea de a ghici motivul bunei-dispoziții a sportivului. M-am simțit specială, nu numai că eram singura care-i cunoștea taina, chiar eu eram cauza euforiei sale.

La polul opus al băiatului cu ochii de chihlimbar, se afla Dante care ajunsese ultimul în clasă, după ce toți ceilalți s-au așezat la locurile lor. Avea un aer extenuat, mergea de parcă încălțările din picioare erau prea grele pentru el, purta un tricou foarte larg, în care părea că se îneacă și o căciulă beanie, trasă până pe sprâncene. Combinația bizară a articolului de vară cu cel de iarnă nu era cel mai frapant aspect al imaginii lui. Dante părea că îmbătrânise câțiva ani într-o singură zi, de asemenea, silueta lui se subțiase, lăsând impresia că era și cu câteva kilograme mai ușor. Pielea lui, în mod obișnuit atât de albă, cu o strălucire sănătoasă ce putea fi invidiată, pe bună dreptate, de marile companii producătoare de tratamente cosmetice, era acum pământie, avea cearcăne mari și buzele palide, având un aspect general bolnăvicios.

Cei doi prieteni nu reușeau să empatizeze deloc unul cu celălalt. Zero era mult prea fericit pentru a sesiza starea jalnică a lui Dante, iar acesta din urmă era prea deprimat pentru a remarca extazul lui Zero.

La oră, profesorul i-a atras atenția băiatului cu păr portocaliu că, potrivit codului bunelor maniere, reprezentanții sexului tare, nu trebuie să își țină capul acoperit în interior.

— Vă rog să mă iertați! s-a adresat el profesorului cu o voce lipsită de viață, însă nu a schițat vreun gest cum că ar fi intenționat să renunțe la căciulă.

Oricât de dubios ar suna, chipul transfigurat şi ochii goi îi dădeau un aer de nobleţe ce îl făcea şi mai atrăgător decât de obicei. M-am urât atunci pentru că-l consideram atrăgător pe Dante şi, mai ales, m-am urât pentru că am contribuit la căderea acelei fiinţe maiestuoase, poate chiar îi dădusem lovitura de graţie. Eram josnică, lovisem un om ce se afla deja la pământ, l-am tratat cu tot dispreţul de care eram capabilă. Simţeam cum norii gri şi grei ai tristeţii se adunau asupra mea şi cum începea să cadă din ei o ploaie maro, plină de dezgust. Eram dezgustată de propria-mi persoană.

— E bolnav, lăsaţi-l în pace, se auzi ca prin vis Deuce, acesta privea, ca întotdeauna, pe fereastră.

— Adevărul e că nu arăţi prea bine Dante, vrei să mergi la cabinet?

— Da, a replicat acesta stins şi a pornit greoi înspre ieşire.

— Ar trebui să te însoţească cineva, Zero poate? profesorul era extrem de surprins că mereu săritorul brunet nu se oferise să-şi ajute cel mai bun prieten, dar Zero era captiv într-o lume magică, în acele momente, cu unicorni şi curcubeie şi nu pricepea ce se întâmpla, era mai autist decât Deuce care interveni din nou:

— Se descurcă singur. Lăsaţi-l în pace! cu toţii îl priveam sceptici pe cel care considera că verişorului său bolnav îi va fi bine pe cont propriu, în schimb, i se părea mai important ca acesta să nu fie obligat să-şi descopere capul... Poate ştia ceva ce noi nu ştiam, suferea de vreo sinuzită sau ceva asemănător?

Dante nu s-a dus la cabinet, ştiam asta pentru că, la pauză, am simţit o chemare mistică înspre castanul meu din parc. L-am găsit dormind încovrigat la umbra copacului, în acelaşi loc unde ne-am ciocnit, cu scântei, de ziua lui. Îmi era clar că suferinţa lui era mai mult sufletească decât fizică pentru că dacă ar fi fost chinuit de o durere a trupului, ar fi dormit în patul de la cabinetul medical şi nu afară, pe iarbă... Dar de ce se dusese tocmai acolo? Poate acel castan avea o energie aparte ce-i atrăgea pe cei ca noi, cu răni pe suflet? E drept că de fiecare dată când mă refugiasem acolo, am simţit un oarecare confort, o alinare pe care nu o găseam în altă parte. Din egoism, l-am considerat „locul meu", dar adevărul e că nu-mi aparținea și se pare că mai erau și alte persoane ce aveau nevoie de efectele sale benefice. De această dată, persoana în cauză era Dante.

M-am detestat și mai mult când l-am văzut dormind astfel. Mi-am spus că era ok să-l rănesc, să-i sucesc cuțitul în rană și să-mi vărs furia pe el pentru că eu sufeream mereu în timp ce el suferea o zi pe an? De ce am fost eu atât de sigură de acest lucru? Ce știam eu despre viața acestui băiat încât să-mi permit să fac astfel de afirmații? Eram o ticăloasă!

Fan-Clubul nu avea chef să se ia de mine, probabil erau îngrijorate de starea deplorabilă a preferatului lor, așadar, ziua la Academie a fost pașnică.

După ore, mi-am făcut curaj și mi-am îndreptat pașii spre cușca leopardului. Mă întrebam de ce alesese tocmai acel loc? E drept că Matteo era vedeta Academiei Etnare, era blând și afectuos, în ciuda faptului că era un animal de pradă. Matteo a fost luat de lângă mama lui când era mititel, aceasta a fost împușcată de către vânătorii de trofee, după care, puiuțul a fost vândut pe piața neagră, unui traficant de droguri excentric. Când acesta din urmă a fost arestat, necuvântătorul confiscat a rămas fără casă. S-a pus problema eliberării în sălbăticie, dar Matteo fusese hrănit cu biberonul și dormise în pat cu stăpânul său, nu ar fi supraviețuit pe cont propriu. Guvernatorul Slovehiei în Ildema și-a folosit influența pentru a achiziționa tânărul leopard pentru fiica lui bolnavă. Între fată și animal a existat o legătură specială ce a durat câțiva ani. Eu o înțelegeam perfect pe fiica guvernatorului, și eu relaționam perfect cu o felină. Din nefericire, boala a răpus-o pe fată și tatăl îndurerat nu a mai suportat prezența necuvântătorului, i se părea chinuitoare, așa că l-a donat Academiei pentru ca Matteo să poată fi din nou iubit de copiii ce lui îi plăceau atât de mult.

Ajunsă la locul stabilit, am fost surprinsă să nu-l găsesc acolo pe

Zero. Cunoscându-l, sincer, mă așteptam să fi venit din timp și să mă întâmpine cu zâmbetul lui blând întipărit pe chip. Începeam să mă îngrijorez, nu era genul lui să întârzie... dacă ar fi intervenit ceva, m-ar fi anunțat, nu? M-am calmat spunându-mi că trebuia să fie prins cu ceva sau s-a luat cu vorba cu cineva și nu și-a dat seama cum a trecut timpul, nu exista altă variantă.

Eram eu mult prea emoționată și stresată din cauza importanței a ceea ce aveam în gând să fac, cu siguranță, de asta îmi făceam eu griji fără rost. Încercând să-mi calmez nervii, am început să număr petele leopardului ce se relaxa întins la soare. Am ajuns cu numărătoarea pe la șaptezeci și ceva când a ajuns Zero.

— Îmi cer scuze pentru întârziere! în realitate, nu trecuseră mai mult de cinci minute de la ora stabilită, dar lui probabil i se părea mult pentru că era un tip foarte punctual.

În mod normal, m-aș fi bucurat pentru că sosise, dar vocea lui a sunat ciudat în urechile mele și privindu-l mai cu atenție, am constatat că nu era singurul lucru bizar. Zero avea buza crăpată, tâmpla vânătă și genunchiul tumefiat.

— Ce s-a întâmplat? Ești bine?

— Nu am nimic.

— Dar...

— Nu mai insista, te rog! părea trist, așadar i-am făcut pe plac și am schimbat subiectul.

— Dacă vrei, o putem lăsa pe altă dată...

— Nu, am venit pentru a-ți asculta răspunsul și asta vreau să fac. Deci, care e? întrebă timid.

Paloarea lui nu îmi dădea pace. Ce se întâmplase de a suferit o astfel de transformare într-un timp atât de scurt? Unde era buna-dispoziție pe care o afișase întreaga zi? Doream să știu, doream să-l sprijin, să-l ajut, oricare ar fi fost problema care-i apăsa sufletul. Deși situația nu era deloc așa cum mi-o imaginasem, m-am gândit că, cu cât oficializam relația mai repede, cu atât îi puteam oferi sprijinul meu mai repede, mai ales că Zero mă ajutase de foarte multe ori. Poate, dacă relația noastră lua naștere în circumstanțe sumbre, urma să fie puternică, pentru că greutățile depășite împreună consolidează și întăresc cuplurile.

Am tras adânc aer în piept și, cu un amalgam de emoții ce își schimbau culorile în fața mea ca la semafor, am început să vorbesc fâstâcindu-mă:

— Îmi pare rău că a durat atât de mult, dar eu... nu știam cum... Adică știam, dar nu aveam idee în ce constă și... Nu are sens nimic din ce spun! S-au întâmplat multe, dar în ultimele paisprezece ore m-am gândit intens la propunerea ta și mi-am impus să iau o hotărâre și să-ți dau un răspuns cum se cuvine pentru că nu era cinstit față de tine să te țin în incertitudine.

— Și răspunsul? oftă el.

— Accept cu drag propunerea ta, Zero.

Mă așteptam la o fericire măcar de câteva clipe care să-l smulgă din negura gândurilor rele, mă așteptam la o îmbrățișare, măcar un zâmbet, ceva! Tot ce s-a auzit din direcția lui a fost un scâncet.

— Zero?

— Speram că mă vei refuza tu, zise cu amărăciune.

— Ca să nu fi nevoit să o faci tu?

— Nu o lua așa...

Am simțit cum mi-a fugit pământul de sub picioare, cum acesta s-a crăpat sub mine, fisura tot crescând până când a devenit o despicătură suficient de mare încât să mă înghită. Am început să plâng, ce altceva puteam face? Zero nu mă mai dorea, sau Fan-Clubul îl constrânse cumva să-și retragă oferta? În cazul ăsta nu-l puteam învinovăți, ba mai mult, însemna că-i creasem și lui neplăceri. Nu-mi puteam opri lacrimile, o umbră neagră începea să mă cuprindă în brațele ei lipicioase. O nouă speranță de mai bine fusese strivită fără milă. Eroul meu îmi întorcea spatele, chiar dacă, poate, o făcea fără voia lui. Eram pierdută, mă simțeam strivită și...

chiar începusem să am vise de iubire. Zero, văzându-mă plângând, a întins mâna către mine, dar a retras-o printr-un gest trist, ca şi cum considera că nu avea dreptul să mă atingă, nici măcar pentru a mă consola.

— Lisa, iartă-mă! Ştiu că nu înţelegi, zise disperat.

— Nu, chiar nu înţeleg, am reuşit să spun printre hohotele de plâns.

— Te plac foarte mult Lisa şi mi-aş fi dorit foarte mult să fii cu mine. Dar... suntem copii încă, nu aş putea să spun cu mâna pe inimă că ceea ce simt pentru tine e iubire, cel mai probabil că nu e, din moment ce puse în balanţă, există altceva ce m-ar durea mai tare să pierd...

— Poftim?

— Toată viaţa, am fost unul lângă altul, nu îmi pot imagina existenţa fără Dante!

— Dante? Ce treabă are el în toată povestea? m-am aprins auzind că nu Fan-Clubul se afla în spatele noii mele suferinţe, ci Dante însuşi.

— Ştii, suntem băieţi, ne-am bătut de nenumărate ori, câteodată din motive stupide, nu e mare lucru. Ne-am bătut şi cu alţii, uneori i-am şifonat noi pe ei, alteori am încasat-o, dar indiferent cât de neagră a fost situaţia, niciodată nu a făcut ce a făcut acum! Şi încă împotriva mea... Îl cunosc suficient de bine încât să ştiu că Dante nu ar face un astfel de gest dacă nu ar fi fost ceva important pentru el. Chiar dacă nu ştiu ce anume se întâmplă, chiar dacă mă doare, trebuie să mă retrag. Te rog, iartă-mă! Am să veghez în continuare asupra ta şi regret că mi-am confesat sentimentele de prima dată. Iartă-mă! tonul plângăcios mi-a confirmat că îi venea greu să facă asta, totuşi, eu nu eram suficient de importantă pentru Zero încât să rişte o ceartă cu Dante...

Dante... ura mea pentru el ajunsese la cote maxime şi când mă gândeam că numai că, numai cu câteva ore în urmă, îl compătimeam. Era un monstru, cel puţin la fel de oribil ca Fan-Clubul lui. Se răzbunase pe mine pentru că-i spusesem că-l urăsc? Mai mult ca sigur! I-am spus că vreau să-l ştiu cât mai departe de mine, să dispară din viaţa mea, iar el a zis „bine", nu ştiam atunci că acceptul lui venea cu o completare: „dar vei plăti" ori „dar îl iau şi pe Zero cu mine" sau ceva asemănător...

Nu sunt sigură când anume a plecat Zero sau cât timp trecuse de atunci, cert e că am plâns lacrimi negre nesfârşite. Nu aveam cu ce să îmi fac rău singură în acele clipe, dar simţeam o nevoie disperată să o fac, aveam o chemare auto-distructivă. Îl uram pe Dante, atât cât eram eu capabilă să urăsc o altă persoană, nici pe departe suficient faţă de cât merita el asta.

Astfel, cu pumnalul dezamăgirii înfipt în inimă, nu mă puteam opri din plâns. La un moment dat, am simţit cum cineva mă mângâie pe cap şi, o voce plină de compasiune, mi-a şoptit:

— Of, suflet fără soare... ştiam eu că te găsesc aici.

Am privit sfioasă în sus pentru că, după cum era de aşteptat, noul venit mă domina în înălţime. Glasul cald provenea dintr-un zâmbet agreabil al ochilor trişti.

— Kai! De unde ştiai tu că sunt aici? mă străduiam să-mi şterg lacrimile, fără a înlătura mâna ce se afla în continuare, în mod protector, aproape patern, pe creştetul meu.

— Am fost martor, fără voie, la o scenă interesantă. Să ne aşezăm pe bancă.

— Ai asistat la tot? îmi venea să intru în pământ de ruşine, dar am acceptat să ne aşezăm.

— La tot, dar nu la acel tot care crezi tu, Kai luă un aer misterios.

— Nu înţeleg.

— Nu am auzit ce ai discutat tu cu Zero, dezvăluirea aceasta mi-a luat o piatră de pe inimă, dar continuarea mi-a dat o nouă senzaţie neplăcută: i-am văzut pe băieţii tăi când s-au bătut.

— S-au bătut? Stai, ai zis cumva, băieţii mei?

— Puţin cam mult spus că s-au bătut, de fapt, lucrurile s-au petrecut puţin diferit, explică Kai ignorând complet cea de-a doua întrebare.

— Şi de ce s-au bătut? nu mi-am putut ascunde mirarea, ştiindu-i pe cei doi, în ciuda afirmaţiilor anterioare ale lui Zero, tot mi se părea imposibil.

— Din cauza ta.

— A mea? am sărit ca arsă.

— Mă aflam la vestiare, la fel şi ei. Eu m-am dus să-mi iau echipamentul. Am început să joc fotbal, trebuie să-ţi mulţumesc pentru asta. Data trecută când am vorbit cu tine, ţi-am spus că viaţa mea de atlet s-a terminat, dar vorbele tale m-au pus pe gânduri. Nu mai pot juca baschet, însă există o mulţime de alte sporturi pe care le-aş putea încerca, drept urmare, m-am înscris în clubul de fotbal. Acum ar fi trebuit să fiu la antrenament. M-am văzut nevoit să chiulesc din cauza scenei la care am asistat.

Nu înţelegeam de ce îmi spunea toate astea, ce legătură aveau cu Zero? Poate încerca să mă facă să-mi iau puţin gândul de la noul necaz, înainte de a-mi arunca vreo bombă? Ce văzuse?

— Felicitări pentru descoperirea noii pasiuni, am găsit puterea să-i spun lui Kai acest lucru, în mare parte graţie sclipirii pe care o aveau ochii lui, în general trişti, de fiecare dată când pomenea de sportul rege.

— Mulţumesc! Îmi place, chiar şi în situaţia dată, reuşeşti să fii amabilă cu cei din jur. Kai se aplecă pentru a fi la acelaşi nivel şi, cu o faţă iscoditoare, adăugă: Eşti foarte drăguţă, chiar şi aşa, plânsă şi eşti o persoană tare interesantă. Dacă nu aş avea deja o iubită, aş fi tentat să intru în joc.

— Mulţumesc pentru compliment... cel puţin aşa cred, că a fost un compliment, am adăugat mai mult pentru mine.

— Cu drag, începu el să râdă cu poftă şi mă îmbrăţişă prieteneşte.

Nu am simţit nimic nepotrivit în atingerea lui, era ca o zonă de confort, un umăr pe care să plâng. Kai, în acele momente s-a dovedit a fi un prieten adevărat. După o clipă de tăcere, blondul m-a întrebat direct:

IUBITUL MEU, MOTANUL

— Şi vrei să ştii ce am văzut?

— Da, am răspuns ca hipnotizată.

— Erau amândoi la vestiare, Zero se afla în picioare şi Dante stătea pup, cu spatele la prietenul său. Niciunul nu mi-a simţit prezenţa. Dante avea toate corăbiile înecate şi Zero dansa de fericire. Trebuie să recunosc că, în acel moment, cei doi erau o alăturare stranie, poate că asta mi-a şi atras atenţia în direcţia lor, pentru că în mod clar nu plănuisem să-i spionez sau ceva. La un moment dat, Dante a vorbit stins:

— *Am auzit că azi te întâlneşti cu Lisa, la cuşca leopardului.*

— *Aşa e, a replicat mândru brunetul.*

— *Vă întâlniţi pentru că tu i-ai trimis scrisori de dragoste şi i-ai cerut să fiţi împreună şi acum îţi va da răspunsul! a mormăit Dante nemulţumit.*

— *Exact! Dar... de unde ştii tu toate astea? Şi de ce simt în vocea ta că nu îţi convine deloc? fericirea lui Zero s-a preschimbat într-o stare de alertă.*

— *Am eu sursele mele! veni răspunsul morocănos, fără să infirme sau să confirme ultima parte.*

— *Dante, nu e corect! Tu ai un nenorocit de Fan-Club! Toate fetele din Academie sunt în limbă după tine! Găsesc şi eu o fată, una singură, pe care o plac şi poate mă place şi ea şi ţie nu-ţi convine?! Cât de egoist poţi să fii? Le vrei tu pe toate? Nu suporţi să-mi laşi şi mie una, doar una, cea mai amărâtă dintre toate?*

— Prietenul nostru cu păr portocaliu nu a răspuns nimic pledoariei uşor disperate a lui Zero, în schimb, brunetul, nici nu a apucat bine să pronunţe cuvântul „toate" că s-a prăbuşit, întâi într-un genunchi, apoi s-a întins, cât e de lung, inconştient, pe pardoseală. După ce s-a asigurat că amicul lui nu s-a lovit la cap, Dante a fugit.

— Ce s-a întâmplat? Sunt confuză...

— Cu reflexele sale incredibile, dintr-o singură mişcare fulgerătoare, din poziţia ghemuită în care se afla, Dante a sărit, s-a răsucit şi i-a aplicat lui Zero o lovitură interzisă, folosindu-se de întreaga greutate a corpului său, cu ajutorul gravitaţiei.

— Lovitură interzisă? am repetat derutată.

— E ca o lege nescrisă, ceva ce nu se face, mai exact, îţi loveşti adversarul şi cu pumnul şi cu cotul, dintr-o singură lovitură, efect instant, somn direct, totuşi, e nevoie de o precizie foarte bună. Nu ar fi mare lucru venind de la un tip ca mine, dar Dante? Chiar m-a surprins la faza asta! Nu l-aş fi crezut în stare şi în nici un caz nu împotriva celui mai bun prieten al lui, deşi prietenii nu ar trebui să aibă secrete...

— Deci despre asta vorbea Zero mai devreme, am spus gândind cu voce tare. Nu am cerut lămuriri cu privire la secretele menţionate, dacă vorbea despre faptul că Zero m-a abordat fără ca Dante să ştie sau altceva, auzisem destule pentru o singură zi.

— Probabil, nu ştiu ce ai vorbit cu el, am ajuns după aceea. Vrei să te conduc acasă?

— Nu, sunt bine Kai, mulţumesc din suflet pentru tot.

Abia aşteptam ca bunul samaritean să se îndepărteze de mine, nu doream să-i stric imaginea pe care o avea despre mine pentru că simţeam voalul roşu al furiei cum mă înfăşurase strâns, atât de strâns încât nu mai aveam aer. De această dată, nu îmi îndreptam toate sentimentele negative către Dante, şi Zero mă iritase. Credeam că printr-un apel la prietenia lor, concretizat în vreo rugăminte, vreun fel de ameninţare sau un soi de şantaj îl determinase Dante pe Zero să renunţe la mine, dar nu, prietenul lui îl lovise şi atât. Nu i-a cerut, nu nimic, l-a bătut! Şi tot l-a ales pe el?! Nu însemnam nimic pentru Zero, nu însemnam nimic pentru Dante, care s-a răzbunat pe mine într-un mod care chiar m-a durut...

M-am dus acasă, măcar pentru Hanzo însemnam ceva, de iubirea lui eram sigură. M-a simţit că eram supărată, nu a pus întrebări, dar mi-a propus să facem un tort de lămâie împreună. A fost delicios.

Zoto era deja acasă când am ajuns, dormea. Când s-a trezit şi l-am văzut, m-am speriat, părea foarte bolnav. Am vrut să-l ducem la veterinar, însă a fugit când a auzit, de parcă ar fi înțeles. Nu l-am mai găsit tot restul serii, deși l-am căutat amândoi disperați. Știam că, în general, Zoto își putea purta singur de grijă, dar nu în acea stare îngrijorătoare.

Întreaga noapte a fost un chin, nu m-am putut odihni defel, tot felul de gânduri negre, cu privire la posibila soartă a motanului, mi-au dat târcoale ca niște demoni neobosiți.

Cincisprezece coșmaruri într-o singură noapte

- Mirror – Lil Wayne Feat Bruno Mars

Întreaga noapte am fost chinuită de vise îngrozitoare, izvorâte din imaginația mea febrilă. Bineînțeles, când spun întreaga noapte, mă refer la acele perioade scurte de timp în care organismul meu își cerea drepturile și ațipeam, înainte de a mă trezi din nou din cauza fantasmelor nocturne. Mă zvârcoleam într-una având cugetul încărcat din cauza lui Zoto, Zero, Dante și a Fan-Clubului, până ce începeam din nou să moțăi și ciclul o lua de la capăt.

Ținând cont că un vis nu durează, în general, prea mult și de faptul că nu am dormit mai mult de vreo două-trei ore adunate, cred că am atins un număr record de coșmaruri în acea noapte. Dimineața îmi aminteam cincisprezece dintre ele, eu care de obicei nici nu țin minte ce visez... Cincisprezece coşmaruri într-o singură noapte!

Prima dată când genele mele au reuşit să se lipească unele de altele, l-am urmărit mental pe Zoto când a fugit de acasă, după discuţia mea cu Hanzo, în care hotărâserăm să-l ducem la veterinar. Pluteam deasupra lui, ca şi cum doar sufletul meu era acolo, motanul nu mă putea vedea, simţi sau auzi. S-a dus, amărât, pe străzi lăturalnice, ce nici nu există cu adevărat în cartierul meu. Mergea tot mai greu, târâindu-şi lăbuţele şi abia respirând. Într-un final, s-a prăbuşit lângă un tomberon şi miorlăia îngrozitor, cu spasme dureroase, în zbuciumul ultimelor sale clipe chinuite. Nu a venit nimeni să îl ajute, în ciuda mieunăturilor pline de jale, ba mai mult, un bărbat cărunt, a ieşit la fereastră furios şi a aruncat o conservă pentru a goni „pisica aceea blestemată". Moartea lui a fost o tortură şi pentru el şi pentru mine. S-a stins în chinuri cumplite, speriat şi singur.

M-am trezit plângând, speriată că acel vis năprasnic s-ar fi putut adeveri chiar în acele momente. Cu greu m-am liniştit şi, strângând pătura la piept ca substitut pentru motan, am încercat să mă conving că totul va fi bine. Pentru a-mi calma nervii greu încercaţi, am început să reflectez la singura veste bună din ultima perioadă şi anume: nunta lui Hanzo ce se întrezărea la orizont. Drept urmare, am avut următorul vis:

Elda şi Hanzo au avut parte de o ceremonie de vis, după care, au plecat într-o vacanţă exotică. La întoarcere, i-am întâmpinat cu o petrecere de bun-venit, organizată cu ajutorul prietenilor bunicului, dar Eldei nu i-a convenit deloc. Nu e vorba că nu i-a plăcut petrecerea, o deranjau prietenii lui Hanzo şi i-a interzis să mai aibă contact cu ei în scurt timp. Elda se schimbase, o deranjau lucrurile din casă ce invocau amintirea Medeei. Până la urmă, le-a adunat pe toate şi le-a aruncat. În mod incredibil, Hanzo nu a protestat.

Noua soţie a bunicului nu mă avea nici pe mine la suflet şi când a aflat că situaţia mea şcolară nu era chiar strălucită, în ciuda scorului perfect de la examenul de admitere, a decis că îmi lipsea disciplina pentru că Hanzo a fost prea bun cu mine. M-a trimis la o şcoală de fete dintr-o regiune îndepărtată. Iniţial, nu mi-a displăcut ideea, trebuie să recunosc. Scăpam de tirania Fan-Clubului şi spiritul Catalinei nu va fi neliniştit din cauza încălcării promisiunii mele. Nu abandonam Academia, decizia de a pleca nu stătea în mâinile mele, era perfect!

Cel puţin aşa am crezut până ce am ajuns la destinaţie. În realitate, nu era o şcoală, ci un adevărat lagăr de concentrare!

M-au pus să alerg desculţă prin zăpadă şi eu tot încercam să le explic că nu aveam voie să depun efort fizic, dar nu le păsa. Am alergat cât am putut, până m-am prăbuşit, atunci îngrijitoarele s-au adunat în jurul meu, ordonându-mi să mă ridic. Nu mai aveam putere să o fac, aşa că m-am chircit sub ploaia de lovituri de picior care a început să cadă asupra mea, drept pedeapsă. Am murit astfel, nu ştiu dacă moartea mi-a fost cauzată de îngheţ, căci nu purtam mare lucru şi am stat ceva vreme în zăpadă sau am fost strivită sub bocancii grei ai îngrijitoarelor, fiind omorâtă în bătaie. Ambele variante erau posibile în egală măsură. Cert e că a fost o moarte chinuitoare şi dureroasă.

M-am trezit, tremurând de frig şi posibil şi de frică. Din obişnuinţă, l-am căutat pe Zoto, aveam nevoie de atingerea reconfortantă a blăniţei sale portocalii. Nu l-am găsit, m-am ghemuit şi m-am străduit să adorm la loc.

Se făcuse dimineaţă, era o zi însorită, am ieşit în curte şi am făcut cea mai sinistră descoperire. Bietul meu Zoto era legat, de coadă, de o creangă a nucului ce se înalţă la fereastra mea. Motanul era mort, dar asta nu era tot, sărmanul, fusese jupuit de toată blăniţa lui moale! Lângă el, am găsit un bilet pe care scria: „Suvenir de la Safar". Hârtia era prinsă de o cameră video pe care se afla o înregistrare completă a supliciului la care fusese supus bietul meu pisic. Plângând în hohote, mă întrebam cum de nu auzisem nimic? Cum de eu mă odihnisem în patul meu confortabil în timp ce el murea agonizând?!

M-am deşteptat plângând şi am răsuflat uşurată. Mi-am îndreptat gândurile către părinţii mei pentru a mă distrage de la imaginile ce-mi rămăseseră întipărite pe retină. Îmi era dor de ei şi mi-ar fi plăcut şi să-i revăd pe scenă. Am aţipit cu gânduri pozitive, cel puţin aşa am crezut...

În noul meu vis, Azaria venise acasă, era însărcinată. Hanzo nu era furios, dar ca şi mine, nu înţelegea de ce mama era însoţită de un anume George şi nu de tatăl meu, cum ar fi fost firesc. Întrebată, a răspuns simplu că a divorţat de el, că George e noul ei soţ şi după cum se vede, vor avea un copil. Stupefiaţi, eu şi bunicul, am întrebat unde anume e Ratko şi ce s-a întâmplat cu el. Azaria nu a vrut să răspundă, dar într-un final, a recunoscut că Ratko s-a sinucis în seara în care l-a anunţat că îl părăseşte, cu luni în urmă, iar ea nu ne-a spus pentru că ne-am fi lamentat fără sens. Eu şi Hanzo am rămas fără cuvinte.

M-am smuls din visare. Păpuşa, pe care mi-o dăruise tata pe când aveam zece ani, mă privea liniştită de pe etajeră. Avea dreptate, părinţii mei nu ar face niciodată aşa ceva. Se iubeau prea mult.

Iubire... desigur, îi iubesc pe Hanzo, Azaria, Ratko şi Zoto, dar oare cum se simte celălalt fel de iubire? Cel pe care îl împărtăşeau mama şi tata? Inevitabil, gândurile mi-au alunecat spre Zero şi la tot ce ar fi putut fi între noi... Chiar dacă ştiam că nu era deloc bine ce făceam, nu mă puteam abţine. Purtată de scenariile plăcute ce nu aveau să se îndeplinească niciodată, pleoapele mi-au căzut din nou grele.

Dintr-o dată, se făcea că mă aflam din nou la cuşca leopardului, doar că de data aceasta, totul a mers exact aşa cum anticipasem. Zero m-a aşteptat zâmbitor, s-a bucurat ca un copil primind răspunsul meu pozitiv, m-a îmbrăţişat strâns şi, purtat de val, chiar m-a sărutat, deşi s-a scuzat ulterior. Era speriat că mă supărase şi aş fi putut să mă răzgândesc în privinţa lui. L-am asigurat că nu era cazul şi l-am sărutat înapoi. Nu am idee de unde am găsit curajul să fac asta. Ne-am luat de mână şi astfel, mergând prin şcoală, spunea tuturor celor ce ne ieşeau în cale că din acel moment eu eram iubita lui.

Toate bune şi frumoase până când a apărut Zoto chiar în Academie, numai că, aici intervine partea ciudată, mergea în două picioare, ca Motanul Încălțat și ca și cum asta nu ar fi fost suficient, vorbea. Zoto se ținea după noi și striga în gura mare: „M-ai trădat, Lisa! Ai spus că tu doar pe mine mă iubești! Ai spus că eu sunt iubitul tău! Ce cauți cu el? Tu ești iubita mea, a mea!".

Zero nu cerea explicații cu privire la afirmațiile motanului, dar nici nu părea deranjat de bizarul situației, îl vedea ca pe orice alt rival în dragoste.

Am grăbit pasul până în punctul în care abia mă mai puteam ține după Zero care aproape mă târâia după el. Zoto nu se lăsa și devenea tot mai rapid, iar glasul lui plângăreț creștea în intensitate cu cât ne străduiam mai mult să scăpăm de el. Am ajuns la câteva străzi distanță de Academie.

Într-un final, urmărirea a luat sfârșit, o mașină a venit cu viteză și l-a călcat pe bietul meu motănel, strivindu-i sub roată trupul blănos și întinzându-l pe carosabil.

M-am trezit cu imaginea, groaznic de vie, a măruntaielor lui Zoto, în minte. Aș fi început să plâng, dar am avut parte de o surpriză extrem de plăcută, Zoto, cel real, se întorsese și dormea cuibărit lângă mine. Fericită și ușurată, l-am luat la pieptul meu și m-am încărcat cu energia lui caldă. Puteam fi liniștită acum, el era în siguranță și eram convinsă că nu aveam să mai visez urât pentru că acele vise sigur fuseseră declanșate de grijile pe care mi le-am făcut pentru soarta blănosului. Puțin deranjat de faptul că-l mișcasem, a deschis pentru o clipă ochii aceia fantastici, identici cu ai nemernicului... L-am sărutat pe creștet și ne-am întors amândoi, îmbrățișați, la somn. Simțeam că se încheiase cu coșmarurile. Simțeam prost.

Eram la școală. Fan-Clubului i se pusese din nou pata pe mine, nu știu ce anume aveau în plan să-mi facă, dar știam că era ceva foarte rău. Ne-am jucat de-a șoarecele și pisica prin toată Academia până ce mi-am găsit o ascunzătoare bună. Și dacă tot am pomenit de pisică, Zoto și-a făcut apariția lângă mine. Tiranele mă căutau nervoase, dar locul meu nu putea fi descoperit cu una cu două. I-am spus motanului că vom sta cuminţi acolo până ce ele se vor plictisi şi vor renunţa la căutare, după care ne vom duce acasă, în siguranţă. Am încercat să-l iau în braţe, dar Zoto m-a zgâriat cu furie şi s-a transformat în Dante şi, cu o satisfacţie machiavelică, m-a dat pe mâna fanelor sale.

Trezindu-mă, l-am privit cu ciudă pe Zoto, nu pentru „faptele lui" ce se petrecuseră sub zbuciumul pleoapelor mele, ci pentru culoarea ochilor, ce îmi aminteau constant de acel individ. M-a iritat foarte tare faptul că ticălosul ăla de Dante, nu numai că îmi amăra viaţa, dar îmi bântuia şi visele. Totuşi, mi-am spus că nu a fost chiar aşa de rău până la urmă, m-am deşteptat înainte ca Fan-Clubul să apuce să îşi pună planul în aplicare. M-am întors pe cealaltă parte şi nu m-am mai gândit la asta.

Sau cel puţin nu am mai făcut-o în mod conştient. Mă aflam în ghearele Fan-Clubului, ca şi cum visul s-ar fi reluat din punctul rămas, m-au dus într-o aripă abandonată a subsolului şcolii, unde erau depozitate toate lucrurile inutile. Nu mai venea nimeni, niciodată la vechea centrală, folosită pe vremea când încălzirea Academiei se făcea pe bază de cărbuni. M-au încuiat într-un fel de dulap masiv din plumb şi m-au lăsat acolo. Oxigen aveam suficient, din păcate, pereţii metalici erau găuriţi, nu am putut avea parte de o moarte relativ rapidă, prin sufocare, scurgându-mă în neant, nu, a trebuit să agonizez zile întregi. Deshidratarea m-a ucis, a fost îngrozitor, mă rugam să mor odată! Dar lucrurile nu s-au oprit odată cu eliberarea sufletului din trupul chinuit. Am devenit o fantomă legată de Academie. Am văzut agonia lui Hanzo şi a părinţilor mei care nu au aflat niciodată ce s-a întâmplat cu Lisa a lor. Am privit căutările poliţiei, dar cadavrul meu nu a fost descoperit niciodată, poate şi din cauza faptului că ei căutau indicii care să sugereze o fugă şi nu o crimă... Ucigaşele mele au scăpat nepedepsite, mândrindu-se în secret cu fapt lor. Şi nu puteam face nimic! Eram un martor mut la toate. Am asistat timp de sute de ani la numeroase abuzuri, revăzusem povestea mea, sub o altă formă, de atât de multe ori încât pierdusem numărul. Spiritul meu era aproape nebun când şcoala a fost demolată şi a fost eliberat, trezindu-se confuz, fără un loc unde să se ducă, atunci mintea mi-a revenit în camera mea, în pat, lângă blănosul meu drag.

Mi-am spus că o iau razna şi că ar trebui să rămân trează pentru restul nopţii. Latura mea masochistă s-a gândit că ar fi o idee bună să mă menţin trează recitind toată conversaţia mea, prin mesaje, cu Zero, de când am făcut schimb de numere. Nu era mare lucru şi, dacă nu mă gândeam la ultimele evenimente, acele SMS-uri nevinovate îmi dădeau o stare de bine.

Bineînţeles că până la urmă tot m-a furat somnul. Mă aflam din nou în cândva mult râvnita, acum mult detestata Academie Etnare. Coralia mi-a furat telefonul şi mi-a citit mesajele şi i s-a părut o idee grozavă să-l printeze şi să-l împartă prin şcoală pe cel trimis de dimineaţă, în care îl chemam pe Zero la cuşca leopardului Matteo, pentru a-i da răspunsul meu. Fireşte că Yolette şi Irene au muncit din greu pentru a fi sigure că varianta ajunsă la urechile tuturor e cea în care Zero nu mi-a dat niciodată vreun semnal că ar fi fost interesat de mine şi că eu îmi închipuisem totul, ducând penibilul atât de departe încât am stabilit o întâlnire pentru a-i da răspunsul la o propunere care nici nu fusese făcută. M-am făcut de râsul întregii şcoli, până şi profesorii auziseră de istoria cu mesajul. Mă aşteptam ca Zero să dezmintă totul, să spună tuturor cum au stat lucrurile de fapt. Pe faţa lui citeam că ar fi dorit să facă acest lucru, dar îl privea pe Dante rugător, de parcă i-ar fi cerut aprobarea. Pistruiatul se făcea că nu vede, nu aude nimic. Toată lumea râdea de mine...

Simţeam că-mi fierbea sângele în vene pentru că şi în realitate Zero tânjea după aprobarea lui Dante! Nici nu m-am mai trezit şi deja mă găseam în alt scenariu.

Mă aflam din nou pe bancă, împreună cu Kai, acestuia i se făcuse milă de mine şi mi-a făcut o mărturisire îngrozitoare şi anume că: Zero şi Dante au fost înţeleşi de la bun început, au plănuit cum să-şi bată joc de mine, chiar şi scrisorile le-au compus împreună!

Toată lumea se distra pe seama mea! Cu toţii găseau o plăcere bolnavă în a mă răni... totuşi, trebuia să recunosc că cei doi baschetbalişti erau copii mici pe lângă minţile bolnave ale membrelor Fan-Clubului ce îl asmuţiseră pe Safar asupra mea.

Mai e nevoie să spun că următorul coşmar a fost despre cum îi reuşise acestuia planul? Ciudat, dar nu am visat momentul în sine, teroarea, durerile atroce, ci viaţa mea de după, cum încercam să mă adaptez la noua mea existenţă ciuntită. Mă străduiam să mă împac cu ideea că eram mutilată, definitiv şi irevocabil! Mă priveam în oglindă şi, deşi nu mai aveam ochi, puteam vedea în reflexia ei un schelet dezvelit parţial de carnea topită şi strânsă în unele locuri, atârnată în altele.

Am început să ţip. L-am speriat rău pe Zoto. Străduindu-mă să-l liniştesc, am aţipit cu el în braţe.

M-am deşteptat pe fundalul unor bubuituri puternice în uşa de la intrare. Păreau salve de tun, nu alta. Hanzo ori nu le auzea, ori nu era acasă. Am deschis, cuprinsă încă de toropeală. Nu înţelegeam ce căuta poliţia la uşa mea. În spatele ofiţerului solid am recunoscut-o pe Yolette, nu îmi era clar, de unde ştia ea unde locuiam? Şi mai ales, ce anume dorea de la mine de venise cu forţele de ordine? Misterul s-a lămurit repede, venise să-l ia pe Zoto! Spunea că era motanul ei pe care eu i-l furasem. Avea carnet de sănătate şi toate actele necesare. Îl numea Rupert, dar în poză, în mod clar, era Zoto! Am vrut să-i prezint poliţistului şi actele mele, care erau toate la zi, dar nici nu a vrut să se uite la ele, i-a dat dreptate din start prefăcutei. Motanul a fost smuls din braţele mele şi înmânat Yolettei. Nimeni nu a ţinut cont de protestele lui sau de argumentele mele. Am primit şi amendă, iar nenorocita i-a şuşotit ceva la ureche lui Zoto despre eutanasie.

La naiba cu Yolette, Coralia, Irene şi toate celelalte idioate! Să ne gândim la ceva drăguţ... Ce ar fi să merg sâmbătă la film cu Lolita?

Ce film am putea vedea? Oare ce i-ar plăcea?

Cu toate gândurile mele pozitive, m-am cufundat înapoi în delir. De această dată se făcea că Lolita fusese supusă unei intervenții chirurgicale de ultimă generație care-i redase abilitatea de a vorbi. În concluzie, Isadora, căci nu-i mai plăcea să fie numită Lolita, căci devenise o fashionstă renunțând la stilul ei caracteristic, mi-a comunicat în cel mai răutăcios și arogant mod posibil că nu mai avea nevoie de mine. A spus că m-a tolerat înainte pentru că nu a avut de ales, dar că putând vorbi din nou nu mai era nevoită să aibă o prietenă ratată ca mine. M-a respins într-un mod brutal care m-a rănit profund și a devenit membră a Fan-Clubului...

Logic că Lolita nu ar fi făcut niciodată ceva atât de îngrozitor, însă spectrele nopții exploatează tocmai părțile neplăcute ale existenței noastre. Cea mai neplăcută parte pentru mine fiind acel blestemat de Fan-Club! Mă întrebam, oare după ce Anabel și Oxana absolveau Academia, opera lor avea să se stingă? Puteam trăi în pace restul vieții de liceană? Sau poate altcineva avea să le ducă tradiția mai departe...

Cu scuzele de rigoare pentru suferințele dragului meu Zoto din visele anterioare, următoarea hantisă a fost cea mai terifiantă.

Strecurându-se în noapte, Anabel și Oxana mi-au dat foc la casă. Văpăiile au cuprins totul cu rapiditate. Un vecin ce nu avea somn a chemat îngrijorat pompierii. M-au scos din casă cu arsuri ușoare ce erau mai mult dureroase decât periculoase, în schimb, o grindă de susținere în flăcări s-a prăbușit și nu au mai putut ajunge la ușa dormitorului de la capătul holului, cea a lui Hanzo. Pompierii s-au luptat timp îndelungat cu flăcările. Nu a mai rămas aproape nimic din căminul nostru, doar mormane de cenușă, dar nu conta, nu conta nimic afară de cadavrul carbonizat al bunicului meu! Mi-au spus că a fost răpus de monoxidul de carbon înainte ca flăcările să-l cuprindă, că nu a suferit, că nu a agonizat în timp ce trupul îi era mistuit și totuși, nu mă simțeam cu nimic mai bine! Hanzo nu mai era!

Plângând, am alergat disperată să verific dacă e bine. M-am

dezmeticit în faţa uşii lui. Am ascultat întâi cu urechea lipită de lemn, după care am intrat tiptil. Bunicul dormea liniştit. L-am privit astfel câteva minute, l-aş fi îmbrăţişat, dar m-am abţinut. Era deja suficient de bizar că dădusem buzna noaptea în camera lui. Eram mulţumită că nimic din ceea ce plăsmuise mintea mea nu era aievea. Nici nu puteam concepe viaţa fără Hanzo. Ce m-aş fi făcut eu fără el? Bunicul a fost mereu lângă mine, de când am deschis ochii pe această lume, mă puteam baza oricând pe el. Nu puteam exista fără Hanzo!

M-am întors la culcare, de această dată cu inima uşoară. Am hotărât ca de a doua zi să îmi dau silinţa mai mult pentru a-i arăta cât de mult însemna el pentru mine. De asemenea, trebuia să-mi multiplic eforturile pentru a-l ţine departe de toată drama Academiei Etnare.

Fireşte că după ce am adormit la loc, am visat că Hanzo a aflat tot. S-a dus la şcoală şi a făcut un scandal monstru, i-a scuturat pe toţi, de la cel mai mic, la cel mai mare, cerând să se ia măsuri. Şi s-au luat: am fost exmatriculată! Fan-Clubul mi-a râs în nas, nu au fost pedepsite nicicum, iar fantoma Catalinei s-a sculat din mormânt pentru a-mi cere socoteală pentru eşec...

Cu evlavie, am spus o rugăciune pentru odihna sufletului prietenei mele. L-am deranjat din nou pe Zoto din somnul lui adânc, sărutându-l în repetate rânduri pe căpşorul îmblănit, acest lucru mă relaxa. A început să toarcă satisfăcut.

Cred că îmi pierdeam minţile pentru că ultimul vis a fost de departe cel mai nebunesc, deşi trebuie să recunosc că nu îmi displăcea ideea în totalitate. Zoto vorbea din nou şi mi-a propus să devin şi eu pisică pentru a fi fericiţi împreună. E drept, avea argumente puternice: nimeni nu mă completa mai bine ca el, nu îmi găseam locul cu adevărat între semenii mei, îi spusesem că-l iubesc, era vremea să o demonstrez etc. Am acceptat, am devenit pisică, una mică, slabă şi pricăjită... Hanzo nu m-a recunoscut când m-a văzut şi mi-a spus că nepoata lui e alergică la blana animalelor, că au deja un motan hipoalergenic, pe scurt, că îi pare rău, dar trebuie să mă întorc de unde am venit sau să-mi caut alţi stăpâni şi... m-a dat afară din casă!

Zoto nu m-a părăsit, m-a urmat şi am început o viaţă plină de lipsuri, printre gunoaie, împreună. Sufeream de frig, foame, eram fugăriţi de câini, loviţi de oameni, dar oricât de cruntă era mizeria, ne iubeam şi eram fericiţi că ne aveam unul pe altul... în ciuda purecilor şi posibil chiar a râiei...

Se înţelege că după o astfel de noapte, nu m-am putut trezi să merg la şcoală a doua zi, indiferent de cât de mult a tras Hanzo de mine, nu? Oricum aveam ochii roşii şi umflaţi de la sesiunile de plâns nocturn...

Ai fost inconștientă cam șaisprezece secunde

„Words are few I have spoken
I could waste a thousand years
Wrapped in sorrow, words are token
Come inside and catch my tears
You've been talking but believe me
If it's true you do not know"

- Do You Really Want to Hurt Me – Culture Club

Ziua următoare am dormit-o în întregime. De această dată, am dormit buștean, fără vise, era și cazul. Chiar nu mi-am închipuit vreodată că mintea mea putea plăsmui atât de multe lucruri îngrozitoare. Desigur că Hanzo m-a dus după aceea la dr. Tamir pentru a se asigura că nu era nimic în neregulă cu mine.

Revenirea la Academie a fost bizară. Veșnica atmosferă apăsătoare din clasă datorată Yolettei, Irenei și Coraliei a devenit de-a dreptul insuportabilă grație lui Zero și Dante. Toți trei ne aruncam priviri fugitive unii altora, dar o făceam cu grija de a nu fi prinși asupra faptului, şi nu ne vorbeam deloc, era ciudat! Lăsându-mă pe mine la o parte, trebuie să fi fost deosebit de greu pentru ei doi să nu poată comunica unul cu altul, dar nu mi-am bătut capul cu asta pentru că niciunul dintre ei nu merita părerile mele de rău.

Fan-Clubul plana ca un uliu asupra mea, dar nu îşi permitea decât mici şicanări de genul: să-mi pună viermi în mâncare sau să-mi lipească pe spate o hârtie pe care scria „RATATĂ", pentru că umbra unui prădător mai mare plana asupra lor, un vultur ce zbura la mare înălţime şi care se putea lansa oricând într-un atac. Prădătorul era Kai. Recunosc, Zero nu-şi strânsese complet aripile protectoare de deasupra mea, situaţia era însă complicată. Nu intervenea decât în măsura în care era sigur că nu mă deranja şi mai ales că nu era Dante nemulţumit de intervenţie. Se vedea de la o poştă ce disperat era Zero să se împace cu prietenul lui, acesta din urmă în schimb, nu îşi trăda deloc intenţiile. Nu putea spune nimeni cu certitudine dacă-şi dorea reconcilierea sau nu, deşi, până la urmă, el îl lovise pe Zero! El ar fi trebuit să facă primul pas, dar nu era problema mea.

Eu eram recunoscătoare pentru existenţa lui Kai, dar pentru că tot ce e bun ţine puţin, această linişte aproximativă a fost şi ea de scurtă durată. Un scandal, nemaiauzit într-o instituţie de învăţământ de prestigiu, a zguduit Academia.

Fan-Clubul îi purta Lolitei sâmbetele de când le stricase planurile, atunci când l-au asmuţit pe Safar, ca pe un câine de atac, asupra mea. Silenţioasă şi sfioasă ca o umbră, Lolita nu era deloc uşor de prins singură, totuşi într-un final s-a întâmplat. Anabel şi Oxana au încolţit-o pe acoperiş. Poate că nu doreau decât să o avertizeze, să o sperie ca să nu mai intervină altă dată sau poate doreau să-i facă ceva îngrozitor, cine ştie? Nu poţi fi sigur cu cele două surori, până la urmă, îmi vine greu şi acum să invoc amintirea zilei în care m-au atacat în baie. Erau două, mai mari şi mai puternice, soarta le surâdea sau cel puţin aşa au crezut. Lolita nu era singură pe acoperiş, nu tocmai, se dusese acolo pentru a-l trezi pe Kai pentru ca acesta să o conducă acasă, el chiulise de la ultimele ore.

Somnul delicventului a fost întrerupt de tonurile înalte ale amenințărilor Oxanei și Anabelei. Gemenele s-au trezit față în față cu gemenii și nu a fost deloc bine pentru ele. Lolita este marea slăbiciune a lui Kai, simpla idee că blondele doreau să-i facă rău surorii lui, îi făcea sângele să clocotească. Și-a pierdut cumpătul și le-a bătut pe amândouă, rău! Anabel și Oxana au fost spitalizate și Kai având aproape șaptesprezece ani, a fost arestat. Măcar părinții lui l-au înțeles, chiar dacă exagerase. Își protejase surioara care și așa trecuse prin destule. Probabil că Lolita sau Kai însuși le-a spus de ce sunt capabile acele fete, probabil că exemplul consta în persoana mea, așadar aceștia nu au vrut să-și asume niciun risc inutil și au retras-o pe Lolita de la școală. Urma să învețe de acasă până ce găseau o școală satisfăcătoare. Înțelegeam că era mai bine pentru ea, dar nu mă puteam abține să nu fiu tristă. Îmi pierdusem singura prietenă, dar era de preferat decât să i se întâmple ceva rău.

Liceul privat numărul unu în Ildema avea reputația pătată, până și presa dădea târcoale școlii. Unii sponsori au anunțat că aveau să își retragă sprijinul. Părinții cereau explicații, doreau să știe dacă copiii lor erau în siguranță. Unii elevi au fost transferați de urgență. Conducerea era disperată, aveau nevoie de o consolidare rapidă a imaginii Academiei. Familia Felidae a făcut o declarație publică ce a mai calmat lucrurile și i-a determinat și pe alți sponsori să nu-și caute alți beneficiari, iar părinților nehotărâți le-a înclinat balanța înspre varianta de a nu-și muta copiii la o altă școală. Purtătorul de cuvânt al familiei, pentru că se pare că aveau și așa ceva, a declarat că toți membrii familiei Felidae înscriși în oricare dintre unitățile de învățământ ale Grupului Școlar Etnare, vor studia în continuare în cadrul acestora. Incidentul acela izolat, mult prea dezvoltat în presă, nu va afecta cu nimic viața obișnuită a elevilor din familia lor. În plus, susținerea financiară, față de Academie, va fi aceeași sau dacă era necesar, avea să crească în funcție de nevoile instituției. Lucrurile s-au mai calmat astfel. Am rămas oarecum impresionată. Deuce şi Dante proveneau dintr-o familie de giganţi.

Declaraţiile familiei Felidae l-au lăsat însă rece pe Hanzo al meu, acesta era deosebit de revoltat că s-a putut întâmpla aşa ceva la şcoala mea, şcoala aceea grozavă pentru care trudisem atât să trec de admitere, ba la un moment dat, i se întipărise şi lui în minte ideea să mă transfere. Cu greu l-am făcut să se răzgândească, era foarte pornit împotriva lui Kai... cum aş fi putut să-i explic că, în povestea aceea, el era eroul? Ştiu că e nepotrivit ca un băiat să lovească o fată, dar Anabel şi Oxana o meritau din plin, chiar nu puteam găsi compasiune pentru ele în inima mea. Pătimisem destule din cauza lor şi aş fi îndurat şi mai multe dacă nu era Kai. Îi eram datoare vândută acestui băiat, îi datorez inclusiv faptul că încă am faţă!

Odată cu dispariţia lui din peisaj, chiar dacă gemenele erau incapabile să se răzbune singure, nefrecventând pentru moment Academia, lucrurile s-au înrăutăţit pentru mine. Motivul era simplu: oricum Fan-Clubul mă ura şi cu Lolita şi Kai plecaţi din şcoală, pe cine altcineva să îşi verse frustrarea dacă nu pe mine?

Am trăit un adevărat calvar o perioadă. Zero dispăruse din peisaj, plecase într-un cantonament, devenise baschetbalist cu acte în regulă. Nu mai juca doar pentru echipa şcolii, a fost selectat de o faimoasă echipă de baschet, la juniori. Nu era o surpriză, toată lumea ştia că îl aştepta un viitor strălucit în acest domeniu. În schimb, Dante era prezent, vedea tot, dar întorcea spatele abuzului ca şi cum nu era treaba lui... deşi, trebuie să recunosc că practic, nu era. Se făcea că nu observă nimic din ceea ce-mi făceau acele nebune, chiar dacă de multe ori totul se petrecea chiar sub nasul lui. Până la urmă, eu îi cerusem să stea departe de mine şi să dispară din viaţa mea, el doar îmi îndeplinea dorinţa... Atunci, de ce mă durea indiferenţa lui? Eram jalnică! Mereu aşteptând să fiu ajutată, salvată, trebuia să învăţ să nu mă mai bazez pa alţii, să evoluez ca persoană.

În ultima lună de şcoală, înainte de vacanţa de vară, Academia Etnare organiza tabăra de comuniune cu natura, pe grupe, clasa a noua şi a zecea două săptămâni şi clasa a unsprezecea şi a douăsprezecea următoarele două săptămâni. Între tabăra fetelor şi cea a băieţilor se întindeau kilometri buni de pădure şi chiar şi un lac.

Am decis să trăiesc această experienţă de armonie cu natura. Aş fi putut să nu o fac, asta ar fi însemnat însă să-i ofer lui Hanzo un motiv şi dacă aş fi susţinut că nu îmi era bine, l-aş fi îngrijorat inutil. Mi-am făcut singură curaj spunându-mi că cea mai rea parte avea să fie absenţa lui Zoto.

Ajunsă la destinaţie, am fost plăcut impresionată. Partea fetelor era alcătuită din vreo treizeci şi ceva de cabane micuţe, dispuse în cerc, în centrul acestora fiind amenajat un pătrat din rocă, în interiorul căruia se putea aprinde focul de tabără. În jurul lui erau aşezate bănci de lemn natur, de asemenea astfel de bănci se găseau dispersate, din loc în loc, prin toată tabăra.

Cabanele pentru clasele de a noua erau albastre şi cele pentru clasele de a zecea erau roşii. Profesoarele- supraveghetoare, câte trei pentru fiecare an, s-au instalat în cele două cabane galbene aflate la extremitatea estică, respectiv vestică a spaţiului îngrădit. În total aveam şase adulţi însoţitori, trei ai caselor de a zecea şi trei ai noştri: doamna Iulmo, profesoara de biologie, domnişoara Malvina, profesoara de geografie şi încă o profesoară, de vreo treizeci şi cinci de ani, pe nume Adisa, ce nu preda la clasa noastră.

Elevele au fost repartizate pe „căsuţe". Am răsuflat uşurată să aflu că nu împărţeam dormitorul cu niciuna dintre colegele mele de clasă, probabil că şi ele se bucurau în egală măsură...

Pentru următoarele două săptămâni urma să mă odihnesc în cabana cu numărul opt alături de: Dina, Lara şi Evelyn din clasa 9-2. Fetele nu păreau să aibă vreo legătură cu Fan-Clubul, era totuşi bine să rămân prevăzătoare. Cele trei, cunoscându-se dinainte, vorbeau mai mult între ele, acordându-mi atenţie în limita bunului simţ, exact atât cât era necesar pentru a nu fi considerate nepoliticoase. Nu mă plângeam, putea fi mult mai rău, puteam fi repartizată în dormitor cu triunghiul veninos: Yolette, Irene şi Coralia.

Prima zi a fost fără activități specifice, doar ne-am instalat, am mâncat şi am cântat în jurul focului de tabără, totul era plăcut. Insectele m-au cam necăjit inițial, dar doamna Adisa mi-a împrumutat un spray miraculos care a rezolvat această problemă sâcâitoare. A fost puțin neobişnuit pentru mine să împart camera cu cineva peste noapte, toată viața dormisem singură, asta dacă nu-l iau în calcul pe Zoto.

Ziua următoare, după micul dejun, am primit fiecare sarcini diverse în vederea bunei funcționări a taberei. Eu am fost desemnată cu atribuții la bucătărie împreună cu Dina şi cu încă o fată ce nu vorbea prea mult pentru că se bâlbâia foarte tare şi îi era ruşine de acest lucru. Până atunci, masa fusese pregătită de către profesoarele-supraveghetoare.

În după-amiaza aceleiaşi zile s-a organizat primul joc al taberei. Întreaga pădure, unde era construit aşezământul, se afla în proprietatea Academiei, fiind îngrădită, întreținută şi nepericuloasă. Nu trăiau animale primejdioase în spațiul delimitat, de aceea eram considerați în deplină siguranță.

Am fost împărțite în grupuri de câte patru, mai exact eram gata împărțite pentru că s-au păstrat aceeaşi formații de la repartiția pe dormitoare. Fiecare grup a primit o hartă şi o listă de obiecte ce fuseseră ascunse anterior prin codru şi pe care noi trebuia să le găsim. Primele trei echipe, ce recuperau toate obiectele înscrise pe listă, primeau câte un premiu special.

Dina, Lara şi Evelyn îşi doreau foarte mult unul dintre acele premii, aşadar, am considerat de datoria mea să fac tot ce-mi stătea în putință pentru ca acest lucru să se întâmple şi, mai ales, să nu fiu o povară pentru ele.

— Eu voi ține harta! decretă Lara cu entuziasm.

— Ştii măcar să o citeşti? întrebă sceptică Evelyn.

— Ce contează? E un joc! se apără Lara.

— Eu vreau premiul, şi voi la fel! le aminti Evelyn bătând din picior.

— Fetelor! Aţi uitat că m-am născut sub o stea norocoasă? Nici nu avem nevoie de hartă, interveni Dina cu un optimism debordant.

Am pornit, în şir indian, printre tufe şi arbori. Harta marca locurile unde se aflau lucrurile căutate, dar fără a preciza şi ce obiect din listă se găsea în locul cu pricina, astfel, dacă îl găseai pe acelaşi de mai multe ori, îl luai o singură dată, lăsând dublurile la locul lor pentru celelalte echipe. Dacă un grup lua ceva de care nu avea nevoie, se considera că a trişat şi era descalificat.

Am găsit o perie într-o scorbură şi o scoică sub o piatră destul de uşor. Floarea portocalie aproape că i-a picat la picioare norocoasei Dina, nu am idee de unde apăruse. Caietul îngropat l-am găsit eu pentru că niciuna dintre fete nu dorea să se murdărească săpând cu mâinile goale. M-am bucurat de ocazia de a contribui cu ceva pentru echipă şi de a demonstra că nu eram inutilă. Lara a recuperat maşinuţa metalică şi Evelyn a ochit creionul roşu dintr-o tufă sălbatică, eram aproape gata cu lista când am zărit o panglică albastră legată în vârful unui stejar.

— Cine ştie să se caţere? întrebă Evelyn cu seriozitatea ei caracteristică.

— Nu e nevoie să ştie nimeni, mă aşteptam la ceva de genul acesta. Am venit pregătită! Lara a scos din rucsac o sfoară solidă, ce avea din loc în loc noduri mari şi groase.

— Cum funcţionează? m-am mirat, niciodată nu mă pricepusem la astfel de lucruri, o admiram pe Lara că anticipase cum avea să se desfăşoare jocul.

— O aruncăm peste o creangă mai solidă, o parte o legăm de trunchi şi pe cealaltă o ţinem noi pentru contragreutate, în timp ce cea care urcă se foloseşte de noduri pentru a se căţăra. După cum vezi, stejarul ăsta nu prea are puncte în care să-ţi sprijini greutatea.

— Uimitor!

— O vei face? mă abordă direct Evelyn.

— Eu?! ideea mă îngrozea.

— Desigur, ești cea mai mică și cea mai ușoară, cel mai probabil și cea mai agilă, dar greutatea e factorul cheie în situația dată. Copacul este tânăr. Creanga de care este legată panglica e prea subțire pentru a o susține pe vreuna dintre noi. S-ar rupe sigur și ne-am putea răni grav.

— Nu trebuie să o faci dacă nu vrei, putem căuta o altă panglică, într-un stejar mai solid. Desigur, asta ar însemna mult timp pierdut, celelalte echipe ne-ar întrece, am pierde premiul și probabil am ieși pe ultimul loc, încerca Dina să mă facă să mă simt vinovată, și îi ieșea de minune...

Ar fi trebuit să refuz, să le explic că abilitățile mele fizice erau proaste spre inexistente sau pur și simplu să spun că nu vreau să o fac, până la urmă, nu aveam nevoie de un motiv. Dorința mea de apartenență a triumfat, o dorință disperată și stupidă. Mă temeam că fetele aveau să mă învinuiască dacă pierdeam jocul, să mă urască, și să mă respingă tot restul taberei și aceasta abia începuse. Mă speria îngrozitor scenariul, mai tare decât înălțimea impozantă la care trebuia să ajung sau faptul că habar nu aveam cum să mă cațăr.

Teama de respingere, ieșind învingătoare, m-a determinat să o fac și în mod surprinzător, am constatat că mi-a plăcut! Am legat împreună frânghia la baza trunchiului, după care, Lara, pentru că ea era cea mai înaltă și mai puternică, folosind o piatră drept ancoră, a trecut sfoara peste craca cea mai apropiată de locul unde flutura panglica.

Fetele au ținut contragreutate, iar nodurile erau solide și bine făcute încât nu a trebuit să depun vreun efort fizic deosebit pentru a ajunge în vârf. Mi-a fost frică firește, dar încurajările constante ale fetelor mi-au dat curajul necesar. Am dezlegat bucata de material albastru destul de greu, era prinsă bine, iar eu nu aveam un briceag să o tai. Concentrată la această sarcină, nici nu am observat când, cele trei au tras jos frânghia pe care urcasem și de care aveam nevoie și pentru a coborî. Râdeau, am crezut că se prosteau între ele.

— Fetelor, vă arunc panglica sau cum facem?

— Păstreaz-o! Nu a fost niciodată pe listă! râse cu gura până la urechi Lara.

— Poftim? Nu e amuzant! Am nevoie de frânghie ca să cobor! începeam să mă panichez, chiar dacă mă forţam să nu arăt asta. Adevărul era că nu aruncasem nicio privire pe listă sau pe hartă.

— Ghi-ni-on! silabisi Evelyn într-un mod m-a făcut să-mi treacă fiori pe şira spinării.

— Fetelor! Pierdem premiul! glasul meu suna din ce în ce mai disperat.

— Nu a fost niciodată vorba despre premiu, eu am legat aia acolo, a fost o capcană, idioato! râdea Lara în continuare.

— Dar de ce?? deja nu mai puteam ascunde faptul că-mi venea să plâng.

— Fan-Clubul te salută! răspunse veninos Dina.

— Şi eu cum ar trebui să cobor de aici? am strigat panicată, rugându-mă să fie totul un coşmar.

— Cui îi pasă? Sari! Poate mori şi ne faci tuturor o favoare! a fost răspunsul pe care l-am primit printre chicoteli şi au plecat entuziasmate că le ieşise planul ca la carte.

Am început să strig după ajutor. O pasăre mi-a atras atenţia aşezându-se pe ceva... un gard! Eram la limita pădurii Academiei, atunci am înţeles. M-au atras intenţionat într-o zonă izolată, nicio altă echipă nu se afla prin preajmă, ele ştiau asta, totul fusese gândit în detaliu... Poate că nici măcar lucrurile pe care le-am găsit nu erau cu adevărat cele de pe listă, poate au fost plantate de cele trei pentru ca minciuna lor să fie mai credibilă.

Nu înţelegeam! De ce ar merge atât de departe? De ce mă urau în asemenea hal? Ce să fac? Să aştept să-mi observe profesoarele absenţa şi să mă caute? M-ar fi găsit vreodată dacă noi ne-am abătut complet de la traseu? Câte hectare avea de fapt pădurea? Care erau şansele să fiu găsită? Nu mai puteam sta mult cocoţată, amorţisem complet. Şi... dacă mă gândeam bine, puteam fi sigură că nu erau implicate şi cadrele didactice? Aveam deja la activ experienţa cu domnişoara Livia, asistenta medicală, membră a Fan-Clubului. Eram speriată şi nu aveam nicio idee ce să fac, doar privind în jos tot ce vedeam era un vortex violet ce se pregătea să mă înghită.

Cât de mult regretam că venisem... De ce nu m-am prefăcut că îmi e rău în dimineaţa plecării? Hanzo m-ar fi crezut. Nu sunt o prefăcută, sunt o proastă! Nici nu mi-am pus problema ce se va întâmpla în zilele următoare după ce iluzia de a mă afla în afara razei de acţiune a Fan-Clubului se disipase. Nu mă gândeam la viitor, situaţia în care mă aflam era fără speranţă. Teoretic, nu existau animale periculoase în respectiva pădure, practic, auzeam lupii urlând în depărtare.

Începuse să se întunece. Noaptea se îmbina cu ziua în nuanţa violetă a fricii ce-mi intrase în oase. Stăteam agăţată ca maimuţa în copac. Mă dureau toate. Îmi tremurau membrele stând astfel încordată de cine ştie cât timp. Alunecam, palmele zdrelite de scoarţa aspră mă usturau înfiorător. Era vremea să iau o decizie, singura decizie rămasă. Deşi ştiam că nu mă auzea nimeni, am strigat după ajutor până ce am rămas fără voce. Telefon nu aveam, nu îmi mai rămânea decât să încerc să cobor.

Încet, cu grijă, îmi repetam într-una. Am pus vârful piciorului în ceea ce părea a fi o mică scorbură, cu mâna m-am prins de o altă creangă, nu părea chiar atât de greu cum mă temusem. Cât de mult am putut să mă înşel!

Nu am reuşit să cobor decât vreo treizeci de centimetri şi deja nu îmi mai găseam punct de sprijin. Cum mi-am închipuit eu că eram în stare să ajung până jos? Braţele îmi erau epuizate, picioarele îmi tremurau de oboseală, eram speriată şi disperată. Am încercat să-mi găsesc propţă pe un nod al lemnului. Talpa pantofului a fost prea netedă, nodul nu era suficient de proeminent sau piciorul meu, mult prea vlăguit, nu s-a mai putut încorda, nu ştiu care a fost cauza, dar știu care a fost efectul: am căzut!

Picajul în gol nu poate să fi durat mai mult de câteva secunde, dar a fost suficient să-mi revăd întreaga viață. Simțeam cum mă înghite neantul, cum devin atemporală și în afara constrângerilor corpului uman. Impactul cu solul mi-a amintit într-un mod violent de lumea materială.

O tornadă năprasnică de albastru, bleumarin și plumburiu m-a năpădit, durerea era insuportabilă, am leșinat! Nu știu cât m-a ținut abisul în brațele lui întunecate, dar reconfortante. Când mi-am revenit, la fel a făcut și durerea. Nu puteam spune cu certitudine cât de rău mă lovisem sau câte răni aveam. Mă simțeam toată o pată albastră de suferință, cel mai tare mă deranja totuși adidasul care devenise dintr-o dată prea mic și mă durea îngrozitor, iar pantalonii negrii nu prea lăsau să se vadă acest lucru, dar îi simțeam, după modul cum se lipeau de piele, că erau plini de sânge.

Se înnoptase complet, luna plină lumina destul încât să văd la o mică rază în jurul meu, dar asta nu făcea cu nimic mai puțin înfricoșător faptul că mă aflam noaptea în pădure, rănită și singură. Chiar nu-mi simțise nimeni lipsa? Aparent nu, din moment ce nu mă căuta nimeni... dacă m-ar fi căutat, era imposibil să nu mă fi găsit pentru că urletul primitiv ce-mi forțase corzile vocale în momentul coliziunii cu solul, era imposibil să nu fi fost auzit de la o distanță considerabilă, dacă era cineva prin preajmă... dar nu era nimeni! Eu nu contam! Nu mă mai puteam mișca de la jumătate în jos decât foarte puțin. Nu mai aveam nici lacrimi sau poate pur și simplu nu îmi mai venea să plâng? Agonizam și chiar de-aș fi murit, lumea nu s-ar fi schimbat cu nimic... Supliciul meu nu făcea planeta să se învârtă nici mai repede, nici mai încet.

Hemoragie, septicemie, hipotermie, devorată de lupi, care avea să-mi fie cauza morții? Am încetat să mai sper la salvare. Toți oamenii pentru care contam: părinții mei, Hanzo, care ar fi smuls copacii cu mâinile goale pentru a mă găsi, erau mult prea departe, nu mă puteau ajuta. Nu mă mai puteam bizui nici pe vreo intervenţie miraculoasă din partea lui Zero sau a lui Kai, oricum, mă aflam într-o tabără de fete...

Sinistru joc, nu? Să îţi ţii mintea ocupată încercând să ghiceşti cum îţi vei găsi sfârşitul pentru a-ţi lua gândul de la iadul albastru în care eşti captivă. A început şi ploaia, o ploaie măruntă şi rece.

— Nu-i corect! m-am revoltat în faţa cerului ce lăsase să mi se întâmple totul şi acum mă mai şi uda. Sau... poate încerca să-mi grăbească moartea? Să-mi curme suferinţa? Nu suna tocmai rău în varianta asta.

În umbra nopţii, am văzut apropiindu-se silueta îngerului morţii, era conturată mai banal decât mă aşteptasem, fără robă sau coasă, dar nu conta. Nu avea nici aripi, dar eram dornică să-l urmez.

— Ai venit! am zis cu uşurarea muribunzilor ce-şi doresc chinul curmat şi un rând de lacrimi au început să mi se scurgă pe obrajii cuprinşi de febră.

— Lisa! rosti cu durere o voce cunoscută şi îngerul morţii se prăbuşi în genunchi, plecându-şi vinovat capul portocaliu.

— Dante! m-am trezit la realitate datorită şocului, la asta chiar nu mă aşteptasem.

Avea pantalonii murdari de noroi şi iarbă, bluza de trening era toată agăţată, iar obrazul lui fin era biciuit de zgârieturi mărunte. Se vedea că alergase, încă avea respiraţia greoaie. Îmi stătea pe vârful limbii să-l întreb dacă venise să savureze momentul, să admire opera fanelor sale, dar îngrijorarea nedisimulată ce i se citea în privire m-a făcut să realizez că nu merita asta. Mă bucur că nu am dat frâu acelor gânduri, altfel m-aş fi făcut vinovată de o grosolănie, în schimb, l-am întrebat:

— Ce faci în partea fetelor? nu aveam curaj să-l întreb direct dacă nu cumva mă căuta. Vocea mea părea atât de lipsită de viaţă încât m-a îngrijorat până şi pe mine.

— Te-am auzit! Ce s-a întâmplat? era speriat. După felul cum îi tremurau mâinile, am realizat că ar fi vrut să verifice cât de grav eram rănită, dar nu îndrăznea să mă atingă.

— Wow, urechile tale chiar sunt speciale! Nu auzi doar în somn, ci şi de la distanţe considerabile! eram impresionată, am încercat să zâmbesc, dar nu cred că am reuşit să schiţez mai mult de o grimasă jalnică.

Vizibil ruşinat de complimentul neobişnuit, Dante se apropie şi se lăsă pe vine în faţa mea, eu stăteam oarecum în şezut, găsisem o poziţie aproximativ confortabilă în care durerea arzătoare devenise într-un fel tolerabilă. Judecând după modul în care îmi zvâcnea piciorul, nu încăpea îndoială, era rupt. Dante repetă întrebarea neplăcută:

— Ce ai păţit? nu reuşea să îşi ascundă tulburarea.

— Am căzut de acolo, am indicat cu mâna vârful stejarului.

— Ce căuta o fată ca tine acolo? sări ca ars.

— O fată ca mine? eram curioasă cum mă va cataloga: bolnavă, inutilă, împiedicată sau va împrumuta termenul bunului său prieten: „amărâtă"?

— Ştii tu... delicată, Dante îşi plecă privirea uşor ruşinat, gest care i-a făcut pistruii să lucească o clipă sub lumina lunii.

— Oh... fanele tale mi-au întins o capcană, au făcut o listă falsă şi am plecat cu trei fete, eram în echipă cu ele şi aveam nevoie de panglica legată în vârf care era pe listă, dar de fapt nu era pe listă, m-au ajutat să urc, dar m-au abandonat după luând frânghia, da, era o frânghie cu noduri care... am început să vorbesc repede pentru că nu ştiam ce să răspund la complimentul nesperat, aşadar am început să-i relatez ce se întâmplase deşi înşiruirea evenimentelor nu era tocmai logică şi cronologică.

— Lisa! Îmi pare atât de rău! mă apucă el dintr-o dată de mână, o sărută şi şi-o duse la fruntea udă într-un gest ce implora.

— Ce naiba faci?

— Am încercat să-ţi îndeplinesc dorinţa şi să dispar din viaţa ta, zise după un oftat prelung ce-i cutremură vizibil pieptul. Ezită o clipă străduindu-se să se abțină, dar imediat după, și-a dat frâu liber lacrimilor pentru a putea vorbi în voie: am crezut că dacă stau departe, va fi totul bine, îți fac și ție pe plac, te lasă și ele în pace! Ai avut dreptate, totul e din vina mea! Sunt vinovat pentru fiecare dintre lacrimile tale! L-am adus pe Kai și mi-am spus că e suficient să fii protejată! Arestarea lui m-a luat prin surprindere și nu aveam un plan de rezervă... Nu am știut ce să fac... Nu te-am protejat! Iartă-mă! Te rog, iartă-mă!

Spectacolul tragic la care asistam m-a șocat. Dante se afla, din nou îngenuncheat, în fața mea, plângând și implorând iertare! Nu înțelegeam ce se întâmpla, cum avusese loc această răsturnare de situație în viața mea? Mi-am luat inima în dinți:

— Știu că te-am învinovățit pe nedrept, îmi cer scuze pentru asta, dar... adevărul e că nimic din ceea ce fac nebunele alea nu poate fi pus pe seama ta, nu e vina ta! De ce ai senzația că ai obligația de a mă proteja? Nu ai greșit cu nimic... nu era de datoria ta să faci nimic, am încercat să-l consolez luând problema logic.

— Ba da, era! se încăpățână el prinzându-mi fața între palmele lui calde.

— Cine spune?

— Inima mea spune! La naiba! Eu nu am o poveste drăguță ca Zero să-ți spun, eu nu știu când și cum am început să te plac, tot ce știu e că te iubesc! Mi-a fost teamă, din cauza Fan-Clubului, să fac ce a făcut el, să mărturisesc adică... M-am gândit să tac, să mă țin departe, a fost o greșeală! Tot ce am vrut a fost să te știu în siguranță... Nu am vrut să intervin între voi doi, jur! Doar că... nu m-am putut abține când l-am auzit spunând ceva anume despre tine, din instinct, l-am lovit. Zero a interpretat greșit motivul din spatele loviturii. Abia am început să vorbim din nou unul cu altul, dar nici unul dintre noi nu a avut curaj să abordeze subiectul ăsta... dar dacă vrei, vorbesc cu el și o lămuresc, rezolv tot! Recunosc, într-un fel, mi-a convenit felul cum au ieșit lucrurile, dar nu e bine, tu nu ești fericită! Am să repar totul între tine şi Zero, ai să vezi! avea un debit verbal obositor, dar în acele clipe, Dante era de o sinceritate seducătoare.

— Te rog, nu! l-am întrerupt parţial ironică.

— Nu vrei? părea surprins de refuzul meu.

— Nu. În plus, ai face pe Cupidon între fata pe care susţii că o iubeşti şi un alt băiat? nu am idee cum am avut tupeu să pun o astfel de întrebare, pur şi simplu vorbeam de parcă era vorba despre altcineva.

— Aş face! zise cu siguranţa naivităţii unui copil mic. Tot ce contează pentru mine e ca tu să nu mă mai urăşti... Nu, nici măcar asta, îmi doresc să fii fericită şi mai ales, vreau să nu te mai găsesc în vreo astfel de situaţie vreodată!

Ploaia măruntă de până atunci se intensifică brusc, udându-ne până la piele, accentuând trăsăturile tragice pe care le avea Dante în acele clipe.

— Şi Kai? eram decisă să scot totul de la el. Mi-a aruncat o privire încărcată de reproşuri, dar a răspuns ca un copil cuminte:

— Organizaţia lui lucrează parţial pentru familia mea, în sensul că se asigură că nu se va întâmpla niciodată membrilor familiei Felidae ceva asemănător nenorocirii suferite de Kai şi Lolita, e vorba despre protecţie. Fiind în aceeaşi clasă cu noi, am făcut o solicitare extra.

— L-ai trimis şi la cuşca leopardului?

— Ce? Habar nu aveam că a fost acolo... locul întâlnirii cu Zero, nu?

— Dante! Hai să vorbim despre toate astea altă dată, într-un loc uscat şi cald, tremuram deja din toate încheieturile, fapt ce-mi intensifica durerile de la piciorul autodiagnosticat cu fractură.

— Vai, Lisa! Eşti îngheţată! M-a îmbrăţişat străduindu-se să mă încălzească. Sunt un idiot! Poţi să mergi?

— Singură nu. Nu am încercat, dar sunt sigură.

— Încercam împreună? îmi strânse mâna încurajator.

— Da! am vrut să par încrezătoare, dar adevărul e că foşnetul pădurii de când începuse vântul îmi părea groaznic şi ideea de a ne avânta în noapte, în codrul neliniştit, fără o direcţie clară, era înfricoşătoare.

Vuietul era acompaniat de ropotul ploii. Îmi era frică! Nu îmi fusese până atunci pentru că nu îndrăznisem să sper la nicio minune, aşteptasem moartea ca pe o eliberare...

Între timp, se schimbase situaţia. Dante îmi oferise speranţă, dar adevărul e că ne aflam singuri, rătăciţi în pădure, la mare distanţă de tabără, eu eram cel puţin şchioapă şi deşi ploaia mai estompase asta, miroseam a sânge.

Dante şi-a pus curtenitor braţul în jurul taliei mele, iar eu mi-am trecut braţul pe după gâtul lui. M-a ridicat, nu m-a ajutat să mă ridic, ci a făcut-o el. Mă dureau toate, cât timp stătusem nemişcată nu mai simţisem tot disconfortul.

Nu ştiam cum să facem, cum să ne sincronizăm mersul şi am făcut poate cea mai mare prostie din viaţa mea, fără să realizez ce fac, am păşit cu piciorul rănit. Un vulcan bleumarin a erupt în mine şi lava albastru închis mi-a mistuit sufletul. Nu mai simţisem atâţia doli în toată existenţa mea. Lava albastră mi-a topit şi trupul, m-am muiat şi m-am scurs în întuneric.

— Dante! Unde sunt? abia reuşeam să-mi deschid ochii.

— Din păcate, tot în pădure, cu mine... Ai fost inconştientă cam şaisprezece secunde. M-ai speriat, am căzut amândoi, dar tu ai leşinat!

Odată cu conştiinţa, îmi recăpătasem şi simţurile. Durerea era cruntă, dacă aş fi consumat vreun lichid recent, aş fi făcut pe mine. Recunosc că sunt o inutilă, dar nu sunt o smiorcăită! În ciuda aspectului fragil, rezist destul de bine când vine vorba de suferinţele fizice, de această dată însă, trecusem de limitele suportabile. Durerea ajunsese pană la lună şi înapoi. Senzaţia monstruoasă că-mi fusese smuls piciorul, fărâmiţat şi desprins într-un mod violent, atingea cote noi şi zguduitoare de durere.

Tremuram îngheţată, plângând descumpănită, crezând că am să mă prăpădesc în chinuri. Dante era pierit, nu înţelegea ce se întâmplase, pe moment nici eu nu înţelesesem. Ulterior, am realizat că piciorul rupt de când căzusem, s-a ținut într-un mod cât de cât acceptabil până când am încercat să pășesc pe el când, situația s-a schimbat drastic, îi agravasem starea de sute de ori. În ciuda zgomotului de fundal, pârâitul sinistru al osului a predominat scena. Nu am mai avut nimic rupt înainte, nu știam cum funcționează lucrurile, credeam că osul se fisurează, dar că, în ciuda durerilor atroce, membrul rămâne în mare parte utilizabil... m-am înșelat.

— Sânge! am reușit să articulez extrem de slăbită, simțeam cum organismul îmi ceda, fusese greu încercat relativ recent, nu era pregătit pentru o astfel de experiență și pierdeam sânge, mult, colcăind într-un șuvoi cald.

Dante era timorat, dar și-a dat hotărât două palme și chiar dacă mâinile îi șovăiau încă, a hotărât să acționeze. Avea un briceag, cu el mi-a sfâșiat pantalonii dezvelind rana și a folosit bucata de pânză înlăturată, chiar dacă era îmbibată cu sângele meu, pentru a mă lega, cum a știut el mai bine, pentru a opri hemoragia. Fiecare atingere o simțeam de parcă picura magmă pe mine. Aș fi vrut să mă pot abține pentru a nu-l tulbura, dar m-am tânguit grozav. Când a terminat operațiunea, verde la față din cauza faptului că se abținuse prea mult timp, s-a sucit brusc și a vărsat tot conținutul stomacului său.

— Scuze pentru asta!

Nu am răspuns nimic, aș fi vrut să-i spun că era o reacție naturală, sau măcar să-i zâmbesc, nu eram însă capabilă să o mai fac. Gestul lui necontrolat m-a făcut să realizez că situația era mult mai gravă decât îmi închipuisem, rana trebuia să arate îngrozitor dacă îi venise să vomite văzând-o, însemna că piciorul meu era tot spart.

— Va trebui să te duc eu, doar că nu te pot lua nici în brațe, nici în spate, mi-ar ocupa ambele mâini și am neapărat nevoie de cel puțin una liberă, să îți susțin piciorul. Trebuie să stea ridicat, în plus, dacă s-ar bălăngăni, ai avea dureri teribile.

Nu înțelegeam ce vrea să spună, dar în mod clar nu urma să-i mai crească o mână curând, deci urma să mă lase în urmă și să plece după ajutor? Mă speria ideea de a rămâne din nou singură, dar ce alternativă aveam?

Dante și-a dat bluza de trening și tricoul jos, nu mai avea nimic în partea de sus, șiroaiele de ploaie, rece ca gheața, se scurgeau direct pe pielea lui de lapte.

— Am nevoie și de bluza ta, spuse timid după vreo două minute în care tot legase și dezlegase hainele.

Mi-am dat acordul cu o mișcare a capului, din fericire, purtam o bustieră pe dedesubt. M-a ajutat să-mi scot bluza și din cele trei articole de îmbrăcăminte a încropit un fel de manduca în care m-a prins și m-a legat de spatele lui. Cea mai grea parte a fost să ne ridicăm de jos. Când a făcut montajul, s-a pus și el în șezut, după ce legăturile au fost fixate, s-a ridicat în genunchi și sprijinindu-se de tulpina stejarului, în ciuda greutății mele ce-l trăgea în jos, s-a ridicat. Nu eram deloc fericită de faptul că eram o povară pentru cineva, dar în situația dată, nu aveam de ales.

— Ești foarte ușoară, vom ajunge imediat! mă încurajă cu vocea lui caldă, după care adaugă șovăitor: nu e o poziție prea confortabilă știu, dar trebuie să reducem la maximum pierderea de sânge; spunând asta, mi-a ridicat piciorul cât de sus s-a putut.

Senzația cumplită m-a făcut, fără să realizez, să-l mușc de mușchiul trapez cam la jumătatea distanței dintre gât și umăr. Și nici măcar nu am făcut-o prin haine căci era la bustul gol, pur și simplu mi-am înfipt dinții în carnea lui! îmi venea să intru în pământ de rușine.

— Hei! dojana lui nu a sunat prea rău, nu părea foarte deranjat, m-am mai liniștit.

Cred că arătam amândoi jalnic în acele clipe, mergând astfel prin pădure, speriați și uzi până la os. Ploaia curgea asupra noastră în torente neobosite, înghețându-ne trupurile, dar dorința de a izbuti ardea puternic în noi.

Fiind legată strâns de el, sânii mei mici și tari erau presați de spatele lui ferm, trebuie să fi fost și pentru el o senzație la fel de ciudată... Și totuși, nu aș fi crezut vreodată că apropierea de un băiat se va produce în circumstanțe atât de dubioase. Dante nu e prea înalt, dar trupul lui tonifiat, cu grupele musculare bine definite, nu pun la îndoială faptul că e un atlet. Chiar dacă la prima vedere nu e foarte robust, rezistența lui fizică este motivul pentru care am reușit să revedem luminile taberei. Orbecăisem destul prin pădure, luna fiind singura care ne luminase calea, dar am reușit!

Înainte să intrăm, Dante s-a oprit și sfios, a cerut răspunsul ce-l rodea de mult:

— Lisa... tu chiar mă urăști?

— Nu, am răspuns șoptit, dar ropotul ploii a acoperit sunetul, nu îi vedeam chipul și nu știam cum altfel să-mi retrag oribila afirmație, așadar l-am sărutat la baza gâtului, după care mi-am așezat obrazul pe pielea lui fină, îngropându-mi fața în părul lui ud, ce chiar și așa, mirosea uimitor.

Ajunși în tabără, de la distanță, doamna Adisa l-a zărit pe Dante:

— Cine ești și ce cauți în tabăra fetelor?

— Avem nevoie de ajutor! Pregătiți o mașină! țipă el pentru a acoperi zgomotul furtunii și a se face înțeles în ciuda oboselii care în mod clar își pusese amprenta pe el.

— O, Doamne! Ce s-a întâmplat? apăru doamna Iulmo din cabană și conducându-l pe Dante înăuntru, l-a ajutat să mă întindă pe un pat. Profesoara de biologie a consolidat legăturile făcute de Dante și mi-a tăiat adidasul.

— Pânza murdară de sânge și noroi nu e bună pentru o astfel de rană, dar nu putem pune un pansament curat. Odată ce dezlegăm piciorul, trebuie operat de urgență! nu o mai văzusem pe grăsuța și veșnic agitata doamnă Iulmo, cu stările ei de rău și nervozitatea sa specifică, pe bază de stres, vorbind atât de sigură pe ea.

Domnișoara Malvina și doamna Adisa priveau înmărmurite din prag. Revăzând fractura deschisă, Dante, luându-ne pe toate prin surprindere, izbucni:

— Cum s-a putut întâmpla aşa ceva? Voi unde eraţi?

— Lara a spus că Lisa e obosită şi s-a dus să doarmă mai devreme... se justifică Adisa din impuls.

— Serios? Şi rolul vostru aici care e? Aţi crezut-o pe cuvânt? Bine! Dar nu aţi verificat? Ştie toată lumea că Lisa are probleme de sănătate, nu s-a dus nimeni să vadă dacă e bine? Ce supraveghetoare sunteţi voi? Vă lipseşte o elevă şi habar nu aveţi? Sunteţi vai de capul vostru! Sau, poate ştiaţi exact unde e! Sunteţi pe mână cu ticăloasele alea? Veţi rămâne fără slujbe! Nu! La închisoare vă trimit! Lisa putea muri singură în pădure!

Între timp, în ciuda ploii, evenimentul neobişnuit adunase fetele din tabără la cabana în care ne aflam, văzându-le, Dante şi-a redirecţionat atacul:

— Fapta asta nu va rămâne nepedepsită! Ajunge! Nu mai tolerez nimic! Mai ales ca o persoană preţioasă pentru mine să fie rănită! Am să distrug Fan-Clubul!

Deşi mă simţeam flatată că mă numise cineva preţios pentru el, în acele clipe, era de-a dreptul înspăimântător, urlând ca bezmeticul şi ameninţând pe toată lumea. Era clar, clacase. S-a abţinut atât de mult încât acum că răbufnise, nu se mai putea opri.

Doamna Iulmo îşi aşeză blând o mână pe umărul lui:

— Sunteţi uzi şi îngheţaţi! Ieşi puţin afară, Malvina şi Adisa o vor ajuta pe Lisa să se schimbe în ceva uscat şi vom pleca la spital. Între timp, telefonez în tabăra băieţilor să anunţ că eşti aici. Tu mergi şi fă rost de nişte haine şi pentru tine, sunt sigură că fetele se vor înghesui să te ajute.

Dante s-a supus, profesoara mai în vârstă părea a fi singura persoană faţă de care nu era ostil.

Malvina şi Adisa m-au ajutat să-mi trag ceva pe mine şi m-au învelit într-o pătură, dar tot mă simţeam de parcă aş fi fost băgată în congelator. Privirea îmi devenise înceţoşată şi pleoapele grele, însă auzeam perfect:

— Cine e individul de-i permiteți să ne vorbească în halul ăsta? se revoltă doamna Adisa.

— E puștiul special al familiei Felidae, răspunse domnișoara Malvina de parcă vorbele i-ar fi lăsat un gust amar în gură.

— Toți din familia aia sunt speciali, bombăni Adisa.

— Da, dar nu ca el... am fost logodită cu Domingo, îl știi, nu? Și am avut o mulțime de certuri... am avut o singură ciocnire cu copilandrul ăsta și am fost avertizată ca pe viitor, dacă doresc să-mi păstrez slujba, să nu se mai repete.

— Ciudat...

— Probabil că directorul se teme să nu piardă donațiile consistente. Mă gândesc că toată averea familiei va fi a lui de îndată ce va deveni major, sau ceva asemănător.

Dante și profesoara de geografie au revenit, m-au dus la spital și am fost operată. Nu rețin prea bine drumul, știu doar că a fost incomod și că am avut dureri. La urgențe m-au informat că aveam și două coaste fisurate pe lângă fractura deschisă de la picior.

Hanzo a fost chemat și răbufnirea lui Dante din tabără a fost nimic pe lângă atacul de furie al bunicului meu când a aflat de neglijența îngrijitoarelor, l-am auzit înainte de a-mi reveni din anestezie.

Absent de șaptesprezece zile

- Stupid Love – Jason Derulo

Nu am idee cu câte calmante și analgezice am fost îndopată. Când m-am trezit din anestezie, nu îmi mai simțeam jumătatea inferioară a corpului și aveam întipărit pe față un zâmbet tâmp ce nu reușeam să mi-l șterg nicicum.

Hanzo s-a impacientat exact cum mă așteptasem. Se vedea pe el cât de tare se speriase și ca întotdeauna, pe chipul lui aspru se afișau limpede emoții contrare: bucuria de a mă vedea conștientă luptându-se cu spaima prin care trecuse. Nici nu vreau să mă gândesc ce a fost în sufletul bunicului meu când a fost sunat și informat că o nouă năpastă se abătuse asupra mea. Îmi părea rău de el, trecuse prin destule în viață și nici eu nu îi aduceam tocmai bucurii. Recunoștința mea pentru el a crescut din nou. Cum ar fi fost dacă atunci când deschideam ochii el nu era alături de mine? Îngrozitor! Nu concep viaţa fără el, prezenţa lui Hanzo mă ajuta să trec prin toate, mereu. Eram într-o stare jalnică, însă mă simţeam încrezătoare.

Cumva, rolul lui Dante nu ajunsese la urechile bunicului. Hanzo a înţeles că m-am rănit în perimetrul taberei şi am fost dusă la spital de urgenţă, era mai bine să nu afle niciodată ce s-a întâmplat în realitate. Dacă ar fi ştiut adevărul, ieşirea lui de când ajunsese la spital ar fi fost doar o mică demonstraţie a scandalului ce ar fi urmat. S-ar fi războit cu profesorii şi cu Academia până când, cel mai probabil, ajungeam să mă transfer la altă şcoală.

Dante nu mai era la spital, bunicul lui l-a luat acasă chiar înainte să mă trezesc. Adisa şi Malvina m-au rugat, când Hanzo nu era prin preajmă, să nu le pun într-o lumină proastă. Se temeau pentru slujbele lor şi de furia familiei Felidae. Potrivit celor două profesoare, când venise la spital, bunicul lui Dante avea moartea în privire. Aparent, nimeni nu îl mai văzuse pe bătrân până atunci, indiferent de ce se întâmplase la şcoală, niciodată nu îşi făcuse apariţia în persoană. Nici măcar conducerea şcolii nu avea idee cum arăta magnatul, colaborând numai prin intermediari, apariţia aceasta nu putea prevesti nimic bun, spuneau ele. Le-am aprobat şi le-am promis să nu le fac probleme. În mintea mea era încă ceaţă de la medicamente, în plus, nu mă privea problema asta sau dacă mă privea, pur şi simplu nu îmi păsa atunci, doream doar să le văd plecate.

Hanzo mi-a dat vestea proastă că operaţia de urgenţă fusese doar pentru a opri hemoragia şi că eram programată peste două zile pentru o altă intervenţie chirurgicală pentru a-mi „repara" piciorul şi a elimina fragmentele de os sfărâmat. Aveam nevoie şi de ceva şuruburi... Ura! Deveneam robot... ce mai contau nişte metale în picior pe lângă cicatricea de la arcadă, tăieturile cu lama dintre coapse şi arsura de acid de pe claviculă, nu?

Era clar, a fost prima şi ultima tabără a Academiei în care mergeam. Urma vacanţa mult aşteptată, aş fi putut face atât de multe... să mă văd cu prietenele de la vechea şcoală şi altele, în schimb, urma să-mi petrec vara în ghips. Puteam fi mai ghinionistă de atât? Nici să sărbătoresc faptul că reuşeam să termin primul an de liceu cu o medie acceptabilă nu apucasem.

Pereţii albi şi mirosul de antiseptic îmi creau un mediu familiar graţie perioadei anterioare de spitalizare, dar asta nu însemna că nu mă îngrozea ideea unei şederi prelungite.

Liniştea sterilă a fost curmată de bâzâitul telefonului, primisem un mesaj: „Pot să te sun? Dante". Cinci cuvinte, o întrebare simplă şi nevinovată, de ce inima mea s-a oprit în loc citind-o? Ştiam foarte bine de ce: vina! Greşisem enorm faţă de el, am urât un om nevinovat, l-am urât din străfundul sufletului meu şi nu m-am mulţumit cu aceste sentimente îngrozitoare, am avut nevoie de satisfacţia respingătoare de a-i spune în faţă ce simt, de a-i picura otravă în ureche... I-am spus că aş vrea să dispară şi cel mai grav e faptul că vorbisem serios. Nu au fost vorbe aruncate la nervi, ci o dezvăluire a gândurilor mele hidoase. L-am rănit intenţionat, atunci când ştiam că deja se afla la pământ, l-am învinuit pentru tot ce mergea rău în viaţa mea şi el... ştiind toate acestea, nu a ezitat o clipă să se arunce cu capul înainte pentru a-mi sări în ajutor. Ce s-ar fi ales de mine fără el? Ce simţeam eu faţă de Dante? Nu mi-am pus niciodată întrebarea asta cu adevărat, era vremea să o fac, măcar din respect şi recunoştinţă. Băiatul acesta îmi mărturisise că mă iubea, pe mine, cea care-i spusesem toate acele lucruri urâte. Trebuia să clarific ce simţeam eu pentru el pentru că ar fi fost o mojicie din partea mea să-l induc în eroare, mai ales după ce deja greşisem enorm faţă de el.

Din clipa când l-am zărit pentru prima dată, pe băiatul cu păr portocaliu, am trecut printr-o multitudine de sentimente faţă de acesta, reale sau autosugestionate, cert e că a fost un mountain-rousse de emoţii. Pare o veşnicie de atunci, dar îmi amintesc perfect cât de tare m-au impresionat ochii lui albaştri în care am regăsit o galaxie de linişte şi pace. L-am găsit fermecător, nu însemna însă nimic, Dante este un om frumos, oricine are ochi poate vedea acest lucru. Ulterior, i-am fost recunoscătoare pentru că nu părea implicat în persecuţia mea, i-am văzut, pe el şi pe Zero ca pe nişte posibili aliaţi, dar mai ales ca pe nişte oameni cu suflet, specie pe cale de dispariţie în Academia Etnare. Într-un mod diferit, Zero este la rândul lui atrăgător şi m-a salvat de fiecare dată când a avut ocazia... Nu aş putea spune totuşi că am avut vreun sentiment faţă de el, chiar dacă am acceptat oferta lui de a avea o relaţie. Poate că a fost josnic din partea mea să fac asta, dar afară de faptul că eram disperată, nu îl plac pe Zero decât ca persoană şi mi-am spus că gustul vine mâncând şi sentimentele vor apărea pe parcurs. Până la urmă, ce ştiam eu despre iubire? Nimic.

Şi totuşi... privind acum în urmă, la data de 13 mai, inima mea sângerează amintindu-şi zbuciumul suferind al lui Dante. Ca şi Fan-Clubul, am fost atrasă de aspectul lui exterior şi deşi e tare simpatic stilul lui aiurit, cu capul în nori, somnoros şi mereu pe lângă subiect, adevărul e că ceea ce m-a impresionat cu adevărat la el a fost ce am găsit sub acest înveliş. Îmi amintesc cum am simţit impulsul de a-l îmbrăţişa strâns, pentru a-l face să se simtă apreciat sau poate chiar iubit. Lacrimile lui m-au durut, dar ura m-a orbit! Eram turbată de furie şi pizmă. Pe de altă parte, chiar dacă ostilitatea pe care o simţeam faţă de el nu mi-ar fi întunecat mintea şi inima, nu aş fi avut oricum curaj să mă gândesc la posibilele mele sentimente pentru Dante. Fan-Clubul m-ar fi distrus pentru asta. Ironia sorţii face că a încercat să mă distrugă oricum, făcându-mi rău pe toate părţile şi în toate modurile posibile.

Ultimele evenimente, în ciuda laturii traumatizante a acestora, aveau partea lor de duioşie. Destăinuirile lui Dante sunau ca o muzică în amintirile mele, de fiecare dată când le invocam. Puteam spune că trecusem prin foc împreună şi biruisem, deşi... eu am fost inutilă şi el făcuse totul. Aveam dreptul să mă îndrăgostesc de el după ce-l rănisem cu bună ştiinţă şi cu intenţie?

Nu, nu sufăr de sindromul domniţei la ananghie, nu îmi dăruiesc inima oricui îmi întinde o mână salvatoare. Am să păstrez în sufletul meu o recunoştinţă sacră pentru Zero şi pentru Kai, pe veci, dar toată recunoştinţa din lume nu m-ar fi determinat vreodată să-l sărut pe vreunul dintre ei aşa cum făcusem cu Dante. E drept că-i pupasem ceafa, fiind în spatele lui, dar un sărut rămâne un sărut! În plus... poate, dacă se aflau în raza mea, gura mea s-ar fi lipit de buzele lui.

Se spune că de la dragoste la ură nu e decât un pas, să fie valabil şi invers? Concret, nu ştiam mai nimic despre dragoste, o privisem numai din exterior: Ratko şi Azaria, Hanzo şi Elda, nu aveam idee cum se simţea sau dacă trăirile stârnite de pomenirea numelui lui ar putea fi considerate iubire. Nu ştiam altceva decât că simpla lui existenţă, care mă duruse atât de mult cândva, îmi conferea o senzaţie de fericire, iar numele său îmi suna în urechi de parcă ar fi fost cântat, cu note rozalii, la o harpă de aur.

Nu mă mai gândeam la viitor, nici măcar la trecut, prezentul îmi devenise suficient. Nu am mai stat pe gânduri şi nici nu i-am trimis vreun răspuns la SMS, ci l-am sunat direct. Fremătările inimii mele candide nu m-au oprit să fac acest pas înspre el, eram copleşită, dar nu eram singura, emoţiile din glasul lui mi-au confirmat-o, simţeam la fel. Prima noastră convorbire telefonică a însemnat enorm pentru amândoi.

— Hey!

— Hey!

— Eşti bine? reuşi să formuleze cu vocea tremurândă.

— Greu de spus, nu am dureri, dar nu am idee când voi putea merge din nou, nu doream să-l îngrijorez, însă nici să-l las să creadă că voi fi ca nouă în scurt timp nu avea sens.

— Iartă-mă că am plecat înainte să apuc să te văd, nu aveam cum să trec de bunicul tău...

— Stai liniştit, Hanzo e un adevărat prădător. Am auzit...

Am făcut o pauză pentru că m-am temut că poate va fi deranjat dacă manifest curiozitate faţă de familia lui, dar am tras adânc aer în piept şi am continuat hotărâtă pentru că dacă îmi doream cu adevărat o apropiere reală față de această persoană, ar trebui să putem discuta, fără inhibiții, despre orice, nu? Firește că amândoi avem limite și lucruri despre care nu vrem să vorbim, în general, sau pentru moment, totuși, nu doream să se instaleze între noi teama de a aborda subiecte sensibile, așadar, i-am spus:

— Am auzit că a venit bunicul tău după tine și că era foarte nervos.

— Da, așa e, eu l-am chemat să mă ia acasă.

— Era nervos pe mine? Că te-am atras într-o astfel de poveste? mă temeam de răspuns, trebuia însă să-l aflu.

— Ce? Despre ce vorbești? Bunicul a fost furios pentru ceea ce s-a întâmplat, de ce ar fi supărat pe tine? îi venea să râdă de ideile mele ciudate, nu a făcut-o, probabil ca să nu mă necăjească.

— M-am gândit și eu... nu știu ce variantă a ajuns la urechile lui, am zis defensiv.

— Varianta adevărată, a venit replica simplă.

— Adevărul?

— Firește, nu am secrete față de el, era furios din cauza a ceea ce ai pățit, nu pe tine.

— Oh.. știi, Adisa și Malvina se tem de el.

— De bunicul? E inofensiv.

— Ce bine! am răsuflat ușurată. Le-am promis că nu vor avea probleme din cauza mea.

— Nu pot să garantez că nu vor avea probleme, tonul lui Dante m-a înghețat, era plin de ură.

— O spui de parcă tu ți-ai dori ca ele să o încurce...

— Pentru că așa este, recunoscu fără ocolișuri.

— Chiar atât de influentă e familia ta? Profesoarele l-au numit pe bunicul tău magnat... au dreptate?

— Nu vreau să vorbesc despre asta, furia i se topise din glas, în schimb, suna deprimat, dezamăgit poate? Cât de idioată puteam fi? Probabil că-i lăsasem impresia că sunt interesată de averea lui... Nu știam că ai numărul meu, am spus ca și cum ultimele minute nu se întâmplasără.

— L-am avut mereu, îmi lipsea doar pretextul pentru a-ți scrie, râse înveselit brusc și ușor rușinat.

— Uite că l-ai găsit acum, am început și eu să chicotesc.

— Cât mai stai în spital?

— Cine știe? Ar fi trebuit să mă opereze din nou peste două zile, dar Hanzo a cerut transferul la spitalul general din Resao, așadar intervenția a fost amânată pentru când o vor programa cei de acolo.

— Vii acasă? nu îl puteam vedea, dar cumva, știam că-i sclipeau ochii întrebându-mă acest lucru.

— Dacă prin acasă te referi la Resao, mâine dimineață pleacă ambulanța de aici.

— Mâine seară vin să te văd! decretă hotărât.

— Cum?

— Treaba mea, am eu metodele mele, zise misterios.

— Hopa, trebuie să închid, mai vorbim, pa!

Nu am așteptat un răspuns, nici nu știu dacă s-a dezmeticit înainte să-i închid, Hanzo tocmai intrase în salon.

— Am discutat cu Elda, se va muta la noi, și după externare, te va ajuta ea cu ce nu pot eu... Sper că nu te deranjează, Azaria știi prea bine că nu e o opțiune.

— De ce aș fi deranjată? Trebuie să fiu recunoscătoare față de toți cei care mă ajută și oricum, mai devreme sau mai târziu, tot s-ar fi mutat cu noi. Ea să nu fie deranjată că i-ai cerut așa ceva...

— Elda? În nici un caz, e bucuroasă să ajute și din fericire, slujba sa e de așa natură încât poate munci de acasă. M-aș fi simțit foarte prost dacă ar fi demisionat din cauza mea...

— Ai dreptate, Elda e minunată. Ești norocos Hanzo!

Umbra amintirii acelui coșmar în care ea se dovedise un tiran fără suflet nu mai plana asupra mea. Știam că acea femeie avea să îl facă fericit pe bunicul. Cât de mult diferea realitatea de tot ce plăsmuise imaginația mea în acea noapte îngrozitoare. Din fericire, realitatea e mult mai bună, Elda nu era rea şi Dante nu îmi era duşman. Hopa! Mi-am amintit că-i închisesem telefonul în nas. I-am trimis un mesaj prin care mi-am cerut scuze şi i-am mulţumit pentru tot.

Transferul la spitalul general din Resao a fost fără probleme şi, deşi mă aflam internată la o altă secţie, dr. Tamir se interesa în permanenţă de soarta mea. Era îngrijorat că noua lovitură zguduise puternic constituţia mea fragilă, organismul meu nefiind recuperat complet încă şi, în consecinţă, incapabil să funcţioneze la capacitate maximă.

Probabil pentru că eram clientă veche a spitalului, am primit o rezervă. Se înnoptase, Hanzo plecase acasă şi eu mă pregăteam de culcare când uşa se deschise foarte încet şi fără zgomot. Mi-au venit atunci în minte toate filmele horror văzute vreodată, aveam inima cât un purice. Un cap portocaliu se ivi de după uşă:

— Ţi-am spus că am să vin!

Nu am idee cum s-a strecurat în spitalul închis peste noapte şi oricât am insistat, nu a vrut să-mi destăinuie misterul. Nu a stat decât puţin pentru a nu fi prins de asistentele ce făceau rondul de noapte, dar vizita lui a însemnat enorm pentru mine. Mi-a înseninat existenţa şi mi-a asigurat nenumărate vise cu nori roz pufoşi pentru întreaga noapte.

Nu am stat foarte mult internată, vreo două săptămâni numai. Operaţia a fost un succes, dar chinurile nu luaseră sfârşit. Recuperarea se anunţa a fi anevoioasă. Acasă, a fost puţin ciudat şi pentru mine şi pentru Elda să locuim sub acelaşi acoperiş, dar ne înţelegeam foarte bine.

Pentru următoarele trei luni îmi era interzis să păşesc şi nu eram prea grozavă la săritul într-un picior, am încercat de două ori, o dată am căzut în fund, cealaltă pe o parte. Nu am mai încercat a treia oară de teamă să nu fie „cu noroc" şi să pic pe piciorul imobilizat în ceva ce nu aş putea spune că era ghips pentru că acest lucru nu a fost posibil datorită rănii deschise, dar nici o simplă atelă nu putea fi considerată.

Camera mea se afla la etaj. Hanzo era nevoit să mă care în braţe pe scări. Când el nu era acasă, Elda îmi aducea mâncarea în cameră. Oficial, cei doi erau logodnici, părea însă că urma o logodnă lungă. Familia viitoarei mirese locuia peste ocean şi programul părinţilor mei era veşnic plin şi era dificil să găsească o dată pentru nuntă care să convină tuturor. Nimeni nu trebuia să rateze fericitul eveniment. Elda nu era deranjată de amânare, în definitiv, avea nevoie de timp pentru a pune la punct absolut toate detaliile.

Cel mai mare chin pe durata celor trei luni s-a dovedit a fi absenţa lui Dante, nu ne-am putut vedea deloc. Ochii lui Zoto îmi mai potoleau aleanul, dar nu era acelaşi lucru. Conversaţia cu el, prin mesaje, se întindea deja pe câţiva kilometri şi vorbeam zilnic la telefon, dar nu era suficient. Curcubeul dorului, un amalgam de emoţii, atât plăcute cât şi chinuitoare, nu-mi dădeau pace. Zilnic, băiatul cu cerul în priviri spunea că nu mai rezistă şi vine să mă vadă şi zilnic trebuia să-l fac să înţeleagă că Hanzo nu ar fi fost deloc încântat de idee. Chiar şi aşa, de la distanţă, sufletele noastre rămâneau conectate, împletindu-se unul cu altul.

Am ajuns să ştim aproape totul unul despre celălalt, ce ne place, ce urâm, ce ne dorim, ce vise avem, nu mai avusesem o astfel de legătură decât cu scumpa mea Catalina şi fireşte cu Zoto, deşi cu el era cam unilaterală. Aflasem că tatăl lui Dante se numise Damian şi fusese un pictor talentat, întregul conac al familiei fiind plin de tablouri de-ale sale şi deşi colecţionarii de artă şi muzeele au venit cu numeroase oferte, datorită valorii sentimentale, bunicul său nu vrea să le cedeze. Culoarea preferată a lui Dante e verde şi mâncarea favorită, dacă o pot numi astfel, e ciocolata. I-ar plăcea să joace baschet la profesionişti, în ciuda înălţimii sale, dar s-a împăcat cu ideea că va fi nevoit să preia frâiele imperiului Felidae pe viitor. Nu înceta să mă surprindă antiteza dintre tipul cu capul în nori şi maturitatea ce-l alcătuiau pe acest băiat. Desigur, şi el aflase multe despre mine, doar că eu nu sunt o persoană prea interesantă.

Vacanţa de vară s-a scurs astfel, cel de-al doilea an de liceu a început la fel ca primul, în sensul că eram absentă din nou, dar extrem de diferit pentru că acum aveam prieteni. Chiar dacă nu ne puteam întâlni, vorbeam mereu cu Dante, Lolita şi chiar şi Kai mă mai întreba ocazional cum o mai duc. Nu îmi lipsea deloc Academia, sau mai bine spus Fan-Clubul. Îmi venea mult mai uşor să învăţ de acasă, mai ales că primeam ajutor din partea celei mai strălucite minţi din şcoală, Dante Felidae însuşi.

Odată încheiate cele trei luni, medicul m-a informat că încet-încet, trebuie să încep să merg din nou şi mi-a oferit o pereche de cârje în acest sens. Pentru a-mi uşura viaţa, m-am mutat în camera de oaspeţi, situată la parter. Puteam ajunge astfel la bucătărie şi chiar să ies până în curte singură. Bunicul mi-a mărturisit că nu m-a lăsat să mă mut mai devreme de teamă să nu încerc să circul mai mult decât trebuie şi să mă rănesc.

De îndată ce a aflat de schimbarea intervenită, nu l-am mai putut opri pe Dante să vină şi până la urmă, poate că nici nu îmi doream să o fac. A sosit pe nepregătite, din fericire, Hanzo şi Elda ieşiseră în oraş. Nu am îndrăznit să-l chem în casă, nici el nu cred că ar fi avut curaj să intre. Am ieşit la fereastră.

— Mi-ai lipsit! i-am zâmbit, părea atât de natural să-i spun asta şi cu puţin timp în urmă, nu m-aş fi încumetat măcar să mă gândesc că aş putea spune asta unui băiat.

— În sfârşit! strigă şi cuprinzându-mi obrajii cu mâinile sale calde, se apropie încet, deja puteam simţi buzele lui catifelate strivindu-se de ale mele dinainte să se întâmple, dar s-a oprit: pot să te consider iubita mea?

Ne aflam atât de aproape încât îi puteam simţii suflul respiraţiei înfiorându-mi pielea. Poate că întrebarea lui nu îşi mai avea rostul după cele trei luni încheiate, dar m-a bucurat extraordinar de mult. Pesemne avusese nevoie de o confirmare şi, deşi nu eram conştientă de acest lucru, se pare că şi eu simţisem la fel.

— Mai întrebi? i-am răspuns cu un pupic pueril.

Încântat, m-a sărutat, cu adevărat, așa cum nici nu am știut până atunci că se poate, răscolindu-mi întreaga ființă și trezind simțăminte arzătoare. Restul lumii a încetat să existe, întreg universul era alcătuit din noi doi, plutind deasupra norilor roz pe un covor zburător portocaliu.

Când gurile noastre însetate una de cealaltă s-au desprins, Dante a făcut un pas în spate și a început să se scotocească prin buzunare. Într-un final, a găsit ce căuta: o floare roșie pe care mi-a prins-o ceremonios în păr. Am simțit atât de multă afecțiune în gestul său încât nici dacă mi-ar fi decorat cârlionții cu o stea din briliante nu m-aș fi simțit mai apreciată.

— Pari mai înalt! am constatat pentru a nu fi nevoită să spun ceva referitor la gestul său ce mă emoționase profund, doar că nu știam cum ar fi trebuit să reacționez într-o astfel de situație.

— Asta pentru că am rolele în picioare, râse deloc ofensat.

Următoarele luni au fost cea mai frumoasă perioadă din viața mea de până atunci. Studiam de acasă, piciorul mi se recupera fără probleme și îl vedeam pe Dante aproape zilnic. Era mai greu să-și facă apariția în zilele în care Hanzo era acasă, dar și așa, găsea el o oportunitate să se strecoare la fereastra mea. Venea cu skateboard-ul sau pe role și-mi aducea de fiecare dată câte o floare pe care mi-o prindea ceremonios în părul teribil de cârlionțat. Uneori, ieșeam și eu în curte. Clipele petrecute unul lângă altul, pe banca de lângă iazul broaștelor țestoase mi le voi aminti mereu cu drag, ca pe o comoară. Timpul stătea în loc când eram lângă Dante, nici măcar Zoto nu cuteza să ne întrerupă clipele celeste.

Cu trecerea vremii, am început să merg din nou și a venit ziua în care a trebuit să mă întorc la școală. Nu i-am spus nimic lui Dante, am vrut să-i fac o surpriză. În ultima perioadă mă vizitase cam rar. Logic că-mi doream să petrecem cât mai mult timp împreună, dar știam că avea și el viața lui ce în mod clar, nu se învârtea în jurul meu. Mă îngrijora în schimb faptul că părea mereu epuizat și devenea din ce în ce mai palid. Dante avusese mereu o piele albă ca laptele, de o vreme însă, părea că se transformase în ceară. Bănuiam că era bolnav, dar nu recunoștea asta oricât insistam. De aceea nu m-am mirat în seara în care mi-a trimis mesaj că nu poate veni și nici să mă sune pentru că migrena ce-l chinuia îl făcea să nu suporte telefonul lângă ureche. Nu m-am îngrijorat prea tare, cel puțin nu încă, și m-am consolat cu gândul că aveam să ne întâlnim a doua zi la școală.

Dimineața, Elda m-a dus cu mașina la școală, nu eram încă pregătită să parcurg acea distanță pe jos. Mă găseam din nou în fața porții ornamentate a Academiei și o stare de nervozitate se instalase comod în mine. Albul fericirii de a-l revedea pe Dante se duela pe viață și pe moarte cu violetul fricii de a intra din nou în raza de acțiune a Fan-Clubului, mai ales că de această dată, chiar aveau motive să mă urască, până la urmă, eram iubita lui, a celui pe care ele îl admirau, fără a-l putea avea vreodată.

Mergând spre clasă, mă străduiam să fiu cu ochii în patru, în mod ciudat, nu simțeam nicio atitudine ostilă, în schimb, am observat că răsăriseră prin școală nenumărate camere video. Și înainte de absența mea prelungită Academia avea supraveghere video din loc în loc, dar între timp, părea că au refăcut sistemul în așa fel încât să nu mai existe niciun punct mort.

Dulapul îmi era curat, banca fără lipici sau mâzgălituri. Ciudat, părea că lucrurile se îmbunătățiseră cu adevărat la faimosul liceu privat. Posibil ca evenimentul din pădure să fi speriat puțin conducerea, foarte bine!

Ochii înstelați ai lui Dante nu se zăreau pe nicăieri, spre surprinderea mea. Nu era neobișnuit pentru el să întârzie la ore, dar de obicei, era pe undeva prin zonă.

— Bine ai revenit printre noi! am fost întreruptă din căutări de o voce blândă, privind în sus, nu am găsit vreo urmă de pizmă în zâmbetul lui Zero. E un om bun, am fost ușurată să constat că nu mă urăşte.

— Mă bucur mult să te revăd, Zero! i-am răspuns cu sinceritate.

Am mai vorbit puţin despre nimicuri. Nu am avut curaj să-l întreb, tocmai pe el, unde era Dante. Nu, nu e vorba de curaj, am considerat că ar fi fost josnic să fac asta. Iubitul meu, încă îmi venea greu uneori să mă gândesc la el astfel, a menţionat de mai multe ori că bunul său prieten ştia despre noi, şi că nu mai păstra în telefon poza de la examenul de admitere. M-am gândit totuşi că dacă s-ar fi simţit confortabil cu subiectul, mi-ar fi spus ce doream să ştiu fără să-l întreb eu. Nu a făcut-o.

Pistruiatul nu a venit la oră, în schimb, s-a întâmplat ceva total neaşteptat. Domnul Turadi ne-a prezentat-o la clasă pe Tamara, noua noastră colegă, venită prin programul schimbului de experienţă tocmai din îndepărtatul Lafar. Tamara e o adevărată figură, am plăcut-o din prima clipă.

La pauză, Yolette, care se făcea că nu exist, a abordat-o pe noua venită şi a pus-o în temă cu regulile Fan-Clubului, răspunsul străinei a fost delicios:

— Pitico, nu veni cu aere la mine, tu nu vezi că-mi ajungi până la piept? se înţelege că noua colegă era mult mai înaltă decât ea şi nu doar înaltă, ci şi foarte frumoasă.

Judecând după conturul bine definit al musculaturii, se vedea clar că practica un sport, am aflat ulterior că acesta era handbalul. Ochii negri, uşor plictisiţi, îi dădeau un farmec interesant, dar caracteristica sa principală era în mod evident tupeul.

— Ai să regreţi aroganţa asta! mârâi Yolette roşind de furie şi îşi aruncă pe spate o buclă din părul ei blond atent coafat, ca întotdeauna.

— Dacă aş avea părul atât de deteriorat ca al tău, nu mi l-aş flutura să-l vadă lumea, aş ţine capul în nisip, ca struţul sau măcar aş purta ceva pe cap, zise Tamara deloc impresionată de gestul de divă al Yolettei, uite, aşa se face!

Spunând asta, îşi desfăcu cocul şi lăsă să-i cadă pe spate un păr negru şi strălucitor, lung până în talie şi imită gestul blondei, numai că la ea părea mult mai natural, ziceai că tocmai ieşise dintr-o reclamă la şampon! Avea avantajul profesionistei, având ceva experienţă în modeling.

Yolette, rămasă fără replică, bătu cu piciorul în podeaua de lemn, ca un copil îmbufnat.

— Hai nu plânge, oricum nu mă interesează Dante ăsta al vostru, oricine ar fi, zise împăciuitoare, în schimb el, tipul înalt şi brunet din spate, e al meu. Îl revendic chiar acum ca să fie clar pentru toată lumea!

Toată clasa a rămas fără cuvinte, Zero părea speriat realizând că despre el era vorba, însă adevărul e că fiind atât de moale şi blând, chiar avea nevoie de o fată ca Tamara, în plus, fizic se potriveau tare bine fiind amândoi înalţi şi atletici.

Mai târziu puţin, pe coridor, o mână rece mă apucă de braţ:

— Ştiam eu că tu eşti! Te-am zărit pe cameră.

— Domnişoara Livia! am exclamat fără să reuşesc să-mi ascund surpriza.

— În persoană! guriţa ei curioasă şi mereu întredeschisă se curbă într-un zâmbet adorabil.

— Te-ai întors la Academie? Cum aşa?

— Păi acum că Fan-Clubul a fost desfiinţat, mi-am spus că e în regulă, oricum nu rezonam prea grozav cu copii mici, explică aplecându-şi capul şi aşa înclinat din cauza cozii celei groase.

— Ai zis că Fan-Clubul a fost desfiinţat? nu îmi puteam crede urechilor.

— Da! răspunse mândră de parcă acest lucru ar fi fost meritul ei personal.

— Stai, tocmai am asistat la o scenă în care Yolette o informa pe noua colegă despre regulile şi supremaţia Fan-Clubului.

— Oh, Yolette se joacă cu focul. Se agaţă de zilele de glorie ale

Clubului care e drept că nu a fost eradicat, dar nu mai are nici o putere.

— Pot fi foarte inventive, m-au trecut fiorii aducându-mi aminte de acidul sulfuric, piciorul rupt, șarpele uriaș și altele asemenea.

— De ce crezi că sunt camere peste tot? La prima abatere primești un avertisment, la a doua ești exmatriculat din Academie.

— Exmatriculat? am repetat din impuls îngrozitoarea sentință, era o adevărată tragedie pentru oricine să fie dat afară din cel mai bun liceu din țară.

— Absolut! Fenomenul bully se lovește de toleranță zero în Grupul Școlar Etnare. Personalul școlii, inclusiv eu, monitorizează camerele prin rotație.

— Nu a fost contractată o firmă specializată pentru asta?

— Nu, măsura a fost luată intenționat. Dacă are loc un incident pe tura ta și nu iei măsuri, ești considerat complice, astfel, nimeni nu se mai riscă să favorizeze pe cineva, în speță Fan-Clubul.

— Măsuri dure, mă bucur, chiar era nevoie!

— Mulțumește-i domnului Darius Felidae, bunicul colegilor tăi: Deuce și Dante.

— Wow, chiar are atât de multă putere?

— Totul se rezumă la bani. După evenimentul din pădure, a amenințat că-și va retrage toți membrii familiei, deloc puțini, din Grupul Școlar Etnare și îi va înscrie la marea noastră rivală, Școala Stacey și bineînțeles că toate fondurile și donațiile din partea familiei Felidae aveau să fie redirecționate acolo.

— Te face să te întrebi ce avere are de fapt această familie, am gândit cu voce tare.

— Probabil că vei afla într-o zi, veni replica neașteptată de la micuța Livia cu nasul în vânt.

— Știi?! eram șocată.

— Da, răspunse simplu împingându-și ochelarii în sus pe nas cu acel tic cu care mă obișnuisem deja.

— Şi... nu eşti geloasă sau ceva? am întrebat precaută.

— Chiar deloc, am intrat în Fan-Club pentru propria-mi protecţie, nu mă interesează acel copil. Eu prefer bărbaţii mai... ca bunicul tău!

— Ok... privirea ei cu subînţeles mă incomoda, aşadar am spus la repezeală: bunicul e logodit! Dacă tot l-ai menţionat pe Dante, ai idee unde e? De ce nu e la şcoală?

— Oh, Dante Felidae este absent de şaptesprezece zile, iar Deuce de cinci.

— Ce s-a întâmplat? eram şocată, habar nu aveam că el nu mai mergea la şcoală de atâta timp, deşi vorbeam zilnic.

— Nimeni nu ştie. Dante nu a mai venit dintr-o dată la cursuri. Familia lui refuză să ofere vreo explicaţie şcolii momentan şi aceasta din urmă nu insistă, ştii tu de ce. Deuce, presat de profesori şi colegi să spună ce se petrece, a încetat şi el să frecventeze orele, deşi făcea o treabă bună încăpăţânându-se în tăcerea sa. Nu primesc pe nimeni şi niciunul dintre membrii familiei din Academie, profesor sau elev, nu discută despre acest subiect.

— Dante nu vorbeşte nici cu Zero?

— Ba da, doar că despre orice altceva... şi nu în timpul şcolii, acum are telefonul închis.

— Închis? neîncrezătoare, am încercat să-l sun. De obicei, nu făceam asta atât de dimineaţă pentru a nu-l deranja la ore. Livia avea dreptate, telefonul lui Dante era închis... ce naiba se întâmplă?

Optsprezece tipuri de feline

Nu am fost niciodată îndrăzneață sau nesăbuită, nu îmi stă în fire să mă arunc cu capul înainte, în acea zi însă, am luat cea mai nebunească decizie din viața mea de până atunci, una ce nu mă caracteriza absolut deloc.

Ceva se întâmpla cu Dante și eu eram hotărâtă să aflu ce anume. Îmi spusese de nenumărate ori că mă iubește până ce mi-am făcut curaj să-i răspund și să dau glas sentimentelor ce-mi acaparaseră inima. Inițial, mi-a fost rușine să rostesc acele cuvinte, dar în scurt timp am început să le simt naturale, o parte din mine, o parte din el. Îi mărturisisem că-l iubeam, venise vremea să-mi susțin afirmația demonstrând-o. Dante se confrunta cu un necaz și aveam de gând să fiu acolo, alături de el, chiar dacă voia asta sau nu, indiferent care ar fi fost demonul cu care se lupta.

M-am dezmeticit în faţa unei porţi imense din fier forjat, superb ornamentată, din spatele căreia se zărea, la o distanţă măricică, un conac impunător. Locuinţa impozantă a iubitului meu m-a şocat suficient încât să mă aducă înapoi la realitate. Probabil că funcţionasem pe adrenalină până atunci, căci abia în momentul acela am realizat ce anume făceam.

Făcusem rost de adresă de la Zero, nu mi-a mai păsat de sentimentele acestuia, instinctul îmi spunea că era un lux pe care nu mi-l permiteam. Am chemat un taxi şi m-am dus direct la Dante acasă. Taximetristul a fost uşor reticent când a auzit adresa la care doream să ajung, dar văzându-mă atât de hotărâtă, mi-a făcut pe plac. Abia după ce am ajuns la grandioasa destinaţie, am făcut două constatări îngrozitoare: familia lui nu avea habar de existenţa mea şi era foarte posibil ca paznicii să nu-mi permită să-l întâlnesc pe cel pentru care venisem, şi cea de-a doua: nu aveam suficienţi bani pentru a achita cursa! Distanţa a fost mai mare decât preconizasem. Ţinând cont de faptul că el venea până acasă la mine cu rolele sau skateboardul, am presupus că locuia mai aproape. Nu am apreciat suficient eforturile făcute de el pentru a ne întâlni.

Salvarea mea a sosit dintr-un loc total neaşteptat: Deuce! Acesta desena într-un foişor din curte când i-a atras atenţia motorul unei maşini apropiindu-se şi a venit să vadă ce se întâmpla.

M-a recunoscut şi le-a spus ceva paznicilor, iar aceştia au deschis falnicele porţi. Deuce m-a întâmpinat cu o plecăciune ironică, a plătit şoferului şi mi-a oferit braţul său. Uimită, l-am acceptat şi am pornit astfel pe aleea de marmură ce traversa parcul şi ducea către casă. Deuce era tot murdar de cărbune şi, deloc potrivite cu îndeletnicirea sa, hainele îi erau deschise la culoare. Avea şi o bandană legată pe cap pentru a-i împiedica părul să-i cadă pe faţă şi să-l distragă în timpul activităţii artistice. Având trăsăturile dezvelite astfel, am constatat că ciudăţelul Deuce avea o fizionomie foarte asemănătoare cu cea a lui Dante, desigur, îi lipseau pistruii, era şaten şi avea ochii o altă culoare, dar trăsăturile li se aseamănă destul de mult.

Mă pregăteam să-l abordez pe verişorul lui Dante cu privire la scopul vizitei mele când, a apărut de nicăieri, alergând, tot răvăşit, un tânăr de douăzeci şi ceva de ani.

— Deuce! Aici erai! se opri cu mâinile pe genunchi să-şi tragă sufletul.

Cel mai probabil, fusese însărcinat cu supravegherea colegului meu de clasă şi, într-o clipă de neatenţie, acesta dispăruse. Judecând după respiraţia întretăiată, îl căuta de ceva timp, poate chiar de dinainte de sosirea mea, pesemne că el îl lăsase în altă parte şi nu desenând în foişor.

Noul venit era mai înalt decât Dante, purta haine casual, închise la culoare, ce se potriveau cu părul său negru şi dezordonat. L-am studiat mai intens pentru a-mi da seama de unde îl ştiam şi mi-am amintit că fusese la spectacolul părinţilor mei, dar tot nu aveam idee cine era.

Între timp, m-a observat şi el şi m-a salutat protocolar, cerându-şi scuze că a fost lipsit de tact în primă instanţă, apoi îl luă pe Deuce de-o parte şi subestimându-mi simţul auzului, îl întrebă:

— O aşteaptă?

— Habar n-am! lui Deuce nu se putea să-i pese mai puţin de motivul prezenţei mele în casa lor.

— Bine... mă ocup eu de aici. Te duci în camera ta, da?

— Da, da.

După ce se îndepărtă artistul, tânărul se prezentă:

— Mă numesc Dean Felidae. Sunt văr cu Dante şi Deuce, de gradul doi sau trei, nu ştiu exact. Ei doi sunt verişori primari, dar am crescut împreună, toţi trei, explicaţiile suplimentare au venit mai mult din nevoia de a vorbi pentru a-şi ascunde timiditatea.

— L-am auzit pe Dante vorbind despre tine! am constatat fericită că misterul identității individului se elucidase.

— Și eu am auzit multe despre tine Lisa, sunt încântat să te cunosc în sfârșit. Mereu mi-am închipuit că te voi cunoaște în alte circumstanțe; nu strecurându-te în casa mea, am adăugat eu mental, dar dacă situația e de așa natură... În fine, te conduc la el.

— Mulțumesc!

Coridorul, pavat cu marmură, era suficient de larg pentru a găzdui un bal de proporții epice. Simetric, pe pereți, se aflau tablourile semnate de Damian, sub fiecare era pusă câte o vază de porțelan fin și în toate se găseau flori proaspete. Pe mijloc, un covor galben, imaculat, în ciuda culorii deschise, se întindea de-a lungul sălii și urca scările impozante din capătul acesteia. Numărasem cinci candelabre grandioase de-a lungul coridorului, în schimb, nu mai existau alte ornamente, în afară de coloanele ionice de susținere. Interiorul casei era în ton cu puterea financiară a familiei Felidae, în mod plăcut însă, designul interior nu îmi lăsa senzația de opulență.

L-am urmat pe Dean, prin coridoarele lungi și întortocheate de la etajul conacului, până în fața unei uși masive pe care fusese făcut un „D" cu graffiti. Deși litera putea reprezenta și numele lui Deuce sau al lui Dean, știam că era camera lui Dante, poate pentru că „D"- ul era verde? Mi s-a părut copilărească și adorabilă ideea de a-ți marca ușa astfel, în mod clar aveam de gând să-l tachinez pe această temă în viitor.

Mă așteptam ca Dean să-și informeze vărul de prezența mea sau să mă invite el însuși în acea încăpere, în schimb, acesta a început să se fâstâcească nehotărât.

— S-a întâmplat ceva? agitația lui mă neliniștea și pe mine.

— Nu. Cel pe care-l cauți se află înăuntru.

— Ok... mulțumesc mult Dean!

— Stai! după ce mă fixă cu privirea câteva clipe, făcându-mă să mă simt extrem de incomod, Dean și-a dat jos hanoracul vișiniu rămânând numai într-un tricou alb.

— Ce faci? eram uşor speriată, până la urmă, mă aflam într-o casă uriaşă, cu un necunoscut şi nimeni nu ştia că mă aflam acolo, cu excepţia lui Deuce.

— Ai putea avea nevoie de asta, aşa cred, zise întinzându-mi haina pe care tocmai şi-o înlăturase. Dean părea să nu fi sesizat nici momentul meu de teamă şi nici uimirea cu privire la gestul său şi adăugă roşind: m-am gândit că poate nu ai văzut încă tot, ştii tu, la Dante...

Am apucat maşinal hanoracul şi i-am mulţumit cu un gest mărunt al capului, iar el s-a retras. Mi se păruse mie sau tocmai îmi spusese că aveam să-mi găsesc iubitul... gol?

Am bătut uşor, nu am primit niciun răspuns. Am presupus că doarme, auzisem că există oameni care au obiceiul de a dormi dezbrăcaţi, trebuia doar să mă obişnuiesc cu ideea că şi el era unul dintre ei. Am deschis uşa încet, îmi tremurau picioarele, nu îmi venea nici mie să cred ce făceam. Cu ochii puţin întredeschişi, m-am orientat unde era patul şi am aruncat haina primită de la Dean în acea direcţie, în speranţa că voi acoperi goliciunea lui Dante astfel.

De îndată ce am făcut acest lucru, s-a auzit un mieunat furios, unul extrem de familiar: Zoto! Dintr-un motiv sau altul, motanul meu se afla în patul acela şi s-a speriat când hanoracul a căzut pe el, drept urmare, a sărit pe draperia grea şi înfigându-şi ghearele în ea, a rămas agăţat acolo, dar numai pentru câteva clipe pentru că imediat a căzut, dar bufnitura fusese mult prea puternică pentru a fi făcută de greutatea lui Zoto şi asta pentru că, de pe podea, mă privea, şocat şi gol, Dante!

Nu eram pregătită pentru asta! Cum aş fi putut fi pregătită pentru aşa ceva? Am început să ţip îngrozită. Am fugit. Unde? Nu ştiam exact, cât mai departe! Zoto era Dante! Dante era Zoto! Am simţit cum mă striveşte întreaga greutate a cerului şi rătăceam pe coridoare plângând. Piciorul meu, proaspăt recuperat, nu era pregătit încă pentru fugă, instabil fiind, am căzut, bineînţeles că nu oriunde, ci din capul scărilor celor mari. M-am rostogolit pe ele, urma ca a doua zi să fiu plină de vânătăi, ca să nu mai zic de lovitura de la cap... mi-am dat cu ceafa de o treaptă de marmură şi a urmat întunericul.

Zgomotul de fundal era mai deranjant decât dacă mi-ar fi sunat cineva un gong mastodontic în cutia craniană. Curând, vacarmul se domoli şi a început să capete sens, era o discuţie, sau, mai corect spus, o ceartă între două voci ce-mi păreau cunoscute. Deşi capul îmi pulsa emiţând unde albastru închis de durere intensă, curiozitatea a câştigat, am început să ascult :

— Sunt terminat, distrus, am pierdut tot, mulţumită ţie! Sper că eşti fericit acum!

— Îţi repet pentru a mia oară, nu am ştiut că nu ştie! Iartă-mă, dar nu am ştiut!

— Ai atins un nivel cu totul nou de prostie, ăsta e un record, chiar şi pentru tine, Dean!

— Dante, nu fii nedrept! Îţi petreci nopţile în casa ei! Nici nu mi-a trecut prin cap că nu ştie, din moment ce dormi la ea noapte de noapte... Aveam dubii doar dacă te-a văzut gol sau nu, nici nu mi-am pus problema de celălalt lucru.

— Da, pentru că e absolut normal să te transformi în animal! Dante chiar era înfricoşător când se înfuria, dar străduindu-se să se controleze, a făcut apel la raţiune: dacă aveai îndoieli, indiferent de ce natură, de ce nu ai servit-o cu ceva în sufragerie şi să trimiţi pe cineva după mine?

— Deuce o conducea deja spre camera ta, eu doar am preluat sarcina, nu m-am gândit dacă e bine ce fac...

— Asta pentru că tu nu gândeşti! Deuce e autist! Scuza ta care e?

— De fapt, eu ştiam foarte bine că cealaltă natură a ta era secretă faţă de Lisa, interveni o nouă voce, dar spre deosebire de celelalte două, nu era deloc mânioasă, ci mai degrabă amuzată.

— Deuce! De ce ai face asa ceva? Dante părea exasperat.

— Mi s-a părut amuzant! În plus, era vremea să afle şi poate chiar se va dovedi utilă şi te va opri să mergi pe calea prostiei.

— Ajunge!

— Nu, de fapt, regret că nu m-am gândit să o chem eu. Pur și simplu nu mi-a dat prin cap, că aș fi făcut-o, să știi! spre deosebire de Dean care avea o atitudine destul de spășită, Deuce, nu părea să regrete nimic și nici intimidat de Dante nu părea a fi.

— Deuce!

— Nu, Dante! Nu îmi mai da ordine! Am făcut ce am crezut că e drept! Am luat propriile decizii și îmi asum acțiunile! Nu asta m-ai încurajat să fac mereu, încă de pe vremea când eram copii?

Pleoapele de plumb au cedat într-un final și s-au lăsat deschise, exact la timp pentru a vedea un Dante înfrânt în fața verișorului său.

— S-a trezit! m-a dat Dean de gol.

Cei trei se aflau pe coridor și eu îi vedeam prin cadrul ușii. Mă aflam în camera lui Dante, întinsă pe patul acestuia. Încăperea nu se potrivea deloc cu eleganța clasică a restului conacului. Pe jos, din perete în perete, podeaua era acoperită de un covor gros și pufos în care-ți afundai piciorul până la gleznă la fiecare pas, de culoare verde crud, ca iarba proaspătă de primăvară. Patul, cu lenjerie neagră, avea forma unei mașini de curse galbene, ceea ce în alte circumstanțe mi s-ar fi părut hilar. Pentru un membru al uneia dintre cele mai bogate familii din lume, camera sa era foarte simplă. În afară de pat, în încăpere se mai găseau un birou într-un colț, o bibliotecă plină și o măsuță pe care trona o consolă video, iar în fața acesteia se găseau două fotolii pară, negre. Pe peretele cu biblioteca erau lipite câteva postere și pe cel opus se găsea un tablou reprezentând un copac înflorit , de o frumusețe răpitoare. Patul se afla destul de aproape de fereastra supradimensionată, acoperită de draperii grele, o nuanță închisă de verde. Camera, foarte spațioasă, părea cam goală și avea un ușor aer trist din punctul meu de vedere, dar poate pur și simplu nu îi plăceau lucrurile înghesuite sau avea o altă cameră unde își păstra restul lucrurilor și aceea îi servea numai de dormitor.

Îngrijorat, Dante țâșni în direcția mea.

— Nu te apropia de mine, perversule! am strigat atât de tare încât am simţit cum îmi zvâcneşte cucuiul de la ceafă.

Auzindu-mă, a îngheţat. Pistruiatul îngenunche în prag zicând stins:

— Lăsaţi-ne singuri! cei doi verişori ai săi, nici dacă ar fi fost făcuţi din fum nu s-ar fi putut evapora mai repede.

Am tăcut amândoi o vreme. Dante purta hanoracul vişiniu pe care-l aruncasem asupra lui şi o pereche de pantaloni scurţi, în contrast cu acea căciula beanie ce o avea trasă pe cap, părând şi mai amărât îmbrăcat atât de anapoda.

— Mă urăşti? întrebă cu voce scăzută, era îngrozitor de palid.

Auzeam din nou această întrebare de la el şi în ciuda a tot ce se întâmplase, nu puteam răspunde afirmativ, tare şi răspicat, ca data trecută, la umbra castanului.

— Îţi doreşti din nou să dispar din viaţa ta? insistă văzând că nu răspundeam nimic, cuvintele lui erau mai mult scâncite decât rostite.

— Nu... Verii tăi, nu par deloc surprinşi de... tine!

— Pentru că e o trăsătură de familie...

— Să fiţi perverşi?

— Ce?! Nu! De ce mă crezi pervers?

— Tu cam de ce crezi? De peste un an de zile, dormi cu mine în pat, mă vezi schimbându-mă seară de seară, facem baie împreună! deşi începusem reproşul pe un ton autoritar, spre sfârşitul frazei, abia am reuşit să mai pronunţ cuvintele pentru că sensul acestora mă făcusără să mă ruşinez în ultimul hal.

Obrajii îmi ardeau şi sunt destul de sigură că jena mi se putea citi pe chip. Am simţit cum întreaga cameră începea să se învârtă cu mine, pereţii se transformaseră într-un carusel pe care vedeam proiectate flash-uri cu tot felul de scene şi ipostaze intime cu Zoto. Până ce nu am spus-o cu voce tare, parcă nu am conştientizat cu adevărat gradul de dezonoare la care ajunsesem. Probasem ţinute şi mă prostisem în fel şi chip în faţa lui, petrecusem timp dezbrăcată în zilele caniculare şi în cadă când îl şamponam inclusiv în părţile lui de... motănel! Îl mângâiasem pe burtică şi... şi...

Speriat de faptul că eram pe punctul de a leşina, a încălcat restricţia de a se apropia şi a venit lângă mine. Când m-a prins de mână mi-am revenit în simţiri. Nu a îndrăznit să se aşeze lângă mine, a rămas pe covor, tot în genunchi. Atunci am înţeles absurditatea situaţiei, mă aflam în casa lui, în camera lui, în patul lui şi îl ţinusem la uşă, interzicându-i să se apropie. Ce era mai absurd: eu că-i cerusem asta sau el că acceptase?

Cu o tristeţe nemărginită, îşi ridică privirea aceea ce cuprindea o multitudine de galaxii îndepărtate şi, cu o uşoară resemnare, a pus o nouă întrebare:

— Ţi-e silă de mine pentru că sunt... asta? cuvintele dureroase au fost acompaniate de un gest simplu şi tragic în acelaşi timp: şi-a dat jos căciula dezvelind, pe lângă părul portocaliu, o pereche de urechi de pisică, ce se iveau din acesta şi aveau aceeaşi culoare.

— Sunt atât de catifelate! m-am trezit atingându-le, nu am putut rezista impulsului de a face acest lucru. Şi ai patru urechi? am început să-i ciufulesc părul mătăsos în căutarea pavilioanelor umane.

— Nu, nu am patru, le am doar pe astea, puteam citi în glasul lui că nu era deloc încântat că-l tratam ca pe un exponat la muzeul de ciudăţenii.

— Îmi cer iertare... M-a luat valul.

— Nu mi-ai răspuns... Mă urăşti?

— Întrebarea corectă ar fi cum de nu mă urăşti tu pe mine? am avut nevoie de mult curaj pentru a spune asta, dar ajunsesem într-un punct în care ascunzişurile, din partea amândurora, nu-şi mai aveau locul.

— Ce vrei să spui cu asta? era deosebit de uimit, la întrebarea lui se aşteptase să-i răspund cu un da şi sperase la un nu, replica mea îl bulversase, nu o anticipase câtuşi de puţin. L-am invitat, printr-un gest, să se aşeze lângă mine.

—Dante, tu nu mi-ai văzut doar trupul gol, mi-ai văzut şi sufletul astfel, cele mai ascunse gânduri, cele mai tainice sentimente. Mi-ai văzut cea mai urâtă față! Știi prea bine că îi destăinui totul lui Zoto...

— Tocmai de asta m-am îndrăgostit de tine! Am văzut o persoană minunată ce se ascundea într-o cochilie, datorită lui Zoto, am fost suficient de norocos încât să-ți cunosc sufletul pur. Nu aveam cum să-ți spun asta înainte, ești foarte frumoasă Lisa, dar inima ta bună m-a cucerit prima.

— Suflet pur? Inimă bună? Ești nebun? Te-am urât, Dante! Și nu doar că te-am urât, ți-am și spus-o în față, iar dacă la școală o puteai lua ca pe o ieșire de furie, știai că ceea ce-i spuneam lui Zoto era cât se poate de real și... și nu ai plecat de lângă mine! M-ai sprijinit în continuare, mi-ai fost alături, deși nu meritam! am început să plâng realizând, din nou, ce persoană oribilă eram.

— Nu meritai nici necazurile pe care le-ai îndurat din cauza mea! M-ai urât pe mine și după, te-ai urât pe tine pentru asta, Lisa! Eu nu cred că a fost ură adevărată, ci furie, neputință, frustrare, nu te învinovățesc de nimic! Mă blamez pe mine pentru că nu am intervenit mai repede! Uneori, mă gândesc, dacă nenorocitul de Safar și-ar fi dus planul până la capăt? Eu te-aș fi iubit oricum, dar tu, nu te-ai fi putut iubi astfel și ai fi încercat să îți iei viața din nou și cine știe... poate nu aș mai fi reușit să te salvez! lacrimi mari au început să se rostogolească și de pe obraji pistruiați.

— Tu ai spart ușa de la baie! am constatat revelator.

— Da, mărturisi modest și mă îmbrățișă strâns, ștergându-mi lacrimile cu mâinile tremurânde, iar în pădure, am auzit țipătul, dar te-am găsit după mirosul sângelui, iar la școală dormeam mereu pentru că trebuia să mă trezesc foarte devreme, să am timp să ajung de la tine de acasă la mine, să mă pregătesc pentru școală și să ajung la ore...

— Nu înțeleg ce se întâmplă, ce ești? am murmurat cu capul lipit de pieptul lui.

— Știu, am multe explicații de dat, dar nici nu știu de unde să încep, e complicat.

— Aveai de gând să-mi spui vreodată?

— Da... știu că e josnic ce am gândit, dar așteptam să vină ziua mea pentru asta, ca să fii mai binevoitoare...

— Deuce și Dean, sunt și ei pisici?

— Nu, Dean e o panteră neagră, iar Deuce o pumă. Bunicul e un lynx. Sunt optsprezece tipuri de feline dintre care ne putem întrupa.

— Ei sunt pume și pantere și tu ești motan, ești cam dezavantajat, l-am tachinat.

— Sunt, dar într-un fel pe care tu nu îl înțelegi încă, totuși, gândește-te astfel: dacă eram o pumă, nu mă luai acasă și povestea noastră de iubire ar fi rămas nescrisă, mă sărută blând pe frunte.

— Și mama ta? m-a scăpat gura, chiar dacă știam că subiectul e sensibil.

— Nu, ea e un om normal, gena se transmite numai pe parte masculină.

— Oh, adică în familia ta, fetele nu sunt deosebite, doar băieții sunt speciali? nu am idee ce m-am îmbufnat eu din cauza asta.

— Nu funcționează chiar așa... În familia Felidae nu se nasc decât băieți, toate mamele și soțiile sunt din exterior, inclusiv mama mea.

— Ciudat... oricum, orice sarcină e fără elementul surpriză dacă toți copiii familiei sunt băieți.

— Bănuiesc că ai dreptate, nu mi-am pus problema asta niciodată.

— Și totuși, înțeleg că familia ta e diferită, că te-ai născut așa, dar cum ai ajuns să fi motanul meu?

— Am să revin cu explicații, însă ideea e că trebuie să petrec timp în forma de motan și pur întâmplător mă plimbam prin cartierul tău când ție ți s-a părut că aș fi Zoto și te-ai apucat să mă prinzi.

— Te-ai lăsat prins, l-am corectat.

— Pentru că ai început să plângi... Aveam în plan să dispar a doua zi și să nu mai calc prin zonă, dar te-am văzut la școală cu poza și am înțeles cât de mult însemna pentru tine și cât de multă nevoie aveai de acel motan.

— Adică ţi-am inspirat milă... Nu înţeleg totuşi, ce s-a întâmplat cu adevăratul Zoto?

— În prima zi, bunicul tău mi-a zis: „Nu ştiu cine eşti şi de unde ai apărut pentru că în mod clar nu eşti Zoto, pe el l-am îngropat în grădină după ce l-a călcat o maşină, dar să te porţi frumos cu Lisa că altfel, pot oricând să mai sap o groapă!". Am început amândoi să râdem de tentativa de intimidare a bunicului, dar şi de faptul că acesta ameninţase cu moartea o pisică, îmi părea însă rău pentru Zoto cel real.

— Dante, eşti o minune dublă în viaţa mea, m-ai salvat în ambele tale forme! Îţi mulţumesc!

— Nu trebuie să-mi mulţumeşti, dar să îţi fie clar, nu a fost vorba de milă! Da, mi-a părut rău iniţial de tine şi am decis să mă prefac că sunt cine credeai pentru a te ajuta să depăşeşti o perioadă grea, după care, mi-ai stârnit curiozitatea cu firea ta deosebită şi înainte să-mi dau seama, m-am îndrăgostit de tine până peste cap. Mi-a fost atât de greu să te privesc suferind fără să te pot îmbrăţişa, consola, mângâia... să te privesc neputincios cum suferi şi te răneşti singură şi să nu pot face nimic.

— Nu erai chiar neputincios, am bombănit.

— Nu, pentru că ar fi fost perfect normal ca motanul tău să se transforme într-un tip pe care abia îl cunoşti şi nu oricum, ci complet dezbrăcat. Sunt convins că ai fi fost încântată de consiliere! am râs cu poftă amândoi, dar sufletul meu hain nu s-a putut abţine să nu îi facă un nou reproş:

— Şi la şcoală? Acolo nu erai neputincios...

— Nu, acolo eram prost. Am crezut şi eu, ca şi tine, că cel mai bine pentru tine era să stau cât mai departe.

— Şi totuşi, soluţia s-a dovedit a fi alta. Am fost azi la Academie, am observat nişte schimbări.

— Oh... Cumva, poate am căutat scuze Fan-Clubului ştiind că

datorită nevoii de conservare a speciei, feromonii familiei mele sunt speciali, făcând fetele să se simtă atrase de mine... Am pus totul pe seama acestei atracții, chimice, nu am realizat decât târziu că lucrurile erau mult mai grave de atât... Până la urmă, nu am avut de ales, dar nu îmi place să abuzez de putere...

— Totuși ai făcut-o!

— Am făcut-o pentru că mi-a devenit clar că nu ai fi fost niciodată în siguranță altfel! A trebuit să protejez ce e prețios pentru mine, în plus, e în beneficiul tuturor că s-a încheiat tirania.

— Profesorii se tem să nu cumva să le scape ceva și să se considere că au închis ochii la vreun abuz. Familia ta e înspăimântătoare.

— Te rog, nu spune asta... acum înțelegi de ce nu-mi place să ne expunem astfel? Am făcut-o doar pentru că nu am avut alternativă...

— De ce vorbești de parcă deciziile astea ți-ar aparține în totalitate?

— Pentru că așa e! Îți amintești când m-ai întrebat dacă bunicul e un magnat? Nu e, eu sunt! Averea aparține întregii familii firește, dar totul depinde de mine.

— Nu înțeleg, ești minor.

— Nu contează, eu sunt Motanul, toți membrii familiei Felidae îmi datorează supunere, deciziile mele sunt ordine. Nu pot spune, există și avantaje, dar e o responsabilitate imensă.

— Ce înseamnă să fii Motanul și cum devii unul?

— Înseamnă că ești capul familiei și nu devii, te naști.

— Ai moștenit poziția de la tatăl tău?

— Da și nu. Să fii Motanul înseamnă că răspunzi de bunăstarea familiei Felidae și toți membrii acesteia te ascultă în tot și în toate pentru că instinctiv, știi ce e mai bine. Mai înseamnă că tu ești un copil ce se teme de întuneric, nu știe să se îmbrace singur, nu are voie să umble la aragaz sau nu ajunge la întrerupător pentru a aprinde lumina, dar știi exact ce contract este mai avantajos pentru cutare companie, știi că trebuie cumpărate acțiuni într-un anume domeniu, vândute stocuri, că un anumit asociat are intenții ascunse și multe alte lucruri pe care de fapt nu le înţelegi deloc.

— Sunt din ce în ce mai confuză... Dante şi-a aşezat capul, cu păr mătăsos şi urechi de animal, în poala mea, ghemuindu-se astfel. Avea un aspect uşor bolnăvicios, l-am găsit vulnerabil şi am constatat că îl iubeam mai mult ca niciodată. Bluza i s-a ridicat când şi-a arcuit spatele, dezvelind ceva total neaşteptat:

— Ai şi coadă!

— Da, zise sfios, ascunzându-şi faţa.

— Pot să o ating?

— Aş prefera să nu... dar înţeleg că e ceva ce nu vezi toată ziua.

— Am să mă abţin, momentan. Spune-mi, asta e forma ta reală?

— Da.

— Şi la şcoală?

— Îmi suprim aceste caracteristici, dar acest lucru îmi scurtează durata de viaţă şi am nevoie să petrec timp în formă de pisică pentru a o recupera, de asemenea, forma aceea, mă ajută să mă refac când sunt bolnav, nu că ar mai conta acum...

— Bun, de acum înainte, în prezenţa mea să nu-ţi mai iroseşti energia, în plus, te prefer aşa cum eşti tu cu adevărat.

— Lisa! mâna lui se întinse pentru a-mi mângâia obrazul plin de recunoştinţă.

— De ce am eu senzaţia că Deuce şi Dean nu se confruntă cu această greutate?

— Ce perspicace eşti! Ai dreptate, dar pentru a înţelege, ar fi nevoie să-ţi explic istoria familiei Felidae, de la Separarea Lumilor.

— Dar... Asta e doar o legendă!

— Nu, e cât se poate de real, existenţa mea nu îţi este o dovadă suficientă?

— Ok... M-am pierdut de tot.

Dante se întoarse pe spate, tot cu capul în poala mea şi, după ce-şi aşeză coada colac lângă el, cu vocea lui caldă şi plăcută, cu privirea aţintită în tavan, de parcă ar fi fost o fereastră spre acele timpuri îndepărtate, începu să povestească:

— *Demult, în vremuri imemorabile, Lumea Naturală și Lumea Supranaturală erau suprapuse. Oamenii conviețuiau cu creaturile supranaturale: elfi, troli, spiriduși, zâne, spirite și multe altele, din nefericire, nu tocmai pașnic. Erau într-o continuă sete de putere și dominație. Trolii doreau să subjuge oamenii care deși aveau superioritate numerică, erau cea mai fragilă specie dintre toate, așadar, pentru a echilibra situația, au furat o armă magică de-a elfilor. Furioși, elfii, au atacat oamenii care au susținut că doar au împrumutat-o și, în schimb, îi vor ajuta pe înaripați să cucerească o comoară de-a orcilor și tot așa, se isca război după război.*

Creatorul, saturându-se de ura dintre specii și de vărsarea inutilă de sânge, a luat decizia de a separa Lumea Naturală, în care să viețuiască oamenii, de Lumea Supranaturală, pentru creaturile magice, printr-o barieră impenetrabilă. Decizia a fost luată din scurt și Creatorul nu a lăsat timp la dispoziție decât suficient ca fiecare să ajungă de partea corectă a barierei, în funcție de specie. Motivul fiind ca nimeni să nu fie preocupat de furturi sau jafuri. La căderea barierei, toți cei ce nu se aflau în Lumea corectă, urmau să piară, deci nu aveau timp de irosit.

Măsura a fost luată pentru pace, dar i-a lovit cel mai greu tocmai pe aceia ce nu se războiau, ci iubeau. În haosul luptelor de supremație între specii existau destui care găsiseră dragostea în brațele nepotrivite, din punctul de vedere al popoarelor lor. Cuplurile mixte nu erau deloc bine văzute, fiind blamate de ambele tabere și aveau de suferit multe nedreptăți pentru că au îndrăznit să întemeieze asemenea familii.

În aceeași situație se aflau si Yuuya, un războinic și Davia, un spirit felină, aceștia dăruindu-și inima unul altuia. El a renunțat la cariera militară, ea și-a părăsit tribul și, împreună, și-au construit o căsuță, lângă un sat, unde au trăit fericiți, în ciuda răutăților ocazionale ale sătenilor. Gospodăria lor prospera sub mâinile Daviei, iar Yuuya schimbase sabia pe uneltele agricole, lucrau pământul și creșteau animale.

IUBITUL MEU, MOTANUL

Sătenii au fost extrem de revoltați când a venit pe lume Damir, primul lor fiu, și au vrut să îi alunge. Yuuya și-a amintit atunci din ce material era făcut și și-a apărat cu îndârjire familia. Poate că devenise un simplu fermier, dar cândva fusese un mare general și rămăsese la fel de neînfricat. Locuitorii satului au cedat, ba mai mult, curând, l-au îndrăgit pe micuțul care-i cucerise cu firea lui blândă. În casa lor s-a născut la scurt timp și Dino, după care a urmat o pauză de câțiva ani înainte de venirea pe lume a lui Darrin.

Mezinul l-a speriat puțin pe tatăl său căci nu se născuse copil ca frații săi, ci avea forma unui pui de pisică. Cu greu a reușit Davia să-l liniștească și să-l asigure că nu are de ce să-și facă griji. Nu știa biata mamă ce lovitură grea urma să primească familia lor câteva zile mai târziu.

Când a aflat de apropiata cădere a barierei, Davia a fost devastată. Cu sufletul frânt, l-a anunțat pe Yuuya ce se întâmpla. Știa că pierduse tot, ea și soțul ei aveau să trăiască în lumi complet diferite și copiii lor urmau să crească fără mamă. Pentru a le asigura viitorul, a îngropat zece monede mari de aur din lumea ei la rădăcina copacului din curte, dar nu se putea desprinde de lângă fiii săi, chiar dacă știa că va pieri dacă nu pleca. Inima de mamă dorea mai bine să se mistuie acolo, lângă ei decât să-i părăsească, chiar dacă nu o făcea din voia ei. Într-un final, Yuuya, a luat-o în brațe pe tânăra femeie lovită crunt de soartă, pedepsită pentru greșelile altora, și a alergat cu ea la locul stabilit, chiar înainte de căderea barierei.

Despărțirea le-a ars sufletele amândurora, iubirea lor, interzisă de la început, devenise imposibilă de-a dreptul. Era injust și tragic, dar nu se putea face nimic. Nu știu ce s-a întâmplat cu viața Daviei din acest punct, în schimb, Yuuya, este cel care a pus bazele familiei Felidae.

Rămas singur, cu trei copii mici, dintre care unul abia născut, pentru început, tatăl a fost cuprins de disperare, dar nu s-a lăsat învins, avea trei copii de crescut! Disperarea și tăria lui aveau aceeași sursă, fiii săi. Știa deja că Damir și Dino aveau abilitatea de a se transforma în leu, respectiv în tigru, iar în privința lui Darrin nu mai existau îndoieli întrucât el se născuse direct pisică. Copilul cel mic a rămas în această formă prima lună a vieții sale. După ce a trecut luna cu pricina, a devenit un bebeluș aproape normal, căci avea urechi și coadă de pisică. Ultima indicație a Daviei, cu privire la copii, a fost ca toată lumea să asculte de Darrin pentru că era special. Yuuya a făcut întocmai și familia a început să prospere, copilul lua cele mai bune decizii, fără ca măcar să le înțeleagă. De asemenea, monedele de aur au fost și ele de ajutor, mai ales că de fiecare dată când tatăl băieților lua câte una-două monede pentru nevoile casei, data viitoare când căuta la rădăcinile copacului, erau din nou zece bucăți lucitoare de aur.

Băieții au crescut și au avut la rândul lor copii, toți băieți, fiecare se putea transforma într-un tip de felină și numele fiecăruia începea cu litera „D", dorința lui Yuuya pentru a o onora pe Davia. Dacă inițial a fost o simplă dorință, acum este considerat un obicei sacru în familie, numele noastre nu pot începe cu o altă literă. Și chiar dacă au trecut nenumărate milenii, nu s-a născut niciodată o fată în familia Felidae. Se spune că atunci când se va întâmpla acest lucru înseamnă că linia sângelui Daviei s-a sfârșit și monedele vor dispărea.

— Să nu spui că există cu adevărat? nu am reușit să mă abțin să nu-l întrerup.

— Ba da, vezi tabloul ăsta? indică imaginea cu copacul violet, l-a pictat tatăl meu având ca model copacul real, se află în curte, dar e protejat de o barieră.

— Barieră? totul era prea ciudat pentru mine.

— Cu timpul, ca descendenți ai unui spirit, am învățat să facem câteva trucuri, îmi făcu Dante cu ochiul.

— Ce s-a întâmplat cu frații?

— Nimic, au construit această familie, ei, copii și nepoții lor. Darrin i-a ghidat pe calea cea bună. Într-o zi el a murit și un alt Motan s-a născut și a preluat frâiele familiei, iar acum e rândul meu. Pot exista, simultan, șapte indivizi cu abilitatea de a se transforma în leu de exemplu, dar întotdeauna, există un singur Motan.

— Fascinant! E ca un basm!

— Basmele au finaluri fericite, zise sec şi se ridică, să bea apă, într-un mod vizibil deranjat de comentariul meu. Chiar nu îi înţelegeam atitudinea devenită, din senin, ostilă.

Nouăsprezece săptămâni până mor

M-a deranjat modul brutal în care s-a smuls de lângă mine. Instinctual, vulcanul roșu al furiei se pregătea să erupă, dar un gând fugitiv îl făcu să se stingă instant: venisem să aflu ce se petrecea cu Dante, pentru că în mod clar se petrecea ceva, și să-i fiu alături. Scopul inițial al vizitei mele era să-l sprijin, indiferent de natura demonului cu care se confrunta, nu să-i devin eu însumi povară, iscând o ceartă inutilă.

M-am ridicat și, șovăind, l-am îmbrățișat din spate, lipindu-mi obrazul de coloana lui. Slăbise, rotunjimea umărului său se subțiase vizibil față de cum fusese în tabără. Dante devenise mai firav, nu ar mai fi putut să mă care cum a făcut-o atunci când mi-am rupt piciorul. Era în mod clar bolnav.

— Te-a deranjat că am venit neinvitată? l-am abordat cu timiditate, încercând să deschid un drum înspre miezul problemei.

— Ce? Nu! Mă bucur să te văd, mai ales că nu știu dacă aș putea să mai vin la tine ca și până acum... Totuși, lucrurile se puteau termina altfel, m-ai fi putut respinge aflând de adevărata mea natură, Dante se întoarse și mă cuprinse cu brațele descărnate, plecându-și fruntea pe umărul meu.

— Niciodată! Natura ta nu contează, nu definește cine ești, tu ești tu! Și... ai fi putut veni cu o mașină? am îndrăznit să sugerez.

— Nu crezi că i-ar fi atras atenția bunicului tău? O mașină străină? Care tot dă târcoale casei sale?

— Dante... De ce nu te-ai mai dus la școală? Am vrut să-ți fac o surpriză și tu nu erai acolo...

— Îmi cer scuze că nu ți-am spus, ar fi trebuit să te anunț.

— Să mă anunți, ce? i-am ridicat capul cu mâinile pentru a nu-mi putea evita privirea.

— Am renunțat la școală, spuse încercând să pară că această decizie nu era mare lucru.

— De ce? am strigat șocată.

— Simplu, nu mai am nevoie să merg la școală, zise ușor misterios, sunt convinsă că în adâncul lui se ruga să o las baltă, dar nu aveam nicio intenție să fac asta.

— Știu că deții un imperiu și ai acumulat destule cunoștințe de bază, ținând cont de memoria ta incredibilă... Ce vreau să spun e că aveai fix la fel de mulți bani, inteligență și cunoștințe în urmă cu trei săptămâni, când frecventai liceul în mod normal, deci... ce e diferit acum?

— Da... nu pot să te mint, oftă, și e dreptul tău să știi... nu pot lăsa să fie o surpriză, ar fi oribil din partea mea. Ar fi fost mult mai bine dacă fugeai dezgustată, să nu mai vrei să mă vezi, să mă urăști... mi-a luat mâna într-a sa și m-a condus înapoi la pat și s-a așezat pe marginea acestuia. Părea că îmbătrânește cu fiecare clipă. M-am oprit în fața lui și i-am mângâiat capul plecat. Dante a scâncit și, mișcându-se greoi, scoase, de sub saltea, un plic cam mototolit, pe care mi-l întinse. Privirea lui a rămas aţintită în podea, aşadar am decis să văd ce se afla înăuntru.

— O ecografie! am strigat revoltată. Ai lăsat o fată însărcinată? Vei avea un copil?

— Nu! Eşti nebună! Nu e al meu! se învioră puţin fiind nevoit să se apere.

— Ţi s-a înscenat? Pentru avere? Poţi demonstra uşor, cu un test ADN, că nu eşti vinovat.

— Lisa... nu ai înţeles nimic, ecografia... e a mamei.

— Mama ta va avea un alt copil? De aceea eşti demoralizat... Îmi pare rău!

Nu ştiam cum să-l consolez. Mama lui nu l-a putut iubi, dar acum avea să ofere afecţiunea mult râvnită de Dante unui alt copil. Fiul ei cel mare avea să privească cum noul născut era înconjurat de toată dragostea de care el a fost privat. Era clar, misiunea mea devenise, din acea clipă, să mă dăruiesc complet iubitului meu. Dante trebuia să ştie în permanenţă cât de mult contează el ca persoană şi sentimentele mele să-l învăluie în asemenea măsură încât lipsa mamei să nu-l mai doară şi mai ales diferenţa pe care aceasta avea să o facă între cei doi fraţi. Gândindu-mă astfel, am continuat să privesc intens ecografia ce încă o ţineam în mână şi la un moment dat mi-a scăpat exclamaţia:

— Ce copil ciudat!

— Nu e un copil, e un Motan, icni Dante străduindu-se să pronunţe cuvintele fatale. Am pălit. Rugându-mă să nu fi înţeles eu bine, am mormăit:

— Credeam că nu poate exista decât un singur Motan.

— Aşa e, mai am nouăsprezece săptămâni până mor! deşi tonul său dorea să pară împăcat cu soarta, am simţit toate acele lacrimi reţinute ce se ascundeau în spatele său.

Inima mi s-a oprit în loc. O lume fără Dante? Nu! Era de

neconceput! Întreg Universul a devenit negru pentru mine. Soarele nu mai avea de ce să răsară în ziua următoare, lumea se putea sfârși. Mă simțeam înecată în pucioasă, o smoală neagră, plină de suferință, mi se lipise de suflet și de trup. Auzind verdictul, m-am aruncat asupra lui, eram pregătită ca pământul să se crape și să ne înghită pe amândoi, împreună! Cum putea cerul să se gândească să ne despartă? Cum putea Creatorul să sfârșească viața acestui suflet bun și blând înainte de a începe cu adevărat? Se născuse blestemat! Să fii Motanul nu era binecuvântare, era blestem! Până atunci nu înțelesesem ce a vrut să spună când am menționat că era dezavantajat față de verii lui, iar el mi-a confirmat acest lucru. Eu mă refeream că leii, tigrii și pumele sunt mai grozave decât o pisică... el se referea la ceva mult mai dramatic... nu înțelesesem tragicul situației sale.

Îl strângeam spasmodic în brațe. Nu eram, pregătită să îl pierd, nici atunci, nici niciodată! Nu puteam trăi fără el! Am început să plâng, a început și el. S-a lăsat moale în brațele mele. Nu se mai împotrivea furtunii ce-l lovise, se lăsa purtat de ea, nimicit de o voință supremă ce a decis că el nu mai putea exista pe această lume. Nici nu știu de unde aș putea începe să-mi adun cioburile inimii sfărâmate numai la gândul pierderii lui. Și era, încă, doar un gând... nu, era o certitudine! Ce ființă egoistă puteam fi! M-am lăsat cuprinsă de durere și disperare, dar el? Ce o fi fost în inima lui? Certitudinea morții se instalase impunătoare pe drumul vieții lui, imposibil de clintit sau de ocolit. Dante nu avea să fie niciodată major, să conducă o mașină, să se căsătorească, să facă atâtea și atâtea. Cine știe, câte vise arse se găseau în lacrimile calde ce-i curgeau în liniște pe obrajii pistruiați? Cum trebuie să se fi simțit Dante numărându-și zilele rămase de trăit? Până la venirea pe lume a fratelui lui, ziua morții sale! Cât de înfricoșat trebuie să fi fost știind că sfârșitul său era iminent? Cum să îl sprijin, cum să îl ajut? Eram neputincioasă! Să-i spun că totul va fi bine? Nu puteam să fac asta! Știa prea bine că nu avea să fie așa. Atunci? Ce să fac? Să îl sprijin până la final, să-i fiu alături până în ultima clipă, simțind cum cleștele înroșit în foc al disperării îmi smulge bucăți din suflet cu fiecare pas înspre mormânt al iubitului meu. În mine se dădea o bătălie, între acceptare și revoltă. Zbuciumul acesta nu-mi dădea pace, eram furioasă și-mi doream cu disperare o soluție magică, dar în același timp, rațiunea îmi spunea că trebuia să mă împac cu ideea cât mai repede, pentru a-i putea fi de folos lui Dante, deoarece eu trebuia să-l consolez pe el, nu el pe mine. Totuși, agățându-mă de fărâma de speranță ce-mi rămăsese, l-am întrebat:

— Și nu e nimic de făcut? Nu poți fi salvat?

— Dacă trebuie să se nască un alt Motan, se va naște, îmi evită privirea.

— Îmi ascunzi ceva?

— Nu...

— Și mama ta? Ea ce zice? m-am revoltat din senin.

Fără să-și ridice ochii din podea, întinse mâna și îndoi un colț al ecografiei pentru a lăsa să se vadă, de dedesubt, albul unei coli împachetate. Am despăturit-o, nu prea încântată de metoda aleasă de mamă pentru a-și comunica gândurile fiului. Am început să citesc:

Iubitul meu fiu,

Da, știu, nu am putut niciodată să te numesc astfel... asta nu înseamnă cu nu m-am gândit uneori la tine în felul acesta.

Am fost nedreaptă cu tine, nu am putut să-ți ofer dragostea mea în copilărie... Inima mea nu putea să nu te considere vinovat de moartea tatălui tău. Nu poate exista decât un singur Motan, o regulă îngrozitoare ce mi l-a răpit pe Damian și acum...

Am plecat din casa familiei pentru că nu mă puteam convinge să te îngrijesc, îmi cer iertare și pentru asta. Când ai mai crescut, am realizat că nu te puteam vedea în fața ochilor pentru că semeni prea mult cu Damian, parcă ai fi copia lui perfectă și mă durea prea tare să-l văd, știind că de fapt nu erai el.

Te rog, iartă-mă pentru tot! Am fost o mamă groaznică, nici nu merit să mă numești astfel... Nu ți-am urat niciodată „La mulți ani!" de ziua ta. Data de 13 mai, pentru mine era doar ziua cu amintirea cea mai urâtă și atât... Probabil de aceea am atras o astfel de nenorocire asupra mea, ca o pedeapsă.

Nu credeam că pântecele meu va zămisli, din nou, un Motan, nu cred că s-a mai întâmplat asta în istoria familiei Felidae. E rândul tău să mă învinovățești, e rândul tău să mă urăști. O merit! Vreau să știi că nu mi-am dorit niciodată așa ceva! Nu ți-am dorit răul și în mod clar, nu mi-am dorit ca viața ta să se sfârșească!

Poate nu mă crezi, dar te iubesc, Dante! Ești copilul meu! E trecută data pe ecografie când... Aș vrea ca până atunci să petrecem cât mai mult timp împreună, dă-mi șansa de a-mi spăla păcatele!

Aștept un semn, orice semn, din partea ta și am să vin alergând.

Cu dragoste,

Mama

Am simțit cum mi se strângea stomacul, tot mai tare, cu fiecare rând parcurs. Nu o cunoșteam pe femeia aceea și Dante nu vorbea despre ea aproape deloc, dar deja o detestam, fără să o întâlnesc personal. Epistola ei mă iritase la culme și nu puteam spune exact de ce. Străduindu-mă să-mi ascund nemulțumirea, l-am întrebat:

— Te-ai întâlnit cu ea de atunci? plicul sosise în urmă cu optsprezece zile, înainte ca Dante să înceapă să absenteze.

— Nu, un răspuns simplu, dar îmbibat în agonie.

— Și ai de gând să o faci?

În acel moment, Dante izbucni:

— De ce aș face asta? E o ipocrită! Am tânjit toată viața după ea, las-o să tânjească și ea, măcar săptămânile astea! Un semn și vine alergând? Ce glumă bună! Unde a fost de fiecare dată când am fost bolnav? Atunci avea o reținere să alerge la mine, nu? Eram mic, dar îmi amintesc cum, cuprins de febră, plângeam după mama mea și bunicul o implora la telefon să vină să mă vadă. Știi ce i-a răspuns? Că e ocupată! Și eu sunt ocupat acum! O să mă vadă la înmormântare, dacă are chef să vină, până atunci, nu! Nu te lăsa păcălită, nu-i pasă că mor, se simte vinovată doar pentru că mă ucide ea!

Deşi era în mod evident o egoistă, Dante o judeca totuşi prea aspru pe mama sa. Nu l-am oprit, avea nevoie să se răcorească, să-şi îndrepte furia către cineva, iar ea se nimerise să fie acel cineva, îi datora măcar atât fiului de care nu se îngrijise niciodată.

În continuare, scos din fire, Dante mi-a smuls din mână foaia scrisă de mama lui şi poza ecografiei şi scoţând, nu am idee de unde, o brichetă, le-a dat foc şi le-a aruncat, fără să se uite unde. Bănuiesc că s-a gândit şi s-a răzgândit asupra acestui gest de o mulţime de ori, pesemne, de aceea avea o brichetă la el. De această dată, nu a mai reuşit să se controleze şi... O, la naiba! A luat foc covorul cel verde, ce te ducea cu gândul la o pajişte primăvara, era pe punctul de a arde ca un câmp uscat. El nu a observat nimic, căci după ce a aprins şi a aruncat hârtiile, s-a dus la fereastră, pesemne pentru a se calma.

Îmi părea rău de covorul pufos, dar problema e că părea foarte inflamabil. Se aprinsese prea repede şi focul se extindea cu viteză, iar covorul se întindea din perete în perete, întreaga cameră putea fi cuprinsă de flăcări! Instinctiv, am încercat să-l sting călcându-l. Am luat foc! Pantoful era destul de decupat şi limbile de foc, din ce în ce mai violente, mi-au muşcat dresul de nailon topindu-l, în timp ce rochiţa înflorată a fost cuprinsă de văpăi. Am început să ţip, m-am speriat îngrozitor.

Deşi slăbit, reflexele lui Dante nu fuseseră încă afectate, sau poate funcţionase pe adrenalină? Cert e că, dintr-un salt, a fost lângă mine şi mi-a smuls hainele înflăcărate. Tot el a potolit şi focul de pe podea, sacrificând hanoracul cel vişiniu. A îngenuncheat pentru a-mi privi îndeaproape picioarele, probabil pentru a verifica dacă erau arse. Din fericire, datorită vitezei sale de reacţie, pielea era doar uşor pârlită. Nu mă durea aproape deloc. M-a sărutat în locul cel mai afectat, parcă pentru a alunga disconfortul. Dante îmi mângâia gamba, parcă încercând să şteargă urmele incendiului. Mâna i-a alunecat în sus, spre rotunjimea genunchiului şi mai apoi, spre moliciunea coapselor.

IUBITUL MEU, MOTANUL

Am devenit atunci foarte conştientă de faptul că eram aproape goi, el mai avea doar pantalonii scurţi, iar eu rămăsesem în, lenjerie intimă ar fi impropriu spus pentru că nu purtam sutien... M-am încurajat totuşi spunându-mi că nu era ceva ce nu mai văzuse până atunci.

Cu mâinile tremurând de emoţie, a început să-mi scoată singurul articol de îmbrăcăminte rămas.

— Măcar ai idee ce faci? am murmurat ruşinată.

— Nu, veni răspunsul urmat de un râs nervos. Nici eu nu aveam, dar ce conta?

Iubirea ne dăruise aripi de înger, cu pene minunate, în nuanţe de roz şi portocaliu, ce ne purtau în zbor spre tărâmul fericirii. Pielea noastră, căci nu mai eram separaţi în eu şi el, deveniserăm noi, era electrizată de impulsuri euforice. Timpul s-a oprit în loc, beatitudinea ce îl forţase să stea, să ne aştepte pe noi, cei ce existam în afara constrângerilor timp-spaţiu, ne învăluise. Împărtăşeam totul: fericire, durere, plăcere, extaz, toate treceau prin inimile amândurora, iar acestea s-au sincronizat, băteau ca una! Noi doi am devenit o singură persoană trăind unul prin altul. Cu fiecare atingere, fiecare sărut, ne contopeam şi mai mult. Dragostea noastră căpătase dimensiuni cosmice. Chiar nu-i era milă Creatorului să ne despartă în cel mai oribil şi irevocabil mod, moartea?

Nu m-am gândit o clipă că ceea ce facem ar fi putut fi greşit, interzis. Nu, iubirea noastră era curată, pură, iar manifestarea sa fizică era un lucru natural, firesc.

Trupurile noastre goale, încă înfierbântate, se agăţau cu disperare unul de altul, temându-se parcă de ideea separării, determinate să nu se desprindă, că poate astfel găseau o cale să rămână împreună pe veci.

Am gustat din fericire împreună, o fericire ce nu ne putea aparţine, căci ne găseam îngenuncheaţi, neputincioşi, în faţa unei lovituri grele ce urma să cadă asupra noastră strivindu-ne.

— Dante, nu am crezut niciodată în destin şi totuşi, al tău s-a dovedit atât de crud, l-am abordat şovăind, dar m-am înflăcărat şi aproape am strigat ultima parte: chiar nu putem face nimic să îţi schimbăm soarta?

Mâna iubitului meu îmi netezi blând obrazul pregătindu-se să îmi răspundă, puteam citi în ochii lui trişti că nu era răspunsul pe care-l sperasem. Nu a apucat să-l rostească pentru că o voce se auzi de după uşă:

— Ba, desigur că putem! Altfel, de ce crezi că le-am spus paznicilor să te lase să intri?

— Deuce! Ce mama naibii? sări Dante panicat.

— Staţi liniştiţi! Nu trăgeam cu urechea! Am venit doar să te anunţ că a venit unchiul Dixon să te vadă. I-am spus că eşti cu o fată, aşa că te aşteaptă în salon.

— Nu, e prea oficial să ne vedem în salon. Condu-l aici peste cincisprezece minute.

— Nu vreau să cobor scările şi să le urc iar! se bosumflă ca un copil, Dean, du-te tu! zise pe neaşteptate.

— Dean! Şi tu eşti aici? Dante era vizibil exasperat.

— Da... Scuze! nu încăpea urmă de îndoială că ar fi preferat ca prezenţa sa să nu fi fost trădată.

— Bine, Dean, tu te duci la unchiul Dixon, Deuce, tu îi aduci Lisei ceva de îmbrăcat.

— Ce s-a întâmplat cu hainele ei? întreabă maliţios şi fără menajamente.

— Au luat foc! mârâi Dante, Deuce chiar îi punea răbdarea la încercare.

— Oho! Voi chiar ştiţi să vă distraţi!

Vreo două minute mai târziu, Deuce reveni cu un rând de haine.

— Le-am luat de la Des, un fel de nepot al meu, are doisprezece ani, cred că-ţi vor veni pentru că femeile din casă sunt, ştii tu... mai mari, zise vârându-şi braţul în cameră prin uşa puţin crăpată.

M-am retras în baie pentru a mă îmbrăca. Primisem un tricou cu Apărătorii Planetei, îndrăgitele personaje pentru copii şi nişte pantaloni negri de trening. Trebuia să recunosc, Deuce avusese dreptate, tot ce-mi adusese îmi venea perfect, nu ai fi zis că erau haine de împrumut. Era puțin frustrant ca aveam dimensiunile unui băiețel...

— Am zis nu! Să închizi subiectul ăsta! mă trezi la realitate vocea furioasă a lui Dante.

— Am să îi spun ei, te va convinge ea! puteam citi o notă de răutate în tonul lui Deuce.

— Să nu îndrăznești! țipă Dante, după care, îmblânzit, adaugă: tu nu înțelegi multe...

— Dante, sunt autist, nu retardat, sau mai corect spus, am fost, înțeleg perfect totul!

— Poftim?!

— Scuze că nu ți-am spus, mi-a convenit să nu am treabă cu nimeni și cu nimic, să mă lase toată lumea în pace. Mi-am permis să spun și să fac multe pretinzând că nu m-am vindecat.

— Nu pot să cred ce aud! Deuce, nu ești în toate mințile! De când?

— De vreo trei ani... S-a întâmplat destul de brusc, la început am fost și eu șocat. Nu știu dacă terapiile pe care le-am făcut fără încetare de când eram în scutece au dat roade sau e meritul sângelui nostru special, eu pariez pe a doua variantă, dar nu contează, contează că s-a întâmplat. Fostul meu psiholog, bătrânul Pablo, nu și-a dat seama de nimic, aș fi putut să-l prostesc încă o sută de ani. Faiza însă, m-a prins din prima zi cu minciuna, norocul meu a fost că m-a plăcut și nu m-a dat de gol. A trecut un an de atunci și între timp am format un cuplu...

M-am strecurat înapoi în cameră exact la timp pentru a-l vedea pe Dante, emoționat, cum își îmbrățișa verișorul.

— Deuce, mă bucur din suflet pentru tine!

— Știu, altul în locul tău, ar fi fost furios că am mințit, tu te bucuri! Dante, dacă era altcineva Motanul, sunt sigur că soarta mea ar fi fost alta, aș fi fost uitat, un membru nereușit al familiei Felidae, poate considerat o ruşine, poate abandonat, cine ştie? Tu nu ai lăsat să se întâmple asta! Am fost povara ta personală încă din copilărie. Sunt cu doi ani mai mare ca tine şi nu m-au dat la şcoală până ce nu ai luat tu asupra ta sarcina de a te ocupa de mine! Tu, Motanul, care duce deja atât de multe responsabilităţi în spate! Dante, îţi datorez atât de multe... Şi să fiu al naibii dacă am să te las să te sinucizi! Scorpia aia de Ava nu merită sacrificiul! Nu te las să mori! Să fie clar!

Cei doi băieţi plângeau îmbrăţişaţi, scena îţi rupea sufletul.

— Subscriu Deuce! se auzi o voce nouă ce-i făcu pe Dante şi Deuce să se depărteze unul de celălalt şi să-şi şteargă lacrimile ruşinaţi.

— Unchiule Dixon! noul venit era un bărbat tânăr, de o frumuseţe masculină izbitoare, avea o privire ageră, iar părul argintiu înfoiat îi dădea un aer sălbatic. Purta un costum ce-i venea ca turnat, dar era evident că natura lui liberă se simţea constrânsă de acea ţinută şi nu-şi dorea nimic mai mult decât să scape de ea.

— Dante... tocmai am aflat! Adică, ştiam că Ava e însărcinată... dar a aşteptat să mă întorc din călătorie înainte să-mi arunce bomba...

— Da, apropo, cum se prezintă uzinele Zess? întrebă Dante din senin.

— Nu schimba subiectul, zise timid Dean, pe jumătate ascuns după Dixon.

A urmat o tăcere neplăcută. Ne-am aşezat cu toţii. Eu, Dante şi Deuce ne-am aliniat pe marginea patului, în timp ce Dean şi Dixon se luptau cu fotoliile pară.

— I-am promis tatălui tău că voi avea grijă de tine! începu să vorbească pe un ton dureros unchiul lui Dante.

— Şi ai făcut-o! Apariţia unui nou Motan nu poate fi controlată de nimeni, nu e vina ta, i se adresă împăciuitor cel în cauză.

— Ba da, e numai vina mea! Te rog, iartă-mă, Dante! Nici nu ştiu cum să-ţi spun, dar...

— Copilul e al tău, zise iubitul meu, spre stupefacţia unchiului şi a lui Dean, Deuce, în stilul său unic, părea a fi informat asupra acestui aspect.

— Ştiai?

— Normal că ştiam, eu sunt Motanul!

— Şi nu ai spus nimic? bărbatul cu păr argintiu nu-şi putea scutura şocul.

— Ce să spun? Nu e treaba mea cu cine se culcă mama, roşi Dante uşor.

— Nu am vrut să se creadă despre mine că sunt doar un nenorocit ce s-a cuplat cu văduva fratelui său! De aceea am decis să păstrez secretul cât mai mult timp... Desigur, Avei nu-i pasă ce crede familia Felidae, dar mie da!

— Nu e nevoie să te scuzi, unchiule Dixon, zise Deuce pentru că erau cam în aceeaşi barcă.

— Ba da! Adevărul e că am fost îndrăgostit de Ava încă de pe vremea când eram de vârsta voastră, de când am zărit-o pentru prima dată. Eram doar un puşti şi soţia fratelui meu mai mare abia ştia că exist. Logic că, dacă Damian ar fi trăit, nici nu aş fi privit-o necuviincios pe Ava! Dar el a murit! Eu am crescut, rana din inima ei s-a cicatrizat cu timpul şi...

— Am înţeles ideea, mulţumim! zâmbi forţat Dante.

— Am să o pun să-l avorteze! spuse Dixon hotărât, spre satisfacţia evidentă a lui Deuce.

— Nu poţi să faci aşa ceva, s-a opus cel ce încă era Motanul.

— I-am promis fratelui meu că te voi proteja! Am datoria să fac asta!

— Nu ai o datorie şi faţă de copilul tău nenăscut? i-o întoarse cu răutate.

— Mi se rupe sufletul pentru el, e al meu Dante, dar el, el nu ştie nimic! E o crimă, ştiu, dar dintre două crime, o aleg pe cea mai mică! tensiunea creştea simţitor, mă simţeam în plus în acea dramă de familie, sau mai corect spus, mă temeam ca ei să nu mă considere astfel.

— Şi mama?

— Am să o conving. Dante pufăi auzindu-l, de aceea, Dixon, pentru a fi mai convingător, adăugă: Sunt convins că Ava gândeşte la fel, nici nu e nevoie să-i spun ceva, sunt sigur că şi ea a realizat că e cea mai bună variantă.

— Unchiule, nu te mai strădui că nu te convingi nici măcar pe tine. Ştii foarte bine că poţi să-i cazi şi la picioare şi nu va ţine cont nici de tine, nici de mine. Dacă ea dorea sau măcar lua în considerare de acest lucru, ar fi făcut-o fără să aflu, nu mi-ar fi trimis o scrisoare în care mă anunţă, cu regret, data morţii mele! Dante se înfurie, sări în picioare şi începu să se agite prin cameră.

Nu era însă singurul agitat, Deuce tremura ca un animal turbat până izbucni:

— De ce vă faceţi atâtea probleme pentru scârba aia? în mod clar nu o înghiţea pe mătuşa lui. Dante, eşti Motanul, iar ea, îi convine sau nu, e o membră a familiei Felidae! Doar dă ordinul! se răsti cum nu îndrăznea nimeni altcineva din familie să o facă adresându-i-se lui Dante.

— Uiţi că „scârba aia" e mama mea? întrebă cu gust amar acesta.

— Zi şi tu ceva! mă lovi Deuce peste umăr.

— Nu o băga în asta!

— Nu îţi pasă dacă Dante moare? Nu îl iubeşti? Credeam că mă pot baza pe tine! îşi strigă Deuce disperarea în continuare, în ciuda avertismentului vărului său. Mă văzuse ca pe o armă secretă, asul din mânecă şi îl dezamăgeam, dar eram eu în măsură să spun ceva? Am deschis totuşi gura să o fac, deşi nu ştiu nici eu ce anume aveam de gând să spun. Degetul arătător al lui Dante se aşeză pe buzele mele pentru a mă reduce la tăcere.

— Îmi pare rău! Vă mulţumesc tuturor şi mai ales ţie Deuce, dar te implor, renunţă la cruciada ta inutilă! Nu am să-mi omor fratele! Nu am să-i smulg mamei copilul din pântece! Ştiţi foarte bine că nimeni nu poate decide când se va naşte următorul Motan. Probabil nu am fost unul suficient de bun şi dacă următorul Motan trebuie să se nască, o va face indiferent dacă va fi fratele meu sau nu. Să spunem că mama avortează, următoarea femeie din familia Felidae ce rămâne însărcinată, va aduce pe lume noul Motan. Eu tot mor! Nu pot să interzic tuturor să mai aibă copii pentru că mă tem eu că unul dintre ei îmi va aduce sfârșitul! Și atunci, ce am rezolvat? Am rănit-o pe mama omorându-l pe tata, fostul Motan și acum îl smulg pe fratele meu din pântecele ei, o oblig să suporte o nouă pierdere, un copil pe care sunt sigur că l-ar iubi mai mult decât pe mine. O pun să facă asta pentru ce? Pentru că eu, copilul ei, pentru care nu se găsește loc în inima sa să poată trăi? Să se mulțumească cu mine, nu? Dar stai, eu tot ajung să mor în povestea asta și atunci? Tata mort, fratele meu mort, eu mort, ce-i rămâne mamei? Un mare nimic? Un șir de cadavre! Poate că nu merită, dar o iubesc mult, e mama mea! Și știu că, în alte circumstanțe, m-ar fi iubit și ea... Nu vreau să mor! Abia împlinesc șaptesprezece ani, vreau să trăiesc, să mă bucur de viață! Dar nu am să-i fac mamei asta! Nu vreau să mor!

Cu toții am ascultat cu sufletul la gură gândurile lui Dante, profunzimea lor mă durea, nu mai simțisem negru pentru altcineva decât o dată, pentru Ratko, acum îl simțeam pentru iubitul meu și era mult mai intens și îngrozitor. Dante se străduia să se țină tare, să nu arate celor din jur cât de distrus era de fapt. Punându-și gândurile astfel pe tavă, s-a arătat în toată vulnerabilitatea lui. La final s-a prăbușit în genunchi, plângând, pe covorul cel verde. Am sărit imediat lângă el pentru a-l susține, la fel și Deuce cel arțăgos care îl iubea enorm pe vărul său. Dixon părea sfârșit, obosit, îmbătrânit, nu știa ce să facă.

Deși nu a reacționat la fel de prompt ca mine și Deuce, Dean a fost cel care l-a ridicat pe Dante de jos și l-a ajutat să se întindă pe pat, sau mai exact, l-a pus ca pe un copil. Aparent, Dean poseda ceva abilități fizice deosebite. Nu era cel mai isteț tânăr din lume și, cel puțin comparativ cu Deuce, era foarte timid, dar era în mod clar un om bun, iar blândețea sa avea efect benefic asupra lui Dante, de aceea, când a spus:

— Să-l lăsăm să se odihnească puțin. Unchiule, Deuce, vă invit în

salon. Lisa, ai putea rămâne cu el? nimeni nu a obiectat.

Douăzeci de ore mai târziu,

s-a stins

„Just open your eyes
Just open your eyes
And see that life is beautiful
Will you swear on your life,
That no one will cry at my funeral?"

- Life is Beautiful – Sixx A.M.

Am vegheat, tăcută, somnul iubitului meu care, copleşit de ultimele evenimente, dar şi datorită slăbiciunii cauzate de apariţia unui nou Motan, adormise imediat ce Dean l-a întins pe pat. Era mai vlăguit decât crezusem, nu îşi mai putea menţine forma umană sau poate se recupera mai repede astfel, cert e că a luat forma lui Zoto. Noul Motan se hrănea cu energia celui vechi, cu cât fătul devenea mai mare şi mai puternic, cu atât Dante devenea mai slăbit, mai bolnav, până ce se stingea, ca o umbră, în clipa în care venea pe lume bebeluşul sănătos, puternic şi viguros... Era nedrept! Oare Dante îşi acceptase soarta atât de uşor pentru că şi el, la rândul lui, venise pe lume în acelaşi mod?

Am luat pisicul în poală şi am început să-i netezesc blând blăniţa moale, ca pe vremea când habar nu aveam că cele două minunate perechi de ochi de azur din viaţa mea aparţineau unuia şi aceluiaşi individ, dragul meu Dante, iubitul meu Zoto sau dragul meu Zoto, iubitul meu Dante? Nu conta... urma să-i pierd pe amândoi!

Gândul de a-l vedea pe Dante lipsit de viaţă, în cadrul unei ceremonii pompoase în care rudele îşi vor lua adio, poate chiar pe mama sa lăuză, venită să verse câteva lacrimi pentru fiul pe care nu l-a iubit îndeajuns în timpul vieţii, iar Deuce, sub paravanul autismului, se va lua de ea, atacând-o cu remarci usturătoare şi umilind-o public pentru a-şi răcori el sufletul rănit, era îngrozitor, dar atât de real, aproape ca o viziune. Zero, nedumerit de ce prietenul lui vesel, sportiv, sănătos, zăcea pe catafalc, va fi şi el prezent. Capacul sicriului se va închide la un moment dat şi, deşi iubitul meu deja va fi sculptat în ceară în acel punct, abia atunci mă va lovi cu adevărat realitatea: nu îl voi mai vedea niciodată! Din trupul smolit de suferinţa sufletului, îmi va fi smulsă inima sângerândă. Voi simţi coastele rupte şi sfărâmate şi bietul meu cord, strivit, ars... mort, mort ca Dante! Frumosul meu Dante, plin de viaţă, devenise o amintire, pleoapele îi căzuseră pe veci peste ochii de cristal. Nu îi voi mai recunoaşte capul portocaliu de la distanţă şi chipul lui zâmbitor şi pistruiat nu îmi va mai lumina viaţa... Stop!

Dante nu se stinsese încă! Deuce îşi pusese mari speranţe în mine, dar nu puteam face ce dorea el, nu puteam plânge, implora, şantaja, orice pentru a-l determina să ia hotărârea de a scăpa de noul Motan. Nu puteam face asta, chiar dacă îl iubeam enorm pe Dante, acele probleme de familie mă depăşeau. Eu, o străină, chiar nu-mi puteam băga nasul şi să-l influenţez să ia o decizie, indiferent cât de mult mi-aş dori-o. Nu îl puteam împinge într-o direcţie care nu-i convenea. Cu toate acestea, după toate explicaţiile lui Dante, cred că până şi Deuce ajunsese la concluzia că avortul ar fi fost inutil... Totuşi, eram hotărâtă să nu mă las cuprinsă de disperare!

Mă durea şi mă speria situaţia lui, dar dacă eu mă lăsam cuprinsă de ghearele depresiei, pe el cine-l mai sprijinea? Am decis atunci să îmi încui toată suferinţa într-un cotlon al minţii şi să o ţin acolo până la final, abia când avea să se sfârşească totul, aveam să las vulcanul agoniei să erupă şi să mă nimicească. Ştiam că voi plânge lacrimi de lavă, voi fi strivită de pierderea lui, dar nu era încă momentul! Până când avea să se întâmple tragedia, nu aveam să mă obişnuiesc cu idea, pentru că nu era o idee cu care să te poţi obişnui, dar plănuiam să fiu lângă el, să mă dedic lui în totalitate, să simtă în fiecare clipă că nu era singur. Îmi doream ca ultimele lui zile, câte i-au mai rămas pe această lume, să-i fie plăcute şi liniştite, nu îndrăzneam să gândesc fericite, deşi mi-aş fi dorit să fie astfel... Până în clipa cea cumplită, aveam să mă rog pentru el şi să sper la o minune, până în ultimul moment! Nu aveam să mă dau bătută şi aveam pretenţii cam mari, dar eu chiar aşteptam un miracol.

Când eu îmi pierdusem orice speranţă, în noaptea aceea din tabără, Dante a apărut ca o boare de aer proaspăt, a reparat totul ca prin magie şi a dat un nou sens vieţii mele. Aş fi vrut să pot face acelaşi lucru pentru el, dar să presupun asta, însemna să mă supraestimez. Nu puteam face prea multe, dar eram determinată să fac tot ce pot!

Aproximativ o oră mai târziu, Dante îşi reveni, cu bateriile încărcate, cel puţin parţial. Era vizibil stânjenit. Îi descoperisem secretul, soarta crudă şi asistasem la o dramă în familie, toate într-un timp foarte scurt. Nu am spus nimic legat de toate acestea, nu era deloc momentul să întorc cuţitul în rană. L-am sărutat delicat pe frunte şi, pentru a-l smulge din gândurile negre, i-am spus ultimul lucru din lume la care s-ar fi aşteptat, ţinând cont de tot ceea ce se petrecuse:

— Nu ai vrea să-mi arăţi şi mie copacul cel mov?

— Desigur, nu m-am gândit că ai vrea să-l vezi, replică surprins.

— Promit că nu fur nicio monedă! i-am zis solemn, am râs amândoi cu poftă şi am pornit spre grădină ţinându-ne de mână.

Reşedinţa familiei Felidae se află în centrul unui imens parc, o epopee de forme şi culori. Alei întregi îmbrăcate în caprifoi ce îţi îmbăta simţurile. Simfonia perfectă a rândurilor de flori îţi tăia răsuflarea, ameţindu-te cu frumuseţea lor delicată. Dacă nu aş fi ştiut mai bine, aş fi crezut că am păşit în Paradis.

În spatele casei, câteva rânduri de stejari umbroşi lăsau senzaţia că delimitau curtea. Noi am trecut printre ei pe o potecă ce nu o puteam vedea, dar o simţeam sub picioare, oricum, Dante îşi cunoştea calea şi cu ochii închişi.

Odată ieşiţi din porţiunea întunecoasă, un intimidat labirint de gard viu, îmbrăcat în trandafiri căţărători se înălţa înainte. Probabil că mi-a simţit neliniştea pentru că Dante mi-a zâmbit încurajator. Se presupunea că eu trebuia să-l susţin pe el...

Pistruiatul meu drag şi-a găsit drumul cu uşurinţă în acel labirint ce promitea să dea mari bătăi de cap celor ce nu-i cunoşteau tainele, în plus, exista o cale de intrare şi o ieşire, dar noi nu ne-am îndreptat către cea de-a doua, ci ne-am purtat paşii chiar în centrul labirintului întortocheat. Ajunşi la destinaţie, Dante întinse braţul, aparent în gol, dar aerul arăta de parcă putea fi atins după ce a făcut acest lucru. Am simţit cum mi s-au dilatat pupilele de uimire.

— Ţi-e frică? îmi mângâie uşor obrazul.

— Cu tine, nu mă tem de nimic, i-am răspuns hotărâtă.

Mână în mână, am păşit împreună prin ceea ce părea a fi un portal. De cealaltă parte, copacul violet, ce nu era altceva decât o glicină mov absurd de bătrână, se găsea impresionant, nobil şi sublim.

— Ce-a fost asta? am chicotit din cauza senzaţiei de gâdilat pe care am avut-o în timpul trecerii dintre cele două planuri.

— E doar o barieră. Darrin a ridicat-o.

— Incredibil! era greu de acceptat cât de veche era magia aceea, copacul şi familia lui. Părea un basm, şi totuşi, aveam dovezile înaintea ochilor.

— Am o idee! şi ca un copil ce şi-a pus în cap să facă o prostie, Dante ţâşni de lângă mine. Cu un briceag, a început să cresteze entuziast scoarţa milenarului arbore.

— Ai voie să faci asta? l-am întrebat în şoaptă, parcă aşteptând să ne certe cineva, un adult sau poate chiar vreun spirit al unui măreţ gardian al comorii familiei Felidae.

— De ce nu aş avea? zise el cu obişnuinţa aceluia ce a primit mereu ce a vrut şi învăţat să i se facă pe plac. Hai să vezi! Deosebit de mândru, îmi prezentă ce scrijelise.

— Un „D" într-o inimă... Grafic, e frumos ce-i drept, dar... ce semnifică? Că te iubeşti? eram confuză şi uşor dezamăgită, însă mă străduiam să fiu drăguţă.

— Nu ai înţeles nimic, se decepţionă, apoi explică blând: suntem noi doi, şi, reluând sculptura de la început, a făcut întâi un „L" de mână, L de la Lisa şi, adăugând încă o linie curbată, îl transformă în „D" de mână, D de la Dante, pentru că Lisa poate exista fără Dante, dar Dante fără Lisa, nu. Aşa cum L poate deveni D printr-o linie în plus, tot aşa de bine, separându-le, L-ul este de sine stătător, în timp ce eu rămân doar o linie fără sens.

— Dante! e tot ce am reuşit să articulez, emoţia ce mă cuprinse, m-a cutremurat până în adâncul fiinţei mele.

— Lisa, ştiu că fetele visează la treburile astea... Ştii tu, să se întâmple într-un mod special... Iartă-mă dacă te dezamăgesc... începu el să vorbească fâstâcindu-se, după care, făcându-şi curaj, strigă: Căsătoreşte-te cu mine!

— Poftim? răspunsul meu stupid am să-l pun pe seama şocului.

— M-am tot gândit... Măcar atât pot face pentru tine. Suntem suficient de mari încât să putem face asta legal, vei deveni o membră a familiei Felidae şi vei avea drepturi egale cu Deuce, Dean şi ceilalţi asupra averii. Şi dacă nu vrei să ai legături cu familia mea, nu e nicio problemă, poți trăi oriunde vrei în lume, iar banii îți vor intra direct în cont... Ce spui?

— Spun că ești un idiot! am țipat și am fugit, însă nu înainte de a-l plesni. Era tare slăbit dacă cineva ca mine a reușit să-l facă să se clatine cu o palmă... Aș fi vrut să fug înapoi și să-l îmbrățișez, nu am putut, rana orgoliului meu era proaspătă.

Nu m-a urmărit, nici nu avea de ce să o facă, nu puteam ieși din barieră singură, nu știam cum, deci nu puteam ajunge prea departe. Gândindu-mă în urmă totuși, mă întreb dacă nu cumva a rămas pe loc pentru că deja îi era fizic peste puteri să mă urmeze.

Nu m-am îndepărtat nici eu prea mult, tocmai îmi revenisem după un picior rupt. M-am ascuns după o tufă, când am văzut pe cineva mișcându-se de cealaltă parte a ei, am căzut în fund și mă pregăteam să țip.

— Îmi cer scuze dacă te-am speriat. Grădinăritul e pasiunea mea, nu mă așteptam să vină cineva azi aici. Când v-am văzut, m-am ascuns pentru că nu am vrut să-i stric momentul romantic al nepotului meu.

— Nepot? am spus mai mult pentru mine, în timp ce mă ridicam de jos.

— Permite-mi să mă prezint. Sunt Darius Felidae, la dispoziția ta! zise curtenitor necunoscutul ce avea o bunătate nemărginită în privire.

— Bunicul lui Dante! am concluzionat.

— Da, mi se mai spune și astfel, mi se mai zice și tatăl lui Damian și al lui Dixon și multe altele, dar numele meu rămâne Darius, se amuză bătrânul care spre deosebire de Hanzo, chiar arăta a bunic, era un domn în vârstă simpatic, nins de ani și cu un chip deosebit de bland.

— Îmi pare bine să vă cunosc, am spus încercând să fiu cât mai politicoasă, probabil că vă întrebați ce caută o necunoscută aici...

— Nu Lisa, nu mă întreb deloc asta.

— Oh!

— Da, știu de tine, știu multe... eu și nepotul meu avem o relație specială, zâmbi misterios.

— Atunci... nu l-ați putea convinge... nu aveam curaj să o spun, dar știam că înțelesese foarte bine la ce mă refeream.

— Dante e hotărât. Nimeni nu poate contesta deciziile Motanului, el știe întotdeauna ce e cel mai bine pentru familie... Desigur, nu vreau să trec prin asta, din nou. L-am pierdut pe Damian și inima mea încă sângerează, l-am crescut pe Dante doar ca să îl pierd și pe el? E prea mult pentru mine! Totuși, am mâinile legate, Dante are dreptate, pentru a-l menține în siguranță ar însemna să interzicem tuturor să aibă copii, ăsta ar fi un ordin tiranic. În plus, familia noastră e prea veche pentru a mai putea ține evidența tuturor membrilor. De undeva, de la o rudă extrem de îndepărtată, un nou Motan s-ar putea naște, chiar dacă familia principală nu ar mai avea copii. Așa au mers lucrurile dintotdeauna, încă de pe vremea lui Darrin, prosperitatea familiei Felidae vine cu un preț, iar destinul Motanului este aproape întotdeauna unul crud... Am crezut că voi fi pregătit când va veni vremea, așa mi-am spus când fiul meu s-a născut Motan... nu am fost! Când și fiul său s-a născut Motan, am realizat că nu voi fi niciodată pregătit.

Nu trebuie însă ca el să vadă cât de tare ne afectează situația, pe noi, cei din jur. Noi ne putem plânge de milă și după... până atunci, fiecare clipă din viața lui trebuie prețuită! Când eram copil mic, fratele meu cel mare era Motanul, când a început să se topească pe picioare și a devenit evident că urma să se nască un altul, mama noastră a devenit mai luminoasă și mai radioasă ca niciodată. Îl învăluia în dragoste și căldură, iar noaptea plângea neconsolată lacrimi amare, știu asta căci la acea vreme dormeam cu ea. Dimineața, se spăla pe față, se farda frumos și, cu toată energia, se dedica din nou fiului său muribund. Nu am realizat cât îi era de greu la vremea aceea, nici mai târziu de fapt, nu până ce nu m-am trezit în locul ei și acum... Va trebui să o fac din nou. Pe de-o parte, o înțeleg pe Ava, cred că a refuzat să-și iubească fiul pentru că știa că ziua când îl va pierde va veni, instinctul ei de autoconservare l-a renegat pentru că, aproape niciodată, Motanul nu şi-a depăşit ca durată de viaţă părinţii. Iată că acest bătrân, cu inima greu încercată, îşi va pierde copilul din nou... Dar nu am voie să disper, dacă o fac eu, disperă şi el şi Dante are dreptul la un sfârşit frumos şi liniştit!

Durerea nesfârşită din sufletul acestui om era ţinută într-un cufăr fortificat, legat cu lanţuri grele şi ruginite, închise cu un lacăt enorm, în care răsucise o cheie grea pentru ca eu să arunc o privire în adâncul său. Făcuse acest lucru pentru Dante, sunt sigură, în felul lui, Darius mă ruga să adopt aceeaşi atitudine ca şi el faţă de nepotul său. Eram mândră de mine pentru că eu luasem deja această decizie încă înainte de a-l întâlni pe Darius, dar discuţia cu acesta îmi confirmase că era una corectă.

— Am înţeles! Am să îmi dau toată silinţa pentru fericirea lui Dante!

— Bun! Mă bucur, acum... ai putea să te întorci la el şi să-i explici de ce te-ai înfuriat şi ce anume e greşit la propunerea lui? Ştii, nepotul meu poate fi cam tont uneori, sunt sigur că nu se va prinde singur... cred că m-am schimbat la faţă când am realizat că bunicul lui Dante auzise mica noastră discuţie ce, printre altele, pomenea de căsătorie, văzându-mi reacţia, Darius râse cu poftă: sunt un bătrânel curios!

I-am mulţumit pentru tot, ruşinată până în ultimul atom şi am dat fuga înapoi la Dante, care era exact acolo unde-l lăsasem, desenând în ţărână cu vârful piciorului.

— Scuze! am spus sfioasă, atingând uşor locul unde-l lovisem.

— Credeam că şi tu îţi doreşti asta, zise bosumflat.

— Îmi doresc! Îmi doresc din toată inima să fiu mireasa ta, să ne căsătorim pentru a trăi fericiţi împreună, atât cât se poate! Şi când nu se mai poate, numele tău să-mi rămână amintire! Nu vreau ca tu, sau oricine altcineva, să va închipuiţi măcar o secundă că aş fi interesată de averea ta!

— Oh! Nu am gândit-o nici eu chiar aşa cum mi-a ieşit pe gură... realiză el.

— Dacă stau să mă gândesc, tehnic vorbind, și acum, eu învăț pe banii tăi! am avut și eu o revelație, am râs amândoi, după care, cu nostalgie, zise:

— Da, proiectul tatălui meu. De când s-a înființat Grupul Etnare, toți copiii din familia noastră au învățat aici pentru că, mai ales când ești mic, se pot întâmpla accidente. Dacă ești speriat sau foarte entuziasmat, transformarea poate deveni incontrolabilă. Conducerea, în schimbul donațiilor, se asigura că astfel de incidente nu treceau de zidurile școlii și secretul nostru nu era expus. De asemenea, avem și un spital anume cu care am încheiat un aranjament asemănător.

— Pentru că o femeie care naște un pisic ar ajunge pe prima pagină a ziarelor...

— Exact! Și nu numai, la durere intensă, mai ales copiii, se transformă și oricum, toată lumea se recuperează mai bine în formă de felină, mai ales cei ca mine. În fine, ce încercam eu să spun de fapt e că în familia Felidae copii și tinerii aveau contact limitat, doar cu anumite categorii de oameni. După ce a absolvit Academia, tata a mers la Facultatea de Arte și a fost șocat de universul ce-i fusese ascuns și a realizat că pentru unii oameni, partea financiară poate constitui o mare problemă. Tot acolo a întâlnit-o pe mama, o studentă fermecătoare, excentrică și falită ce l-a făcut să vadă lumea într-un mod complet diferit. Imediat după aceea, a înființat programul acesta pentru a-i ajuta pe cei cu o minte sclipitoare, dar fără posibilități financiare și pentru ca noua generație a familiei Felidae să cunoască lumea reală, pentru că nu era nici în avantajul lor să aibă contact doar cu elita. Îl invidiez pe tata... A lăsat ceva în urma lui, acest proiect, o colecție impresionantă de tablouri minunate, pe mine... Eu? Voi dispărea fără a lăsa o dovadă tangibilă a existenței mele... Ceva pentru care să fiu ținut minte... Să nu fiu doar o amintire vagă ce se va estompa în timp! vocea îi tremura, nu îi puteam spune că îl înțeleg, nu aveam cum să-l înțeleg. Eu mereu văzusem moartea ca pe o eliberare, nu mai era cazul de aşa ceva, nu când era vorba de el.

— Tu locuieşti în inima mea, Dante! Iubirea mea nu va lăsa amintirea ta să dispară, niciodată! Cât despre a lăsa ceva în urmă... dacă simţi nevoia asta, mă gândeam, ai încercat şi tu să pictezi? Tatăl tău fiind atât de talentat poate...

— Nu, niciodată, pentru că dacă aş avea talent, nu aş şti dacă îl am de la el sau de la ea şi... de la ea nu-l vreau! Baschetul era cealaltă pasiune a lui şi, în ciuda înălţimii, mi-am dat toată silinţa, nu a fost însă suficient pentru a lăsa ceva în urmă.

— Ai dreptate... Uite, promit că până mâine găsesc eu ceva, bine? l-am sărutat împăciuitoare.

— Mulţumesc, îmi întoarse un zâmbet de-o tristeţe angelică.

— Apropo, cam cât o fi ceasul?

— La naiba! S-au terminat orele! Dacă vine după tine bunicul tău? Sună-l! Inventează ceva! Te va duce Dean chiar acum acasă cu maşina lui, ai putea să le spui alor tăi, dacă îl văd, că e şoferul Lolitei sau ceva asemănător.

— Recepţionat! Ai putea să-l trimiţi şi mâine dimineaţă să mă ia din faţa Academiei?

— Vrei să chiuleşti şi mâine? se însenină Dante.

— Absolut! i-am răspuns îmbrăţişându-l.

Ajunsă acasă, Elda m-a privit cam chiorâş, Hanzo nu avea de unde să ştie, dar ea mă văzuse de dimineaţă, şi ştia că mă întorsesem acasă îmbrăcată în alte haine decât plecasem, iar acestea nici nu păreau a fi ale mele. M-am temut că m-ar putea da de gol, din fericire, nu a zis nimic, doar mi-a zâmbit complice.

Îl încurajasem pe bunicul să se însoare cu ea şi lucrurile au luat o întorsătură atât de ciudată încât exista marea posibilitate ca eu să mă căsătoresc înaintea lor. Bineînţeles că nu gândisem problema în profunzime, nici nu-mi trecuse prin cap ce să-i spun lui Hanzo sau cum ar funcţiona căsnicia cu Dante, dacă ar fi una secretă sau publică.

Habar nu aveam nimic de aceste aspecte.

Nu aveam în minte decât să mă țin de cuvântul dat lui Dante și până dimineața să găsesc o idee satisfăcătoare. A doua zi era hotărât lucru că aveam să lipsesc de la cursuri. Nu uitasem de jurământul făcut Catalinei, doar că ea era deja moartă, iar Dante, fiind încă printre cei vii, avea prioritate. Am decis ca, pentru o perioadă, să nu-mi mai pese de Academie, note, absențe sau orice altceva, prioritatea mea devenise Dante. Rugam spiritul Catalinei să mă ierte sau să nu o facă dacă nu dorea, putea să mă și bântuie, dar decizia mea era luată. Eram totuși încrezătoare în bunătatea prietenei mele. Catalina fusese o persoană minunată, era imposibil ca ea să nu empatizeze cu situația disperată a iubirii mele ce înflorise la umbra morții.

Întinzându-mă pe pat, am simțit, poate mai mult ca niciodată, lipsa lui Zoto. E drept că mereu mă simțeam neliniștită când lipsea vreo noapte de acasă, dar chiar dacă nu trecuse pe acasă de zile bune, era cu totul altceva să știu că motănelul meu era Dante însuși. Zoto de fapt dispăruse, iubitul meu era mult prea slăbit pentru a mai veni sub această formă la mine și când el avea să se stingă... Nu, am alungat gândul, refuzam să mă gândesc la asta, un lucru era clar însă: se terminase cu motanul portocaliu.

Am vorbit o vreme la telefon cu Azaria, în căutare de inspirație pentru promisiunea făcută. Trebuie să recunosc, nu e ea cea mai bună mamă din lume, dar pe lângă Ava, era un înger. Nu sunt eu în măsură să judec pe nimeni, însă pusă în situația ei, de-a lungul vieții, aș fi luat niște decizii complet diferite.

Am conversat prin mesaje cu Dante până ce a adormit, iar până ce m-a furat și pe mine lumea viselor, mi-am concentrat toate sinapsele neuronilor pentru găsirea unei idei care să-l mulțumească pe Dante.

M-am trezit încrezătoare, de această dată, Hanzo a fost cel care m-a condus la școală, iar acest lucru mi-a dat ceva emoții, dar a plecat fără să suspecteze nimic, iar eu am sărit direct în mașina lui Dean, după ce bunicul s-a îndepărtat. Nici măcar nu am călcat pragul Academiei.

L-am rugat pe Zero, printr-un SMS, să spună că mi s-a făcut rău în ziua precedentă şi că aveam să lipsesc din nou, pentru a evita vreun telefon către bunicul din partea domnului Turadi.

— Scuze că trebuie să faci pe şoferul, l-am abordat pe drum pe Dean care, afară de salut, păstra o tăcere de mormânt.

— Nu e nevoie să-ţi ceri scuze. Dante a considerat nepotrivit să trimită unul dintre şoferi după tine şi el nu are permis, explică cu naturaleţea celui ce nu-şi pusese problema că el însuşi ar putea fi deranjat de solicitare. Iubitul meu spunea mereu despre Dean că are un suflet de aur, dar din păcate mintea nu-i străluceşte la fel de tare ca inima. Mi se părea urât din partea lui când spunea asta, dar până la urmă, ştia el ce ştia.

Dante mă aştepta nerăbdător la poartă.

— Mulţumesc, Dean! am spus înainte ca acesta să pornească din nou spre oraş.

— Cu drag, oricând! zâmbi larg tânărul înainte de a accelera.

Pe Dante l-am întâmpinat cu o îmbrăţişare şi un sărut.

— Sigur e în regulă să fii acum aici? întrebă ezitând, parcă temându-se de răspuns.

— Încă ai îndoieli? i-am ciufulit mătăsosul păr portocaliu, desigur, nu m-am putut abţine să nu îi ating puţin şi urechile catifelate de pisică.

Drept răspuns, m-a cuprins în braţe şi m-a strâns în semn de mulţumire, gestul m-a întristat pentru că l-am simţit cât de vlăguit era. Mi-am şters pe ascuns lacrimile, mi-am instalat un zâmbet larg pe chip şi i-am spus voioasă:

— Mă gândeam ca azi să facem un picnic în grădină... dacă ne dă voie bunicul tău desigur, am adăugat amintindu-mi că Darius a menţionat că aceasta e pasiunea lui şi de obicei grădinarii se cam tem de stricăciuni.

— Nu îţi face griji pentru el. Îmi place ideea ta! se entuziasmă ca un copil.

Împreună, în bucătărie, am început să scormonim după lucruri potrivite pentru coșul nostru de picnic.

— Bine că nu ai bucătăreasă că ne-ar bate! am constatat la un moment dat dezordinea și am început să adun deși nu știam ce și unde venea pus.

— De fapt, bucătăria asta este mai mult pentru gustări cum ar veni... mâncarea este livrată de la restaurantul lui Dean.

— Are restaurantul lui?

— Păi da, are douăzeci și patru de ani până la urmă. Nu s-ar fi descurcat în mediul afacerilor, e naiv și rechinii l-ar fi devorat, dar e un bucătar excelent, așa că și-a deschis propriul restaurant, i se potrivește mai bine.

— Oh! Acolo a plecat așa grăbit?

— Da, deși are și angajați, nu îți închipui că face el totul. De exemplu, ieri și-a luat zi liberă, asta nu înseamnă că localul a stat în loc.

— Firește! Nu mi-am închipuit ceva atât de stupid, m-am înfoiat. Cum ne făceam noi de lucru pe blatul de la fereastra peretelui opus ușii, din spate ne surprinse o voce cunoscută:

— Ce naiba faceți voi aici?

— Deuce! De ce nu ești la școală? îl interogă Dante fără să se întoarcă înspre el.

— Toată lumea mă întreabă de tine, ți-am zis că nu mă mai duc! răspunse ca și cum ar fi recitat o poezie pentru a nu știu câta oară, apoi schimbă subiectul. Totuși, de ce ați întors bucătăria cu fundul în sus?

— Pregătesc un picnic, se auzi un glas de copil de lângă frigider și eu și Dante am tresărit, nu am realizat că nu eram singuri.

— Des! Tu de ce nu ești la școală?! întrebă de această dată exasperat Dante, întorcându-se în același timp către puști.

— Nu ținem primele două ore, mă duc mai târziu! se îmbufnă băiatul că fusese luat la rost.

— Bună Des, îmi pare bine să te cunosc, promit că mâine am să-ți înapoiez ce am împrumutat de la tine, spălat şi călcat. Împrumutat! La naiba! Am uitat complet, Deuce, îţi datorez nişte bani!

— Oh, vai! Cum ai putut uita? Cum am să mai trăiesc eu acum fără banii ăia? Am să mor de foame! Sărmanul de mine! Dante, nu îmi dai ceva de pomană? Deuce începu să vorbească plictisit şi treptat, teatral, intensifică totul la nivel tragic.

— Ţine! zise Dante aruncându-i în faţă o felie de brânză topită, fără ambalaj, ce i se lipi verişorului său de sprâncene, căci era cam moale, apoi întorcându-se către mine, într-o şoaptă suficient de tare încât să fie auzită de toată lumea, zise: Dixon e un om bun, dar tu, peste ani, să nu dea naiba să te măriţi cu Deuce! Te leg de Zero înainte să mor! deşi vorbea despre ceva atât de oribil, spiritul de glumă făcea subiectul suportabil.

— Nu mai ai cum. S-a legat Tamara de el deja! l-am informat râzând.

— Cine e Tamara?

— Îţi explic mai târziu.

— Bine, atunci te măriţi cu Dean! Sau cu oricine altcineva, dar nu cu Deuce!

— Am înţeles! Niciodată cu Deuce! am aprobat ca la şcoală.

— Vă aud, să ştiţi! zise acesta nemulţumit în timp ce se străduia să se cureţe pe faţă. Des râdea în hohote. Am vrut să venim şi noi la picnicul vostru, dar nu meritaţi! se supără Deuce şi apucându-l pe Des de mână, îl trase după el afară din bucătărie. Dante a scos limba în urma lor.

— Îmi place să vă văd hârâindu-vă astfel, i-am mărturisit. Nu înţeleg totuşi, toată familia Felidae locuieşte în această casă?

— Nu, e imensă, dar tot nu am încăpea toţi. De exemplu, Des nu locuieşte aici, dar părinţii lui au plecat într-o călătorie romantică pentru a sărbători cincisprezece ani de căsnicie, aşadar l-au lăsat în grija bunicului. Majoritatea locuiesc în casele proprii din Resao, restul Ildemei sau chiar alte ţări.

— Atunci sunteţi doar tu, Dean, Deuce şi bunicul tău?

— Nu chiar, mereu sunt membri ai familiei în trecere, în plus aici locuiește și Domingo, fostul iubit al Malvinei, profesoara noastră, și alții. Mama lui Deuce a murit când el s-a născut, au fost ceva complicații cred și tatăl lui nu l-a vrut pentru că era... special. De cum a remarcat că nu e un copil obișnuit, l-a lăsat în grija bunicului care oricum mă creștea deja pe mine. Deuce era totuși în lumea lui și eu eram un copil singuratic, pentru a mai echilibra lipsa părinților, bunicul l-a cerut pe Dean părinților lui. Aceștia l-au cedat pentru binele Motanului și pentru că mai aveau încă trei fii. Ideea e că, deși suntem verișori, am crescut ca frații. Pentru alții, conacul ăsta e originea familiei Felidae, pentru noi trei, e acasă.

În grădină, la umbra unui tei, ne-am instalat picnicul. Ne-am simțit bine și ne-am hrănit unul pe altul, după care ne-am întins leneși pe pătură, cuibărindu-ne pentru o posibilă siestă.

— Dante, știu că îți dorești să lași ceva semnificativ în urmă, ca dovadă a existenței tale, nu am găsit încă o soluție pentru asta, dar mi-a venit totuși o idee, i-am spus netezindu-i sprâncenele înfoiate deasupra ochilor somnoroși.

— Să auzim, mă luă de mână tandru.

— Vreau să faci o listă.

— Ce fel de listă?

— Cu tot ceea ce ți-ai dori să faci, singur, împreună cu mine sau cu altcineva. Scopul e să-ți îndeplinim toate dorințele și în același timp, să creăm amintiri împreună.

— Eu mi-am dorit să fac, măcar o dată în viață, multe lucruri, dar marea majoritate... nu le mai pot face acum, nu mai sunt în stare, își acoperi fața cu antebrațul pentru a-și ascunde lacrimile strălucitoare din ochii cristalini.

— Atunci găsește altele, orice nebunie îți trece prin cap, putem sta cu cortul în mijlocul pădurii dacă vrei, putem vizita orice loc, încerca o ciudățenie! vorbeam cu un entuziasm ușor exagerat pentru a-i ridica moralul, totuși, am scos și asul din mânecă: poți trece pe listă să ne căsătorim, pe o barcă, în mijlocul unui lac dacă aşa ai chef! Vom semna un contract prenupţial totuşi, l-am avertizat văzând că am reuşit să-i stârnesc interesul.

— Am putea şi călători? se făcu el că nu aude partea cu contractul.

— Oriunde doreşti!

— Dar stai... ce vei face cu şcoala, cu bunicul tău?

— În legătură cu bunicul, am să găsesc eu ceva, mă gândesc să o rog pe Lolita să mă ajute, am un plan, dar e încă relativ vag. În ceea ce priveşte Academia, mă bazez pe tine, mi-am trecut braţele pe după gâtul lui privindu-l în ochi cu subînţeles.

— Greu, dar nu imposibil, şi-a dat acordul cu un sărut, imediat însă, redeveni plouat.

— Ce s-a întâmplat?

— Cum rămâne cu învăţatul? Cu promisiunea făcută Catalinei?

— Rămâne în aşteptare, am să o scot eu la capăt şi cu asta... poate. Nu contează! Catalina e trecutul, tu eşti prezentul! Vreau să-ţi fiu alături în fiecare clipă în care mă doreşti alături. Nimeni nu poate trăi fără regrete, ştiu! Cu ea am făcut ce-am făcut din egoism, acum acţionez cum cred că este corect.

— Eşti uimitoare! mă strânse scâncind la piept.

— Dante... să-l incluzi pe listă şi pe Zero! Până la urmă, e prietenul tău cel mai bun.

— Ştiu! îl tulbura gândul de a fi nevoit să-i mărturisească prietenului său totul, dar nu putea nici să lase lucrurile astfel, să se stingă fără un cuvânt...

A rămas ca, într-o săptămână, iubitul meu să-mi prezinte lista. Între timp, mi-am petrecut cu Dante tot timpul în care îmi puteam justifica absenţa de acasă. Dean mă lua dimineaţa din faţa Academiei şi Domingo mă aducea după-amiaza la o stradă distanţă de casă. În plus, „m-am înscris" într-un club de şah, aşadar bunicul ştia că trebuia să mai rămân la şcoală două-trei ore după finalizarea cursurilor, iar în weekend, l-am implorat să mă lase să dorm la prietena mea Lolita.

În ziua stabilită, am primit lista, dar nu am apucat decât să arunc o privire fugitivă pe ea. Mă pregăteam să comentez asupra numărului unu: căsătorie cu Lisa, fără niciun fel de contract, când s-a întâmplat o nenorocire: pământul a început să se cutremure de parcă ar fi venit sfârșitul lumii.

Am început să țip și m-am agățat de Dante speriată, nu înainte de a rupe lista ce se afla în mâinile mele, în acea clipă nu cred că mai conta. Și el era terifiat, mai ales după ce a văzut aripa vestică a casei sale prăbușindu-se.

Eram pieriți amândoi, din fericire, ne aflam în foișor când s-a întâmplat, deci eram în siguranță, soarta celor din casă ne îngrijora.

Am alergat înspre casă înainte de a înceta seismul ce a mai avut destule replici, prin praful ridicat de moloz, ne-am bucurat să-i zărim pe membrii familiei Felidae ce ieșiseră din casă, speriați ca și noi, dar în afara pericolului.

— Bunicule! Deuce! Dean! Des! strigă ușurat Dante.

— Suntem bine grație instinctului animalic, îi explică bunicul său.

— Dar eu? îi privi nedumerit că toți, cu excepția lui, simțiseră că urma să se întâmple ceva rău.

— Noi nu suntem îndrăgostiți! îi făcu Deuce cu ochiul. I-am mulțumit în gând că l-a făcut pe Dante să nu se desconsidere datorită slăbiciunii sale, dând vina pe altceva.

— Casa noastră! se luă cu mâinile de cap Dean.

— Se repară, îl încurajă Dante bătându-l cu palma pe umăr. Tot ce contează e că voi sunteți bine, o casă poate fi înlocuită, oamenii nu!

Vorbele lui m-au smuls din visare. Și eu aveam persoane prețioase! Trebuia să mă asigur că erau bine! Cu mâinile tremurânde, l-am sunat pe Hanzo, îndepărtându-mă puțin de grup deoarece Des plângea zgomotos în brațele lui Darius.

— Lisa! Draga mea, ești în siguranță?

— Da. Voi? îmi era teamă de răspuns.

— Și eu și Elda suntem bine, venim să te luăm!

— Știi, nu sunt la Academie... O colegă m-a rugat să o însoțesc până acasă mai devreme puțin, uitase ceva... Ideea e că sunt bine! Mă aduce mai târziu fratele ei acasă... Ar trebui să te asiguri că mama și tata sunt bine. Nu te mai rețin! Te iubesc, Hanzo!

— Ai devenit o mincinoasă pricepută, mă dezaprobă Dante care, nu am idee când, răsărise în spatele meu.

— Ce altceva îi puteam spune?

Nu că ar fi avut ce, dar Dante nu a mai apucat să-mi răspundă căci începu să-i sune telefonul.

— Dixon? Unde ești? Ai pățit ceva?

— Sunt bine. Acasă e totul bine?

— Da, adică s-a prăbușit o parte din clădire, dar nu contează.

— Dante... nu te speria prea tare, iubitului meu au început să-i tremure genunchii auzindu-și unchiul, nu era numai ce rostise, ci și modul cum a făcut-o, aproape plângând, de fapt, te-am sunat să-ți spun ceva...

— Ce a pățit? întrebă sfârșit, sprijinindu-se de mine.

— O echipă de intervenție rapidă tocmai a extras-o dintre dărâmături. Nu știu cât de grav e, a preluat-o ambulanța și nu mă lasă să mă apropii pentru că nu sunt soțul ei... Zgârie-norul în care locuiam a avut un defect grav de construcție și s-a fărâmițat! disperarea din glasul lui Dixon era egalată numai de cea de pe chipul lui Dante. Nu se mai putea ține pe picioare, l-am ajutat să se așeze pe iarbă. Neprimind niciun răspuns din partea nepotului său, Dixon întrebă îngrijorat: vin după tine?

— Nu, mă duce Dean. La spitalul obișnuit? lacrimile ce-i șiroiau pe obrajii palizi îmi frângeau sufletul.

— Aveți grijă! Orașul e foarte avariat, zise Dixon înainte de a închide.

Ca de fiecare dată când se simțea copleșit, după numai câțiva pași, Dante se prăbuși în genunchi. Deuce aproape că l-a târâit la mașină. Drumul până la spital a fost îngrozitor, Resao era o ruină! Dezastru natural... până atunci fusese un termen, o noţiune abstractă, o formă fără fond, era cu totul altceva să-l văd cu ochii mei. Mă înspăimânta gândul că o mulţime de oameni au fost răniţi sau şi-au pierdut viaţa... Dante se arăta de neconsolat...

Graţie providenţei, spitalul, care oricum e un tărâm al suferinţei, a fost ocolit de nenorocire, pagubele erau minime şi numai de natură materială.

Ava era în comă, vestea căzuse ca un trăsnet asupra tuturor.

— Am refuzat să o văd! Am zis că ne vom mai întâlni doar la înmormântarea mea, nu a ei! se lăsă Dante să cadă pe unul din scaunele de pe hol, cuprins de vină şi disperare, vărsând lacrimi amare pe care nici nu am încercat să i le şterg. L-am sărutat în creştetul capului de nenumărate ori, dar nu eram capabilă să-i spun ceva, nici nu ştiam ce...

— Şi copilul? îl întrebă Deuce fără menajamente pe Dixon care era şi el pierit, dar era în acelaşi timp şi singurul care discutase cu medicii.

— Corpul ei îl respinge, îl otrăveşte, trebuie să-l scoată din ea... situaţia lui Dixon era extrem de delicată, îl iubea pe Dante şi totuşi, era tatăl copilului ce-l ucidea.

După modul cum şi-a dat ochii peste cap Deuce, nu aveam îndoieli că se gândea că mai bine îl lăsau în ea... Urât din partea lui să gândească asta, dar şi a mea pentru că o parte din mine, o mare parte, îşi dorea acelaşi lucru.

— E prea mic! Să-l scoţi din uter e o condamnare la moarte, vorbi Dean surprinzând pe toată lumea.

— Au pregătit un incubator special, dar sunt rezervaţi în privinţa lui... măcar ea să fie bine! începu să se miorlăie într-un mod deloc masculin Dixon, bătrânul Darius îşi cuprinse atunci fiul în braţe.

— Trebuie să-l salvez! se ridică Dante brusc.

— Cum? l-am întrebat mirată.

— El creşte hrănindu-se cu energia, cu viaţa mea! Cu cât el devine mai puternic, cu atât eu mă sting. El e mic şi slăbit acum, dar am să-i dau totul de-odată, în avans, şi îl voi salva!

— Nu! seninătatea lui mă înspăimânta.

— Ba da! Nu înţelegi? Destinul a hotărât că e vremea noului Motan, e de datoria mea să-l ajut... nu ştiu ce mai dorea să spună pentru a-şi susţine ideea nebunească, căci s-a oprit pentru că o lovitură de pumn l-a dărâmat.

— Deuce! am strigat eu şi bunicul lui Dante simultan, Dean s-a grăbit să-l ridice pe iubitul meu, şi aşa slăbit, ce se alesese şi cu obrazul tumefiat.

— Nu cred că funcţionează aşa, începu Deuce să vorbească cu un oarecare calm, după care, parcă i se urcă tensiunea la cap numai rememorând ideea şi izbucni: Dacă tu îţi închipui că te las să faci asta, te înşeli amarnic! Nu era vremea să vină un alt Motan, Creatorul şi-a înţeles greşeala şi acum şi-l va lua înapoi! Dacă mai spui o singură dată sau mai faci vreo aluzie că ai vrea să te sinucizi, să fiu al naibii Dante, de nu sparg incubatorul ăla cu mâinile mele! Nu sunt un criminal, dar nu-mi forţa limitele, că aş putea strivi un pui de mâţă ca să te ştiu pe tine bine!

— Deuce, e greşit, e egoist să gândeşti aşa... începu Dante împăciuitor, deşi am impresia că nici el nu ştia prea bine ce dorea să spună.

— Da, sunt un egoist! Toţii oamenii sunt! Doar că eu recunosc! Să trăieşti tu, mă rog să moară el! Sunt sigur că şi ei fac la fel, ne indică cu degetul pe rând, dar în acelaşi timp, tot pentru tine, mă rog din suflet, ca scârba aia, pe care eu unul nu dau doi bani, să nu moară! Nu îl poţi ajuta şi eu nu am să te las să-ţi arunci viaţa la gunoi pentru o prostie, o teorie idioată! Eşti preţios pentru mine, ţi-am mai spus! în timp ce vorbea, Deuce îşi agita frenetic mâinile. La un moment dat, se întoarse pe călcâie şi se adresă cuiva nevăzut: îmi pare rău micuţule, nu eşti bine venit pe această lume!

Dorinţa lui Deuce şi a mea, pentru că trebuie să-mi asum şi gândurile urâte, s-a îndeplinit, douăzeci de ore mai târziu, s-a stins din viaţă cel ce reprezenta condamnarea iubitului meu. Am răsuflat uşurată, m-am urât pentru asta, dar fericirea era de câteva milioane de ori mai mare decât vina.

Douăzeci și una de zile de vacanță

– Timber – Pitbull ft Kesha

Ava și-a revenit din comă la timp pentru a-și lua adio de la fiul său ce primise numele de Dustin și a primit permis de părăsire a spitalului pentru a participa la funeraliile acestuia.

În istoria milenară a familiei Felidae, nu a mai existat niciun caz în care doi Motani să existe simultan, Dante și Dustin au fost primii și, cel mai probabil, ultimii.

Orașul Resao avea nevoie de reparații generale. Întâmplarea a făcut ca strada mea să scape aproape neatinsă, așadar, casa noastră era intactă. De fapt, acest lucru i se datora în totalitate lui Hanzo, fusese nomad prea mulți ani pentru a nu știi să-și aleagă locul cel mai ferit de pericole atunci când se așeza undeva.

Elevii Academiei au primit o vacanță nesperată și, ținând cont de

288

circumstanțe aș putea spune chiar nedorită. Clădirile, parțial demolate, trebuiau reconstruite. Favoritul tuturor, Matteo, fusese strivit de unul dintre pereții școlii.

Casa lui Dante era avariată, dar locuibilă, apartamentul mamei sale devenise însă istorie, de aceea, la externare, avea să locuiască, o perioadă, la reședința familiei Felidae. Întreg orașul fiind în ruine, nu era momentul să cumpere sau să închirieze ceva. Dante înțelegea situația, dar nu era deloc încântat de idee.

Pistruiatul meu drag se recuperase complet, căci moartea nu-i mai bătea la ușă. Redevenise acel puști plin de energie, pus pe glume și ușor aerian.

Cunoscându-i secretul, relația noastră avansase mult. Venea la mine seară de seară, sub forma lui Zoto și, după ce mă asiguram că nici Hanzo, nici Elda, nu aveau să ne deranjeze, lua formă umană, urmând ca dimineața să se transforme înapoi în motan. Desigur că îl vizitam și eu pe el, dar acesta era singurul mod în care puteam petrece noaptea cuibărită la pieptul său, în brațele lui calde.

Se apropia ziua externării mamei sale când mi-a propus să plecăm într-o călătorie:

— Nu știu dacă ai apucat să citești lista mea, începu oarecum rezervat să invoce acele amintiri.

— Nu mare lucru.... Îmi cer mii de scuze că am rupt-o! uitasem că eu o distrusesem.

— Stai liniștită, totul e aici, își indică, zâmbind, fruntea cu degetul arătător. Am vrut să vedem niște locuri, noi doi. Lista mea era formată din elementele unei călătorii, o parte cu tine și o parte cu Zero.

— Nu mai zici nimic despre căsătorie? l-am tachinat gâdilându-l.

— Nu... meriți ceva mai bun, am făcut ochii mari și mă pregăteam să-l pocnesc, dar s-a grăbit să-și redreseze formularea: vreau să revin cu o cerere nouă, cu inel și tot ce trebuie, explică apărându-și capul, cu mâinile, de o eventuală lovitură.

— Bine atunci, ce spuneai de excursie? m-am înseninat.

— Şcoală nu facem oricum şi eu nu vreau să stau cu mama sub acelaşi acoperiş.... evadăm undeva?

— Sună super, dar... Hanzo?

— Mă gândeam că poate ne ajută Lolita? Cu ocazia asta am putea şi să o invităm să ne însoţească.

— Vrei să mergi undeva cu mine şi cu Lolita? am întrebat sceptică şi pregătită, în caz de nevoie, să-l pocnesc.

— Lisa, asta e violenţă domestică! râse Deuce ce tocmai trecea pe acolo, pentru că ne aflam în curtea casei lor, văzându-mi mâna ridicată.

— Nu, nu, nu. Aş vrea să mergem împreună cu prietenii noştri, acum când nu se mai anunţă a fi ultimele mele zile, putem împărţi experienţa cu ei, nu trebuie să fim doar noi doi, cum planificasem iniţial. Îl luăm şi pe enervantul ăsta cu noi, îl indică pe Deuce fără a-i acorda vreo atenţie, adresându-mi-se exclusiv.

— Luaţi pe naiba! se înfoie Deuce.

— Te pot obliga să mergi, şi ştii asta, râse Dante.

— Poţi şi să mă pupi undeva, cu scuzele de rigoare pentru Lisa! şi vărul lui Dante îşi văzu de drum, făcând semnul păcii fără să se mai uite în urma sa.

— E tare în gură în mijlocul civilizaţiei, dar în natură e un fricos, se teme de toate insectele, se amuză iubitul meu, deloc supărat de vorbele verişorului său, lăsându-mi impresia că nu intenţionase cu adevărat să-l ia pe Deuce cu el.

Până la urmă, cele douăzeci şi una de zile de vacanţă au început cu mine, Dante, Zero, Tamara şi Lolita într-o maşină de şapte locuri, condusă de Dean, gonind pe autostradă în urma unei motociclete pe care se aflau Kai şi prietena lui, Shani. Shani, avea douăzeci de ani şi motocicleta îi aparţinea, era o tânără foarte interesantă. Iubita lui Kai era o frumuseţe exotică, cu piele arămie şi ochii alungiţi, cu un aspect general uşor înspăimântător, dar era cea mai prietenoasă fiinţă pe care am întâlnit-o vreodată.

M-am simțit prost să-l mint pe Hanzo, dar cum altfel aş fi putut pleca de acasă? În plus... îl mințisem numai pe jumătate. I-am făcut cunoştință cu Lolita, de care-i mai vorbisem de nenumărate ori, Tamara noua colegă cu care mă împrietenisem şi amica ei Shani care, chipurile, avea deja permis de conducere. Cu firea ei lipicioasă, Shani l-a aburit pe bunicul bine de tot şi l-a asigurat că totul avea să fie bine, partea asta era adevărată. În schimb, nimeni nu a menţionat nimic de Dante, Zero, Kai şi Dean...

Elda în schimb, nu a fost la fel de uşor de prostit, nu a spus nimic în faţa logodnicului ei, dar mi-a şoptit: ştiu că vor fi şi băieţi cu voi şi mai ştiu şi că nu sunt nici mama, nici bunica ta, dar la întoarcere, mi-ar plăcea să-mi povesteşti una-alta. I-am promis că aşa voi face.

Aveam în plan să profit de acea excursie şi pentru a rezolva o problemă apăsătoare pentru mine. Ziua lui Dante era după colţ şi eu nu aveam habar ce i-aş fi putut dărui cuiva care avea totul. Eu primisem de la el, când a fost ziua mea, o pereche de cercei deosebiţi, atât de frumoşi încât nu i-am purtat niciodată, de teamă să nu-i pierd. El nu s-a supărat pentru că i-am mărturisit acest lucru lui Zoto chiar din prima seară. Speram că, schimbând peisajul, mă va lovi inspiraţia, una din fete îmi va da o sugestie sau poate voi prinde din zbor vreo idee de la băieţi.

Am pornit încântaţi înspre cabana de pe lac a familiei lui Zero, întreg lacul era proprietate privată. Ambii lui părinţi erau sportivi de performanţă faimoşi, iar fiul lor le călca pe urme.

În maşină, a fost puţin greu să ne alegem locurile datorită Tamarei şi a lui Zero care erau amândoi foarte înalţi, iar locul de lângă şofer era numai unul. Într-un final, Lolita a fost cea care a luat loc în faţă pentru că avea rău de maşină, perechea de giganţi a luat locurile din mijloc şi au dat bancheta în spate la maximum, eu şi Dante fiind mici amândoi, am stat pe locurile din spate, în spaţiul rămas. Singurul posesor de permis de conducere, Dean, se afla la volan.

Drumul a fost destul de lung și obositor, dar tuturor ne prindea bine o deconectare de la ruinele orașului Resao. Era deprimant în acea perioadă să ieși din casă, fusese cel mai afectat oraș din țară de acel cutremur teribil. Mă neliniștea numai gândul că nu spusesem tot adevărul acasă și de faptul că eram singura care fusese nevoită să mintă pentru a pleca.

În ceea ce o privește pe Lolita, plecând cu fratele ei, părinții lor au fost de acord instant. Tamara era singură într-o țară străină, familia sa aflându-se la mii de kilometri distanță și Shani locuia singură.

Ajunși la destinație, am rămas cu toții impresionați că ceea ce Zero numise cabană, era în realitate o adevărată vilă cu etaj, e drept confecționată din lemn, dar totuși! Cabana avea patru dormitoare, o sufragerie, două grupuri sanitare, un balcon imens și o verandă. La câțiva pași de ea se găsea o plajă amenajată cu nisip fin și un ponton solid.

— Seamănă cu Cetatea! se lumină Kai la față văzând construcția, era pentru prima dată, de când îl cunoșteam, când ochii aceia triști s-au înseninat.

Lolita l-a aprobat zâmbindu-i.

— Ne lămuriți și pe noi? interveni Tamara, directă ca întotdeauna, și se opri din operațiunea ei de a descâlci bagajele și lucrurile înghesuite în portbagaj.

— Sora mea și cu mine ne petreceam verile într-un loc asemănător când eram mici, făcea parte din zestrea mamei cum s-ar spune și pentru că bunicul nu-l lăsa niciodată pe tata să-și ia concediu, punându-l să muncească în permanență pentru el, noi și cu mama mergeam, peste vară, la Cetate. Îi spuneam astfel pentru că proprietatea era împrejmuită cu un gard înalt și avea un turn de apă. În privirea lui se luptau nostalgia copilăriei cu dezgustul provocat de menționarea bunicului său. Până la urmă, nostalgia, ajutată de dragostea pentru părinți, a învins și Kai, deschizându-și larg brațele, zise vesel: data viitoare, putem merge cu toții acolo!

— Pe mine nu m-ai dus niciodată la Cetate, îl înghionti Shani.

— Wow, sunteți uimitori! Mă simt cam ciudat între voi acum... începu brusc Tamara. Familia ta are asta, se adresă lui Zero și indică printr-un gest larg cabana, familia voastră are și ea una, se întoarse către Kai și Lolita care se aflau mai în dreapta, despre tine, îl indică pe Dante, și celălalt, se referă la Dean care se întinsese la umbră puțin mai departe fiind obosit de la condus, ce să mai spun! Sunteți toți unul și unul, copii de bani gata... nu sunt sigură că am ce căuta între voi! Zero o privea fără glas.

— Eu provin dintr-o familie absolut normală! m-am grăbit să mă apăr.

— Spuse fata câștigătorilor Festivalului Tarebe! râse Kai.

— Serios? Părinții tăi sunt Azaria și Ratko?! Promite-mi că am să-i cunosc într-o zi! se entuziasmă subit, uitând de supărare și începu să țopăie pe lângă mine.

— Nu știu dacă mai contează acum, dar mama e ofițer de poliție și nu am tată, explică Shani, parcă simțind nevoia de a se apropia de grup.

— Și ce cauți cu un infractor? întrebă Dante cu stilul lui unic, era incapabil să-și filtreze vorbele uneori.

— Îl reabilitez! râse ea cu poftă ciupindu-l de obraz pe numitul infractor.

— Ce e cu atât de mult păr de pisică în mașina asta? strigă Tamara scuturând bagajele iritată, urăsc pisicile!

— Înseamnă că nu te place! i-am șoptit lui Dante care se ascunsese în spatele meu.

După ce ne-am dus lucrurile în interior, am pornit cu toții spre plajă pentru a verifica apa. A apărut chiar și Dean după scurta lui siestă. Lacul fiind adânc, nu exista varianta de a te obișnui treptat cu apa. Ne-am așezat pe ponton și ne-am lăsat picioarele în apă, părea plăcută, dar nu puteam ști cu adevărat ce temperatură avea, decât la suprafață.

— Am să sar să văd cum e, zise Zero dintr-o dată.

— Lasă, sar eu, am deja shortul pe mine, interveni Kai. Într-adevăr, Zero nu era echipat pentru înot. Datorită naturii lor secrete, nici Dante şi nici Dean nu erau nerăbdători să se arunce în lacul ce putea fi rece.

Înainte de a plonja artistic, Kai şi-a legat părul într-o codiţă, dezvăluind astfel faptul că avea cercei în urechi.

— O, super! Zero, să-ţi pui şi tu cercei! îi impuse Tamara iubitului ei.

— Doar dacă îşi pune şi Dante, zise el la repezeală căutând o scăpare.

—Lisa?! aruncă Dante mingea în terenul meu cu o voce ce parcă spunea: zi ceva, nu pot să le spun că-mi pun cercei în urechile pe care nu le am...

— Nu, oricum nu s-ar vedea sub părul portocaliu, am răspuns ciufulindu-l, de parcă subiectul mi se părea plictisitor.

— Oricum nu îmi place freza ta de skater boy, ai nevoie de o schimbare de look! insistă Tamara cu obişnuinţa celor învăţaţi să li se facă pe plac.

— Îmi place mie! i-am amintit că vorbeam de iubitul meu, nu al ei.

— Aş putea să-mi pun un pierce în buză, interveni Dante împăciuitor.

— Sau în sprânceană, ţi-ar sta bine, zise Shani după ce-i analiză puţin trăsăturile.

— Cui i-ar sta bine? Mor! Mi-a stat inima în loc, nu intraţi în apă! răsări Kai de nicăieri şi se întinse, abia respirând, pe spate, pe ponton.

— Nu contează, doar să te asiguri că nu-ţi vede Tamara tatuajul! râse Shani străduindu-se să-l încălzească.

— Şi eu am unul, şocă Dean întreaga audienţă.

— Ce? De când? cel mai contrariat era Dante. Să-l văd!

Vizibil ruşinat, Dean îi arătă vărului său pantera neagră ce o avea pe omoplat.

— L-am făcut acum vreo două luni.

Dante râse, i se părea hilar că-şi tatuase felina proprie, ceilalţi nu au înţeles de ce se amuză şi au admirat modelul reuşit.

Era clar, nu se punea problema bălăcelii în lac, dar ne mai rămânea plaja. Băieții s-au schimbat primii și au început un meci de voley pe echipe, cam violent și exagerat de competitiv după părerea mea.

Ne-am pus și noi costumele de baie, dar nu prea îmi venea să ies din cabină... Tamara, superbul model din Lafar, purta un dress roșu din două piese minuscule ce acopereau doar parțial rotunjimile sale pline. Lolita, complexată de cicatricea sa de pe gât, purta ceva ce se asemăna cu un costum de scafandru fără mâneci, negru, pe gât, care, chiar dacă nu sună prea atrăgător, mulându-se pe formele fetei, era de vis. Shani, mai scundă și cu o constituție ușor mai firavă decât Tamara, tot decupată din revistă părea și mai eram eu... cea căreia i se potriveau hainele lui Des, un băiețel de doisprezece ani... Aveam și eu un costum din două piese, roz cu buline negre dar, dacă de posterior mă puteam declara mulțumită, bustul mă inhiba teribil, în plus, aveam tot felul de urme inestetice ale traumatismului suferit la picior și cicatrici ale tăieturilor cu lama pe coapse... poate cu nu era o idee prea bună să mă expun până la urmă.

Le-am spus fetelor să o ia înainte și am rămas să privesc meciul băieților de la fereastră. Toți patru erau la bustul gol și, deși cu toții aveau musculatura bine definită, până la urmă trei dintre ei erau sportivi, totuși erau definiți diferit. În timp ce Zero era mai masiv, cu brațe solide, Dean și Kai aveau o siluetă mai subțire, dar la fel de bine conturată. Bineînțeles că l-am găsit cel mai atrăgător pe Dante, armonios în grația și agilitatea sa, nu mă puteam abține să nu-l studiez, până la urmă, tot ce făceam noi se întâmpla noaptea, pe întuneric, nu-l văzusem practic dezbrăcat decât atunci când fusese bolnav... Privindu-l, îl iubeam și mai mult, deși trebuie să recunosc că linia abdomenului inferior al lui Dean arăta demențial.

Nu aș fi vrut să ies, dar văzând că nu mai vin, Lolita și Tamara m-au scos cu forța din cabană. Băieții au luat o pauză și ne-am dus să le oferim răcoritoare. Privirea lui Dante s-a scurs prin decolteul lui Shani și m-am enervat la culme, l-am împins și am plecat înapoi în cabană.

— Ce a fost asta? m-am trezit cu el închizând uşa în urma mea, la naiba, e rapid şi silenţios.

— Lasă-mă! Du-te şi clăteşte-ţi ochii! Poate încă nu ai văzut ce deţine Tamara! i-am zis cu răutate şi m-am întors cu spatele.

— Eşti geloasă? parcă nu-i venea să creadă.

— Şi dacă sunt, ce? am strigat forţându-mă să nu plâng.

— Nu ai de ce, mă îmbrăţişă tandru din spate, în plus, tu eşti geloasă pe ele, nu pe mine, îşi trecu sugestiv mâna peste pieptul meu. Tu ştii că eu te găsesc perfectă, că tu ca fată ţi-ai dori mai mult, e problema ta, eu sunt mulţumit şi fericit. Recunosc, m-am uitat, m-a furat peisajul o clipă, dar asta nu înseamnă că perfecţiunea ta s-a diminuat în ochii mei! Şi nu fi ipocrită Lisa, că nu-mi place, mă ciupi de obraz cam tare, am văzut cum îţi alunecau ochii pe abdomenul vărului meu!

— Oh, asta, doar pentru că tu nu ai liniile alea şi mi-au atras atenţia, am început să mă bâlbâi simţind că mor de ruşine.

— Nu le am, zici? mă suci cu faţa înspre el şi lăsându-şi shortul în jos, dezveli acelaşi tip de musculatură. Aş spune doar că am mai multă decenţă sau, ţinând cont că vorbim despre Dean, mai puţină prostie, el nu realizează că poate fi ispititor... Ştii ce am învăţat din asta? mă muşcă uşor de ureche.

— Ce? nu aveam idee unde bate.

— Să încercăm pe lumină, roşi uşor.

— În nici un caz! am fugit afară.

— Lisa, Dante! Unde aţi dispărut? Hai să dăm o tură prin împrejurimi! strigă Zero.

— Eu vreau să încerc să pescuiesc, rânji Kai. Lolita indică şezlongul, aşa că, pentru a nu o lăsa singură, am rămas şi eu la plajă, restul au plecat să exploreze.

Soarele nu ardea foarte tare, era plăcut să-ţi mângâie pielea, să te încălzească blând, să te laşi cuprinsă de toropeală şi, într-un final, să adormi. Nu am idee cât timp a trecut de când plecaseră ceilalţi sau de cât timp dormeam, când am avut parte de cea mai îngrozitoare senzaţie: ceva rece se târa pe mine, era un şarpe. Am rememorat rapid clipele de oroare din laboratorul de biologie şi am început să ţip la capacitatea maximă a plămânilor mei.

Dante, care nu era foarte departe, a pornit în fugă spre mine, era uimitor, a sărit peste o stâncă şi peste un trunchi căzut, cu graţia inconfundabilă a unei feline, din păcate însă, la numai câţiva metri de şezlong, a călcat într-o groapă, s-a lungit pe burtă şi şi-a julit nasul pistruiat.

Şarpele, în mod total neaşteptat, a fost luat de pe mine de către Lolita, care, afară de faptul că era somnoroasă, nu trăda vreo emoţie ţinând târâtoarea în mână. Mi s-a părut mie cam ciudat că, deşi se afla relativ aproape, Kai nu a avut nicio reacţie pentru a ne ajuta. Văzându-ne mirarea, el explică:

— Era foarte băieţoasă când eram mici, mereu se juca cu şerpii.

Explorarea nu s-a dovedit prea interesantă, aşadar s-a decis continuarea meciului de voley, chiar mai brutal decât înainte, rezultatul: Dean a fost împins, din greşeală, în lac! Coechipierul său, Zero, şi Kai au început să râdă, doar Dante a sărit speriat ştiind că verişorul său nu ştia să înoate. Văzându-i reacţia, şi ceilalţi doi au plonjat în lac. Apa rece îngreuna înotul. Am tras o sperietură de moarte, dar până la urmă, cei trei au reuşit să-l scoată la suprafaţă. Ne-a fost destul de greu să-l ridicăm pe mal din apa adâncă pentru că era inconştient. Cu chiu cu vai am izbutit. Lolita i-a acordat primul ajutor şi Dean şi-a revenit. M-am temut îngrozitor pentru viaţa lui, am fost îngheţată de violetul fricii până ce şi-a recăpătat conştiinţa.

Am decis să intrăm pentru că înăuntru era mai sigur. Dante ne-a încântat cu un adevărat spectacol de vape, era enervant de priceput şi mă făcea să mă întreb dacă exista ceva ce nu putea face.

Seara, Shani a venit cu ideea împărţirii celor patru dormitoare astfel:

— Eu propun să dormim aşa? Lisa şi Lolita, eu şi Tamara, Zero şi Kai şi verişorii împreună.

— Ai înnebunit? sări Kai nemulţumit.

— Eu vreau să dorm cu Lisa, zise Dante în gura mare, făcându-mă să-mi doresc să intru în pământ de ruşine.

— Şi eu vreau să dorm cu Tamara, dar Lolita şi Dean nu pot împărţi o cameră, constată Zero.

— Nu vă faceţi griji pentru asta, Lolita poate lua camera, eu am să dorm aici, în sufragerie, veni Dean cu soluţia salvatoare.

— Bun băiat! îl atinse Kai pe umăr, am avut o vagă senzaţie că-i pândise răspunsul. Lolita, ruşinată, nu şi-a exprimat deloc părerea.

La împărţirea dormitoarelor, nu ştiu cum s-a făcut, dar nouă ne-a revenit cel cu ieşirea pe terasă, spre marea mea încântare.

Noaptea, luna plină şi-a revărsat lumina tristă asupra noastră, prin sticla ferestrei.

— Lisa! Luna e imensă! Hai pe terasă!

— Shh! Vei trezi toată casa!

— Tehnic vorbind, e o cabană, mă corectă, iar eu l-am plesnit peste braţ.

— Oh, e foarte rece afară! am constatat după ce el a deschis uşa.

— Vom lua o pătură, mă sărută blând pe frunte.

Am stat astfel, înghesuiţi unul în altul, înveliţi în pătură, privind frumuseţea fascinantă a lunii.

— Luna e prietena noastră, mi-a şoptit Dante de parcă mi-ar fi împărtăşit o taină.

— Cum aşa? nu înţelegeam ce vrea să spună.

— A fost de faţă când ţi-am mărturisit că te iubesc şi ne-a luminat calea în noaptea aceea, fără ea... Dante nu-şi mai continuă ideea.

— Ai dreptate, e o prietenă de nădejde, l-am aprobat serioasă.

— Mi-ar fi plăcut să fi fost lună plină şi când ne-am cunoscut, spuse visător.

— Dar era zi atunci, ne-am cunoscut la şcoală, am chicotit.

— Ştiu, ziceam şi eu. Ştii ce m-am gândit când te-am văzut prima dată? își încolăci brațul strâns în jurul meu.

— Nimic, bănuiesc, erai cu ele...

— Greșit! mă privi adânc în ochi și m-am simțit înecată în cel mai adânc ocean. M-am gândit că te-ai potrivi în colecția de păpuși de porțelan a bunicii.

— Ok... ăsta a fost un gând bun sau rău? Că nu sunt sigură...

— Bun, normal! Mereu mi-au plăcut păpușile alea, gingașe și cârlionțate, ca tine, mi-a tăiat dreptul la replică cu un sărut drăgăstos. După câteva zile la cabană, am rămas fără provizii. Se impunea un drum până la supermarketul localității din apropiere.

— Cine vrea să meargă cu mine? întrebă Dean pentru că, evident, fiind singurul care putea conduce mașina, el trebuia să meargă.

Lolita a ridicat mâna spre nemulțumirea lui Kai care, luând o postură cam ostentativă în fața surorii lui, zise:

— Shani, de ce nu conduci tu de data asta?

— Nu am permis decât pentru motor tontule, îl sărută pe obraz, deloc deranjată de atitudinea lui ostilă sau mirată de faptul că iubitul său dădea ordine pe mașina altuia.

— Am uitat... Bine, merg și eu, doar nu va căra Lolita cumpărăturile! zise tratându-l pe Dean ca pe o cantitate neglijabilă.

Într-un final, Dean, Kai și Shani au plecat înspre oraș. Lolita s-a supărat și s-a închis în dormitorul ei. Zero și Tamara, ambii împătimiți ai pescuitului, se aflau pe lac de dinainte să răsară soarele. Am rămas singură cu Dante.

— Vrei să aruncăm cu pietre, să le speriem peștii? i-am propus râzând.

— Tentant, dar Zero ia chestia asta în serios, puțin prea mult și s-ar supăra rău... Nu știam că poți fi răutăcioasă, spuse destul de mândru și începu să mă gâdile pe la coaste, exact acolo unde știa că nu-mi place să fiu atinsă. L-am împins și am fugit, bineînțeles că m-a prins imediat. Am căzut de comun acord să facem o plimbare cu barca, dar la distanță respectabilă față de cei doi pescari. Ne-am răzgândit în ultima clipă şi am luat hidrobicicleta.

Dante, un excelent înotător dealtfel, a fost terifiat de plimbarea noastră, sau mai corect spus, de faptul că eu tot aplecam ambarcaţiunea pentru a lua apă să-l stropesc. Ar fi fost mai bine dacă mi-ar fi mărturisit de la început că avea rău de mare, nu l-aş fi necăjit până în punctul în care a devenit verde... totuşi, era adorabil astfel.

Din senin, am redevenit serioasă amintindu-mi de scena de dinaintea plecării prietenilor noştri:

— Lucrurile au început să degenereze, ar trebui să faci ceva.

— Ceva, ce? Şi de ce eu?

Aiurit ca întotdeauna, m-am gândit. Aşadar am revenit asupra ideii cu explicaţii:

— Ştii foarte bine că prima noapte aici Dean şi-a petrecut-o învăţând online limbajul semnelor pentru a putea comunica cu Lolita, acest lucru i-a ajutat să se apropie unul de altul, puţin prea mult dacă îl întrebi pe Kai. Trebuie să intervi...

— Huh? La ce fel de intervenţie te aştepţi din partea mea? Ce treabă am eu cu ce fac ei?! reacţia lui oscila între şocat şi speriat, de parcă era nehotărât ce atitudine să adopte.

— Nu te agita că nu e mare lucru, dar rişti un scandal între Kai şi Dean dacă nu faci nimic.

— Nu e mare lucru zice ea, dar va fi scandal, minunat! bombăni el vorbind singur. Şi tot nu am înţeles ce mă priveşte pe mine povestea... L-am stropit din nou cu apă rece, sunetele lui de revoltă erau tare simpatice.

— Uite cum stă treaba, dacă tu consideri că Dean reprezintă vreun pericol, cât de mic, spune-i să stea departe de Lolita, poţi face asta, domnule Motan. Şi nu ţi-o cer doar pentru a evita conflictul ce s-ar isca, ci şi pentru că este prietena mea şi vreau să o protejez.

— Asta doreai de fapt! constată uşor dezamăgit, după care ridică din umeri: puteai spune direct.

— Iar n-ai înţeles nimic, am oftat. Dacă tu consideri că Dean nu reprezintă un pericol pentru ea, vorbeşte cu Kai, el are încredere în tine şi s-ar linişti. Îl ajuţi pe verişorul tău şi toată lumea e fericită.

— Adică eu trebuie să hotărăsc dacă e o idee bună sau nu ca cei doi să formeze un cuplu?

— Exact! Astfel, dacă ceva merge prost, ştim pe cine să dăm vina, i-am zis râzând, drept răspuns, m-a stropit din plin cu apă din lac, în ciuda balansării hidrobicicletei ce nu-i făcea bine deloc.

Chiar dacă a reacţionat astfel, ştiam că avea să fie bine, Dante luase decizii spre beneficiul familiei Felidae încă de când a fost prima dată capabil să-şi exprime opţiunea.

Shani s-a întors de la cumpărături cu un pliant în mână. Orăşelul din care veniseră organiza un festival caritabil pentru un băieţel bolnav. În acelaşi scop, Ryan D susţinea un concert cu vânzare de albume, tricouri şi alte nebunii, întreaga sumă urmând a fi donată micului bolnav.

Dante îşi făcea duş în momentul în care cei trei au revenit la cabană, dar Dean a strigat:

— Cântă Ryan D în seara asta!

— Unde? nu am idee când şi cum a ajuns lângă vărul său, chiar şi cunoscându-i cealaltă natură, tot nu-mi pot explica.

— Aici, aproape. Vrei să mergi, nu?

Dean era sincer şi natural, parcă nu i-ar fi trecut niciodată prin cap să râdă de entuziasmul aproape prostesc ce se putea citi în rânjetul lui Dante. Nu-i nimic, pentru asta era Tamara prin preajmă...

— Să înţeleg că aşa arată membrele Fan-Clubului când te văd, Dante? Disperat de viaţă mai eşti! Zero să nu mă faci şi tu de râs! îl aţinti cu privirea pe iubitul său.

— Nu, în nici un caz! zise el hotărât îmbrăţişând-o pentru ca ea să nu-l poată vedea şoptindu-i celui mai bun prieten al lui: mergem, nu?

Ryan D e cântăreţul preferat al lui Dante şi sunt destul de sigură că şi al lui Zero. Ne-am pregătit şi am pornit cu toţii înspre concert, până la urmă, tuturor ne plăcea muzica lui.

Scena mi s-a părut impunătoare și fascinantă. Un ocean de oameni se îmbulzeau pentru a vedea cât mai bine performanța artistului. De la înălțimea mea era cam imposibil să zăresc ceva... Dante m-a urcat pe umerii lui. Spectacolul era minunat, luminile hipnotizante, coregrafia perfectă și vocea lui Ryan D era un adevărat balsam pentru suflet. Am constatat că știam aproape toate versurile melodiilor sale. Entuziasmul meu nu își putea totuși deschide aripile în voie, mă simțeam egoistă... Dante nu era cu mult mai înalt decât mine și ne aflam la concertul cântărețului său preferat.

I-am invidiat atunci pe Zero și pe Tamara, amândoi înalți cât farul din port. Mă consolam cu gândul că se putea și mai rău... Kai ar fi vrut să o ia și el pe umeri pe Shani, dar făcând acest lucru, exista riscul ca Dean să o ridice pe Lolita și el nu dorea acest lucru. Să o ia el pe umeri pe sora lui iar nu era o opțiune, fiind însoțit și de iubită... I-am cerut lui Dante să mă lase și pe mine jos, situația era stânjenitoare.

— Cine vrea bere? strigă iubitul meu străduindu-se să se facă auzit de întreg grupul. Fiind lângă el, firește că l-am auzit din prima.

— Bere? Nu ești încă major!

— Lisa! Nu fi moartea pasiunii... Orice băiat de șaptesprezece ani mai bea câte o bere din când în când, tonul său îmi părea justificativ, cumva parcă rugându-mă să nu-i interzic această plăcere.

— Nu doar băieții! interveni Tamara, aprobată non-verbal de Shani, Kai și Zero.

— Ok... să înțeleg că eu sunt singura care nu consumă alcool?

Lolita a dat din cap afirmativ.

— Nu-i nimic, ești avantajată. Ia-o așa, tu ai putea să bei, dar nu vrei. Dean ar vrea, dar nu are voie, îl înghionti pe vărul său pentru a-l tachina.

Am pornit să cumpărăm bere. Shani și Kai ne-au însoțit pentru că nu puteam căra singuri băutură pentru toată lumea, fără să o vărsăm. Fratele exagerat de protector a fost smuls destul de greu de lângă surioara lui.

Standul de băuturi era destul de departe de scenă, din fericire, coada nu era lungă. Kai și Shani au cumpărat primii, au luat opt sticle, urmând ca noi să luăm încă opt. Înainte de a ieși din rând, Dante l-a apucat pe Kai de braț și, din senin, deloc cum îmi imaginasem eu lucrurile, i-a spus:

— Știu ce s-a întâmplat cu Isadora... și te înțeleg, și eu aș fi vigilent în locul tău, dar dacă există pe lumea asta un bărbat capabil că o facă să uite și să iubească, acela este Dean! Nu te gândi nici la cei șapte ani dintre ei, garantez eu pentru el!

Kai a ascultat pledoaria lui Dante până la final, fără nicio reacție, după care s-a întors și a plecat, fără să zică nimic. M-am temut puțin să nu fi înrăutățit lucrurile, Dante părea însă mulțumit de rezultat. Relația lor mi se părea de neînțeles.

Ne-am reașezat la coadă. Ne țineam de mână. Era pentru prima dată când ne țineam de mână în public. Când el mi-a spus: „Nu vreau să te pierd" și mi-a cuprins mâna într-a sa, am simțit o explozie de bucurie din cel mai pur alb. Am conștientizat că era oficial, în fața lumii eram un cuplu, el era perechea mea! Inima îmi era plină de fericire, chiar înainte să-mi înghețe în vene sângele pe care aceasta îl pompa. Cineva m-a apucat brutal de umăr și m-a întors cu fața în direcția opusă.

— Ți-am zis eu că ea e!

— Mda, după ce ai recunoscut-o? Părul de sârmă sau corpul de scândură?

— Anabel, Oxana! am murmurat pierită, Dante încă nu remarcase nimic, aștepta în rând, cel mai probabil și-a spus că-mi smucisem mâna pentru că m-a împins cineva din greșeală.

— Ia te uită, rățușca cea urâtă și-a tras iubit! tonul Oxanei era la fel de veninos pe cât mi-l aminteam.

— Ți-e frig? se întoarse dintr-o dată grijuliul, dar aerianul meu iubit.

— Dante! au strigat amândouă deodată și una din ele și-a scăpat băutura din mână, de uimire, stropindu-ne pe toți patru.

— Ce înseamnă asta? urlă Anabel indicând spre degetele noastre încătușate.

— Scuză-mă, te cunosc? i se adresă Dante cu o politețe dezarmantă.

— Dante! Suntem noi, copreședintele Fan-Clubului tău! Aveam o înțelegere! Am terminat liceul, dar nu am mai reușit să dăm de tine, ca și cum ți-ai fi dorit să nu putem face acest lucru... Și acum, te găsim cu șoarecul ăsta de fată?!

— Fan-Club? Nu sunt vedetă ca Ryan D să am un fan-club. Nu știu nimic de nicio înțelegere, nu vă cunosc, dar nu tolerez să vorbească nimeni astfel la adresa iubitei mele.

— Iubită? Ea? Sper că glumești! se răsti Oxana.

— Suntem noi, Anabel și Oxana! strigă cu lacrimi în ochi Anabel.

— În mod normal, aș fi spus că îmi pare bine de cunoștință, dar nu mai pot să fac asta după ce ați vorbit urât de Lisa.

— Ne cunoaștem deja! exasperarea gemenelor era în continuă creștere.

— Se poate, nu știu, dar fețele voastre comune nu îmi spun nimic sugestiv și, adăugă cu o răutate de care nu știam că este capabil: pentru mine sunteți Nimeni numărul unu și Nimeni numărul doi, se răsuci pe călcâie și plecă trăgându-mă după el.

Nu am mai cumpărat bere. Ne-am retras într-o zonă mai înaltă, de unde, chiar dacă eram cam departe de scenă, vedeam destul de bine ce se petrece pe aceasta.

— Chiar nu le-ai recunoscut? am întrebat cu naivitate.

— Nu am Alzheimer iubito, râse cu poftă.

— Oh, ți-ai bătut joc de ele...

— Logic! oceanul nesfârșit din privirea lui mă privea intens, mă simțeam hipnotizată, pentru a mă rupe din vrajă, i-am spus grăbită:

— Fii atent la Ryan D, concertul e pe sfârșite.

— Nu contează, tu ești mai importantă ca el! afirmația lui m-a topit, știam cât de mult însemna acest artist pentru el, să-mi spună că eu sunt mai importantă decât el valora cât o sută de „te iubesc", cel puțin.

IUBITUL MEU, MOTANUL

Ne-am reunit cu prietenii noştri ceva mai târziu şi am luat la rând tarabele de jocuri.

Zero şi Dante făceau ravagii la coşul de baschet, au câştigat atât de multe pluşuri încât supraveghetorul nu i-a mai lăsat să joace.

Kai s-a străduit să-şi ascundă gustul amar lăsat de performanţa foştilor săi coechipieri, ştia că el nu va mai arunca niciodată la fel de bine. A avut şi el ocazia să strălucească totuşi, exista şi unul din acele aparate care măsoară puterea cu care este lovită mingea de fotbal, obţinând un punctaj incredibil. Dean a devastat efectiv sacul de box, lovitura lui stabilind un nou record. Lolita, care-i devenise oficial iubită în acea seară, se înfoia ca un păun în jurul lui, mândră nevoie mare de performanţa perechii sale.

Tamara, handbalista noastră, a dărâmat turnuleţele acelea de conserve până ce a primit şi ea interdicţie să mai joace. Shani, cu o armă era de-a dreptul înfricoşătoare, chiar dacă împuşca baloane. Nu a ratat niciunul. Lolita ne-a câştigat tuturor premiile dorite la Roata Norocului. Avea un noroc extraordinar, doar îi spuneam ce premiu voiam fiecare şi exact acela pica pe roată, era magic.

Eu nu mă pricepeam la niciun sport şi nici vreo norocoasă nu eram, nu aş putea spune că mă puteam compara cu prietenii mei, dar am decis să le arăt şi eu ceva pentru că eram singura care nu făcuse nimic şi mă simţeam prost. Speram doar să nu-i şochez prea tare... Mi-am făcut curaj şi am mers să arunc cuţite la ţintă, toate au nimerit centrul, chiar dacă nu exersasem de foarte mult timp. Hanzo ar fi fost mândru de performanţa mea! După cum m-am aşteptat, prietenii mei au fost şocaţi, dar şi încântaţi în egală măsură.

— Dante, iubitele noastre sunt periculoase! Dacă le supărăm, suntem morţi! se prefăcu Kai speriat şi se ascunse după Zero.

— Nici eu nu sunt tocmai în siguranţă, cu aruncările alea, dacă îmi ia în vizor capul, şi Tamara mă execută, intră şi brunetul în joc.

— Eu sunt cel mai câştigat, am lângă mine o fată superbă, care nu e periculoasă, în schimb e un adevărat talisman norocos, afecţiunea se putea citi în glasul lui Dean în timp ce o îmbrățișă pe sora lui Kai. Acesta din urmă, nu mai obiectă nimic.

Seara concertului a fost prima noastră ieșire în public, ca pereche, și de asemenea, prima ieșire în grup, cu prietenii noștri. Aveam gașca noastră, refugiați din realitatea dură a orașului Resao, ne-am aventurat într-o vacanță neplanificată, totul în mod spontan. Nu am mai rămas prea mult la cabana familiei lui Zero, ci înarmați cu energia tipică adolescenței, am încercat tot ce era interesant pentru cel puțin unul dintre noi. Am vizitat parcuri, grădini zoo imense, muzee fascinante, castele de basm, piscine cu tobogane nebunești, ferme obositoare, cluburi moderne și parcuri de distracții periculoase.

Au fost douăzeci și una de zile de vacanță trăite la maximum. A fost destul de dificil să-i ascund lui Hanzo prezența băieților, ținând cont că vorbeam zilnic cu el, am reușit totuși să păstrez, față de el, această taină ce mă făcea să mă simt vinovată. În schimb, Azaria, s-a prins imediat că grupul nostru era mixt. Instinctul ei de femeie, sau poate de mamă, a mirosit ceva despre prezența cuiva special în viața mea, am fost nevoită să le mărturisesc părinților mei de existența lui Dante, cu rugămintea de a păstra secretul momentan.

Ultima zi am petrecut-o în parcul de distracții din Artanos. Dante, curajos, m-a convins să mă dau într-un montagne russe înfricoșător, la care nici nu aș fi îndrăznit să mă uit în mod normal. Șinele urcau până la o înălțime amețitoare, curba era luată brusc, traseul era plin de bucle și căderi în gol, de-a dreptul teribil! Toți prietenii noștri s-au urcat în el... până la urmă, m-am urcat și eu.

— Vei vedea, nu ai de ce să te temi, iubito! m-a încurajat Dante legându-mi centura.

I-am zâmbit vag și am început să-mi spun în gând toate rugăciunile cunoscute. Odată ce trenulețul s-a pus în mișcare, violetul fricii m-a cuprins strâns, ca o a doua piele. În mod total neașteptat, deși cursa era extrem de brutală, mi-a plăcut.

— Nu e chiar atât de rău! am strigat entuziasmată.

— Ba da, e groaznic! replică Dante care, abia atunci am observat că era pietrificat.

— Pisică speriată! nu m-am putut abține să nu-l tachinez.

— Lasă-mă în pace! părul portocaliu i se înfoie în creștetul capului, la fel ca blana de pe șira spinării pisicuțelor speriate, mi s-a părut hilar, dar nu am mai zis nimic să-l supăr.

La final, cu toții eram cam zdruncinați, însă după ce am coborât, am simțit o presiune puternică, ca apoi să mă scurg în neant. M-am prăbușit, dar era ca și cum ar fi fost corpul altcuiva, nu simțeam durere, dar nici nu-l puteam controla. Dante mă zgâlțâia speriat, nu aveam nicio reacție, trupul nu mă mai asculta deloc. Nu înțelegeam ce-mi spunea, aveam urechile înfundate, nu auzeam decât un țiuit enervant. Nu a durat mult până ce țiuitul a fost acoperit de sirena stridentă a unei ambulanțe, dar și pe aceasta o auzeam de parcă sunetul venea dintr-un loc îndepărtat, ca dintr-o altă lume...

Măcar douăzeci și doi de ani

Totul s-a petrecut deosebit de repede, nu înțelegeam ce anume se întâmpla și, mai ales, îmi venea greu să înțeleg că mi se întâmpla mie. Mă simțeam absentă, plutind în neant, desprinsă de trup. Nu mă durea nimic, mă aflam într-un stadiu avansat de renunțare a cărnii și nu înțelegeam de ce.

Surprinzător, dar chiar eu eram cea pe care o studia îngrijorat personalul ambulanței și pe care o legau de targa portocalie, sub privirile înspăimântate ale prietenilor mei. De sub părul lui Dante, la fel de portocaliu ca și targa, ochii de cristal reflectau teroarea.

La spital, medicul de gardă m-a preluat de urgență. Mi-au fost făcute tot soiul de teste și de analize, după care am fost dusă într-un salon, deși, până atunci, deja îmi revenisem complet. Între timp, sosiseră la

308

spital şi prietenii mei. Deoarece erau prea mulţi, nu i-au lăsat să intre decât pe primii trei, respectiv: Dante, Lolita şi Kai.

Din nou într-un spital... mirosul de antiseptic, liniştea asurzitoare, pereţii albi şi goi, neoanele orbitoare, atât de urâte de marea majoritate a oamenilor, mie îmi creau un sentiment dubios de „acasă". Mă simţeam în siguranţă.

Dintr-o dată, Dante a dat buzna în rezervă şi, fără un cuvânt, a început să-mi scalde mâna în sărutări şi lacrimi, era speriat, dar şi fericit că-mi revenisem, în acelaşi timp. Chipul Lolitei era atât de expresiv încât nu mai conta că nu putea rosti efectiv cuvintele: „te simţi bine?". Kai, auzind paşi apropiindu-se, se retrase respectuos într-un colţ, lăsând medicului loc să intre.

Prin uşă, îşi făcu apariţia un băiat, îmbrăcat în halat alb, cu pas şovăielnic. În mâinile-i delicate se afla fişa mea de pacient. M-am gândit că trebuia să fie vreun student sau rezident care venise să-mi spună că eram liberă să plec acasă.

— Mă bucur că ţi-ai revenit! zise noul venit plecându-se asupra mea cu un zâmbet larg ce-i dezvelea dinţii perfecţi, ca un şirag de perle.

Privindu-l mai atent, l-am recunoscut, era medicul ce mă preluase la Urgenţe. Nu era deloc un băiat, ci un bărbat în jur de treizeci şi cinci de ani. Încreţiturile fine din jurul gurii şi din colţurile ochilor îi confirmau vârsta. Trăsăturile efeminate erau cauza pentru care putea fi luat drept un adolescent, ca noi.

— Ce e în neregulă cu ea? E grav? Va fi bine? îl întrebă Dante paranoic.

— Linişteşte-te! îi răspunse medicul bine-dispus. Nu e nicio problemă. Colegii de pe ambulanţă mi-au spus că starea de rău a survenit după o tură cu mountagne russe-ul extrem. Corpul său trece printr-o multitudine de transformări în acest moment şi, uneori, pot apărea reacţii mai ciudate, cum a fost acest episod. De aceea, fetele în starea ei ar trebui să evite senzaţiile tari şi sporturile extreme...

— Fetele în starea ei? întrebă Dante înclinându-şi capul într-o parte, un gest de nedumerire tare drag mie.

Doctorul, de parcă nu l-ar fi auzit, a continuat să vorbească, ca şi cum nu ar fi fost întrerupt:

— Fătul e şi el în afara oricărui pericol.

— Fătul? am strigat speriată, după care am început să bolborosesc, vorbind singură: dar cum? Eu nu... Cum se poate?...

Cuprins de furie, medicul l-a apucat pe Dante de umeri şi l-a mutat din calea lui pentru a se putea apropia mai mult de mine şi, cu un ton cam ridicat, vorbi:

— Consecinţa sexului este sarcina! Ar fi trebuit să ştii atâta lucru înainte să o faci!

Analizându-mă, intensitatea tonului îi scăzu considerabil, expresia feţei i se schimbă complet, părea că îi venea să plângă şi a sfârşit prin a-mi mângâia capul, cu mâna pe al cărei deget mic purta un inel de damă cu piatră roz. Pesemne i se făcuse milă de aspectul meu de copil mic. Până la urmă, mi se potriveau hainele unui băieţel de doisprezece ani.

— Nu înţeleg, ne-am protejat, nu? am simţit nevoia să mă apăr, să mă justific şi în acelaşi timp îi ceream o confirmare iubitului meu.

— Nu şi în zilele acelea când credeam că am să mor... Iartă-mă! îşi muşcă buza până la sânge.

— Nu!!! am început să plâng.

Ca de fiecare dată când se simţea cuprins de deznădejde, Dante se prăbuşi în genunchi.

— Proastă mişcare, prietene! îl atinse Kai pe umăr şi ieşi, trăgând-o după el pe sora lui. Avea dreptate, aveam nevoie să fim singuri, nu atât unul cu altul, cât fiecare cu el însuşi.

Poziţia lui Dante era delicată, nu se putea declara fericit, în mod clar nu eram pregătiţi să devenim părinţi la şaptesprezece ani. Niciunul dintre noi nu terminase şcoala, eram imaturi, viitorul meu putea fi compromis, iar el, putea oricând să fie notificat că viaţa sa se afla pe sfârşite. Nu se putea declara nici nefericit, susţinuse că doreşte să lase ceva în urma lui, o dovadă a existenței sale pe acest pământ, până la urmă, acesta era motivul pentru care nu se protejase în acele zile. Să se arate întristat de veste ar pune serios la îndoială loialitatea și dragostea sa față de mine. Nu știa care reacție ar fi fost cea corectă, așadar se străduia să nu arate niciuna încă. Eram curioasă ce gândea cu adevărat, nu ce credea el că ar trebui să gândească, dar nu m-am grăbit să-l întreb atunci... Atunci, nu mă gândeam dacă aveam să reușesc să îmi finalizez studiile, dacă urma să fiu o văduvă tânără, dacă voi fi o mamă bună în ciuda faptului că mă simțeam nepregătită pentru responsabilitatea unei noi vieți, dacă aveam să reușesc să fac o treabă mai bună decât Azaria, astfel încât copilul meu să nu se simtă niciodată neiubit, nedorit, abandonat, așa cum mă simțisem eu cândva. Nu, toate aceste gânduri au prins contur ulterior, în acele clipe, o singură idee dureroasă mă obseda: *L-am trădat pe Hanzo!* Trebuia să dau ochii cu el după ce eu, mândria lui, ultima sa speranță, l-am dezamăgit... Numai gândul acesta mă durea atât de tare încât îmi simțeam inima strânsă într-o menghină neagră și strivită fără milă. Cum aș fi putut supraviețui reproșului său mut? Ochilor săi pustiiți de iubire paternă? Siluetei sale înalte încovoiate sub greutatea greșelii mele?

Medicul s-a retras și el. Nu știu cât timp am rămas așa, tăcuți, eu plângând și el privind în gol. Încotro urma să o apuc? Ce variante aveam? Să mă duc acasă și să-i frâng inima sau să fug, și să nu mai dau niciodată ochii cu el și tot să-i frâng inima?

Într-un final, Dante își făcu puțin curaj și se apropie:

— Iartă-mă! Nu gândeam limpede atunci... murmură fără a îndrăzni să mă privească în ochi.

— Știu, răspunsul meu sec l-a obligat să dezvolte ideea:

— O parte din mine și-o dorea, partea animalică, a instinctului de supraviețuire, nu m-am gândit niciodată la repercursiuni, poate și pentru că știam că nu aveam să mă mai aflu prin preajmă până la final... Am lăsat totul la mila Providenței... Lucrurile s-au schimbat şi abia acum realizez cât am fost de egoist. Când moartea planează asupra ta, ai tendinţa de a lua decizii proaste... Teama de moarte nu e însă o scuză, nu atunci când deciziile tale au repercursiuni asupra altora.

Dante plângea îngenuncheat lângă patul de spital, cu capul plecat, lipindu-şi fruntea de mâna mea inertă.

L-am lăsat să facă acest lucru vreo două minute, după aceea mi-am smuls mâna de sub greutatea frunţii sale. A încremenit o clipă, exact atât cât a durat să-mi aşez mâna pe părul lui portocaliu şi moale, în chip de mângâiere:

— Nu te condamn deloc, în locul tău, aş fi făcut acelaşi lucru... ba am făcut şi mai rău, şi eu am luat decizii ce au avut repercursiuni asupra altora. Viaţa Catalinei s-a sfârşit din cauza mea, aşadar nu te pot învinovăţi pe tine când păcatul meu e mult mai mare. Acum, lasă-mă puţin singură, te rog.

Fără tragere de inimă, Dante s-a supus voinţei mele. Cu inima zbătându-mi-se în piept, ca o pasăre sălbatică vârâtă în colivie, am format un număr pe care-l apelam de obicei cu deosebită plăcere. Mi-am adunat gândurile de nenumărate ori pentru a şti ce să spun, dar ele se încăpăţânau să se tot împrăştie, exact ca o maioneză tăiată.

— Lisa, ce neobişnuit din partea ta să suni la ora asta... auzind vocea veselă a Azariei, am început să plâng în hohote. Ce s-a întâmplat? De ce plângi? întrebă precaută.

— Ratko e lângă tine? Pune pe difuzor! m-am forţat să sun cât de cât acceptabil, pentru că nu mă puteam opri din plâns defel.

— Suntem amândoi aici, draga mea. Ai păţit ceva rău? blândeţea lui nemărginită avea un efect calmant asupra mea.

— Am făcut ceva rău! Dante...

— Te-ai despărţit de băiatul acela? A fost un alt băiat la mijloc? se grăbi Azaria să intervină uşurată că problema pentru care-i sunasem plângând putea fi una tipic adolescentină.

— Nu mamă, l-am dezamăgit şi eu pe Hanzo!

IUBITUL MEU, MOTANUL

Cuvintele mele au căzut ca trăsnetul asupra ei. Îi spusesem mamă, poate pentru a sublinia ideea că exista posibilitatea să fi comis aceeași greșeală pentru că eram fiica ei. Am zis că l-am dezamăgit pe Hanzo, asta putea însemna multe lucruri, inclusiv că-l mințisem cu privire la componența grupului cu care plecasem în excursie, dar acel „și eu" îi clarificase situația, nu exista urmă de îndoială referitor la ce anume făcusem...

— El știe? întrebă Ratko incredibil de calm.

— Nu, m-am miorlăit.

— Dacă sarcina nu e prea avansată, nici nu trebuie să afle! strigă Azaria, probabil rememorând furia tatălui său de pe vremea când se aflase ea în situația mea.

— Nu... nu vreau să fac asta! am zis hotărâtă, deși nu aveam niciun argument care să-mi susțină decizia în vreun fel, dacă mă întreba cineva motivul acesteia.

— Băiatul cum e? Știe? Vrea? Te va susține? Va fi alături de tine, așa cum am fost eu de mama ta? era o premieră pentru mine ca tata să ia controlul asupra unei situații.

— Da, mereu! dacă nu moare între timp, am adăugat în gând.

— Bine! Voi doi trebuie să vă terminați studiile, iar noi ne vom asigura că aveți tot ce vă trebuie, vouă și copilului, nu îți face griji.

— Partea financiară nu e o problemă, tatăl copilului meu e moștenitorul familiei Felidae, fiul meu ar putea avea și luna de pe cer dacă și-ar dori-o! Hanzo e problema care mă doare!

— Am să discut eu cu el, am să iau primul zbor și am să acționez ca un amortizor între furia lui Hanzo și tine, luă Ratko asupra lui groaznica misiune ce putea însemna chiar să și le încaseze de la bunicul, pentru mine.

— Lucrurile se vor așeza, ai puțină răbdare, totul va fi bine! mă asigură și Azaria.

— Nu ați înțeles! NU pot să mai dau ochii cu bunicul! Nu pot să devin rușinea lui! Eu acasă nu mă mai întorc! Vă iubesc pe toți...

Adio! am închis cu sufletul sfâşiat de o gheară neagră, a celui mai hidos monstru, venit din cele mai întunecoase tenebre. Am înlăturat cartela SIM a telefonului şi am rupt-o în două, exact cum urma să se rupă şi inima sărmanului Hanzo...

Drumul spre casă, căci se subînţelege că vacanţa noastră luase sfârşit, a fost lung şi tăcut, cu toţii aveam feţe de înmormântare. Când am plecat, veselia şi glumele domniseră în maşină, la întoarcere, tăcerea era atât de apăsătoare încât ne auzeam unii altora respiraţia. Nici măcar Tamara, cu nepoliteţea sa caracteristică, nu îndrăznea să scoată un sunet.

Ne-am despărţit de prietenii noştri tot în linişte, Dean i-a lăsat pe fiecare acasă. Rămaşi doar noi trei în maşină, Dante, neştiind de discuţia cu părinţii mei, întrebă cu durere în glas:

— Şi acum?

— Eu acasă nu mă mai întorc, am comunicat simplu hotărârea pe care o luasem, spre surprinderea celor doi verişori ce şi-au întors simultan privirea înspre mine.

— Bine, mă îmbrăţişă Dante.

Eram pregătiţi să înfruntăm împreună furtuna.

La iniţiativa lui Dean, am făcut un scurt ocol până la unul dintre mall-urile din Resao, ce nu fusese distrus de cutremur. Aveam cu mine bagajul din vacanţă, dar nu era mare lucru, încercasem să iau cu mine minimum necesar, aşadar ideea lui Dean era binevenită pentru că mai aveam nevoie de una-alta, în definitiv, eram proaspăt fugită de acasă.

Odată ajunşi la reşedinţa familiei Felidae, nimeni nu s-a întrebat ce căutam acolo, fiind o figură frecventă în casă, totuşi, Dean s-a însărcinat singur cu informarea familiei asupra situaţiei pentru a ne scuti pe noi de explicaţii. Nu i-am spus, dar îi eram extrem de recunoscătoare, mă zdruncinase prea mult vestea că urma să devin mamă, mi-ar fi fost mult prea greu să fiu nevoită să spun cuiva despre starea mea.

IUBITUL MEU, MOTANUL

Încă nu mă simţeam, la momentul acela, presată de responsabilitatea unei noi vieţi. O fiinţă prindea contur în interiorul trupului meu firav, corpul meu nu îmi mai aparţinea numai mie, îmi împărţeam celulele cu altcineva, făcând schimb de material genetic, eu creându-l pe el şi el recreându-mă pe mine, iar acel cineva îmi va cere mai mult, mai mult, până ce corpul meu nu-l va mai putea susţine şi va trebui ca micuţa făptură să înfrunte, într-un fel, lumea de una singură. Misiunea de mamă nu va deveni însă mai uşoară, dimpotrivă. Până în clipa separării, în ciuda tuturor neplăcerilor fizice, responsabilitatea mea se rezumă în mare parte la punerea la dispoziţia făpturii mititele a tot ceea ce formează persoana mea, de la gânduri până la sângele ce va fi pompat atât prin inima mea cât şi prin a sa şi cel mai probabil acestea se vor sincroniza perfect în creaţia miracolului vieţii. Greul vine după, când te trezeşti responsabilă de o creatură complet neajutorată ce depinde în întregime de tine şi nu ar putea supravieţui pe cont propriu, un gând extrem de înfricoşător dacă iei lucrurile astfel, dar nu, această anxietate m-a cuprins mult mai târziu. În acele clipe, nu mă durea decât sufletul lui Hanzo, cel pe care-l făcusem franjuri...

Dante, cu capul plecat, mă îmbrăţişă şovăitor. Se temea de respingere, simţeam asta până în măduva oaselor. Văzând că m-am lăsat cuprinsă de braţele sale calde, mă întrebă cu o speranţă nou regăsită:

— Noi doi împotriva lumii?

— Aşa se pare... am răspuns exact înainte ca uşa camerei sale să se deschidă violent, izbindu-se de perete. Ţăcănit rapid de tocuri pe podea şi o palmă furioasă îi mută lui Dante freza pe partea cealaltă.

— Nenorocitule! Cum îndrăzneşti să distrugi viaţa fetei? Ava era un vulcan pe cale să erupă. În spatele ei, neputincios, Dixon încerca să spună ceva, dar ea, fără să se întoarcă, întinse un deget subţire către el: Dispari! Asta e între mine şi fiul meu! ştiind că protestele lui ar fi fost inutile, în special pentru că Motanul nu-şi manifestase în niciun fel dorinţa prezenţei unchiului său, acesta s-a retras.

Fiul ei... fiul ei nu scotea un cuvânt, aştepta spăşit potopul de cuvinte urâte care ştia că urmau să cadă asupra lui. Era vinovat, ba chiar foarte vinovat şi totuşi... O femeie din a cărei inimă nu se revărsase iubirea de mamă asupra copilului său, avea vreun drept să-l tragă la răspundere atunci când acesta greşea? Până la urmă, cu ce drept îl numea ea fiul ei pe Dante?! Ava părea că-mi ţine partea, dar în loc să mă bucure, acest lucru îmi lăsa un gust amar.

— Eşti fericit acum? urlă ea în continuare. Ai reuşit să o legi de tine! Să o distrugi! O condamnare la moarte pluteşte deasupra capului tău de când ai venit pe lume, ce nu înţelegi? Nu ai dreptul să ruinezi viaţa altora. Fata asta va fi văduvă înainte să apuce douăzeci de ani, cu un copil după ea, un copil ce va creşte fără tată şi, cel mai probabil, urât de propria mamă! Toate numai datorită egoismului tău! Ce se va alege de ei? Ticălosule!

Dante nu zicea nimic, nu se apăra în niciun fel. Îşi muşca pumnul cu putere, îmi dădeam seama după urmele adânci de dinţi. Tot corpul îi tremura şi, de sub firele lungi de păr portocaliu ce-i acopereau ochii, cădeau lacrimi sfâşietor de grele.

Ava avea o oarecare dreptate, însă în adâncul meu, simţeam că tot ce spunea era foarte greşit, mai ales pentru că o spunea ea. Azaria, ar fi fost îndreptăţită, poate, să-l împroşce astfel cu noroi, să se gândească doar la binele meu, fără să-i pese de sentimentele lui Dante, dar Ava? Ea era mama lui! Cărei mame îi pasă mai mult de o străină decât de propriul fiu? Îşi făcea griji că o fată pe care nici măcar nu o cunoştea avea să devină văduvă şi, în acelaşi timp, îi spune cu cinism propriului său copil că va muri? Că nu avea niciun drept la niciun fel de fericire sau să caute afecţiunea, de care ea l-a privat întreaga lui existenţă, în altă parte, pentru că oricum viaţa lui avea să se sfârşească în curând? Dar ce ar fi vrut femeia asta de la Dante? Să se lungească pe jos şi să aştepte să moară? Până la urmă, nici de binele meu nu era vorba măcar, ci de al ei. Se vedea pe ea în mine, încerca să se protejeze pe ea! Şi mai avea tupeul să-i numească pe alţii egoişti...

IUBITUL MEU, MOTANUL

Sunt sigură că strigătele ei de ură se auzeau în toată casa. Cel mai probabil, bătrânul Darius pătimea cu inima strânsă, știa că Dante fiind Motanul, o putea pune la punct în orice clipă, la naiba, putea cere să fie alungată din casă, dar nu o făcea, răbda. Probabil că, în adâncul său, credea că îndurând își spăla păcatul, chiar dacă acesta fusese săvârșit împotriva mea, nu a ei.

Totuși, nu toți membrii familiei Felidae erau la fel de diplomați ca Darius. În concluzie, Deuce apăru de nicăieri și se repezi la Ava, prinzând-o de gât:

— Nu, că mie îmi ajunge, eu te omor scorpie! urlă cu ochii injectați.

— Deuce, te rog... vorbești de mama mea, scânci Dante.

— Mamă? Mamă? Înțelege odată că femeia asta nu ți-a fost și nu îți va fi vreodată mamă! Te-a născut ca și cum ar fi fost la toaletă, a tras apa și nu a mai privit în urmă!

Vărului lui Dante îi apăru în frunte o venă groasă ce pulsa în tandem cu furia sa crescândă. Mâinile i se încleștau tot mai tare pe gâtul femeii ce, terifiate, se lăsase moale ca o păpușă de cârpe. Dante și-ar fi dorit să intervină, dar nu găsea energia necesară pentru a se mișca. Vorbele ei îl răniseră profund și, probabil, mintea lui analiza deja cum urma să fie viața mea și a fiului nostru după ce el nu mai era. Analiza o nefericire care încă nu se întâmplase, fiind parțial captiv într-un vis lucid, un coșmar să fiu mai exactă.

Într-o altă aripă a casei se întâmpla ceva, puteam auzi agitația, dar nu înțelegeam ce anume o cauzase, oricum, eram mai interesată de problema curentă.

M-am ridicat de lângă Dante și l-am bătut timid pe umăr pe Deuce, acesta, drept răspuns, mă privi întrebător:

— Până la urmă, eu par a fi mărul discordiei între cei doi, ai putea să-mi oferi ocazia de a-mi spune și eu părerea? m-am adresat cu blândețe vărului lui Dante.

Deuce a eliberat-o pe Ava ce imediat și-a recăpătat postura impunătoare, netezindu-și ținuta pentru a ascunde urmele răvășirii pe care o resimțise în urmă cu numai câteva clipe.

De când intrase în încăpere, nu am privit-o cu adevărat, nu până în acel moment. Mama iubitului meu era o femeie înaltă, mult mai înaltă decât mi-o închipuisem eu, judecând după faptul că Dante abia, abia fusese acceptat în echipa de baschet. Trăsăturile ei fine ascundeau caracterul puternic ce i se putea citi în ochii întunecați. Naturală în eleganța sa, purta un taior verde, strâns pe talie, ce eram sigură că fusese creat sub semnătura unui designer celebru. Vârful pantofului lăcuit ar fi bătut nervos în podea, în așteptarea a ceea ce aveam de spus, dacă nu s-ar fi temut de Deuce. Așadar, Ava s-a mulțumit prin a-și trece mâna prin părul de culoarea alunei, tuns scurt și coafat atent.

— Doamnă, cu tot respectul, vă mulțumesc pentru considerație, dar nu-mi amintesc să vă fi cerut ajutorul.

Văzându-l calmat pe nepotul său prin alianță, Ava și-a recăpătat siguranța de sine.

— Nici nu era nevoie să o faci, nu am uitat cum e să fiu în locul tău, până la urmă, tot ce am spus, a fost spre binele tău! mi se adresă cu un aer de superioritate.

— Nu ați uitat cum e să fiți în locul meu, în schimb, ați uitat să fiți mamă, tocmai de aceea vă preocupă binele unei străine în loc să vă preocupe cel al fiului dumneavoastră.

— Cum îndrăznești? Cu ce drept îmi vorbești astfel? se răsti Ava, fapt ce-l determină pe Dante să-și iasă din starea latentă și să-și ridice privirea, urmărindu-mă cu atenție, ca la nevoie, să poată interveni pentru a mă proteja.

— Cu tot dreptul de a-mi apăra familia, pentru că dacă nu ați realizat doamnă, Dante și copilul ce a prins contur în pântecul meu, sunt familia mea și v-ați permis să spuneți cam multe despre ei.

— Familia ta? râse isteric. Ce drăguță e povestea asta în care ai tu senzația că trăiești, în scurt timp vei realiza că de fapt e una de groază. Nu uita, eu ca tine am fost, tu ca mine, nu încă, mă ironiză teatral.

— Să îmi fie cu iertare, poate că dumneavoastră ați fost ca mine, nu am de unde știi, dar știu cu certitudine, că eu ca dumneavoastră nu voi fi! i-am spus hotărâtă.

— Ce sigură pe tine ești tu... Fetițo, ești gravidă, iar tatăl copilului tău e Motanul! Ar trebui să știi deja că zilele îi sunt numărate. El va muri mai repede decât îți închipui, și tu vei sfârși prin a nu putea să-ți vezi fiul înaintea ochilor, căci îți va aminti de el. Poate că tu l-ai iertat că te-a lăsat însărcinată, dar greșești, vei vedea asta când el nu va mai fi și poate, acum că Dustin s-a dus, chiar copilul pe care-l vei aduce pe lume îl va ucide pe Dante. Abia atunci vei înțelege!

— O spuneți aproape de parcă ați dori să se întâmple astfel, doar pentru a-mi demonstra că aveți dreptate... Asta este îngrozitor! O mamă să vorbească cu atât de multă seninătate despre moartea fiului său? Dumnezeule, aproape cu speranță! Atât de mult ați vrea să vă eliberați de el? Da, a greșit, dar cine nu ar fi făcut la fel în locul lui? Urmărit de steaua morții, a lăsat o parte din el în mine, ca dovadă a existenței sale! Cine are dreptul să-l blameze? Eu nu, căci cel mai probabil, aș fi procedat la fel!

— Vă meritați unul pe altul! mă dezaprobă dezgustată.

— Nu am terminat, când am spus că eu nu voi fi niciodată în locul dumneavoastră nu m-am referit că nu aș putea să-l pierd oricând pe Dante, pentru că ar trebui să fiu cel puțin idioată să cunosc taina familiei Felidae și să-mi închipui așa ceva. Eu aveam cu totul altceva în minte și anume, dacă el nu ar mai fi, eu nu i-aș întoarce spatele copilului meu, l-aș iubi și mai mult și l-aș prețui în fiecare clipă ca pe o amintire vie a tatălui său, un tată ce l-a iubit enorm și mi l-a încredințat cu toată nădejdea, cum sunt sigură că a făcut și Damian. Asta este diferența dintre noi două! În plus, poate ar trebui să-i fiu recunoscătoare lui Dante că a făcut această prostie, eu sunt slabă, și de-ar fi să-l pierd, nu aș ezita o clipă să-mi iau viața și să-l urmez, dar dacă el lasă în urma lui un copil, voi avea pentru ce să lupt și pentru ce să trăiesc.

Ava rămăsese fără replică, Deuce rânjea satisfăcut şi Dante, emoţionat, sări să mă îmbrăţişeze, dar am înlemnit cu toţii la auzul unor palme grele ce aplaudau răsunător:

— Asta e fata mea!

— Hanzo! deşi în clipa aceea era mândru de mine, tristeţea nemărginită se putea citi pe chipul aspru al bunicului, îngrijorarea lăsase urme adânci pe obrazul său şi acum că mă găsise, nu ştia dacă să se bucure sau să se înfurie.

— Domnule, vă aflaţi pe o proprietate privată! strigă Dixon, urmat de Darius ce alerga abia respirând şi încă nişte oameni pe care nu-i cunoşteam.

— E bunicul Lisei, zise Dante stins, spre surprinderea tuturora, până la urmă, am un bunic tânăr şi arătos.

Darius se lumină la chip şi, după ce-şi mai trase sufletul o dată, a întins mâna către Hanzo, prezentându-se:

— Bun venit în casa mea, sunt Darius Felidae, bunicul lui Dante. Îmi pare bine de cunoştinţă! zâmbi acesta larg.

— Şi mie! răspunse ruşinat Hanzo pentru că nu ştia ce altceva să spună, dată fiind situaţia stânjenitoare, el venise pregătit de război şi era întâmpinat prieteneşte.

— Ştii, nu era nevoie să-mi laşi paznicii inconştienţi şi să-mi scotoceşti casa, era suficient să te prezinţi şi să spui că o cauţi pe Lisa... îl dojeni Darius pe bunicul. Datorită vârstei înaintate a interlocutorului său, acesta din urmă ascultă dojana.

Ava zâmbea discret, aştepta răbdătoare ca cea care o înfruntase să fie pusă la punct de noul venit. Nu avea să se bucure de această victorie pentru că Deuce a înfăşcat-o de braţ şi a tras-o afară zicând:

— Eşti în plus, problemele astea nu te privesc! Dixon îi urmă, iar Dante, cu un gest aproape insesizabil, îi concedie pe toţi cei ce-l însoţeau pe Darius.

Aş fi vrut să intru în pământ în faţa lui Hanzo. Sunt destul de sigură că şi iubitul meu simţea la fel. Darius păstra o atitudine zen, lăsând impresia că anticipase o scenă de genul acesta.

— Elda a crezut că am făcut o comoție când m-au sunat părinții tăi, rupse Hanzo tăcerea.

Îmi doream atât de mult să-i sar în brațe, să-i cer iertare și să ne împăcăm cu un tort de ciocolată... dar nu aveam curaj. Se întoarse către Dante:

— Am venit aici hotărât să întorc casa cu susul în jos, să-mi găsesc nepoata și pe tine să te distrug!

— Înțeleg... șopti Dante cu capul plecat.

— Dar am auzit mare parte din coliziunea pe care ați avut-o cu acea femeie, care am înțeles că ar fi mama ta... Nu am înțeles chiar tot legat de familia asta a voastră, dar am înțeles destule, așadar, am trei lucruri să îți spun: Unu: Zoto nu mai are ce căuta în casa mea că-i rup lăbuțele! Doi: Nesăbuința ta nu e iertată pentru că în momentul comiterii faptei moartea te ținea de mână, dar am să-ți ofer circumstanțe atenuante. Trei: Lisa te-a ales bine, e de admirat că la vârsta voastră sunteți pregătiți să treceți și prin rău împreună, nu doar prin bine... Tu îi dai putere ei și ea îți dă ție, exact așa cum ar trebui să fie, doar că e mult prea devreme pentru un copil! Lisa, trebuia să aștepți să împlinești măcar douăzeci și doi de ani! Dar după ce am auzit cele spuse de tine, am realizat că te prefer cu zece copii după tine decât moartă... Am eșuat ca părinte! uriașul se lăsă să cadă pe unul dintre fotoliile pară din camera lui Dante, îngropându-și fața în mâini, era evident că se străduia să-și ascundă lacrimile.

— Te judeci prea aspru, se așeză Darius pe celălalt fotoliu.

— Nu, nu mi-am putut salva bebelușul, neatenția mea mi-a ucis fiul, răceala mea mi-a împins fiica în brațele unui puști bătut de soartă, ce a știut să o sprijine mai bine decât mine, întreaga viață. Credeam că Lisa e șansa mea să-mi îndrept greșeala, să fac lucrurile ca la carte și chiar credeam că am făcut totul cum trebuie de data asta...

— Cunoscând-o pe nepoata ta, aș spune că nu ai dat greș cu nimic:

Amândoi sunt copii buni, aflați la o vârstă rebelă la care e normal să experimenteze lucruri noi, dragostea fizică fiind unul dintre ele, doar că aflați sub amenințarea unui pericol, au fost luate niște decizii proaste și anumite lucruri au fost tratate cu prea puțină seriozitate.

Darius era un adevărat diplomat, discuția avea loc doar între cei doi bunici, eu și Dante nu scoteam un sunet, nu mișcam un mușchi, ne temeam să ne facem simțită prezența în orice fel sau să atragem atenția asupra noastră.

— Asta e numai o parte din problemă, suspină Hanzo. Lisa a trecut prin multe fără să-mi spună o vorbă, fără să-mi ceară sprijinul în niciun fel... și acum, în loc să dea fuga la mine, m-a alungat din viața ei și asta nu poate însemna decât că nu am fost un părinte bun! impunătorul bărbat plângea de-a dreptul, inima mea nu putea suporta acest lucru, m-am aruncat pe jos, în fața fotoliului său, cu capul pe genunchii săi, învingând orice teamă:

— Hanzo! Te rog, iartă-mă! Poți să o ierți pe Lisa a ta? Poți? Ești cel mai bun părinte din lume și cu toată dragostea pentru mama și tata, tu ești singurul meu părinte! Eu sunt cea care a greșit! Te-am dezamăgit! Și am fost lașă, nu am avut curaj să mai dau ochii cu tine... plângeam scuturându-mă toată și sperând că mâna lui mare va mângâia părul meu cârlionțat în semn că mă iertase. În schimb, Hanzo se ridică tăcut și se îndreptă spre ieșire. Mă înecam într-un lac de disperare neagră, dar dintr-o dată, bunicul se întoarse către bătrânul încă așezat:

— Darius, mi-a părut bine de cunoștință, mai vorbim, acum îmi iau fata acasă.

— O mai primești pe fată acasă? am țâșnit în urma lui, plină de speranță și fără să-mi pese că sunase ridicol adresarea la persoana a III-a, referindu-mă la mine însumi.

— Ce fel de întrebare stupidă mai e și asta? zâmbi blând Hanzo al meu, același Hanzo dintotdeauna.

— Cum rămâne cu mine? îi tăie calea Dante care simțise că e mai bine ca toţi demonii să fie înfruntaţi de-odată.

— Te aştept să vorbim.

— Dar credeam că... începu el surprins.

— Am zis că nu mai accept pisici în casa mea, dar aş putea bea o bere cu iubitul Lisei, în timp ce discutăm, căutând soluţii viabile pentru viitorul lor împreună.

I-am strâns mâna lui Dante în treacăt şi i-am zâmbit larg în timp ce-l urmam pe Hanzo. Ştiam că, până la urmă, totul avea să fie bine.

Douăzeci și trei de ore până la nuntă

You are the thunder and I am the lightning and I
Love the way you know
Who you are and to me
Its exciting when you
Know its meant to be
Everything comes naturally, it comes naturally
– Naturally – Selena Gomez & the Scene

Academia Etnare a fost reconstruită cu viteza luminii și a devenit mai grandioasă și mai impunătoare decât fusese înainte. Cursurile au fost reluate. Deși începuse să se rotunjească puțin, abdomenul nu-mi trăda secretul, dar pentru orice eventualitate, mi-am ticsit garderoba cu haine lărguțe. Dintre colegi, nimeni nu aflase, încă, nimic. Fan-Clubul rămăsese complet în urmă, ca un vis urât ce se spulberase în zori. Dante a devenit exagerat de atent și grijuliu cu mine, fapt ce a fost sesizat de toată lumea, dar Deuce, Zero și Tamara erau muți, orbi și surzi în fața celor ce încercau să-i tragă de limbă cu privire la motivul pentru care acesta mă cocoloșea. Firește, am fost nevoiți să apelăm la conducerea Academiei pentru sprijin, să ne putem continua studiile și după venirea pe lume a copilului. Au fost foarte înțelegători, mai ales că purtam în pântece un membru al familiei Felidae.

Varianta pe care eu și Dante am găsit-o pentru a nu ne întrerupe studiile și a ne putea crește copilul în același timp, profitând de faptul că eram în aceeași clasă, a fost frecventarea pe rând a cursurilor, deși, cel mai probabil, eu urma să absentez mai mult decât el, nu doar pentru că eu eram mama copilului ,ci și pentru că el prindea materia mult mai repede și putea să mă învețe și pe mine după aceea. Toate acestea erau încă în stadiul teoretic pentru că ajunsesem abia pe la jumătatea sarcinii, dar până la urmă, tot aveam să îmi îndeplinesc și promisiunea făcută Catalinei, chiar dacă situația se complicase mult.

Locuiam în continuare împreună cu Hanzo, iar Dante la reședința familiei Felidae, dar ne aflam în căutarea unei căsuțe potrivite pentru noi, nu prea departe de bunicul. Nu era pregătit să se desprindă de mine și, ca să fiu sinceră, nici eu de el.

Teribilul cutremur prin care trecuse Resao le-a amintit lui Hanzo și Eldei de latura imprevizibilă a vieții, că nu poate fi totul calculat și pus la punct așa cum ne dorim, într-o perfecțiune închipuită și că niciunul dintre noi nu are garanția zilei de mâine, că suntem doar frunze în vânt, nisipul dintr-o furtună în deșert... Nimic nu ne garantează ziua de mâine, de aceea au ajuns la concluzia că logodna lor prelungită nu-și avea rostul, oricând se putea întâmpla ceva rău ce le-ar fi putut da planurile peste cap, în cel mai funest mod cu putință. Elda a renunțat la ideea nunții de vis în care totul era perfect, de la ceremonie până la nuanța șervețelelor ce trebuia să fie complementară florilor din buchetul ei de mireasă și identică cu cea a cravatelor cavalerilor de onoare. Hanzo s-a forțat să iasă din zona de siguranță pe care i-o oferea perspectiva unei logodne prelungite, căci încă nu se împăcase, în adâncul sufletului, cu ideea de a numi soție o altă femeie.

Nunta a fost reprogramată într-o dată mai apropiată și pregătirile au început imediat după cutremur.

Am avut mari emoții cu privire la prima ecografie dar, din fericire, trupul meu nu zămislise un nou Motan, cu toate acestea, monitorizam cu atenţie starea de sănătate a lui Dante şi mă îngrijoram la orice semn de slăbiciune, real sau închipuit. În acelaşi timp, el era cu ochii pe mine, fiind îngrijorat la rândul lui pentru mine şi pentru fiul nostru, pe care urma să-l numim Dominique. Mă însoţea la toate controalele, analizele şi testele la care am fost supusă datorită istoricului meu medical. Cu Dante de mână însă, nu mă temeam de nimic.

Ginecologul obişnuit al familiei Felidae, datorită vârstei şi mai ales a constituţiei mele fragile, m-a îndrumat, pentru monitorizarea sarcinii, către altcineva, specializat în astfel de cazuri. Acel cineva s-a dovedit a fi o doamnă tânără, extrem de drăguţă, ce bineînţeles că primise şi votul de încredere al dr. Tamir şi care, spre marea mea mirare, era soţia medicului cu trăsături efeminate ce mi-a dat vestea că aveam să devin mamă. Ulterior, l-am întâlnit la fiecare control şi am început să-l simpatizez.

Mama şi tata şi-au eliberat şi ei agenda pentru nunta bunicului. Ratko şi Dante s-au împrietenit într-o clipă, dar Hanzo se lua de ei de fiecare dată când îi ieşeau în cale, mai ales de Dante, căruia îi reamintea constant: „Nu înţeleg de ce eşti aici, eu nu te-am invitat la nunta mea!". Iubitul meu îi răspundea calm, de fiecare dată: „Eu sunt acolo unde e şi Lisa, invitat sau neinvitat.". Răspunsul îl făcea pe bunicul să zâmbească satisfăcut, asta nu însemna însă cu nu se lua de ei şi data viitoare când îi vedea. Dacă mama era prin preajmă, îi certa pe toţi trei ca pe copii, deşi cei doi noi prieteni nu făceau practic nimic. Bineînţeles că repertoriul lui Hanzo cuprindea şi o mulţime de glume, unele nesărate, despre pisici, pe care restul lumii nu avea cum să le înţeleagă, dar care îl exasperau pe Dante. Ratko îl încuraja timid cu: „te vei obişnui cu el până la urmă" şi „va fi mai bine cu timpul, vei vedea".

Deşi mai erau numai douăzeci şi trei de ore până la nuntă, aveam o nouă programare la ginecolog. Azaria îşi dorea să trăim această experienţă împreună şi, deşi nu prea i-a convenit, Dante a acceptat să rămână acasă de această dată. Nici eu nu plecam chiar cu inima uşoară, deşi rămânea cu tata, Ratko cel cu chip de elf nu se putea apăra nici pe el împotriva bunicului şi acesta din urmă putea fi foarte răutăcios uneori şi chiar nu doream să-mi supere iubitul. Până la urmă, am rugat-o pe Elda să stea cu ochii pe ei.

Ajunse la cabinetul doamnei doctor, i-am făcut cunoştinţă mamei cu cei doi medici în a căror companie am petrecut o bună parte a zilei, căci eu şi Yancy aveam un secret de împărtăşit mamei, iar Naina, soţia lui şi ginecologul meu, avea să ne dea o veste incredibilă.

Ne-am întors la ceilalţi în toiul petrecerii de dinaintea nunţii. Hanzo, în ciuda sugestiilor insistente din partea prietenului său, Ramon, nu a dorit o petrecere a burlacilor, distinctă de petrecerea Eldei. Mirele şi mireasa nu aveau seara fetelor şi seara băieţilor, toată lumea sărbătorea împreună.

— Te-ai întors! mă întâmpină, de la uşă, chipul blând şi pistruiat al lui Dante, bucuros de revedere, m-a cuprins într-o îmbrăţişare caldă. Oh, de ce ai adus şi doctorul cu tine?

— Vei vedea, i-am zâmbit misterios.

— Dar... eşti bine?

— Nu îţi mai face atâtea griji! i-am ciufulit cu drag părul mătăsos şi portocaliu. Tu ce ai făcut cât am fost plecată?

— Şi eu pe aici... sâcâit de bunicul tău, mârâit de câinele părinţilor Eldei... făcea pe nepăsătorul, dar ştiam că nu-i era tot una că mă dusesem la control fără el, cu toate acestea, nu a încercat să mă oprească din a face acest lucru şi tocmai de aceea, dacă mai era posibil acest lucru, Dante crescuse şi mai mult în ochii mei.

Mama i-a oferit turul casei lui Yancy, după care l-a lăsat în grija mea şi a plecat să-şi caute tatăl, urmând să ne întâlnim cu toţii, câteva minute mai târziu, pe terasa cea mare. Zis şi făcut, într-un cadru intim, departe de restul invitaţiilor, am făcut prezentările.

— Este o onoare să vă cunosc, domnule Yancy! Vă mulţumesc pentru tot ceea ce ați făcut pentru nepoata mea, i se adresă cordial bunicul.

— Plăcerea este de partea mea, mai ales că Lisa este și nepoata mea, roși ușor tânărul medic.

— Poftim? interveni tata timid în discuție.

— Am să explic eu totul! am zis trăgând adânc aer în piept și în același timp oferindu-i un loc Eldei pe un balansoar de răchită, căci mireasa tocmai ajunse pe terasă, la brațul lui Dante, pe care-l trimisesem după ea.

— Te ascultăm, zâmbi complice Azaria, singura care cunoștea deja taina, cu excepția lui Dante, firește.

— În timpul excursiei organizate cu prietenii mei mi s-a făcut foarte rău și am fost preluată de o ambulanță ce, întâmplător, m-a dus la spitalul unde este medic de gardă minunatul doctor Yancy. Datorită dezvăluirii neașteptate a sarcinii, am părăsit spitalul într-o stare de spirit mai delicată și nu am acordat prea multă atenție modului ciudat în care medicul mă privea. Tot întâmplarea a făcut să ne întâlnim din nou la cabinetul ginecologului meu. Care erau șansele ca acesta să fie fix soția lui Yancy? Infime, știu, și totuși realitatea poate fi uimitoare. L-am simțit cum îmi analiza trăsăturile înainte de a-și face curaj și a mă întreba dacă nu cumva sunt fiica Medeei pentru că, spune el, îi semăn prea bine să fie o simplă coincidență. I-am răspuns că mama mea se numește Azaria, dar că numele bunicii a fost Medeea. Yancy a considerat că trebuie totuși să fie o eroare întrucât Medeea pe care o cunoașta el nu ar fi putut avea o nepoată de aproape șaptesprezece ani și totuși, pentru a ne lămuri, am stabilit ca la următorul consult să aducem amândoi fotografii. Și... am adus: era aceeași Medeea!

Statura herculeană a lui Hanzo se încovoia, din ce în ce mai tare, cu fiecare menționare a numelui bunicii, iar la ultima, a început pur și simplu să plângă. Știam exact ce se petrecea în mintea lui, pe lângă dorul firesc, se învinovățea că era pe punctul de a se căsători cu o altă femeie și pesemne lua totul ca pe un semn că nu ar trebui să o facă, calculând toate variantele în care ar fi putut anula totul. Își blama chiar și dorința firească de fericire.

— Sunt fratele Medeei, mă numesc Yancy, dar este posibil ca ea să mă fi menționat drept Ian, se prezentă din nou musafirul meu.

— El este cadoul meu de nuntă pentru tine, bunicule! l-am smuls din gânduri adresându-mă astfel, cum nu o făceam decât foarte rar.

— Micuțul Ian! Vorbea mult despre tine. Pentru că părinții voștri i-au întors spatele, erai singurul de acasă după care tânjea după ce a fugit cu mine, îi dărui Hanzo o îmbrățișare de urs cumnatului său.

— Eram mic pe atunci... când am mai crescut, am început să o caut, pe ascuns, să nu afle părinții noștri. După ce ei au murit, căci am fost un copil făcut cam la bătrânețe, mi-am înzecit eforturile de a-mi găsi sora, folosindu-mă chiar de averea lăsată moștenire de cei ce-o renegaseră. Nu am găsit-o niciodată, Lisa m-a lămurit de ce, pe lângă că erați nomazi, sora mea a trecut la o lume mai bună mult prea devreme, posibil ca ai mei să fi știut, dar pentru că nu vorbeau niciodată despre ea, eu am aflat acest lucru abia acum...

— Mă bucur să te cunosc, dar ce te aduce la nunta mea? îl implora din priviri bunicul să-i dea un motiv bun să nu contramandeze totul, chiar în acea clipă, frângând inima Eldei și nedorind să-i facă una ca asta femeii ce-i fusese alături atât de mult timp dând dovadă de dragoste, loialitate, răbdare... Totuși, numele Medeei îl avea mai adânc gravat în inimă.

— Bunica noastră, deși nu au fost prea apropiate, ar fi vrut ca în ziua nunții surorii mele să-i dăruiască un inel ce se află în familia noastră de multe generații, sună clișeic probabil, dar bunica era de modă veche. Ea m-a încurajat să o caut pe Medeea, mereu îmi spunea că o voi reîntâlni și, pentru că știa că ea nu va trăi suficient încât să apuce acea zi, mi-a încredințat acest inel; Yancy și-a scos inelușul lucitor, cu pietricică roz, de pe degetul mic și, ceremonios, spre surprinderea tuturor, l-a așezat pe degetul lung al Eldei. Din nefericire, Medeea nu a apucat să-l poarte, dar astfel, sora mea binecuvântează uniunea omului pe care-l iubește și pe care nu vrea să-l știe singur și trist, cu femeia care-l va face fericit!

— Mulțumesc! hohoti Hanzo îmbrățișându-și strâns mireasa, într-un fel, parcă o îmbrățișa și pe cea vie și pe cea moartă. Umbra vinovăției se șterse de pe chipul lui aspru, în sfârșit își găsise liniștea. Eram extrem de fericită pentru el, dar și pentru mine, simțeam că devenisem și eu completă odată ce bunicul își găsise liniștea. Albul pur învăluia întreaga terasă, întreaga casă.

După ce Yancy a cerut aprobarea lui Hanzo de a adăuga urmașii Medeei în arborele genealogic al familiei sale, dar și pentru a participa, împreună cu soția sa, la ceremonia din ziua următoare, toată lumea se pregătea să părăsească terasa. Pentru a le atrage atenția, m-am urcat pe o masă de sticlă de unde am fost imediat luată pe sus de Dante, se temea că m-aș putea răni.

— Aș dori să vă mai rețin atenția încă două minute! am strigat și am obținut instant atenția solicitată. Aș mai avea o veste...

— Bună sau rea? glumi Ratko.

— Incredibilă! La ultimul control, Naina a spus că la ecograf se vede că fătul din pântecele meu ar fi fată. Eu și Dante am râs, cunoscând faptul că în familia Felidae se pot naște numai băieți, dar doamna doctor a ținut-o pe a ei se pare, întrucât a făcut analiza sângelui. Rezultatul? Am să aduc pe lume o fetiță...

Murmure mirate răsunau peste tot în jur, dar pe mine mă interesa doar reacția lui Dante, în special dacă avea să mă acuze că nu era copilul lui sau nu... Nu înțelegeam ce se întâmpla, funcționasem pe adrenalină deoarece am plănuit de mult timp întâlnirea dintre Hanzo și unchiul meu, iar trăirile fuseseră foarte intense, odată stins acest vulcan însă, realizam că m-aș fi putut afla pe marginea unei prăpăstii. Dante mă putea acuza că l-am înșelat, m-ar putea părăsi! În familia Felidae nu se nasc decât băieți și atunci... de ce?

Ochii lui de cristal azuriu m-au fixat o clipă, o clipă cât o veșnicie. Mă așteptam ca furia lui, oarecum îndreptățită să se reverse asupra mea, în schimb, buzele catifelate ale iubitului meu s-au curbat într-un zâmbet neașteptat. Nu mi-a spus nimic, dar, grăbit, și-a scos telefonul și a apelat un număr cu degetele tremurânde.

— Deuce! Nu am timp de explicații! Du-te repede la barieră. Cum ce barieră? La copac! se enervă Dante, dar vărul său nu se intimidă, ci începu să urle și el în telefon, suficient de tare încât să-l auzim cu toții:

— Nu mă duc! Știi că mereu mă rătăcesc în labirint! Trimite-l pe Dean!

— Te duci tu! Dean e la restaurant, nu am timp să aștept!

— Și ce e așa urgent? Nu îmi aduc aminte cum se ridică bariera oricum...

— Te descurci, nu mă interesează! Deuce, nu te juca cu nervii mei! Nu ți-ai găsit deloc momentul!

— Mă duc! Și ce fac acolo? deși practic acceptase să facă ce i s-a cerut, Deuce nici nu încetase să țipe, nici nu renunțase la atitudinea recalcitrantă.

— Dezgroapă banii! zise Dante grav, fără a mai ridica vocea.

— Ce??? Ai înnebunit de tot? Ai înghițit vreun ghem de blană? Nimeni nu are voie să umble la monedele Daviei, în afară de Motan!

— Și Motanul tocmai ți-a dat ordin să te duci și să le dezgropi! au început din nou cei doi să se rățoiască unul la altul.

— Bine! Dar dacă mă vede cineva, îți asumi!

A urmat o așteptare apăsătoare, întreruptă numai de câteva indicații oferite de Dante cu privire la drumul corect prin labirint. Cu toții simțeam că se petrecea ceva intens și important, doar că nu aveam idee ce anume. Așteptam cu sufletul la gură, fără să știm ce anume. Dante, în încordarea momentului, era stană de piatră. Mi-aș fi dorit să-l țin de mână, să-i arăt suportul meu, dar nu am avut curaj să-l tulbur și mai ales, mă temeam că ar putea respinge atingerea mea.

— Copacul! E uscat! Banii!... Nu sunt aici! Nu mai sunt! Au dispărut banii! Deuce era teribil de speriat. Nu crezusem vreodată că veșnicul arogant s-ar putea arăta terifiat de ceva chiar dacă auzisem că s-ar teme de insecte, sperietura lui era la un cu totul alt nivel.

Yancy era total pe dinafară. Hanzo, Elda, Azaria și Ratko știau câte ceva despre familia Felidae, dar nu și despre monedele îngropate, al căror număr rămânea fix, de zece, indiferent câte luai, aduse din lumea spiritelor, îngropate de Davia în vremuri de legendă. Cunoscând această informație, eram și eu contrariată, așadar, puteam înțelege spaima vărului lui Dante, numai iubitul meu era calm. Până atunci, mă aflasem în dreapta lui, aflând însă vestea, s-a întors brusc cu fața spre mine, fluturându-și părul portocaliu și i-a răspuns lui Deuce:

— Linia sângelui Daviei s-a sfârșit! rostind aceste cuvinte șocante, m-a privit adânc în ochi, vedeam o flacără în privirea lui și știam că mi se adresease mai mult mie decât vărului său.

— Și companiile, afacerile, averea familiei? se auzi vocea din difuzor.

— Suntem pe cont propriu Deuce! Nu mai avem o entitate superioară care să vegheze asupra destinului familiei Felidae.

— Suntem ruinați? întrebă timid băiatul al cărui autism nu se vindecase chiar de tot și avea, uneori, probleme în înțelegerea anumitor lucruri.

— Nu neapărat. Companiile, proprietățile, conturile, mașinile, restaurantul lui Dean, sunt lucruri reale, din această lume, nu se vor evapora miraculos ca monedele din lumea spiritelor. Ne vom descurca, ca oamenii obișnuiți, ba încă pornim cu un avantaj enorm, dar îți scapă ideea de bază, explică Dante cu răbdare și afecțiune celui pe care-l ocrotise întreaga viață.

— Huh?

— Nu se va mai naște niciodată un alt Motan! În familia noastră va exista o fată, fiica mea și eu... eu nu voi muri! deși încerca să pară detașat, l-a epuizat să rostească cu voce tare aceste vorbe și Dante a început să plângă.

L-am îmbrățișat și am plâns și eu cu el. Familia mea a început să aplaude.

La scurt timp, deși ne aflam la petrecerea de dinaintea nunții bunicului meu, datorită faptului că Deuce a dat sfoară-n țară vestea cea bună că nu va mai fi un nou Motan vreodată, familia Felidae s-a alăturat, neinvitată, dar binevenită, petrecerii. Ba chiar au răsărit de nicăieri și prietenii noștri și totul a fost de basm.

Deuce și-a anunțat nu intenția, ci decizia de a se muta cu noi de îndată ce ne cumpăram o casă, cu promisiunea că va fi o dădacă mult mai bună decât ne-am putea închipui, toate spre amuzamentul iubitei sale, psihologul său, care era și ea prezentă.

Ava făcea eforturi vizibile de a se băga în seamă cu fiul ei și îl împingea de la spate pe Dixon să creeze ocazii pentru a se putea apropia de el. Ea și Hanzo avuseseră câteva discuții, în contradictoriu, dar care păreau să înceapă să rodească. Momentan, Dante nu era pregătit să-și ierte mama, dar ceva îmi spunea că, în timp, relația dintre ei avea să se amelioreze.

Abia spre dimineață am reușit să rămân singură, câteva clipe, cu Dante. Am ieșit să luăm o gură de aer. Sub bolta de caprifoi cu mireasmă divină, puteam citi iubirea în ochii aceia ce închideau în profunzimea lor o multitudine de galaxii. Și eu, îl iubeam atât de mult încât puteam efectiv simți cum dragostea ne învelea ca într-o pătură pufoasă și călduroasă de culoare... portocalie? Nu am mai pățit niciodată ca semnificația culorilor să se schimbe, de când mă știu, albul fusese fericirea, iar rozul iubirea, dar începând din acea seară, portocaliul, în nuanța părului mătăsos al iubitului meu, începuse să le reprezinte pe ambele.

— Știu că Dominique e un nume neutru, dar familia Felidae a început cu Davia, fiica noastră e noul început, vrei să o numim astfel? am întrebat rușinată răsucindu-mi pe deget un cârlionț.

— Nu! a răspuns prompt.

— Cum așa? m-am mirat de refuzul său neașteptat.

— Davia e trecutul, nu putem avea un nou început fără să ne

desprindem de tot ce e vechi. Fiica noastră e viitorul, ea e speranţa, ea e Eliana.[1]

— Fără D?

— Fără.

— Şi tu? Ce vei face? Nu mai trebuie să fii Motanul, capul familiei dacă nu vrei, deşi dacă alegi să faci asta, eu nu am nimic împotrivă, să nu mă înţelegi greşit...

— Nu am îndrăznit niciodată să visez atât de departe... îmi sărută mâna uşor.

— Acum putem visa împreună! m-am înălţat pe vârfuri pentru a-l săruta pe frunte.

— Da... aş putea fi cel mai scund jucător de baschet din istorie, aş putea prelua companiile familiei sau m-aş putea rupe de tot şi face orice altceva! Nu ştiu încă ce voi face, dar ştiu ce voi fi! hotărârea i se citea pe chipul luminat vag de începutul de răsărit.

— Ce anume? l-am întrebat netezindu-i obrazul pistruiat.

— Soţul secolului şi tatăl mileniului! mă îmbrăţişă strâns şi mă ridică entuziasmat în braţe: Suntem tineri, sănătoşi, ne iubim şi acum că umbra morţii nu mai planează asupra noastră, lumea ne aparţine! Avem lumea la picioare, tot viitorul în faţă, posibilităţi nelimitate şi indiferent ce drum vom alege, îl vom parcurge ţinându-ne de mână, iar soarele va străluci deasupra noastră.

SFÂRŞIT

Mulțumiri

Mulțumesc tuturor celor care nu m-au lăsat să renunț la scris și m-au împins de la spate, să continui pe acest drum când aveam cea mai mare nevoie de un motiv să nu pun pixul jos. În special, aș vrea să le menționez pe Amalia, Violeta, Daniela și Ioneta. Ele au crezut în mine și m-au făcut și pe mine să cred.

Nu în ultimul rând, aș vrea să vă mulțumesc vouă, celor care ați dat o șansă acestei cărți și ați ajuns până aici. Sper că va plăcut și vă aștept părerea pe Goodreads sau pe contul meu de autor de pe Facebook.

Vă invit să descoperiți și celelalte romane zămislite din Universul imaginației cu care am fost binecuvântată. Până în prezent, acestea sunt: Fiul criminalilor, Prințul Bisericii și Moștenitoarea Tronului Nordic – volumul I al seriei Biografiile colților.

Vă doresc cât mai multe lecturi fascinante și încântătoare! 

---

[1] Eliana = Dumnezeu mi-a răspuns

Don't miss out!

Visit the website below and you can sign up to receive emails whenever Oana Diana Mokesch publishes a new book. There's no charge and no obligation.

https://books2read.com/r/B-A-FWRDD-ZUANF

BOOKS 2 READ

Connecting independent readers to independent writers.